금빛 슈발리에

키아르네
장편소설

금빛 슈발리에 3

초판 1쇄 인쇄 2018년 7월 24일
초판 1쇄 발행 2018년 8월 13일

지은이 키아르네
발행인 오영배
기획 박성인
책임편집 김수현
디자인 권지연
제작 조하늬

펴낸 곳 (주)삼양출판사 · 피오렛
주소 서울시 강북구 도봉로 173
대표 전화 02-980-2112 **팩스** / 02-983-0660
편집부 전화 02-980-2116 **팩스** / 02-983-8201
블로그 blog.naver.com/dan_gul
출판등록 1999년 3월 11일 제9-00046호

ISBN 979-11-283-9509-3 (04810) / 979-11-283-9506-2 (세트)

fioret 은 (주)삼양출판사의 로맨스 판타지 문학 브랜드입니다.

금빛
슈발리에

3

키아르네 장편소설

fio
ret

Contents

변화

"어라."

대규모 몬스터와 전투를 벌인 이튿날, 평소대로 기사단에 출근한 데니스와 애쉬는 예상하지 못한 모습에 눈을 동그랗게 떴다.

늘 약간 널널하던 훈련장이 꽉 차 있었다.

"아, 단장 왔어?"

기사들의 자세를 봐주고 있던 로렌이 애쉬와 데니스를 발견하고 다가왔다. 싱글싱글 웃는 얼굴이 무슨 일인지 아는 것 같아서 데니스는 눈을 가늘게 뜨고 물었다.

"무슨 일 있어? 왜 갑자기 사람이 이렇게 바글거려?"

"어?"

갑작스러운 질문에 로렌이 당황한 표정을 지었다. 그걸 왜 나한테 물어봐?

그녀도 모른다. 오늘 훈련 담당이 로렌이라 출근해 보니 사람이 이렇게 많이 있었던 것뿐이다.

"나도 모르는데?"

"싱글거리고 있길래 아는 줄 알았지."

데니스의 말에 로렌은 훈련장을 돌아보며 말했다.

"눈치 없는 사내놈들보다 여자들이 더 많으니까 기분 좋지."

어? 그러네? 그제야 애쉬와 데니스는 훈련장에 있는 기사의 반 이상이 여기사라는 것을 깨달았다.

어쩐지 공기가 다르다 했어. 그렇게 중얼거리는 데니스 옆에서 애쉬가 물었다.

"티커는?"

훈련 담당은 이 인 일 조다. 로렌과 한 조인 티커의 모습이 훈련장 안에서 보이지 않았다.

그러게. 데니스는 훈련장을 훑어보고 역시 티커가 없다는 것을 확인했다.

"아, 그 녀석은 밖에."

"밖?"

애쉬의 한쪽 눈썹이 올라갔다. 그게 무슨 소리야?

데니스와 그는 동시에 '티커가 놀고 있는 건가?' 하고 생각했다. 하지만 로렌이 재빨리 정정했다.

"어, 그러니까 후원에 있어. 사람이 많아서."

"후원?"

사람이 많다는 건 무슨 의미지? 애쉬와 데니스는 그대로 몸을 돌려 훈련장 밖으로 나갔다.

후원으로 향하는 긴 복도를 따라가다 보니 창문 너머로 기사들이 검을 휘두르는 게 보이기 시작했다.

"허?"

믿을 수 없다는 데니스의 신음이 흘러나왔다. 훈련장에 있는 수만큼이나 많은 기사들이 후원에서 티커의 지도를 따라 훈련하고 있었다.

"어, 단장! 부단장!"

로렌과 달리 티커는 데니스와 애쉬를 발견하자마자 필사적으로 두 사람을 부르기 시작했다.

뭔데? 두 사람은 기사들을 헤치고 달려오는 그를 무슨 일인가 하고 쳐다봤다.

"나 일 분단 그만둘래."

"응?"

이건 또 무슨 헛소리야?

데니스와 애쉬의 얼굴에 똑같은 표정이 떠올랐다. 티커는 두 손에 얼굴을 묻으며 하소연하기 시작했다.

"이 많은 사람을 어떻게 나 혼자 보냐고. 인원 충원을 해 주든가, 아니면 날 밑으로 내려보내 주든가."

이놈 봐라.

데니스는 어이가 없어서 피식피식 웃기 시작했고 애쉬의 미간에는 주름이 생겼다. 그는 믿을 수 없다는 듯 물었다.

"지도하기 싫어서 이 분단으로 내려가고 싶다는 거야?"

"아, 단장도 해 보라고. 갑자기 사람이 이렇게 늘어나면 봐주기 진짜 힘들단 말이야."

확실히 사람이 많기는 하다. 애쉬는 후원에서 검을 휘두르는 기사를 확인했다. 거의 전원이 다 나와 있다.

이런 모습은 처음이라 애쉬도 어리둥절한 표정을 지었다. 승급 시험을 보기 전에도 이 정도로 많은 수가 아침 연습을 하지는 않았다.

기사단에 소속된 기사는 전부 나온 것 같은데.

확실히 이 많은 수가 훈련을 하면 그걸 봐주기 위해 훈련 담당을 좀 더 차출해야 한다.

"이번 주는 너랑 로렌인가?"

애쉬의 말에 티커는 지친 표정으로 고개를 끄덕였다. 많은 수의 여기사가 왔다며 기뻐하던 로렌과는 전혀 다른 표정이다.

"일단 이번 주는 나와 데니스가 합류하지. 이게 얼마나 갈지 모르니까."

갑자기 기사들 마음에 무슨 바람이 불어서 일시적으로 이렇게 된 걸 수도 있다. 매년 승단 시험을 치르지만 어떤 해는 상당히 많은 수가 훈련하기도 하고 어떤 해는 아주 적은 수만 훈련하기도 한다.

"윽."

데니스는 대놓고 싫다는 표정을 지었다가 할 수 없다는 듯 한숨을 내쉬었다. 애쉬의 말이 일리가 있다. 이게 얼마나 갈지 모르는데 훈련 담당을 새로 편성하는 건 효율이 떨어진다.

한동안은 훈련 담당을 그대로 돌리고 단장과 부단장인 두 사람이 지원하는 형태로 가는 게 좋다. 만약 오래 유지가 된다면 그때 훈련 담당을 새로 편성하면 된다.

"여기까지!"

내일부터 애쉬와 데니스가 지원해 준다는 약속을 받고 나자 티커는 재빨리 돌아서서 소리쳤다.

아침 훈련 시간이 끝났다. 이제 근무해야 할 시간이다. 검을 멈춘 기사들이 흩어졌다. 다들 검과 수건을 든 채 훈련용 검을 가져다 놓기 위해 건물 안으로 들어가기 시작했다.

"훈련용 검이 수만큼 있다는 게 다행이네."

"아, 그렇지도 않아."

데니스의 한숨 같은 말에 티커가 재빨리 대꾸했다.

응? 무슨 소리야? 애쉬와 데니스가 돌아보자 티커가 씩 웃으며 말했다.

"훈련용 검이 부족해서 창고에서 옛날 것도 가져오라고 했거든."

무슨 소린지 알겠다. 데니스는 어깨를 으쓱해 보였다. 낡아서 창고에 처박아 둔 것도 꺼내 왔다는 말이다.

애쉬는 어이없다는 듯 물었다.

"창고에 옛날 훈련용 검이 남아 있다고?"

그의 말에 데니스와 티커의 움직임이 멈췄다. 이것 봐라? 애쉬는 허리에 손을 얹으며 물었다.

"왜 그걸 나는 몰랐지?"

어, 음. 데니스와 티커의 시선이 부딪쳤다. 원래대로라면 없애야 하는 건데 잊어버린 거다. 티커는 재빨리 말했다.

"나도 있는 줄 몰랐어. 남는 검 더 없냐니까 미카엘이 알려 준 거라구."

"미카엘이?"

이크, 이번엔 미카엘이 혼나게 생겼다. 티커는 그저 자신을 도와주려 했던 행정 기사를 위해 재빨리 변명했다.

"미카엘도 그게 있는 줄 몰랐던 모양이야. 최근에 발굴했다던 걸."

"발굴?"

이번에는 애쉬의 한쪽 눈썹이 올라갔다. 검을 발굴했다고? 이게 무슨 소리야? 그는 그대로 몸을 돌려 행정실로 향하기 시작했다.

"으, 괜히 말했나."

"넌 입조심 좀 하라니까."

티커와 데니스 역시 불안한 표정으로 애쉬를 따라가기 시작했다.

어느 곳이나 모든 무기는 보관하는 장소는 물론 갯수가 확실해야 한다. 애쉬는 기사단에서 보유하고 있는 모든 무기와 방어구에 대해 숙지하고 있다. 그가 모르는 무기가 있다는 건 엄청난 문제다.

"벨몬트 경."

애쉬는 행정실로 들어서는 것과 동시에 미카엘을 불렀다. 하지만 그의 모습은 보이지 않았다.

응? 애쉬는 미카엘의 자리를 둘러싼 기사들을 발견하고 고개를 갸웃했다. 그들 역시 단장을 알아보고 슬금슬금 흩어지기 시작했다.

"아, 안녕하십니까, 단장님."

"좋은 아침입니다."

뭐지? 어쩐지 그를 피하는 것 같은 기사들의 모습에 애쉬는 미카엘을 추궁하려는 것을 잊고 그들을 쳐다봤다.

"그, 그럼, 벨몬트 경. 우린 이만 갈 테니까."

그 말을 끝으로 모여 있던 기사들이 모조리 빠져나갔다.

뭔데? 데니스와 티커 역시 이게 무슨 일인가 하고 도망치는 기사들을 돌아봤다.

"으, 제때 오셨네요."

미카엘은 곧 자신에게 불어 닥칠 폭풍을 깨닫지 못하고 안도의 한숨을 내쉬며 말했다. 그건 또 무슨 소리야? 애쉬는 한쪽 눈썹을 들어 올리며 물었다.

"뭐지?"

"제가 대답할 수 없는 걸 물어보는 바람에 곤란해서 혼났습니다."

"뭘 물어봤는데?"

티커가 물었다. 미카엘은 그를 쳐다보고 한숨을 내쉬며 안경을 들어 올렸다.

"헌터 경 말입니다."

"헌터 경?"

예상치 못한 곳에서 나온 세이레나의 이름에 애쉬의 표정이 풀어졌다. 응? 레나가 왜?

"어떤 훈련을 했는지 물어보는데 제가 알아야죠."

어떤 훈련? 데니스와 티커의 시선이 부딪쳤다. 헌터 경이 뭐 특별하게 훈련한 게 있나?

애쉬는 침착하게 물었다.

"그걸 왜 물어보는데?"

"그야, 얼마 전 전투에서 헌터 경이 꽤 활약했잖습니까."

개소리.

애쉬는 불쾌하다는 듯 내뱉었다.

"헌터 경은 언제나 활약했어."

세이레나는 늘 활약했다. 무모할 정도로 그의 심장을 쥐었다 놨다 했다.

"그렇긴 한데."

미카엘은 볼을 긁으며 도와 달라는 듯 데니스와 티커를 쳐다 봤다. 저 기사들이 말하는 활약한다는 건 눈에 딱 보이는 지표를 말하는 거다. 일 분단 기사를 이긴다거나 하는 것.

"지난 전투에서 필립스 경을 헌터 경이 구했다면서요."

아, 그거. 미카엘의 말에 데니스와 티커는 고개를 끄덕였다. 꽤 가시적인 효과가 있긴 했다. 기사단의 분단이라는 건 쉽게 능력치를 나누는 방법이 되긴 했지만 동시에 일종의 벽을 만들기도 했다.

하위 분단 기사는 상위 분단 기사를 이길 수 없다. 그런 생각이 기사단 전체에 퍼져 있었다. 그래서 다들 오 분단인 세이레나가 일 분단인 로렌을 구해 줬다는 사실에 신선한 충격을 받았다. 게다가 그들은 헌터 경이 바로 몇 달 전까지만 해도 십이 분단이었다는 것을, 그녀가 의욕이 없었다는 것을 알고 있다.

이십 분단 중 십이 분단.

중하위였던 기사가 노력 끝에 상위 분단으로 오르는 것은 재능이라 할 수 있지만 소드 마스터를 돕는다는 건 재능과는 다른 이야기다. 세이레나의 용기가 다른 기사들의 열정을 불러일으켰다.

"그래서 말인데요."

미카엘은 애쉬가 아무 말 하지 않자 조심스럽게 말을 꺼냈다.

"단장님, 혹시 헌터 경에게만 따로 해 준 훈련이라도 있습니까?"

그런 게 있을 리가 없다. 애쉬는 무뚝뚝하게 말했다.

"그런 게 있다면 이미 다른 녀석들에게도 사용했겠지."

소드 마스터가 되고 싶어 피나는 노력 끝에 좌절하는 기사가 한둘이 아니다. 그런 지적에 미카엘은 말없이 고개를 끄덕였다.

그보다…….

이번에는 애쉬가 미카엘에게 물었다.

"벨몬트 경, 창고에서 안 쓰는 검을 발굴했다고?"

"에? 네?"

느닷없는 질문에 미카엘은 무슨 소린가 하고 입을 벌렸다. 발굴해?

그런 그를 돕기 위해 티커가 나섰다.

"아침에 내가 남는 검을 찾으니까 네가 창고에서 몇 개 갖다 줬잖아."

"아, 그거 말입니까?"

그가 아는 이야기라 다행이다. 미카엘은 고개를 끄덕이며 말을 이었다.

"정확히 말하면 제가 아니라 헌터 경이 발굴한 건데요."

세이레나가? 애쉬는 그게 무슨 소린가 하고 고개를 기울였다.

어라, 모르나? 미카엘이 물었다.

"헌터 경이 창고를 정리 중인 거 잊으셨습니까?"

그 순간 데니스와 티커의 눈동자가 커졌다.

기억났다. 세이레나가 유진과 진검으로 대련하는 바람에 각각 벌을 받았다. 유진은 한 달간 훈련장을 혼자 청소하게 됐고 세이레나는 서고를 정리하라고 했었다.

"잠깐, 그걸 아직도 하고 있어?"

벌써 근 세 달쯤 되지 않았나? 유진은 한 달이 지나자마자 손을 뗐다.

데니스의 질문에 미카엘이 고개를 갸웃하며 말했다.

"네. 오늘 아침에도 하고 있던데요?"

아침에도? 그 순간 애쉬는 몸을 돌려 행정실 밖으로 나갔다. 이번에는 데니스와 티커는 따라가지 않았다.

물론 애쉬가 서고 청소를 하라고 하긴 했다. 그리고 세이레나는 이런저런 일로 정신이 없기도 했지. 왕비님 실족 사건으로 요양하느라 아예 휴가를 내기도 했다. 하지만 아직도 하고 있는 줄은 몰랐는데.

애쉬는 세이레나가 최근 얼마나 바빴는지를 떠올리며 미간에 주름을 만들었다. 적당히 하고 그만두라고 했었어야 했다. 그의 불찰이다.

"레나."

애쉬는 창고 안으로 들어가며 나직하게 세이레나를 불렀다. 환기 때문인지 이번에도 창고 문은 활짝 열려 있었다. 제일 먼저 사다리를 쳐다본 그는 거기에 그녀가 없다는 것을 확인하고 커다란 책장 뒤로 들어갔다.

"레나."

세이레나는 거기 있었다. 책장 아래 주저앉아 뭔가를 끌어안고 있어서 평소보다 더 작아 보였다.

뭘 하고 있는 거지?

애쉬는 세이레나의 옆에 쪼그리고 앉아 그녀가 뭘 하는지 살폈다. 낡은 검을 검집째 끌어안고 검을 뽑으려 하고 있다.

"도와줘?"

"힉!"

그 순간 검 자루를 잡은 세이레나의 손이 미끄러졌다.

애쉬는 그녀가 자신의 턱을 후려치기 전에 슬쩍 피하며 그녀의 손을 잡았다. 그리고 재빨리 말했다.

"나 분명히 부르면서 들어왔어."

손이 잡힌 세이레나의 눈동자가 커졌다. 그녀는 뭐라고 하려는 듯 입을 열었다가 애쉬의 말을 듣고 픽 웃었다.

"진짜로. 두 번이나 불렀다고."

세이레나가 뒤에서 다가오는 걸 싫어한다는 걸 안다. 어딘지 모르게 필사적인 애쉬의 변명에 그녀는 다시 웃었다.

"알았어요."

마스크를 쓴 세이레나의 눈이 웃는 바람에 가늘어졌다. 금색 나비가 자수정 위에 내려앉는 것처럼 보인다. 애쉬는 저도 모르게 그녀의 손을 꽉 쥐었다.

"애쉬?"

왜 그러지? 세이레나는 애쉬가 자신의 손을 꽉 쥐자 무슨 일인가 하고 그를 불렀다.

마스크 위로 키스하면 안 되겠지. 그렇게 생각하며 애쉬는 슬그머니 세이레나의 손을 놓았다.

창고 안이고 거대한 책장이 두 사람의 몸을 가리고 있다. 여기서라면 해도 괜찮을 것 같은데.

"벨몬트 경이 아직 창고를 청소 중이라길래."

"아, 네. 아직 청소를 끝마치지 못했잖아요."

그렇긴 하지만. 애쉬는 고개를 들어 창고 안을 훑었다.

훈련장에 비하면 턱없이 작은 크기다. 이 작은 곳에 뭐가 그렇게 꽉꽉 채워져 있는지 세이레나는 아직도 청소를 끝내지 못했다.

"그만해도 돼."

"하지만 벌이잖아요."

"램버트 경은 훈련장 청소를 안 하고 있잖아."

"그건 램버트 경은 한 달간이었으니까 그렇죠. 전 창고 청소였고요."

그렇지. 젠장.

애쉬는 자신의 실수를 깨달았다. 기간을 말하지 않았다. 하지만 그는 창고가 이 정도로 청소할 게 많을 줄 몰랐다.

그 이전에 세이레나가 여러 가지 일이 많았던 탓에 청소할 시간이 없었던 이유도 있지만.

뭔가 다른 방법을 강구해야겠군. 애쉬는 머리를 쓸어 넘기며 바닥에 주저앉았다. 그가 먼지 쌓인 창고 바닥에 주저앉는 것을 본 세이레나의 눈이 커졌다.

"더러운데."

"너도 앉아 있잖아."

세이레나와 애쉬의 시선이 그녀가 입고 있는 기사복으로 향했다. 검정색 기사복이 하얀 먼지로 더러워진 게 보인다.

"벌이니까요."

애쉬의 시선이 그녀의 얼굴을 향했다. 마스크 때문에 눈밖에 보이지 않는다. 그는 고개를 기울이며 말했다.

"말에 가시가 느껴지는데."

놀랍게도 세이레나의 얼굴이 붉어졌다. 창고 정리를 하면서 짜증이 났기 때문이다. 그녀는 고개를 숙이며 중얼거렸다.

"그럴 리가요."

그녀의 태도에 애쉬는 책장에 팔은 얹으며 피식 웃었다. 이런 표정도 좋다. 부끄러워하는 얼굴. 저 마스크만 없다면 더 좋았을 텐데.

그는 세이레나의 얼굴을 물끄러미 쳐다보다가 물었다.

"벨몬트 경 말이, 여기서 검을 발굴했다고?"

"발굴이요? 아, 네."

잠시 애쉬의 말이 무슨 소린가 하던 세이레나가 재빨리 말을 이었다.

"여기 구석에 검이랑 방어구가 있더라고요."

애쉬의 몸이 그녀가 가리킨 쪽으로 기울어졌다.

윽. 졸지에 애쉬의 커다란 몸이 세이레나의 몸을 덮쳤다. 웅크린 세이레나의 몸 위로 팔을 뻗은 그는 구석에 처박혀 있던 방패를 끄집어냈다.

"허."

방어구라는 세이레나의 말이 맞다. 방패는 물론 헬멧도 있었다.

헬멧이라고? 애쉬는 헬멧을 들어 요리조리 살폈다. 디자인이 최근 것이 아니다.

"그 검은 뭐야?"

헬멧을 살펴보던 애쉬의 시선이 세이레나의 손에 들린 검으로 향했다. 그녀는 검을 들어 보이며 말했다.

"안 열려서요."

그래서 아침에 벨몬트 경이 남는 검을 찾으러 왔을 때 못 줬다. 애쉬는 세이레나의 무릎 위에 있는 검을 쳐다보고 한숨을 내쉬었다.

"녹슬었군."

"못 쓰겠네요."

남는 검이면 혹시 쓸 수 있을까 했다. 좀 아쉬운 마음에 세이레나는 검을 한 번 더 잡아당겼다가 포기했다.

"줘 봐."

애쉬는 세이레나의 손에서 검을 받아 들고 힘을 주어 검집에서 검을 뽑아냈다.

그그극.

듣기 싫은 소리와 함께 녹슨 검이 검집에서 빠져나왔다.

와, 힘세네. 세이레나는 자신이 한참을 낑낑거려도 빠지지 않던 검이 애쉬가 잡아당기자 뽑히는 것을 보고 입을 딱 벌렸다.

"처분했어야 했는데 안 한 모양이군."

못 쓰는 무기와 방어구를 모아서 처분했어야 했는데 귀찮으니까 여기에 쌓아 놓기만 한 모양이다.

애쉬는 녹이 후두둑 떨어지는 검을 다시 검집에 넣고 요리조리 살폈다.

"최소 이십 년은 됐겠는데."

"그렇게 오래됐어요?"

"이 문양 말이야."

먼지가 쌓인 곳을 손으로 문지르자 음각된 문양이 보인다. 기사단 문양이다.

세이레나가 '그래서?'라는 표정을 짓자 애쉬가 다시 입을 열었다.

"이십 년 전부터 기사단 비품에는 문양을 전부 양각으로 찍고 있거든."

그렇군. 세이레나는 자신이 사용하는 검을 떠올렸다. 거기도 문양이 음각으로 찍혀 있다. 아버지의 검이라는 걸 생각하면 이십 년 전에는 문양을 음각으로 찍는 게 보통이었던 모양이다.

"그래서, 청소는 그만두는 게 좋겠어."

다시 애쉬가 말했다.

응? 마스크 위로 세이레나의 눈이 동그래졌다. 그건 아까 이야기 끝난 거 아니었나?

"이거 말이야."

애쉬는 손에 든 검을 가볍게 흔들어 보이며 말을 이었다.

"대체 행정 기사들이 어디까지 관리를 안 한 건지 잡아야겠거든."

설마. 세이레나는 깜짝 놀라서 애쉬의 손을 잡았다. 괜한 짓을 했나? 아침에 미카엘이 남는 검을 찾길래 발견한 검을 줬었다.

"벨몬트 경도 여기 검이 있는 줄 몰랐어요."

세이레나의 말에 애쉬는 씩 웃었다. 그는 이런 세이레나의 다정함이 좋았다. 하지만 단장인 이상 벨몬트 경을 꾸짖지 않을 수 없다. 창고는 행정 기사 담당이고 담당인 벨몬트 경이 모르는 무기가 있다는 건 더 큰 문제다.

"그게 더 큰 문제라는 거, 알지?"

애쉬의 지적에 세이레나의 얼굴이 다시 붉어졌다. 그녀는 그대로 고개를 숙이며 중얼거렸다.

"네. 알아요."

"벨몬트 경만의 문제는 아닌 것 같으니 걱정 마."

검이 오래된 걸 보니 고질적인 문제였던 모양이다.

애쉬는 방어구도 살피고 전부 최소한 이십 년 전에 사용하던 물건들이라는 것을 다시 확인했다. 그러니까 여기에 폐기해야 할 무기와 방어구를 쌓아 두기 시작한 게 최소한 십 년은 됐다는 말이다.

창고를 한번 뒤집어엎어야겠군. 애쉬는 그렇게 생각하며 세이레나를 끌어안고 일어났다.

대체 얼마나 청소를 안 한 걸까. 다시 벨몬트 경을 향한 짜증이 솟구쳤지만, 그는 세이레나를 내려다보고 씩 웃었다.

적어도 세이레나가 창고 청소를 그만두게 했으니 됐다.

"그런데 왜 여기에 숨어 있어?"

창고 밖으로 나오며 애쉬가 물었다. 그는 어차피 창고를 한번 뒤집어엎어야 하니 그만 정리하라며 세이레나도 끌고 나오고 있었다.

숨어 있던 건 아닌데. 세이레나의 미간에 주름이 생겼다가 사라졌다.

"아침 일찍 출근했는데 훈련장에 없었잖아."

그녀가 숨어 있던 게 아니라고 말하기 전에 애쉬가 말했다. 세이레나가 기사단에 일찍 출근하는 이유는 훈련장을 쓰기 위해서다.

저택의 훈련장을 고친 후로 세이레나는 자기 훈련장을 애용했지만, 가끔 기사단으로 나와서 훈련하기도 했다.

혼자 하는 게 마음 편하고 자유롭지만 때때로 여러 명과 어울려 훈련을 하는 게 도움이 된다. 다른 사람과 합을 맞추기도 쉽고 자신의 실력이 어디까지 왔는지 가늠할 수 있기 때문이다.

"딱히 숨은 건 아니에요. 좀 불편해서지."

"뭐가 불편한데?"

애쉬는 세이레나와 나란히 복도를 걸어가며 물었다. 창고 안에서 그녀의 어깨를 감쌌던 그의 팔은 복도로 나오자마자 원래 자기 자리로 돌아갔다.

세이레나는 솔직히 말하는 것을 망설이고 있었다.

"뭔데?"

애쉬의 재촉에 그녀는 주저하며 입을 열었다.

"사람들이 물어봐서요."

"뭘?"

좀 부끄럽다. 세이레나의 얼굴이 다시 달아올랐다.

어라. 애쉬는 오늘 벌써 세 번째 붉어지는 세이레나의 얼굴을 보고 눈을 깜빡였다.

"그, 훈련을 어떻게 했냐고……."

세이레나가 오늘 기사단에 도착하자마자 사람들이 몰려왔다. 평소 친하게 지내던 기사들이 아니었다. 전부 별로 대화한 적 없는 기사들이었다.

그들이 전부 훈련을 어떻게 했는지, 어떻게 로렌을 구할 생각을 했는지 물어봤기 때문에 어찌해야 할 바를 몰랐던 세이레나는 창고 청소를 해야 한다며 창고 안으로 도망쳐 버렸던 것이다.

이런. 애쉬는 이마를 짚으며 한숨을 내쉬었다. 그도 소드 마스터가 됐을 때 겪은 일이다. 그걸 세이레나는 좀 빨리 겪은 거다.

"그러지 말라고 할게."

"아니, 그럴 필요 없어요."

애쉬의 말에 세이레나가 깜짝 놀라서 만류했다. 그가 굳이 기사단에서 그런 소리를 하면 사람들은 오히려 진짜 세이레나가 숨기는 게 있다고 생각할 거다.

게다가 그런 걸로 집중받고 싶지 않았다.

"그냥, 한동안 좀 피하면 돼요."

"물론 저러다 곧 그만둘 거야. 하지만 다음에도 또 그럴 텐데, 괜찮겠어?"

"다음에도요?"

"소드 마스터가 되면 딱 지금처럼 사람들이 몰려들 거라고."

아. 세이레나의 얼굴이 굳었다. 그렇군. 그건 생각도 안 해 봤다. 하지만 곧 그녀는 고개를 저으며 말했다.

"지금 그런 것까지 고민하기엔 너무 건방진 것 같아요."

그건 아닌데. 애쉬는 그렇게 생각했지만, 굳이 말하지 않았다.

"그건 좀 어렵습니다, 쿨린 경."

행정실 앞에 도착했을 때 행정 기사가 딱딱한 목소리로 말하는 게 두 사람의 귀에 들려왔다.

쿨린 경? 세이레나는 행정 기사가 모아나에게 하는 말에 무슨 일인가 하고 서둘러 행정실 안으로 들어섰다.

"하지만 이상하다고요."

행정 기사 앞에 모아나가 격앙된 어조로 이야기하는 게 보였다. 무슨 일이지? 애쉬와 세이레나는 모아나 곁으로 다가가며 물었다.

"뭐지?"

"모아나?"

세이레나를 돌아본 모아나의 표정이 심상치 않았다. 금세라도 울 것 같은 표정이었다.

무슨 일이지? 세이레나가 무슨 일이냐고 묻기 전에 모아나가 그녀를 끌어안았다.

"세이레나. 어떻게 해?"

"어떻게 하다니? 무슨 일이야?"

애쉬는 모아나의 대답을 기다리지 않았다. 그는 눈앞의 행정 기사에게 고개를 돌렸다. 무슨 일이냐는 듯한 단장의 표정에 행정 기사가 머뭇거리다가 입을 열었다.

"쿨린 자작님이 연락이 안 되는 모양입니다."

쿨린 자작이 연락이 안 된다고? 세이레나는 모아나의 등을 토닥이다가 그게 무슨 소린가 하고 눈을 크게 떴다. 분명 쿨린 자작은 얼마 전 드럼란리그로 향했다고 들었다. 그게 언제였지?

왕비님이 기사단에 연회를 베풀어 주기 며칠 전이었다. 그럼 거의 한 달 전 일이다. 하지만 드럼란리그까지는 배로 넉 달 정도 걸린다고 들었다.

세이레나는 애쉬를 쳐다보고 말했다.

"한 달쯤 전에 드럼란리그로 가셨던 거로 기억해요."

애쉬 역시 세이레나와 똑같이 생각했다. 그는 고개를 갸웃하며 세이레나를 끌어안은 모아나에게 말했다.

"쿨린 경, 드럼란리그까지는 넉 달 정도 걸릴 텐데? 아직 이동 중이신 게 아닐까?"

"아니에요!"

세이레나를 끌어안은 모아나가 그대로 고개만 들어 발칵 소리쳤다. 눈시울이 붉어져 있었다. 그녀는 그대로 행정 기사와 애쉬를 노려보며 말했다.

"이동 마법으로 가셨다고요! 이미 도착하셔서 제게 몇 번 연락도 하셨단 말이에요!"

그 말에 애쉬의 표정이 심상치 않아졌다.

드럼란리그까지 공간이동 마법으로 간다면 고작 일주일. 그만큼 어마어마한 비용이 든다. 하지만 한 달 전에 출발했으니 이미 도착하고도 남았다.

애쉬의 시선이 이번에는 행정 기사를 향했다. 그는 두 손을 들어 올리며 재빨리 설명했다.

"쿨린 자작의 소재지가 명확하지 않으니 기사를 보내 달라는 요청이었습니다."

"그건……."

어렵다.

세이레나는 반사적으로 그렇게 말하려다 멈췄다. 기사를 타 대류으로 보내는 건 일개 행정 기사가 결정할 수 있는 일이 아니다.

애쉬의 허가가 있어야 하고 그다음으로 국왕의 허가가 있어야 한다. 기사단장이 계획을 짜서 재상에게 넘기고 그걸 국왕이 허가를 해 주는 거다.

기사 몇 명을 다른 나라로 보내기 위해서는 비용뿐 아니라 국가적인 문제도 있다. 세이레나는 아버지를 찾기 위해 기사들을 보내 달라는 모아나의 요청이 어려울 거라는 것을 반사적으로 알았다.

"모아나, 자작님이 위험에 처해 있다는 증거로 댈 만한 게 있어?"

"저도 그걸 물어봤습니다."

행정 기사가 세이레나의 질문에 억울하다는 듯 끼어들었다. 기사를 보내기 위해 요청을 하려면 충분한 근거가 있어야 한다.

모아나는 고개를 끄덕였다.

"나한테 편지 보내기로 하셨는데 안 보내셨어. 원래 매주 금요일마다 보내기로 하셨는데 지난주에 안 왔단 말이야."

오늘은 월요일. 삼 일이 지났다는 말이다. 하지만 세이레나는 그것만으로는 왕의 허가가 떨어지지 않는다는 걸 알았다.

왕은 자기 자식에게 애정 같은 걸 가지고 있지 않다. 일주일에 한 번, 집에 남은 자식에게 편지를 보낸다는 걸 이해하지 못한다.

다른 귀족도 마찬가지다. 바빠서 잊었을 수도 있는 거 아니냐고 반려할 게 뻔해서 세이레나는 눈을 질끈 감았다.

"그걸로 요청하기는 어렵습니다."

억울하다는 듯한 행정 기사의 말에 애쉬 역시 고개를 끄덕였다. 타인머스의 기사를 드럼란리그로 보내기엔 근거가 부족하다. 이런 이유로 한 나라에서 다른 나라로 군사를 보낼 수는 없다.

"어떻게 하지?"

모아나가 눈물이 그렁한 눈으로 세이레나를 쳐다봤다.

어떻게 하지. 세이레나는 입술을 깨물었다. 그녀가 살고 돌아온 시간에서 쿨린 자작이 타국에서 죽었다는 소식을 들은 기억은 없다. 그러니 단순한 해프닝인지도 모른다.

하지만 그저 세이레나의 귀에 들려오지 않은 거라면? 게다가 이미 그녀가 돌아오는 바람에 그녀의 주변은 조금씩 바뀌고 있다. 원래대로라면 죽지 않았을 사람이 이번에는 죽을 수 있다는 말이다. 그 사람 중에 쿨린 자작이 포함되지 않을 거라는 보장이 어디 있지?

"애쉬."

세이레나는 애쉬를 향해 고개를 휙 돌렸다. 그는 그녀의 단호한 표정을 보고 한쪽 눈썹을 들어 올렸다. 저런 표정을 짓는 세이레나는 좋지 않다. 불안한 기분이 들었다.

"저와 모아나, 휴가 낼게요."

"뭐?"

이어진 세이레나의 말에 애쉬는 깜짝 놀라서 그녀에게 다가갔다. 하지만 세이레나는 그의 반대를 허락하지 않겠다는 듯 빠르게 말을 이었다.

"행선지는 드럼란리그. 목적은 관광. 허가해 주세요."

"잠깐, 레나."

"세이레나."

당황한 애쉬와 감동한 모아나의 목소리가 동시에 흘러나왔다.

세이레나는 모아나를 향해 입을 열었다가 행정실의 사람들이 모두 자신을 쳐다보고 있다는 것을 깨닫고 얼굴을 붉혔다.

"이리 와, 모아나."

세이레나는 모아나를 데리고 행정실을 나가려 했다. 하지만 그보다 먼저 애쉬가 세이레나의 어깨를 잡았다.

"아니, 이쪽으로 와."

복도보다는 단장실이 낫다.

애쉬는 두 사람을 끌고 자신의 방으로 들어갔다.

이게 무슨 일이야? 느닷없는 전개에 웅성거리는 행정 기사들을 향해 애쉬가 단장실 문을 닫기 전 소리쳤다.

"벨몬트 경, 창고에 소재가 불확실한 무기와 방어구가 얼마나 있는지 확인해 봐! 그것 말고도 기록 안 된 물품이 있는지 확인하고!"

윽. 미카엘의 표정이 일그러졌다. 난 죽었다. 창고에는 거의 몇십 년 동안 기록이 안 된 물품이 쌓여 있다. 전부 사용할 수 없는 것들일 테지만 애쉬가 그걸 감안해서 덜 혼낼 리가 없다.

"그동안 창고 정리를 한 번이라도 맡았던 사람들도 전부 벨몬트 경을 돕도록!"

애쉬의 이어진 지시에 행정 기사 대부분이 우르르 일어났다. 매년 청소 담당이 바뀌다 보니 이런 일이 일어난 거다.

이 자식들이 정말. 애쉬는 고개를 절레절레 흔들며 단장실 문을 닫았다.

"나랑 같이 가 줄 거야?"

모아나는 세이레나의 손을 잡고 물었다. 아버지를 찾기 위해 병력을 보낼 수 없다면 그녀 혼자라도 가려고 했다. 그런데 세이레나가 함께 가 준다니, 감동했다.

"잠깐."

애쉬가 두 사람 사이에 끼어들었다.

아, 뭔데? 모아나의 적의 어린 표정에도 그는 눈 하나 깜빡하지 않고 말했다.

"휴가를 내고 드럼란리그로 쿨린 자작을 찾으러 가겠다고?"

"관광을 갈 건데요."

뻔뻔하게 세이레나가 말했다.

애쉬는 어이가 없어서 한숨을 내쉬었다. 세이레나가 왜 이러는지 안다. 하지만 그에게까지 이럴 필요는 없다.

"드럼란리그까지는 배로 사 개월이야. 지금 출발해도 이미 늦는다고."

"공간이동 마법을 사용할 거예요."

모아나가 끼어들었다. 그녀는 한쪽 눈썹을 들어 올린 애쉬에게 뻔뻔하게 말했다.

"당연히 가장 친한 친구와 함께 가는 관광이니까요. 들어가는 비용은 전부 쿨린가에서 지불할 거예요."

"너희들."

애쉬는 다시 이마를 짚고 한숨을 내쉬었다. 그가 말도 안 되는 소리 하지 말라고 하기 전에 세이레나가 입을 열었다.

"왕은, 전하는 허락하지 않을 거예요. 기사를 타국에 보내는 건 정치적으로도 위험할 수 있으니까요."

애쉬의 눈이 커졌다. 세이레나가 그런 걸 생각하고 있을 줄은 몰랐다.

"어느 나라가 타국의 기사가 자국 내에 들어오는 걸 좋아하겠어요? 하지만 타인머스의 귀족 두 사람이 관광하러 가는 거라면 다르죠."

세이레나는 그녀가 왕비였을 때 무역상이 사라진 사건으로 용병을 보냈을 때를 떠올렸다. 요청은 훨씬 전부터 있었다. 하지만 타인머스의 병력을 약간이라고 해도 드럼란리그로 투입해야 하는 일이다.

당연히 드럼란리그의 허가를 받아야 했다. 그렇기 때문에 시간이 어마어마하게 걸렸다고 들었다.

만약 그때 그런 방법을 통하지 않고 갔다면, 그랬다면 상인들을 구할 수 있지 않았을까.

"무슨 일이라도 일어나면?"

애쉬가 무뚝뚝하게 물었다.

화가 났네. 세이레나는 그가 화가 났다는 걸 알았지만 왜 화가 났는지는 몰랐다. 그녀는 덤덤하게 물었다.

"무슨 일이요?"

"싸움이라도 일어나면? 사건에 휘말리면?"

"그건 여기서도 얼마든지 일어날 수 있어요."

"하지만 거기선 내가 도와줄 수가 없지."

그 순간 세이레나의 눈에 불만이 차올랐다. 그녀는 그의 도움을 받아야 하는 어린애가 아니다.

그 표정을 읽은 애쉬가 재빨리 손을 들며 말했다.

"내 말은, 거기서 무슨 일이 일어나도 기사단으로서의 권리나 도움을 받을 수 없다는 말이야."

"기사단으로서의 권리나 도움을 기다렸다간 늦어요."

애쉬의 못마땅하다는 표정이 이어졌다. 하지만 세이레나는 어깨를 펴고 턱을 들어 올렸다. 나는 물러나지 않을 거야. 그런 그녀의 태도에 결국 애쉬는 한숨을 내쉬었다.

"두 사람만 보낼 순 없어."

"하지만 정식으로 가면 늦다고요."

"정식으로 가지 않더라도."

그는 누구를 보내야 할지 잠시 고민했다. 마음 같아서는 그가 가고 싶다. 하지만 그가 당장 자리를 비우면 일은 어떻게 한단 말인가. 그렇다고 데니스를 보내자니……

애쉬의 시선이 세이레나와 모아나를 번갈아 쳐다봤다. 데니스라면 실력이 충분하다. 하지만 실력과 별개로 여러 가지가 걸린다.

"로렌에게 이야기해 보지."

모아나와 세이레나의 얼굴이 밝아졌다.

*　　*　　*

세이레나와 모아나, 로렌은 이틀 뒤 드럼란리그를 향해 출발했다.

대외적인 목적은 쿨린 자작이 딸과 딸의 친구들을 드럼란리그로 초대했기 때문으로, 비용은 쿨린가에서 전부 지불하기로 했다.

"휴가를 사용하게 해서 미안해, 로렌."

모아나는 공간이동 마법을 사용하기 위해 건물 안으로 들어가며 사과를 건넸다.

이 건물에 들어와 본 건 모아나뿐. 세이레나와 로렌은 처음 와 보기 때문에 세 사람은 신기하다는 듯 건물을 둘러보고 있었다.

"응? 무슨 소리야. 공짜로 공간이동 마법도 경험해 보고 드럼란리그도 가는 건데. 도와 달라고 해서 내가 더 영광이지."

로렌의 가벼운 대꾸에 어두웠던 모아나의 얼굴이 약간이나마 밝아졌다. 그녀 역시 공간이동 마법을 사용하는 건 처음이라 바짝 긴장해 있었다.

"사람이 많네."

세이레나는 지나가는 사람들을 보며 말했다.

세 사람처럼 공간이동 마법을 이용하려는 이용자 외에도 제복을 입은 직원으로 보이는 사람들도 많았다.

"응. 공간이동 마법을 이용하는 사람들 외에도 그걸로 오는 물건을 찾으러 오는 사람도 있거든."

지난 한 달간 모아나는 이걸 이용해서 아버지와 편지를 주고받았다. 당연히 비용은 어마어마하지만 쿨린가는 상당한 재력가. 이 정도 비용은 코웃음 칠 정도다.

"이거, 미리 예약해야 한다며?"

로렌이 물었다.

공간이동 마법으로 옮길 수 있는 것에는 무게 제한이 있다. 최소한 일주일 전에 미리 예약해 놔야 한다고 들었다.

"응. 근데 쿨린가는 단골이기도 하고, 단장님이 도와주셔서."

단장님이? 로렌과 세이레나가 그게 무슨 소리냐는 표정을 지었다.

"순서를 바꿔 줄 수 없냐고 다른 예약자들한테 말을 해 주셨더라고."

"아, 그렇게도 되는구나."

"우리 셋이 가려면 오늘 보내기로 한 우리 세 명분의 무게만큼을 빼야 하니까."

그래서 몸무게를 재고 갔군. 세이레나는 눈동자를 굴렸다. 드럼란리그로 가는 게 결정되자마자 세 사람이 휴가를 내기도 전에 몸무게를 재러 사람이 왔었다.

애쉬가 최대한 빨리 손을 써 줬기 때문이다. 그는 심지어 어젯밤에 그녀의 집에 와서 틈틈이 에즈라를 보러 오겠다고 말했다. 그렇지 않아도 동생이 가장 걱정됐다.

세이레나는 공작님이 와 준다는 말에 얼굴이 밝아지는 에즈라를 보며 안도했다. 게일이 에즈라에게 손을 대지는 않을 테지만 이 넓은 집에 에즈라를 가정 교사와만 두는 건 역시 걱정됐다.

애쉬는 정말로 좋은 사람이다. 세이레나는 한숨을 내쉬며 생각했다. 그녀에게는 너무 과분한 사람이다.

"드럼란리그행으로 예약했습니다."

모아나의 말에 접수대에 있던 직원이 이름과 예약표를 확인했다.

"쿨린 경, 기다리고 있었습니다."

그렇게 말하면서도 직원의 시선은 로렌을 향하고 있었다.

어라. 무슨 일인가 하는 세이레나에게 모아나가 킬킬대며 속삭였다.

"로렌 팬인가 봐."

모아나의 말대로 직원은 로렌의 팬인 모양이었다. 공간이동 마법의 주의 사항을 설명하는 그녀의 시선이 세이레나와 모아나를 향했다가도 곧 로렌에게 돌아갔다.

이런, 이런. 모아나는 사소한 해프닝에 긴장을 풀고 키득키득 웃었다.

이런 일에 익숙한 로렌은 여유 있는 표정으로 설명이 끝나기를 기다렸다가 손을 내밀었다.

"잘 부탁드립니다."

"아, 어, 아, 네!"

로렌과 악수하는 직원의 얼굴이 새빨갛게 달아올랐다.

그렇군. 세이레나는 기사단 밖에서 로렌의 인기를 실감했다. 늘 기사단에서 어울려서 그녀가 얼마나 인기 있는지 몰랐다.

"쿨린 경, 헌터 경, 필립스 경."

곧이어 안쪽에 있던 문이 열리고 또 다른 직원이 나와서 세 사람을 불렀다. 그 순간 접수실 안에 있던 사람들의 시선이 세 사람에게 몰려들었다.

"가자."

세 사람은 재빨리 직원을 따라 문 안으로 들어갔다. 깨끗한 복도를 걸어가며 직원이 세 사람에게 물었다.

"짐은 더 없습니까?"

"네."

세 사람 다 갈아입을 속옷과 약간의 돈, 검만 들고 왔다. 얼마나 걸릴지 모르지만 필요한 건 현지에서 사서 사용해야 한다.

세이레나에게는 다행이게도 전부 쿨린가에서 지불하기로 되어 있다.

"무게가 중요한가요?"

세이레나는 무게 때문에 가져오지 못한 갑옷을 떠올리며 물었다. 세 사람 다 검만 가져올 수밖에 없었던 건 무게 때문이었다.

애쉬와 쿨린가의 요청으로 확보한 무게는 딱 세 사람의 무게를 제외하면 검과 입고 있는 옷 정도였다.

"네. 무게가 늘어날수록 사용해야 하는 마력이 늘어나니까요."

"그럼 그만큼 더 비용을 내면 되지 않나요?"

세이레나는 고개를 갸웃하며 물었다. 마법에 대해 잘은 모르지만 사용하기 위해 순수한 광물이 필요하다고 알고 있다. 그래서 비용이 비싼 거라고. 그런 거라면 비용을 더 내면 되지 않을까.

"안 됩니다."

대답은 다른 쪽에서 들려왔다.

응? 세 사람이 고개를 돌리자 복도 끝에 커다란 방이 보였다. 열린 문 앞에 키가 큰 여자가 지팡이를 들고 서 있었다.

젊은 여자였다. 나이는 세이레나 정도 됐을까.

마법사들은 전부 나이가 많다고 생각했는데. 모아나와 로렌역시 놀랍다는 표정을 지었다.

마법사는 초조한 듯 지팡이 끝으로 바닥을 톡톡 치며 직원이세 사람을 안내하는 것을 기다렸다.

"어째서요?"

문 앞에서 직원이 꾸벅 인사하고 돌아가자 세이레나가 마법사에게 물었다.

이쪽으로.

마법사는 세 사람을 방 안쪽으로 안내하며 대답했다.

"시공간에 관련된 마법은 위험하니까요."

"뭐가 위험한데요?"

음. 마법사는 어디부터 어디까지를 설명해야 할지 잠시 고민했다. 일반인들에게 설명하기엔 마법의 구성과 법칙은 너무 어렵다. 그렇다고 너무 겁먹게 만들어서도 안 된다.

"아, 세이레나 헌터입니다."

그때 세이레나가 재빨리 자기소개를 했다. 이어서 로렌과 모아나도 자기소개를 하는 바람에 마법사는 흐름에 휩쓸려 반사적으로 이름을 댔다.

"이사나입니다."

아, 젠장. 이사나는 속으로 혀를 찼다. 이 세 사람은 손님일 뿐이다. 굳이 이름까지 알려 줄 필요가 없었다. 세이레나라는 여자가 자기 소개를 하는 바람에 휩쓸려 버렸다. 대체 뭐 하는 여자들일까.

이사나는 세 사람을 보고 이들이 어떤 사람들인지 가늠하려 애썼다. 세이레나와 모아나만 보면 귀족 영애처럼 보인다. 게다가 눈에 확 띄는 미인이다. 이사나는 이 정도 미인을 처음 봤다.

그리고 저 빨간 머리는…… 아마도 검사일 것이다. 그것도 상당한 실력의.

이사나는 로렌을 보고 그녀가 소드 마스터일 거라고 바로 파악했다. 소드 마스터는 마법사와 비슷한 구석이 있다. 능력에 따라 몸에 쌓이는 마나가 그렇다.

문제는 저 금발 미인도 그렇다는 거다. 빨간 머리보다는 약하지만 금발도 마나가 쌓인 게 느껴졌다.

"혹시 기사단입니까?"

이사나의 질문에 모아나는 씩 웃었다. 그녀와 세이레나를 보고 기사라는 것을 알아차리는 사람은 거의 없다.

"어떻게 알았어요?"

세이레나는 신기하다는 듯 물었다. 사람들이 그녀와 아드리아나가 같이 있으면 아드리아나가 기사인 헌터 경이라고 생각했다.

세이레나를 기사로 생각하는 사람은 없었다. 하지만 이 마법사는 단번에 알아차렸다.

"이분이 소드 마스터시더군요."

이사나가 로렌을 가리키며 말했다. 그 말에 로렌이 고개를 끄덕였다. 비슷한 이야기를 들었다. 마법사가 수많은 기사 중 소드 마스터를 가려냈다는 이야기.

"소드 마스터는 보면 알아요?"

모아나의 질문에 이사나가 고개를 끄덕이며 말했다.

"네. 마나가 느껴지거든요."

그렇군. 세이레나는 자신에게도 마나가 느껴지는지 묻고 싶었지만 참았다. 대신 다른 걸 물었다.

"시공간이 관련된 마법이 위험하다는 건 무슨 소리인가요?"

"아, 으음. 이 나라는 드래곤 위에 세워졌죠."

다 아는 이야기다.

타인머스의 어린이라면 드래곤을 물리치고 나라를 세운 다섯 기사의 이야기를 들으며 자란다. 그중 한 명이 여기사라는 사실까지 더해져서 기사를 꿈꾸는 여자아이들도 꽤 된다.

"마법은 드래곤의 것이라서요."

마법사의 이어진 말에 세 사람은 이게 무슨 소린가 하고 눈을 동그랗게 떴다.

이사나는 어떻게 해야 이 세 사람을 겁먹게 하지 않을지 고민하며 천천히 말했다.

"너무 많은 마력이 사용되면 드래곤의 주의를 끌 수 있거든요."

여전히 세 사람은 이사나가 무슨 소리를 하는지 모르겠다는 표정을 짓고 있었다.

이런. 이사나는 슬쩍 시간을 확인했다. 이들을 보낼 시간이 가까워지고 있다.

"드래곤은 죽었잖아요?"

"음, 뭐. 그렇게 볼 수 있죠."

죽으면 죽었지 그렇게 볼 수 있다는 건 또 무슨 소리야? 질문한 모아나뿐 아니라 로렌과 세이레나도 인상을 찡그렸다.

더 깊게 이야기하면 사람들을 겁먹게 할 수 있다. 이사나는 서

둘러 말을 돌렸다.

"다섯 기사가 물리친 용의 이름이 뭔지 알아요?"

"용이 이름도 있어요?"

"그럼요. 이름이 있죠."

이사나는 빙그레 웃으며 지팡이로 바닥을 툭툭 쳤다. 그 위에 달린 주먹만 한 보석이 반짝였다.

"이 나라의 이름은 그 용의 이름을 따왔답니다."

"타임머스가요?"

"네. 용의 이름은 타임머스. 그 뜻은……."

말을 잠깐 끊은 뒤 이사나는 지팡이를 탕 하고 강하게 바닥을 쳤다. 그 순간 바닥이 확 하고 빛이 났다. 슬슬 세 사람을 보내야 한다.

"헉."

모아나는 깜짝 놀라서 뒤로 물러났다. 바닥에 기묘한 문양이 가득 빛나고 있었다.

이사나는 세 사람이 놀라는 것을 보고 기묘한 뿌듯함에 씩 웃으며 말했다.

"시간을 관리하는 자라는 뜻이죠."

문양이 뿜어내는 빛이 방 안을 밝혔다. 이사나는 문양을 가리키며 말했다.

"마법진 위로 올라서세요."

이게 마법진이구나. 세 사람은 신기한 마음에 조심스럽게 문양 위로 발을 올렸다.

아 참. 세이레나는 고개를 돌리며 물었다.

"시공간이 위험한 거랑 드래곤이 무슨 상관인데요?"

이런. 아무래도 저 기사는 호기심이 많은 모양이다.

이사나는 쓰게 웃으며 말했다.

"타임머스는 방금 말씀드렸다시피 시간을 관리하는 자라는 뜻이니까요. 자신의 위에서 시공간에 관련된 강력한 마법이 사용되면 타임머스가 반응할 수도 있거든요."

세이레나의 얼굴이 일그러졌다. 그게 무슨 소리야?

그 순간 우웅 하고 시끄러운 소리가 나기 시작했다. 마법이 발동됐다.

"드래곤은 죽었잖아요?"

세이레나의 질문은 소음에 묻혀 버렸다.

이사나가 지팡이를 휘두르자 획 하고 세 사람의 모습이 마법진 위에서 사라졌다. 우웅 하고 시끄럽던 소음 역시 세 사람의 모습이 사라지는 것과 동시에 뚝 그쳤다.

이런, 이런. 이사나는 마법진 위에서 세 사람이 확실히 사라졌는지를 확인하며 고개를 흔들었다.

쓸데없는 소리를 했다.

"물리쳤다는 게 죽였다는 건 아니지."

그녀는 그렇게 중얼거리며 마법진 밖으로 빠져나왔다.

방 한쪽에 있는 수정이 세 사람이 무사히 도착했음을 알리는 푸른색으로 빛났다.

"어라?"

번쩍하고 눈앞에 빛이 강해졌다 싶더니 주변이 달라져 있었다.

세이레나는 달라진 광경에 눈을 동그랗게 떴다.

"욱."

모아나는 그대로 주저앉았다. 속이 뒤집어져서 토할 것 같다. 로렌이 당황해서 그녀를 부축하며 물었다.

"괜찮아, 모아나?"

"우으, 그럭저럭."

엄청나게 낡은 마차를 타고 시골길을 전속력으로 달린 것처럼 속이 좋지 않았다. 그런데 고개를 들어 보니 상태가 안 좋은 건 그녀뿐이라 모아나는 볼멘 표정으로 말했다.

"너희 둘은 괜찮은가 봐?"

"음, 속이 조금 안 좋긴 한데."

"나도."

사람으로 가득 차고 환기가 되지 않는 홀에서 연거푸 두 번 춤을 춘 것처럼 속이 안 좋긴 하다. 하지만 곧 원래대로 돌아왔기 때문에 로렌과 세이레나는 고개를 갸웃했다.

"세 분 다 검사이신 모양이군요."

세 사람의 모습이 나타나자 돕기 위해 달려온 직원이 말했다.

세이레나는 직원이 내미는 차가운 물이 담긴 컵을 받아 들며 물었다.

"당신도 마법사인가요?"

"네? 아뇨?"

"그럼 우리가 검사인 걸 어떻게 알았어요?"

"이 마법을 이용하면 어지간한 체력으로는 다 쓰러지거나 토하거든요. 세 분 다 쓰러지지 않으셨으니 체력이 좋다는 말이고, 검을 들고 계시니까요."

아, 그렇군. 세이레나는 손에 쥔 검을 내려다보고 겸연쩍게 웃었다. 이사나가 기사라는 걸 맞춰서 이 사람도 마법사인 줄 알았다.

"타인머스 수도 할렉에서 출발하셨죠? 이름을 말씀해 주시겠습니까?"

도착한 사람이 예정된 사람이 맞는지 확인하는 절차가 이어졌다. 세 사람은 이름과 출신, 미리 기록한 몸무게까지 확인한 다음에야 건물 밖으로 빠져나올 수 있었다.

"여긴 어디야?"

로렌은 건물을 둘러보며 물었다. 차가운 물을 마시고 기운을 차린 모아나가 차가운 물을 적신 손수건을 이마와 뺨에 댄 채 말했다.

"카나번. 타인머스의 북쪽에 있는 영지야."

카나번? 로렌의 눈이 동그래졌다. 타인머스의 변방. 할렉에서 마차로 두 달을 달려야 하는 곳이다.

"어, 잠깐. 그럼 드림란리그가 아니네?"

"응. 여기서 배를 타고 강을 건너서 공간이동 마법을 이용해야 해."

나라의 경계는 마법으로 통과할 수 없다. 안티 마법이 걸려 있다는 것을 아는 로렌과 세이레나는 고개를 끄덕였다.

"괜찮겠어?"

준비된 마차를 타며 세이레나가 걱정스럽게 물었다. 공간이동 마법을 한 번 더 써야 하는데 모아나가 괜찮을지 모르겠다.

모아나는 마차에 오르자마자 신발을 벗어 던지고 시트 위에 누워 버렸다.

"괜찮아. 할 수 있어."

아버지도 몇 번이나 겪은 일인걸. 기사 훈련을 받은 그녀도 할 수 있다.

모아나는 그렇게 생각하며 멀쩡한 세이레나와 로렌을 쳐다봤다. 로렌은 그렇다 쳐도 세이레나까지 멀쩡할 줄이야.

모아나의 마음에 호승심이 솟았다. 나도 좀 더 훈련해야지. 지금은 여행이니까 괜찮지만 전투에서는 이러면 안 된다. 친구들의 발목을 잡는 건 자존심이 상한다.

마차는 빠르게 달려 타인머스를 빠져나갔다.

세이레나는 창밖으로 지나가는 광경을 구경하다가 로렌에게 물었다.

"로렌, 다섯 기사가 용을 어떻게 물리쳤는지 혹시 알아?"

타인머스 사람이라면 누구나 아는 이야기다. 로렌은 느닷없는 질문에 고개를 갸웃하며 말했다.

"다섯 기사가 물리쳤잖아? 드래곤의 시체 위에 나라를 세웠고."

"드래곤의 시체라는 건 이 나라의 밑에 드래곤이 묻혀 있다는 거겠지?"

"글쎄. 엄청 옛날이야기니까 말이야. 시체라면 썩어서 사라지지 않나?"

하지만.

세이레나는 이사나의 말을 떠올렸다. 시공간에 관련된 강력한 마법이 사용되면 드래곤이 반응할 수도 있다고 했다.

드래곤의 이름은 타임머스. 시간을 관장하는 자라는 뜻. 그리고 그녀가 돌아온 마법은 시간을 거슬러 회귀하는 마법이었다.

16

드럼란리그

세이레나가 모아나, 로렌과 함께 드럼란리그의 수도 더럼에 도착한 것은 세 사람이 출발한 지 엿새만의 일이었다. 고작 하루지만 마차로 하루를 단축시키려면 엄청나게 속도를 내야 한다. 결국 숙소에 도착하자마자 참고 참았던 모아나는 그대로 쓰러져 버렸다.

"모아나는 어때?"

로렌은 모아나의 방에서 하녀와 함께 나오는 세이레나에게 물었다. 다른 하녀가 모아나의 몸을 닦아 주기 위해 물이 담긴 대야와 수건을 들고 들어가고 있었다.

"좀 쉬면 괜찮아질 거야."

"하루를 단축했으니 피곤하긴 할 거야."

그렇게 말하는 로렌은 멀쩡했기 때문에 세이레나는 픽 웃었다. 두 사람은 견딜 만했다. 이런 점에서 자신의 체력이 좋아졌다는 걸 느껴서 세이레나는 기분이 좋았다.

"저녁 식사를 준비해 놨습니다."

집사가 다가와서 말했다. 쿨린 자작이 돌아오지 않은 지 이 주째. 그는 아가씨가 기사단의 친구들을 데려와서 다행이라고 생각했다.

"자작님이 돌아오지 않으신 적이 많나요?"

세이레나는 식탁 앞에 앉아 집사에게 물었다. 로렌과 그녀의 시중을 들던 집사가 고개를 들었다.

"아니요. 가끔 이야기를 하느라 새벽에 들어오신 적은 있습니다."

이런 일이 처음이라는 말이다.

모아나의 걱정대로 쿨린 자작이 딸에게 편지를 보내지 않는 건 확실히 이상한 일이었다.

쿨린 자작이 딸에게 지극한 아버지라 다행이라고, 세이레나는 생각했다. 무심한 아버지였다면 자식들은 그가 사라진 줄 몰랐을 것이다. 알았더라도 아마 훨씬 늦게 알아차렸겠지.

"마지막으로 들어오신 건 언제였죠?"

"이 주 전 수요일입니다."

"그 시점에서 모아나에게 연락은 안 하셨고요?"

"네. 목요일 아침에 주인님께서 아직 안 들어오신 걸 알았고,

주변에 사람을 보내 행방을 알아봤습니다. 아가씨께 편지를 보내시는 건 금요일이니까요."

금요일까지는 기다려 봐야겠다고 생각했다는 말이다. 여기서 타인머스의 할렉까지는 마차와 배로 넉 달.

공간이동 마법을 이용하면 일주일이면 충분하지만, 비용이 어마어마하다.

금요일이나 토요일쯤에 돌아올지도 모르는데 모아나에게 알리기도 어려웠을 거라고 세이레나는 생각했다.

"그래서 자작님의 행방을 아는 사람은 있었나요?"

로렌의 질문에 집사는 고개를 저었다. 그날 자작이 만나기로 한 사람은 물론, 갔음직한 곳도 사람을 보내 봤다. 하지만 어느 곳에도 자작은 없었다.

"주인님은 어느 곳에도 안 계셨습니다."

뭘까. 로렌과 세이레나의 시선이 부딪쳤다. 하루 이틀이라면 술에 취해서 어디선가 자고 있다고 생각하겠지만 이 주째다. 취해서 잠들었더라도 이미 일어났을 시간이다. 설령 다쳤다면 의사가 연락을 했을 것이다. 의식이 있다면.

"납치일 수도 있지."

로렌이 덤덤하게 말했다. 쿨린 자작은 부유하니까 몸값을 노린 납치일 수도 있다.

집사의 얼굴이 하얗게 질렸다. 그 역시 납치당했을지도 모른다고 생각하고 이곳의 치안관에게 연락을 했다.

"이미 치안관에게 말해 놨습니다만……."

말이 이어지지 않자 세이레나가 고개를 들었다. 집사는 머뭇거리며 말을 이었다.

"몸값 요구가 없었습니다."

하루 이틀이면 모를까 이 주나 됐는데 아직도 몸값 요구가 없었다는 건 몸값을 노린 납치가 아니라는 말이다.

젠장.

로렌과 세이레나의 표정이 어두워졌다. 그건 좋지 않다. 자작에게 원하는 게 있다면 그가 살아 있을 가능성이 올라간다. 하지만 원하는 게 없다면.

불길한 생각이 두 사람의 머릿속을 스쳤다.

"우선 긍정적으로 생각하자구."

로렌의 말에 세이레나가 고개를 끄덕였다. 집사 역시 그걸 바랐기 때문에 저도 모르게 고개가 움직였다.

로렌은 잠시 고민하다가 물었다.

"마지막으로 쿨린 자작을 본 사람은 누구죠?"

"이쪽 상회의 사람입니다."

"만나 보고 싶은데요."

"최대한 빨리 만날 수 있도록 미리 연락해 두겠습니다."

잠시 침묵이 흘렀다. 설마 죽은 건 아니겠지.

세이레나는 불길한 생각에 얼굴을 굳혔다. 그러지 않길 빈다. 모아나를 위해서라도.

"아, 그런데."

로렌이 앞에 있는 접시를 잡아당기며 입을 열었다. 음식은 훌륭했다. 안에 야채를 채워 구운 메추리 고기 위에 브라운 소스를 끼얹었다. 같이 내온 사이드 음식은 구운 호박에 꿀을 얹은 것.

"쿨린 자작님은 여기에 왜 오신 거죠?"

글쎄. 세이레나는 달지 않은 와인을 홀짝이며 집사를 쳐다봤다. 그녀도 갑자기 무역상에 문제가 생겨서 드럼란리그로 갔다고만 들었다.

집사는 모아나도 없는 자리에서 말해도 될지 몰라 곤란한 표정을 지었다.

두 사람이 타인머스에서 온 기사고 모아나를 도와 주인님을 찾으러 온 것을 알지만 그녀의 허락 없이 말하는 건 불편했다.

하지만 그는 결국 입을 열었다.

"거래에 문제가 있다고 합니다."

"무슨 문제인지는 모르고요?"

"그게……."

그도 정확히 아는 건 아니다. 집사는 침을 한 번 삼키고 말했다.

"주인님께서 팔기로 한 상품이 달랐던 것 같습니다."

그게 무슨 소리야? 이해하지 못하는 로렌과 세이레나를 위해 집사가 땀을 닦으며 다시 설명했다.

"타인머스의 광물은 상당히 수준이 높기 때문에 인기가 좋습니다. 주인님께서는 이곳에 타인머스의 광물을 판매하고 계셨습니다."

그렇군. 세이레나는 로렌을 쳐다봤다.

타인머스의 광석이 수준이 높은 건 알았다. 다이아몬드의 급도 높고 핑크 다이아몬드가 나오는 유일한 곳이 타인머스다. 그녀가 왕비일 때도 타인머스의 광석을 가공해 만든 보석은 인기가 많았다.

타국에서 타인머스의 광석을 보내 달라는 요청이 많이 들어왔다고 들었다.

"어라, 광석 관련한 무역을 쿨린 자작님이 하고 계시다고요?"

문득 자신의 기억 속에서 이상한 점을 깨달은 세이레나가 집사에게 물었다. 그녀도 광석을 다른 나라에 파는 것을 조금이나마 들었었다.

게일 때문이다. 광석을 구매하고 싶다는 요청이 오면 게일이 회의해서 판매했던 게 기억났다. 그 회의에 참석하는 사람은…… 바이트 백작.

무역은 바이트 백작이 꽉 잡고 있다고 들었다. 광산은 게일이 가지고 있었고, 그녀가 기억하기로 그 광산은 이 왕자와 아드리아나가 결혼했을 때 이 왕자가 장인인 게일에게 줬던 것이다.

세이레나의 머릿속에 마음씨 넓은 사위를 얻었다고 게일이 자랑했던 게 떠올랐다.

"네. 광석을 판매하는 다른 분들도 몇 분 더 계시는 걸로 알지만 주인님이 가장 규모가 큰 걸로 알고 있습니다. 이쪽 상인회에 정기적으로 공급해 주기로 계약을 했거든요."

"상품이 다르다는 건 자작님이 공급하기로 한 광석이 아니었다는 건가요?"

로렌의 질문에 집사는 잠시 고민하다가 말했다.

"네. 주인님께서 제공하기로 한 광석보다 등급이 떨어졌던 것 같습니다. 상인회에서 항의를 해서 이쪽으로 지난달에 오신 겁니다."

"아직 여기 남아 계시다는 건 그걸 해결하지 못하신 모양이죠?"

집사의 표정이 굳었다.

당연하다. 로렌의 말은 잘못하면 쿨린 자작이 무능하다고 생각될 수 있는 질문이었다.

아차. 로렌은 당황해서 다시 말했다.

"그 일과 얽혀 있을 수 있으니까요."

그렇군. 이번 사건과 쿨린 자작의 행방불명이 엮여 있을 수 있다는 말에 집사의 표정이 풀렸다.

그는 세이레나와 로렌의 잔을 채우며 말했다.

"원래 제공하기로 한 광석은 주인님께서 다시 제공하셨습니다. 마법을 사용해야 해서 비용이 상당히 들었던 것으로 기억합니다."

마차와 배로 나른다면 넉 달이 걸린다.

새로 가져오게 한다면 구매자를 넉 달이나 기다리게 해야 한다는 말이다.

결국 자작은 공간이동 마법을 이용해서 가져오게 했다. 그만큼 빨랐지만 확실히 손해다.

하지만 사업은 신뢰를 기반으로 한다. 그렇게 해서라도 약속은 지켜야 한다.

"그럼 물건은 전부 전달됐겠네요?"

공간이동 마법을 이용해서 옮겼다면 이미 전달되고도 남았을 것이다.

로렌의 질문이 그렇다면 어째서 아직까지 이곳에 있었는지를 물어보고 있었다.

그건. 집사는 자세를 바로 한 뒤 천천히 말했다.

"바꿔치기 당한 광석이 타인머스의 것이 아니라 드럼란리그의 것이었던 모양입니다."

설마……. 세이레나와 로렌의 시선이 부딪쳤다. 세이레나는 조심스럽게 물었다.

"혹시 자작님께서는 범인을 잡겠다고 하신 건가요?"

"그렇게 말씀하시진 않으셨습니다. 다만, 이런 피해가 잦아지기 전에 막아야 한다고 말씀하셨죠."

"치안관에게는 이야기했고요?"

"네. 바로 이야기했습니다. 하지만 이곳은 드럼란리그니까요. 피해자가 타인머스인이라면 그리 열심히 움직이지 않습니다."

세이레나와 로렌의 표정이 어두워졌다. 그렇다면 치안관의 도움을 기대할 수 없다는 뜻이다.

두 사람은 기사로서 온 게 아니라 관광으로 온 거니 협력을 강요할 수도 없다.

"일단 상인회 사람을 만나 보자."

로렌은 세이레나를 향해 말했다. 내일 모아나가 일어나면 상인회를 찾아가서 쿨린 자작과 무슨 이야기를 했는지, 마지막으로 본 쿨린 자작이 어땠는지를 물어볼 생각이었다.

*　　　*　　　*

"쿨린 자작의 따님이라고요?"

이튿날, 세 사람이 함께 찾아간 상인회의 대표는 안됐다는 표정을 지으며 모아나를 쳐다봤다. 그도 들었다. 쿨린 자작이 사라졌다는 것을. 하지만 그가 아는 것은 없다.

대표는 로렌과 세이레나, 모아나에게 자리를 권하며 말했다.

"제가 알고 있는 게 별로 없어서 도움이 될지 모르겠습니다."

직원이 세 사람과 대표를 위해 차를 가지고 들어왔다.

세이레나는 찻잔을 감싸 쥐며 말했다.

"뭐든 상관없어요. 자작님과 마지막으로 만났을 때 무슨 이야기를 했는지부터 알려 주세요."

"음."

대표는 턱을 쓰다듬었다. 자작의 딸이 친구들과 함께 찾아온다고 해서 우락부락한 기사들이 올 줄 알았다. 쿨린 자작이 자기 딸이 기사라고 워낙 자랑을 한 탓이다. 하지만 대표가 보기에 모아나는 물론, 다른 여자들도 기사로 보이지 않는다.

자신을 로렌이라고 소개한 빨간 머리 여자라면 모르겠지만 특히 이 금발은 기사보다는 공주님이 어울린다.

타인머스에 미인이 많은 모양이군. 그는 그렇게 생각하며 입을 열었다.

"쿨린 자작님께서 급하게 오신 이유가 상품에 문제가 있어서라는 건 아십니까?"

알고 있다. 세 사람은 고개를 끄덕였다. 모아나는 한 달 전 출발하는 아버지께 직접 들었고 로렌과 세이레나는 어제 집사에게 들었다.

"그게, 원래 자작님께서 제공하기로 한 것보다 상품성이 떨어지는 광물이라서요. 자작님께서 급하게 원래 약속한 광물을 다시 제공해 주셨지요."

'대단히 감사한 일입니다.'라고 덧붙여 말하며 대표는 모아나를 향해 고개를 숙였다.

약속이라고 해도 공간이동 마법을 이용해서 상품을 제공하는 건 쉽지 않은 일이다. 그만큼의 추가 비용이 더 들어가고 자작에게는 적자일 것이다.

대표는 적자를 감수하면서까지 약속을 지킨 자작의 행동에 꽤 감동한 상태였다.

"그리고 나서 자작님께서는 지난 한 달 동안 원래 자작님이 보낸 광물이 어디로 갔는지, 우리에게 온 광물이 어디서 바꿔치기당했는지를 조사하셨습니다."

"아버지 혼자요?"

모아나의 질문에 대표의 표정이 어두워졌다. 그도 이런 건 치안관이 도와줘야 한다는 걸 안다. 하지만 쿨린 자작은 타인머스 사람이고 여기는 드럼란리그다.

드럼란리그의 치안관들은 쿨린 자작이 사기를 치려다 실패했다고 생각하고 있었다. 하지만 그걸 쿨린 자작의 딸에게 그대로 말할 수도 없는 노릇이다.

"저희 쪽 사람들이 돕기는 했습니다만, 설마 자작님께서 행방불명될 거라는 생각을 못 했습니다."

솔직히 말하면 대표도 처음엔 쿨린 자작이 실수했다고 생각했다.

이게 쿨린 자작의 실수가 아니라는 것을 깨달은 것은 얼마 전 그에게 어떤 자들이 찾아온 다음이었다.

이것도 이야기해야 하나.

대표는 턱을 쓰다듬으며 천천히 말했다.

"자작께서 사라지기 전에 알아낸 것을 몇 가지 알려 주셨는데요. 우선 우리에게 처음 왔던 광물은 타인머스의 광석이 아니라 이 나라의 것이더군요."

"그런데, 광물이 어떻게 바뀐 거죠?"

"자작께서는 배에서 바뀐 것 같다고 하시더군요."

배라면 가능성이 있다. 커다란 배에 여러 가지 물품이 오랜 기간 머물러야 하니까. 배에서 일하는 선원을 매수해도 된다.

하지만 광물을 바꾼 이유가 뭐지?

세이레나는 찻잔을 내려놓으며 물었다.

"광물이 비싼 거였나요?"

"누군가 차액을 취하기 위해 바꿔치기했냐는 의미라면 글쎄요. 물론 타인머스의 광물이 급이 높기는 해도 가공이나 운송, 판매를 생각한다면 개인이 할 수 있는 게 아니니까요."

그렇기 때문에 상인회에서 쿨린 자작에게 광물을 산 것이다.

순도 높은 광물을 사서 상인회 내에서 가공하고 운송과 판매를 전부 처리할 수 있으니까.

그렇게 하면 광물 비용을 제외한 다른 부분에서 가격을 내릴 수 있다.

하지만 상인회가 아니라면 개인이 가공을 의뢰하고 운송을 맡겨야 한다.

보석을 살 정도의 재력을 가졌다면 귀족이거나 부자다. 그들은 믿을 수 있는 사람에게서 보석을 구매한다.

그러니 개인이 타인머스의 광물을 제대로 가공해서 판매하기란 상당히 어렵다.

"그렇다면 개인이 바꿔치기한 건 아니라는 말이네요."

"그렇죠."

"게다가 한 가지 더 이상한 게 있는데요."

이야기를 듣고 있던 모아나가 끼어들었다.

그녀는 세이레나와 대표의 이야기 중에서 이상한 점을 깨달았다.

"단순히 광물을 훔치려는 거라면 급이 낮은 것으로 바꿔치기 해야 할 이유가 있나요?"

그것도 그렇다. 세이레나와 로렌은 고개를 끄덕였고 대표는 흐뭇하게 웃으며 말했다.

"자작께서도 바로 그 지점을 이상하게 생각하셨습니다."

아버지도 그걸 이상하다고 생각하셨구나. 모아나는 미간을 찡그렸다. 단순히 광물을 훔치는 거라면 모르지만 일부러 급이 낮은 광물로 바꿔치기 한 건 쿨린 자작의 신뢰를 깨트리려는 거다.

쿨린 자작의 사업을 망가트리려는 사람이 누가 있지?

"드럼란리그에서 타인머스의 사람이 무역하는 걸 반기지 않는 사람이 있는지도 모르겠군요."

로렌이 찻잔을 들어 올리며 말했다. 이어서 세이레나가 말했다.

"타인머스에서 쿨린 자작의 사업이 망하길 바라는 사람도 있을 수 있고."

"타인머스에서 여기까지 와서 그럴까?"

모아나의 질문에 세이레나는 입을 닫았다.

여기까지 와서 그럴 사람은 여기까지 와서 한다.

그녀는 왕비로 살면서 사람이 부와 명예를 위해 얼마나 더럽고 치사해질 수 있는지 봤다.

왕이 되기 위해서 자기 형에게 누명을 씌운 이 왕자가 그랬고, 왕의 장인이 되기 위해서 친구를 버리고 조카를 팔아넘긴 게일이 그랬다. 하지만 그런 이야기를 할 수는 없다.

"가능성은 열어 둬야겠지."

세이레나는 그렇게 말하고 다시 상인 대표에게 쿨린 자작에 대해 묻기 시작했다.

마지막으로 봤을 때 어디로 간다고 하지는 않았는지, 몇 시쯤에 헤어졌는지.

"그리고 한 가지 더 있는데요."

자리에서 일어날 때쯤, 세이레나가 한 가지 질문을 던졌다.

"혹시 쿨린 자작님과 관련해서 수상하거나 신경 쓰이는 일은 없으셨나요?"

당연히 없다고 할 줄 알고 던진 질문이다. 하지만 의외로 대표는 순순히 말했다.

"한 가지 있습니다."

"네?"

뭔데? 세 사람의 몸이 대표를 향해 기울어졌다. 대표는 잠시 망설이다가 입을 열었다.

"크리케스라고, 여기서 말로 하루쯤 걸리는 항구에도 저희 쪽 사람이 있는데 말입니다. 얼마 전 타인머스산 광물을 살 생각이 있냐는 제안을 받았다고 하더군요."

타인머스산 광물? 세 사람의 시선이 부딪쳤다. 로렌이 대표로 말했다.

"그 사람과 이야기할 수 있을까요?"

"소개장을 써 드리겠습니다."

그거면 충분하다. 세 사람은 자리에서 일어났다.

상인 대표에게 감사의 인사를 하고 건물에서 나오면서 모아 나가 말했다.

"아버지는 무사하시겠지?"

로렌과 세이레나의 눈이 마주쳤다. 두 사람은 동시에 지난밤 집사의 말을 떠올렸다.

몸값 요구는 없었다고 했다.

"무사하실 거야."

세이레나는 모아나의 어깨를 끌어안으며 위로했다. 해 줄 수 있는 건 이것밖에 없다.

그때 로렌이 세이레나의 손을 잡았다.

"로렌?"

"여기서 일곱 시 방향."

응?

저도 모르게 일곱 시 방향으로 고개를 돌리려던 세이레나의 몸이 멈췄다. 로렌이 무슨 소리를 하는지 알겠다. 누군가 세 사람을 지켜보고 있었다.

"세이레나?"

모아나가 왜 그러냐는 듯 물어왔기 때문에 세이레나는 재빨리 반대쪽으로 몸을 움직이며 속삭였다.

"우릴 지켜보는 사람이 있어."

그녀의 말에 모아나의 표정이 잠깐 굳었다가 원래대로 돌아왔다. 어쩌지? 두 사람이 로렌을 쳐다보자 그녀는 능청스럽게 약간 큰 소리로 말했다.

"배고프지 않아? 돌아가서 밥을 먹고 생각해 보자."

로렌이 왜 이러는지 먼저 알아차린 건 모아나였다. 그녀는 말을 가져오는 직원에게 약간의 팁을 건네며 말했다.

"집사한테 송아지 구이를 해 달라고 할까?"

송아지를 굽는 건 꽤 오래 걸린다. 최소한 세 시간. 먹는 시간까지 계산하면 네 시간 정도는 집에만 있겠다는 말이다. 그렇게 생각한 감시자가 슬쩍 돌아섰다.

"송아지 구이, 먹고 싶어."

맞장구치던 세이레나는 로렌이 툭 치자 감시자가 있던 쪽으로 시선을 던졌다. 남자가 반대쪽으로 뛰어가는 게 보였다.

"가자."

로렌의 신호와 동시에 세이레나는 말을 가져온 직원에게 다시 말고삐를 내밀었다. 말을 타고 가면 이목이 집중된다.

"잠시 맡아 줘요."

모아나가 다시 팁을 건네며 속삭이자 직원은 고개를 꾸벅하고 말을 끌고 물러났다. 동시에 세 사람의 몸이 감시자가 사라진 쪽을 향해 뛰어나갔다.

"어디로 가는 걸까?"

감시자는 종종거리며 어딘가로 걸어가고 있었다. 벽 뒤에 숨어 상대를 살피던 세이레나가 로렌에게 물었다.

"글쎄."

남자는 익숙한 것처럼 번화가의 골목을 요리조리 지나갔다.

말을 안 가져오길 잘했네. 세이레나는 말을 타고 지나가기 어려울 것 같은 골목을 통과하며 생각했다.

"아버지를 납치한 놈일까?"

"글쎄."

모아나의 질문에 로렌이 덤덤하게 말했다.

쿨린 자작을 납치한 자일 수도 있고 아닐 수도 있다. 하지만 쿨린 자작과 상관이 없다면 거기서 세 사람을 감시하고 있을 이유가 없다. 세 사람의 눈앞에서 남자가 주변을 둘러보더니 길을 건넜다.

엇. 무심코 따라가려는 모아나를 세이레나가 잡았다.

"잠깐."

길 건너편에 있는 작은 집으로 향한 남자가 문을 두드리더니 집 안으로 들어갔다.

따라가지 않아서 다행이네. 로렌은 남자가 들어간 집의 이 층 창문을 쳐다보며 생각했다.

"저기 아버지가 갇혀 계실까?"

모아나는 작은 집을 쳐다보며 나직하게 물었다. 세 사람은 이 층 창문에서도 보이지 않도록 하기 위해 길 건너편 건물 뒤에 등을 대고 숨어 있었다.

"저긴 아닐 거야."

로렌이 말했다. 저 집은 누군가를 가둬 두기엔 너무 작다. 창문의 높이를 보아하니 지하가 있는 것도 아니다. 게다가 이렇게 번화가와 인접한 집에 누군가를 가둬 둔다는 건 상당히 대담하거나 멍청하거나 둘 중 하나다.

"어떻게 할까? 들어가?"

조바심이 이는 바람에 모아나가 연거푸 질문을 던졌다. 마음 같아서는 쳐들어가서 아버지를 내놓으라고 소리치고 싶다. 하지만 그래서는 안 된다.

세이레나는 모아나의 손을 잡으며 나직하게 말했다.

"기다려 보자. 저 사람은 그냥 연락책일 수도 있으니까."

감시자가 단순한 연락책이라면 그녀들을 진짜 쿨린 자작이 갇혀 있는 곳으로 안내할 것이다. 모아나는 세이레나의 생각에 고개를 끄덕이고 벽 뒤에 숨었다.

약간의 시간이 흘렀다. 로렌이 지켜보고 세이레나와 모아나가 쉬고 있을 때 다시 집에서 문이 열리더니 남자가 나왔다.

"나왔다."

로렌의 말에 모아나와 세이레나가 슬쩍 살폈다. 남자가 길 가운데로 가더니 택시 마차를 잡아타는 게 보였다.

"어쩌지?"

말을 가져와야 하나? 걸어서 마차를 따라잡을 수 있을 리 없다. 세이레나와 모아나가 망설이는 사이 로렌이 길 가운데로 뛰어나갔다.

"택시!"

마침 지나가던 택시 마차가 잡혔다. 세이레나와 모아나는 로렌이 잡은 마차 안으로 뛰어들었다.

"앞에 가는 저 마차를 따라가 주세요!"

로렌의 외침에 마부가 어리둥절한 표정을 지었다. 앞에 가는 마차를 따라가라고?

"무슨 일입니까, 아가씨들?"

설명할 시간이 없다. 모아나가 소리쳤다.

"저 새끼, 바람피우고 있어요!"

그녀의 말이 끝나기가 무섭게 마부가 고삐를 잡으며 소리쳤다.

"이럇!"

맙소사. 세이레나는 낄낄거리는 로렌 옆에서 모아나에게 소리쳤다.

"모아나!"

"뭐 납치보다는 바람이 낫잖아."

그렇긴 하지만. 아니, 그게 문제가 아니잖아. 세이레나는 한숨을 내쉬며 이마를 짚었다. 그녀의 마음을 모르는 마부가 앞에 가는 마차를 따라가며 물었다.

"현장을 잡은 겁니까?"

"잡으러 가는 거예요."

천연덕스러운 모아나의 말에 마부의 표정이 심각해졌다.

"들키지 않게 따라가야겠군요."

"부탁드려요!"

"여기서 택시를 한 지 이십 년째입니다. 길은 꽉 잡고 있죠."

"잘 잡았네."

마부의 말에 로렌이 킬킬거리며 말했다.

마차는 감시자가 탄 마차와 다른 길로 들어서더니 골목을 지나 큰길로 들어섰다.

"어라?"

당황하는 모아나에게 마부가 말했다.

"걱정 마세요. 뒤에 있으니."

"아저씨, 엄청나네요."

"저만 믿으세요, 아가씨들. 이런 미인을 두고 바람이나 피는 멍청이는 혼쭐이 나야 합니다."

맙소사. 다시 한 번 세이레나의 입에서 신음이 흘러나왔다. 신이 난 모아나가 박수를 쳤고 로렌이 킬킬거렸다.

마부는 장담한 대로 감시자가 내린 곳에서 멈춰 섰다. 심지어 바람이나 피는 쓰레기는 갖다 버리라는 충고까지 받았다. 친절하게도 돈을 받지 않으려는 마부에게 팁까지 얹어 돈을 쥐어 보낸 세 사람은 벽 뒤에 숨었다.

"마차역이네."

"어딘가 갈 생각인가 본데?"

세 사람의 눈앞에서 남자가 표를 사기 위해 줄을 서는 게 보였다. 모아나는 역 앞에 걸린 도착지를 확인하고 말했다.

"도착지가 다섯 군데나 되는데?"

너무 멀어서 어디 표를 사는지 들리지 않는다. 어떻게 하지? 남자가 표를 사기 시작하자 세이레나가 제안했다.

"아까처럼 가서 매표소에 물어볼까?"

"저 남자가 어디 표를 샀냐고?"

"안 알려 주려나?"

안 알려 줄 것 같은데.

로렌은 남자의 동향을 살피며 입을 열었다.

"알려 줘도 출발하는 마차가 한 대뿐이면 못 타잖아."

"아, 그것도 그러네."

승합 마차는 여러 명이 같이 타야 한다. 이 정도 거리면 모를까 마차 안에서라면 감시자가 세 사람을 알아차릴 것이다.

"어떻게 하지? 다음 마차를 타면 놓치겠지?"

그럴 거다. 마차 간격이 최소한 몇 시간일 테니까. 같은 역에

도착해도 감시자는 이미 사라지고 없겠지.

잠시 고민하던 세이레나가 입을 열었다.

"나랑 로렌이 말을 가져올게. 모아나는 여기 남아서 저 남자가 탄 마차가 어디로 가는지 알아봐."

"말을 타고 따라가자고?"

지금으로써는 그 방법밖에 없다.

결국 세이레나는 로렌과 함께 다시 상인회로 돌아갔다. 남자가 어디로 가는지 모르니 야영할 준비도 해야 할 것이다. 두 사람이 말과 약간의 준비물을 가지고 돌아왔을 때 모아나가 지도를 흔들며 말했다.

"크리케스래!"

크리케스? 로렌의 눈이 동그래졌다. 들어 본 곳이다. 어디서 들었더라? 그렇게 생각하는데 세이레나가 말했다.

"아까 대표가 말한 곳 아니야?"

"어, 맞다."

아까 상인회 대표에게 들었던 곳이다. 상인회 사람이 타인머스산 광물을 사지 않겠냐는 제안을 받았다고 했다.

모아나의 얼굴이 밝아졌다. 타인머스산 광물과 연관되어 있다. 아버지를 찾을 수 있을지도 모른다.

세 사람은 말을 타고 마차를 찾아 달리기 시작했다. 도시를 빠져나가자 곧 그리 멀리 가지 않은 마차가 보였다.

"마차는 말보다 느리니까."

그 다음부터는 조금 쉬웠다. 마차의 뒤를 따르기만 하면 되기 때문에 세 사람은 속도를 늦춰 달렸다. 거친 황야를 강을 따라 벗어나자 곧이어 숲이 나왔다.

"여기가 타인머스보다 좀 춥지 않아?"

숲으로 들어서자 모아나가 말했다.

고삐를 쥔 손이 조금 차갑다. 세이레나는 모아나를 쳐다보며 말했다.

"담요 꺼내 줄까?"

야영할 수도 있어서 야영 준비를 해 왔다. 모포와 여분의 옷, 그리고 마실 물과 하루분의 육포. 이 정도면 하루 이틀 정도는 버틸 수 있을 거다. 부족한 건 지나가는 마을에서 보충하면 되겠지.

모아나는 하늘을 바라보고 고개를 저었다.

"아니야, 됐어. 곧 저녁인데 뭐."

해가 뉘엿뉘엿 지기 시작했다. 하늘이 붉게 타오르면서 숲이 어두워졌다.

곧이어 앞서가던 마차가 멈췄다. 선두를 달리고 있던 로렌이 말을 멈추고 세이레나와 모아나를 돌아보며 물었다.

"우리도 여기서 멈출까?"

그게 좋을 것 같다. 더 가까워지면 저쪽에 들킨다.

세 사람은 마차의 여행자들이 모닥불을 피우는 것을 보고 그들이 보이지 않는 수풀과 나무 뒤에 말을 묶었다.

"불, 피울까?"

숲이라 기온이 더 떨어졌다. 모아나는 망토를 여미며 투덜거렸다.

"확실히 여기가 타인머스보다 더 추워."

타인머스는 이 시기에 이 정도로 춥지 않다.

저쪽 여행자들에게 보이지 않도록 로렌이 불을 작게 피우자 세이레나가 육포와 물을 데웠다.

모아나는 따듯한 물이 담긴 컵을 쥐고 돌 위에 앉아 있었다. 여행자 쪽으로 힐끔힐끔 시선을 던지며 로렌이 육포를 뜯었다. 풀벌레 소리가 주변에 가득 찼다.

"두 사람, 도와줘서 고마워."

풀벌레 소리 사이로 모아나가 나직하게 말을 걸었다.

웅? 물을 마시던 세이레나와 육포를 씹던 로렌이 고개를 돌렸다.

"아버지를 구하러 같이 와 줘서, 고맙다고."

"친구 아버지인데 이 정도는 해야지."

로렌이 모아나의 어깨를 툭 치며 웃었다.

친구.

세이레나 역시 로렌의 말에 미소 지었다. 세 사람의 대화가 기사단에서 검으로 이어졌다.

"검을 이렇게 들고."

아직 잘 시간이 아니었기 때문에 대화가 두런두런 이어졌다.

세이레나는 로렌의 검을 든 자세에 대해 들으며 시선은 여행자들 쪽으로 향하고 있었다.

"팔꿈치는 이렇게."

모아나는 자기 검을 들고 로렌의 강좌를 눈을 반짝이며 듣고 있었다. 드럼란리그로 오는 길에 그녀 혼자만 기진맥진했던 게 자존심이 상했다. 훈련을 열심히 해야지. 그 다짐대로 그녀는 검술 훈련을 진지하게 받아들이기 시작했다.

"허리는 세우고."

여행자들에게 보이지 않도록 나무 뒤에서 로렌이 검을 들고 일어났다. 모아나 역시 로렌을 따라 일어나서 검을 들어 보였다.

"으, 이거 힘드네."

"익숙해지면 그게 더 편해."

"힘주기 힘들 것 같은데?"

"바른 자세에서 강한 힘이 나오는 법이야."

로렌의 말에 세이레나는 빙그레 웃었다. 애쉬도 그녀에게 그렇게 말했다.

애쉬는 지금 뭘 하고 있을까. 세이레나는 반사적으로 그녀가 가장 사랑하는 두 남자를 떠올렸다. 애쉬와 에즈라.

그녀가 로렌, 모아나와 함께 있어서 즐거운 것처럼 두 사람도 함께 즐거운 시간을 보내고 있으면 좋겠다.

그 순간 그녀는 검을 쥐고 벌떡 일어났다.

"세이레나, 너도 하게?"

모아나가 그렇게 물어보는 것과 동시에 로렌의 고개가 획 돌아갔다. 로렌도 그 냄새를 맡았다.

짐승의 냄새였다.

"모아나, 이쪽으로 와."

세이레나는 검을 뽑아 들며 속삭였다. 모아나는 자신이 눈치채지 못한 것을 친구들이 느꼈다는 것을 알아차렸다.

몬스터? 아니면 짐승?

귀를 기울여 봤지만 모아나는 들리지 않았다.

"저쪽이다."

로렌이 나직하게 속삭였다. 그녀의 시선 끝에 마차를 타고 온 사람들이 있었다.

"어떻게 하지? 도와줘야 하나?"

모아나가 망설이며 물었다. 도와주면 세 사람이 감시자 앞에 모습을 드러내야 한다. 하지만 도와주지 않으면 저 사람들이 위험하다.

"짐승? 몬스터인가?"

세이레나는 사람들에게 시선을 떼지 않은 채 물었다. 짐승 냄새가 난다. 하지만 몬스터에게도 짐승 냄새가 난다. 바스락거리는 소리가 들리기 시작했다. 저쪽에서도 소리를 들었는지 사람들이 두리번거리는 게 보였다. 곧 사람들 사이에서 검을 든 남자가 일어났다.

"용병인 모양인데."

모아나가 중얼거렸다. 이쪽이 나서지 않도록 저쪽에 싸울 수 있는 사람이 더 많았으면 좋겠다.

감시자도 싸울 수 있지 않을까. 그렇게 생각하며 시선을 돌렸지만 감시자는 사람들 사이에 앉아 있을 뿐 일어설 생각이 없어 보였다.

"젠장."

세이레나는 나직하게 욕을 내뱉었다. 나직하게 짐승이 위협하는 소리가 가까워졌다. 타깃을 그녀들이 아니라 저쪽 여행자로 삼은 게 다행인지 아닌지 모르겠다.

"어째서 저쪽이지?"

모아나가 검을 든 채 물었다. 세 사람 쪽이 수도 적고 여자들뿐이라 짐승이나 몬스터가 공격하기 쉽다. 하지만 짐승은 더 수가 많은 저쪽 여행자를 타깃으로 삼았다.

"저쪽이 더 맛있는 냄새가 나나 보지."

세이레나의 말에 모아나는 아, 하고 신음하며 수긍했다. 육포와 물을 데워 먹은 이쪽과 달리 저쪽은 냄비로 이런저런 요리를 해 먹었다. 더 냄새가 났다.

하지만 로렌은 그것 때문이 아닐 거라고 생각했다. 짐승이 그녀들을 공격하지 않은 건 로렌과 세이레나 때문이다.

짐승은 자기보다 더 강한 상대는 공격하지 않는 법이다. 이 세 기사보다 저쪽 사람들이 더 약하다고 판단했다는 의미다. 그건 더 안 좋다.

로렌의 표정이 굳었다. 저쪽이 이쪽 세 사람보다 더 약하다면 도와줘야 한다. 그녀는 세이레나와 모아나를 돌아보며 속삭였다.

"준비해야겠어."

무슨 소린지 알아들은 모아나와 세이레나의 표정도 굳었다. 좋지 않다.

"누구냐!"

여행자들 사이에서 남자가 소리 지르는 순간 "컹!" 하고 짐승이 수풀 사이에서 튀어나왔다.

"꺄악!"

"으아악!"

겁에 질린 사람들이 흩어지기 시작했다.

세이레나는 더 지켜보지도 않고 뛰어나갔다. 그녀의 뒤로 로렌과 모아나가 따랐다.

"컹!"

거대한 늑대가 사람들을 향해 짖어 댔다. 그 뒤로 회색 털을 가진 늑대들이 튀어나왔다.

"사람 살려!"

사람들이 도망치기 위해 수풀로 들어가자 늑대 역시 뛰어들었다. 그 뒤를 세이레나가 따랐다.

로렌은 사람들을 지키기 위해 모닥불 앞에 버티고 섰다. 나직하게 그르렁대던 늑대가 로렌의 존재에 멈칫했다.

"마차로 들어가요!"

그 뒤에서 모아나가 사람들에게 소리쳤다. 그녀는 한 손에는 검을, 다른 한 손에는 불이 붙은 나무 막대기를 쥐고 있었다.

늑대들이 모아나에게 접근하려 할 때마다 그녀는 검보다 손에 든 불붙은 나무를 먼저 휘둘렀다. 그쪽이 훨씬 낫다.

모아나를 본 용병도 불붙은 나무 막대기를 하나 쥐고 휘두르기 시작했다.

"캥!"

로렌의 검을 맞은 늑대가 뒤로 물러났다. 로렌은 자세를 고치며 늑대를 노려봤다. 어디 다시 와 봐, 이번엔 숨통을 끊어 줄 테다. 그런 시선에 늑대가 슬금슬금 뒤로 물러나기 시작했다.

그 틈에 모아나는 사람들을 마차 안으로 인도했다.

"크르륵."

늑대들이 마차와 로렌을 중심으로 빙글빙글 돌기 시작했다. 들어가는 것을 거부한 용병이 모아나 곁에서 검을 들고 섰다.

"캑!"

부욱 하고 가죽이 찢어지는 느낌과 함께 늑대가 나가떨어졌다. 세이레나는 칼끝에 느껴지는 감각에 몸서리치며 돌아섰다.

털썩 쓰러진 늑대가 순식간에 피로 물들었다. 늑대들이 쓰러진 늑대 곁으로 몰려들더니 킁킁대며 냄새를 맡기 시작했다.

"괜찮아요?"

세이레나는 등 뒤의 남자에게 소리쳤다. 하지만 남자의 목소리는 들리지 않았다. 설마 죽은 건 아니겠지. 아니었으면 좋겠다.

하지만 그녀가 발견했을 때 남자의 상황이 너무 심각해서 죽었을 수도 있다는 생각이 들었다. 세이레나가 늑대를 쫓아 풀숲으로 뛰어들었을 때 늑대 한 마리가 남자의 어깨를 물고 있었다.

"크르르."

이를 드러낸 늑대들이 세이레나를 노려봤다. 올 테면 와 보시지. 그녀 역시 검을 고쳐 잡으며 늑대들을 노려봤다.

"힉."

약간 떨어진 곳에서 여자가 겁에 질린 신음을 내뱉었다. 세이레나는 곁눈질로 여자를 확인하고 소리쳤다.

"이쪽으로 와요!"

"하, 하지만……."

"살고 싶으면 와요!"

그녀의 말에 여자가 엉금엉금 기며 일어났다. 그러더니 곧 세이레나를 향해 뛰기 시작했다.

그 순간 늑대들이 여자를 향해 고개를 돌렸다.

"어딜!"

세이레나는 검을 쥔 채 여자 쪽으로 몸을 돌렸다. 그녀를 공격하면 가만두지 않을 거야. 투지가 세이레나의 몸 밖으로 흘러나오기 시작했다.

"컹!"

그 순간 가장 작은 늑대가 여자를 향해 뛰어들었다.

"꺄아아악!"

여자가 비명을 지르며 그 자리에 주저앉았다. 세이레나는 그대로 뛰어가며 검을 휘둘렀다.

"캥!"

여자를 향해 뛰어들었던 늑대의 발이 그녀의 검에 썰려 나갔다. 피가 공중에 흩뿌려졌다.

"캥! 캑, 캑!"

늑대가 깽깽거리며 뒤로 물러나자 다른 늑대들도 세이레나를 노려보며 주춤 물러났다.

어디 한번 와 봐. 세이레나는 여자를 자신의 등으로 가리며 늑대들을 노려봤다.

"아오오오오."

어디선가 늑대 울음소리가 시작됐다. 세이레나의 눈앞에 있던 늑대들이 멈칫하더니 고개를 들고 일제히 울음소리를 냈다.

"꺄악!"

그녀의 뒤에 있던 여자가 늑대들의 울음소리에 놀라 작게 비명을 질렀지만, 늑대들은 여자에게 신경 쓰지 않았다.

여기저기에서 산발적으로 울음소리가 이어지고 늑대들이 물러나기 시작했다.

"세이레나!"

로렌과 모아나 쪽의 늑대들도 물러났다. 두 사람은 제일 먼저 세이레나의 안전을 확인했다. 딱히 세이레나가 다쳤을 거라고 생각해서 확인한 건 아니었다. 둘 다 세이레나가 이런 늑대 정도는 물리칠 수 있을 거라고 생각했다. 그녀를 부른 건 어디 있는지 찾기 위해서기도 했다.

하지만 세이레나의 대답이 들리지 않았다.

"세이?"

이번에는 로렌이 세이레나를 불렀다. 하지만 이번에도 대답이 들려오지 않았다.

로렌과 모아나는 서로를 쳐다보고 세이레나가 사라진 수풀을 향해 뛰어갔다.

"세이레나!"

"세이! 괜찮아?"

"로렌, 모아나! 이쪽이야!"

이윽고 세이레나의 목소리가 들려왔다.

다행이다. 안도하는 두 사람 앞에 바닥에 주저앉은 세이레나가 보였다.

"무슨 일 있어?"

"다친 건 아니지?"

두 사람의 물음에 세이레나가 고개를 들었다. 어쩔 줄 몰라 하는 세이레나의 품에 남자가 쓰러져 있는 게 보였다.

"이 남자, 그 남자 맞지?"

뭐가? 모아나와 로렌은 세이레나를 향해 다가가다가 피 냄새를 맡고 멈칫했다.

다쳤나? 하지만 세이레나는 멀쩡해 보인다.

다친 건 그녀가 아니었다. 세이레나는 품에 있는 남자의 숨이 할딱이다가 느려지는 것을 느끼고 있었다.

"어떻게 해?"

세이레나의 얼굴이 울 것처럼 일그러졌다. 로렌은 그녀의 옆에 앉았다가 세이레나가 끌어안고 있는 남자가 그녀들이 따라온 감시자라는 것을 깨달았다.

"모아나."

로렌이 모아나를 불렀다.

왜 그래? 무슨 일인지 모르고 다가온 모아나가 세이레나의 맞은편에 쪼그리고 앉았다. 그녀는 로렌과 세이레나처럼 바닥에 엉덩이를 대고 싶지 않았다.

"그 남자야."

"그 남자?"

"우리가 따라온 감시자."

그제야 모아나는 피에 젖은 남자의 옷이 감시자가 입고 있던 옷과 똑같다는 것을 깨달았다. 남자의 어깨와 목이 늑대에 물려 만신창이었다.

"이봐, 당신!"

모아나는 다급하게 남자를 흔들었다. 세이레나는 그러지 말라고 하려다 말았다. 더 이상 숨소리가 들리지 않았다.

"당신! 우리 아버지가 어디 있는지 알지? 어서 말해!"

"모아나."

로렌이 불렀지만, 모아나는 들리지 않았다. 그녀는 남자의 몸을 흔들며 소리쳤다.

"어서 말해! 아버지는 어디 계신 거야? 알고 있지?"

"모아나, 죽었어."

세이레나가 무거운 목소리로 말했다. 사람이 죽었다. 그녀의 눈앞에서. 일면식도 없는 남자지만 마음이 무거웠다.

"젠장!"

모아나는 남자의 몸을 흔들다가 결국 바닥에 주저앉았다. 이자를 따라가면 될 거라고 생각했는데. 간신히 길을 찾았다고 생각했는데…… 그 길이 중간에 뚝 끊겨 버린 느낌이었다.

칼리스타

"도와주셔서 감사합니다."

크리케스에 도착하자 여행자들이 세이레나와 모아나, 로렌에게 고개를 숙이며 감사를 표했다.

세 사람이 없었다면 피해가 컸을 것이다. 피해는 사망자 하나, 경상자 셋. 사망자가 재수 없었다. 다른 사람들은 다리를 물리거나 팔을 긁힌 정도였다.

"당연히 도와야죠."

로렌이 대표로 말했다. 그녀들이 빨리 나섰기 때문에 피해가 그 정도로 그쳤다.

세 사람은 다친 사람들을 위해 밤새 마차를 보호하며 크리케스를 향해 달렸다. 덕분에 평소보다 빠르게 도착할 수 있었다.

하지만 정작 세 사람의 피해는 컸다.

모아나는 어두운 표정으로 서 있었다. 감시자가 죽어서 그가 어디로 가려고 했는지 알 길이 요원하다.

"세 분 다 대단한 실력자시더군."

전투에서 제일 먼저 검을 뽑았던 용병이 사람들이 떠나고 나자 다가왔다.

지난밤에 자신을 한스라고 소개한 그는 놀라고 있었다. 그 평생 이 정도로 실력 있는 여자는 처음 봤다.

"어제 물어보지 못했는데 어느 용병단에 있지?"

한스의 질문에 로렌과 세이레나의 시선이 부딪쳤다.

어라, 용병단에 있는 게 아닌가? 한스는 혹시나 하는 마음에 다시 물었다.

"혹시 소속된 곳이 없나? 괜찮다면 우리 용병단을 소개해 줄까?"

그는 이 정도로 실력 있는 검사들이라면 자신이 있는 용병단에 충분히 입단할 수 있을 거라 생각했다.

드럼란리그에도 여자 용병이 없는 건 아니다.

"아니, 우린 용병이 아닌데."

로렌이 조심스럽게 말했다.

신분을 밝혀도 되나…… 그런 걱정에 세이레나도 조심스럽게 말했다.

"우린 드럼란리그 사람이 아니라서. 타인머스에서 왔거든."

"타인머스? 그 먼 곳에서 무슨 일로 온 거지?"

으음. 이것도 설명하기 어렵다. 세이레나는 잠시 망설이다가 말했다.

"저 친구의 아버지가 연락이 안 돼서. 혹시 여기 계실까 하고 찾아왔지."

한스는 세이레나가 가리키는 모아나를 보고 고개를 끄덕였다. 그래서 저렇게 어두운 표정이었군. 그는 다시 한 번 세이레나를 쳐다보고 아깝다는 듯 혀를 찼다. 이 정도 미인에 수준급 실력자가 타인머스에 있을 줄은 몰랐다. 그는 아쉬운 마음에 다시 한 번 말했다.

"혹시 용병단에 들어올 생각이 있으면 내게 말해. 자네들 같은 실력자라면 어느 용병단이라도 두 팔 벌려 환영할 테니 말이야."

"고마운 말이군."

로렌은 빙그레 웃으며 대답했다.

한스의 시선이 다시 한 번 세이레나를 향했다. 그는 머뭇거리다가 다시 말했다.

"혹시 도움이 필요하면 난 저쪽 술집에 있으니까 찾아와. 한나네라고, 우리 누나가 하는 가게거든."

딸은 한나, 아들은 한스인 모양이다. 세이레나는 빙그레 웃으며 한스에게 손을 내밀었다.

"그래."

도움이 필요할지도 모른다. 술집이라면 그 마을 정보가 오고 가는 곳이니까.

한스의 얼굴이 가볍게 달아오르더니 세이레나의 손을 마주 잡았다. 로렌은 아쉽다는 듯 뒤를 돌아보며 떠나는 한스를 보며 휘파람을 불었다.

"이걸 애쉬가 봐야 하는데 말이야."

"애쉬가? 왜?"

"아니야, 아무것도."

재미있는 이야깃거리가 생겼다. 그녀는 돌아가서 애쉬에게 이 이야기를 꼭 해 줘야겠다고 다짐하며 모아나를 돌아봤다.

감시자는 죽었지만 다행히도 크리케스에 와야 할 필요가 있었다. 로렌은 상인회 대표가 적어 준 소개장을 꺼내며 물었다.

"여길 먼저 갈까, 숙소를 잡고 쉴래?"

밤새 말을 달렸기 때문에 피곤하다. 마차를 보호하느라 신경이 곤두서 있어서 더 그랬다. 씻고 뭐라도 먹고 싶은데. 그런 생각이 가득했지만 로렌은 친구를 위해 상인부터 만나러 갈 생각도 있었다.

"먼저 쉬자."

모아나는 그런 친구들을 위해 먼저 쉬자고 말했다. 아버지를 찾기 위해 드럼란리그까지 왔고 밤새 말을 달렸다. 여기서 더 억지를 부릴 수는 없다. 게다가 모아나도 지쳐 있었다. 로렌이나 세이레나보다 더 피곤했다.

세 사람은 적당한 숙소를 찾아 들어갔다. 항구 마을이라 여관은 많았다.

"여기 갈까? 인어의 집. 이름 좋은데."

선원들이 북적이는 저렴한 여관보다 좀 비싼 곳에 숙소를 잡은 세 사람은 가볍게 씻고 한숨 잔 뒤에 일어났다. 마을에 도착한 게 이른 아침이라 한숨 자고 일어나도 해는 여전히 중앙에 떠 있었다.

제일 먼저 씻고 나온 세이레나가 일 층으로 내려갔다.

"여기 음식이 뭐가 있죠?"

배고프다. 세이레나의 질문에 직원이 재빨리 메뉴를 읊었다.

"구운 닭고기와 호박파이가 있습니다. 생선찜과 양파 수프도 있고요."

"전부 하나씩 주세요."

"손님 혼자 드시기엔 많을 텐데요?"

별걱정을 다한다. 세이레나는 심드렁하게 말했다.

"일행 두 명 더 와요."

그렇다면. 직원이 재빨리 주문을 넣었다. 곧이어 치익 하고 안쪽에서 요리하는 소리가 들리기 시작했다.

수프 먼저 줬으면 좋겠는데.

빈 테이블에 앉아 음식을 기다리는 세이레나에게 남자들의 시선이 꽂혔다. 엄청난 미인이다. 짧은 금발과 커다란 보라색 눈동자가 마치 요정처럼 보인다.

손님들은 세이레나의 정체가 뭘지 수군거리기 시작했다.

"어느 나라 공주 아니야?"

"말도 안 되는 소리. 공주가 왜 혼자 이런 델 돌아다녀?"

"도망 나온 공주님이라거나."

"너 이상한 이야기를 너무 많이 들은 거 아니냐?"

"극단 무희 아니야?"

"그럴 수도 있겠네."

사람들은 세이레나가 어디 극단의 무희라고 생각했다. 복장은 영 아니지만.

그때 남자 하나가 벌떡 일어나서 세이레나에게 다가갔다.

"어디 소속이야?"

"뭐?"

세이레나는 무슨 소린가 하고 고개를 들었다.

어디 소속이냐고? 설마 그녀가 라고말리 기사단의 기사라는 것을 알아차린 건가?

지금 그녀가 입고 있는 옷 어디에도 라고말리 기사단의 문양은 없다.

어떻게 안 거지? 당황하는 세이레나의 맞은편에 허락도 없이 앉으며 남자가 다시 물었다.

"어느 극단이냐고. 무슨 춤을 추지?"

이건 또 무슨 소리야.

세이레나는 남자가 뭔가 오해하고 있다는 것을 알아차렸다. 덕분에 침착해질 수 있었다. 그녀는 고개를 갸웃하며 말했다.

"난 앉으라고 한 적 없는데?"

귀족 사회에서 나고 자란 세이레나에게 이런 지적은 당연했다. 그녀가 지적하면 상대방은 얼굴을 붉히며 사과하는 게 마땅했다. 하지만 남자는 귀족이 아니었고 세이레나를 무희라고 생각하고 있었다.

"건방지게 굴긴."

남자가 손을 뻗어 세이레나의 턱을 잡으려 하며 말했다.

세이레나의 미간에 주름이 생겼다. 미쳤나? 그녀는 남자의 손을 피한 뒤 말했다.

"누가 건방지게 구는 거지?"

가게 안의 사람들은 흥미롭다는 듯 세이레나와 남자의 작은 다툼을 지켜보고 있었다. 그들은 다 무희가 자기 얼굴을 믿고 비싸게 군다고 생각했고 꽤 당돌하다고 생각했다.

"당돌하긴."

남자가 껄껄대며 세이레나를 향해 다시 손을 뻗었다.

왜 자꾸 만지려 하는 거지? 세이레나는 불쾌한 표정으로 남자의 손을 탁 쳤다.

"응?"

손을 맞은 남자는 이게 무슨 일인가 하고 눈을 크게 떴다. 비싸게 구는 것도 한두 번이지, 너무 잦으면 짜증 난다. 그가 그렇게 말하려 했을 때였다.

"무례하군."

세이레나는 미간에 주름을 만들며 싸늘하게 말했다. 그녀는 마치 자신의 손에 더러운 게 묻었다는 듯 손수건을 꺼내 닦으며 말을 이었다.

"어린 사람이라면 뭘 모른다고 하겠지만 나이도 먹은 자가 이리 무례하다니, 가문의 이름을 더럽히는 것도 정도가 있지."

뭐?

식당 안의 사람들은 다들 세이레나가 무슨 소리를 하는 건가 하고 입을 딱 벌렸다.

고위 귀족이 할 법한 말을 이런 젊고 예쁜 아가씨가 할 줄은 몰랐다.

남자는 멍하니 세이레나를 보다가 정신을 차렸다. 마치 자신을 버릇없는 젊은이처럼 대하는 태도에 기분이 나빠졌다. 그는 세이레나의 손을 낚아채려 다시 손을 내밀며 소리쳤다.

"예쁘다, 예쁘다 했더니!"

이번에도 세이레나는 남자의 손을 탁 치며 말했다.

"예의를 배우지도 못한 건가?"

세이레나가 남자의 손을 또 쳐 냈다는 것을 깨달은 사람들이 웃음을 터트렸다. 저 여자 제법이네.

그중에는 세이레나가 남자에게 맞을까 봐 걱정하는 사람도 생기기 시작했다.

"이봐, 자네가 무례했어. 그만하고 이리 와."

싸움이 일어날까 걱정된 사람들이 남자를 불렀지만 이미 화가 난 남자는 눈에 보이는 게 없었다. 그는 벌떡 일어나 다시 한 번 테이블을 쾅 하고 내리치며 말했다.

"너 이년! 싸가지 없이 굴다 혼날 줄 알아!"

"싸가지 없는 건 너잖아."

세이레나는 덤덤하게 말했다. 허락 없이 앉은 것도 저 남자고 허락 없이 그녀의 몸에 손을 대려 한 것도 저 남자다. 싸가지 없는 걸 따지면 그녀가 아니라 저 남자다.

"적당히 죄송합니다, 하면 혼은 안 내 주려 했는데, 그 예쁜 얼굴이 망가지고 싶나 보지?"

남자는 앉아 있던 의자를 집어 던지며 소리쳤다.

저거, 내가 배상해야 하는 거 아니겠지. 세이레나는 그렇게 생각하며 망가진 의자를 쳐다봤다.

카운터에서 직원이 어쩔 줄 몰라 하는 게 보였다.

"당신이 먼저 시비를 걸었잖아?"

세이레나는 남자를 향해 손을 저으며 말했다.

밥 먹는다고 검을 놓고 온 게 아쉽다. 설령 가져왔다고 해도 그렇게 쉽게 뽑을 생각은 없지만.

하지만 남자는 세이레나의 행동에 모욕을 당했다고 생각했다. 그는 테이블을 잡아 세이레나를 향해 밀며 소리쳤다.

"이년이!"

왜 이런 사람들은 자기가 먼저 시비를 걸고 화를 내는 걸까.

세이레나는 의자 위에서 뛰어올랐다. 그녀의 몸이 가볍게 공중에 떠올랐다.

쾅!

남자가 민 테이블이 다른 테이블이 부딪쳐 요란한 소리를 냈다. 동시에 세이레나의 몸이 테이블 위에 내려앉았다.

"어?"

사람들은 방금 일어난 일을 보고 입을 딱 벌렸다. 저 무희가 의자에서 뛰어오르더니 테이블 위에 안착했다. 사람들 눈에는 그게 대단한 거로 보였다.

하지만 세이레나에게는 별것 아니었다. 그녀는 전투 중에 말 위에서도 뛰어오르는 짓을 한다. 이 정도쯤이야.

"얄팍한 묘기를 보이는구나."

남자가 검을 뽑아 들었다.

어? 진짜? 어이없어 하는 세이레나의 뒤에서 사람들이 소리쳤다.

"이봐! 그만둬!"

"그게 무슨 짓이야?"

사람들의 만류에도 남자는 적의에 찬 눈으로 세이레나를 노려보고 있었다.

진심인가? 세이레나는 어이가 없어서 남자를 쳐다봤다. 이쪽은 무기가 없다. 사람들 역시 그 사실을 지적했다.

"상대는 무기도 없는 연약한 여자라고!"

연약한 여자는 아닌데. 세이레나가 그렇게 생각한 순간 남자가 테이블을 걷어찼다.

"쾅!" 하는 큰 소리와 함께 세이레나의 몸도 흔들렸다.

"아이고, 손님!"

직원이 소리쳤지만, 검이 무서워서 다가오지는 않았다.

완전 검을 든 미친놈이네. 세이레나는 자세를 잡으며 생각했다.

"그 예쁜 얼굴에 작별이나 하시지!"

남자가 그렇게 말하며 검을 휘둘렀다.

왜 남자들은 내 얼굴을 가지고 저러는 걸까. 세이레나는 이상하다고 생각하며 몸을 굴려 검을 피했다.

"콱!" 하고 남자의 검이 테이블에 꽂혔다.

"으아아아."

직원이 신음을 내뱉었다.

"멍청한 짓을 하네."

세이레나는 몸을 일으키며 중얼거렸다. 검을 나무 테이블에 꽂다니, 멍청한 짓이다.

아니나 다를까 남자가 검을 뽑기 위해 힘을 주기 시작했다.

"혼쭐을 내주지."

여전히 입은 살아 있다.

세이레나는 테이블 밖으로 뛰어내렸다. 그녀가 내려가자 테이블이 들썩거리기 시작했다. 그 틈을 놓치지 않고 세이레나는 다리를 들었다. 그리고 남자가 힘을 주는 순간 테이블을 걷어찼다.

"악!"

쿠당탕하고 엄청난 소리와 함께 남자와 테이블이 반대쪽으로 굴러갔다.

헉. 사람들의 신음 소리가 이어졌다. 바로 잠시간 가게 안에 정적이 흘렀다.

세이레나는 이제 어떻게 해야 할지 망설이며 서 있었다. 애쉬는 틈을 주지 말고 공격하라고 했지만 여긴 드럼란리그. 괜한 소동으로 번지지 않았으면 좋겠다.

"이, 이 나쁜 년이!"

다행히 남자는 살아 있었다. 그는 테이블을 밀며 일어났다. 하지만 멀쩡한 상태는 아니었다.

"이봐! 피!"

남자의 귀에서 피가 나고 있었다. 자기 검에 베인 거다.

남자는 어리둥절한 표정으로 자기 몸을 살피다가 손을 들어 얼굴을 쓸었다. 곧이어 손에 피가 묻어났다.

"으아, 으아아악! 피! 피가!"

어라. 세이레나는 남자의 모습에 놀라 눈을 동그랗게 떴다. 지금 고작 피 정도로 저 난리를 피우는 거야?

다행히 그때 모아나와 로렌이 내려왔다.

뭐가 이렇게 시끄러워? 무슨 일인가 하고 내려왔던 두 사람은 소동의 한가운데에 세이레나가 있는 것을 보고 깜짝 놀라서 외쳤다.

"세이레나?"

"세이? 무슨 일이야?"

두 사람이 늘어나자 남자의 태도가 변했다. 그는 미친 사람처럼 검을 휘두르며 소리쳤다.

"이 이년들! 작당하고 온 거지! 이 나쁜 년들!"

뭐라는 거야? 모아나가 무슨 일인가 하고 물었다.

"왜 저래?"

"음, 피를 처음 본 게 아닐까?"

세이레나의 대답에 모아나가 픽 웃으며 팔짱 꼈다.

"남자들이란."

사람들은 여유로운 세 사람의 모습에 놀라 멍하니 지켜보고 있었다. 저 여자들 왜 저렇게 여유로워? 물러나 있던 직원이 말했다.

"소, 손님! 이쪽으로 오세요!"

"어? 아, 검 때문에?"

로렌은 씩 웃으며 그렇게 말하고 구석에 놓인 빗자루를 집었다.

"잠깐 빌릴게요."

"손님? 손님!"

직원의 만류에도 아랑곳하지 않고 로렌은 빗자루를 세이레나에게 던졌다.

응? 나한테? 세이레나는 반사적으로 빗자루를 받아 들었다.

남자는 여전히 미친 사람처럼 검을 휘두르고 있었다.

"그러다가 또 피를 볼 텐데."

세이레나는 그렇게 말하며 남자에게 다가갔다. 안타깝게도 남자는 그녀의 말을 듣지 못했다. 그녀가 다가오자 더 미친 사람처럼 검을 휘두를 뿐이었다.

빈틈이 너무 많아서 오히려 어디를 건드려야 할지 모르겠다. 세이레나는 빗자루를 내밀어 남자의 발목을 툭 쳤다.

"으아악!"

남자가 검을 휘두르던 자세 그대로 넘어졌다. 이대로 넘어지면 본인의 검에 본인이 다칠 것이다.

세이레나는 이어서 남자의 손목을 툭 쳤다. 그의 손에서 검이 빠져나왔다.

"콱!" 하고 남자의 손에서 빠져나온 검이 이번에는 다른 테이블에 가서 박혔다. 으악 하고 소리 지르며 물러나는 사람들 사이를 로렌이 파고들어 가 검을 뽑아냈다.

"수준에 맞지 않게 좋은 검을 쓰네."

그녀는 그렇게 말하며 가볍게 검을 휘둘렀다. 좀 무겁다. 왜 이렇게 무겁지? 검을 살핀 로렌은 손잡이에 이런저런 장식이 달린 것을 확인했다.

"겉멋만 들어선."

로렌이 그렇게 말하는 순간 가게 밖에서 누군가가 뛰어 들어왔다.

엇, 치안관인가?

사람들의 시선이 가게 정문으로 몰렸다. 들어온 남자는 숨을 몰아쉬다가 바닥에 엎어진 남자를 보고 버럭 소리를 질렀다.

"이 멍청이가!"

난동을 피운 남자와 다르게 멀끔하게 차려입은 남자였다. 그의 뒤로 다른 남자들이 우르르 들어왔다. 순식간에 난동을 피운 남자가 뒤따라온 남자들에게 끌려 나갔다.

"이거 미안하게 됐군."

멀끔하게 차려입은 남자가 품에서 주머니를 꺼내 직원에게 건넸다.

"이거면 피해 보상이 될 겁니다."

남자의 말에 직원은 주머니를 열어 보고 깜짝 놀랐다. 망가진 테이블 값보다 훨씬 많은 돈이 들어 있다.

이어서 남자는 세이레나에게 돌아섰다.

"죄송합니다, 아가씨."

예의 바른 태도였지만 세이레나의 표정은 딱딱했다. 그녀는 끌려 나간 남자보다 훨씬 굳은 표정으로 그를 쳐다보고 있었다.

"제 부하가 멍청한 짓을 저질렀군요. 식사비는 제가 대신 내도록 하겠습니다. 옷도……."

"됐어요."

세이레나는 냉정하게 말했다. 필요 없다.

그녀의 말에 남자가 잠깐 놀란 표정을 짓더니 다시 말했다.

"그럼 식사비만이라도 내게 해 주시죠. 부하 관리를 제대로 못 한 탓이니까요."

세이레나는 남자를 뚫어져라 처다보고 있었다. 남자는 그녀가 아무 말도 하지 않자 주머니 하나를 다시 꺼내 직원에게 건네며 말했다.

"저분들께 필요한 건 뭐든 제공해 드리게."

직원의 표정이 밝아졌다. 이런 소동이라면 몇 번이나 해도 된다.

"세이, 괜찮아?"

남자가 나가자 로렌이 세이레나에게 다가가며 물었다. 어째 세이레나의 표정이 이상했다.

"응, 아니, 응. 괜찮아."

이거 괜찮다는 거야, 아니라는 거야? 모아나와 로렌의 시선이 부딪쳤다.

세이레나는 직원에게 다가가 물었다.

"방금 그 남자, 누군지 압니까?"

"어, 네. 분명……."

어디서 왔다고 했더라? 직원은 잠시 생각하다가 말했다.

"타인머스에서 왔다고 들었는데요."

어? 모아나와 로렌이 직원의 말을 듣고 놀라서 다가왔다. 세이레나는 심각한 표정으로 물었다.

"여기서 뭘 하고 있는지 알아요?"

"글쎄요. 항구 도시니까요. 뭘 사거나 팔려는 거겠죠."

"그게 뭔지는 모르고요?"

모른다. 직원이 고개를 저었다. 세이레나는 이어서 물었다.

"저 사람들, 어디서 묵고 있는지 알아요?"

어디서 묵는지는 모른다. 하지만 이 근방에서 묵고 있을 것이다. 그 남자의 부하들이 자주 이곳에서 술을 마시거나 식사를 했으니까.

직원은 잠시 눈동자를 굴리다가 말했다.

"이 근방 술집 어디나 있을 겁니다."

"알겠어요."

부하가 난동을 피운다는 소식을 듣고 대장이 달려온 모양이다. 돌아선 세이레나는 모아나와 로렌이 있는 테이블에 가서 앉았다.

사람들이 대체 저 여자의 정체가 뭐냐고 수군거리는 것을 무시하며 모아나가 물었다.

"왜 그래?"

"아까 그 남자 말이야."

"돈 주고 간 사람?"

응. 세이레나는 고개를 끄덕였다.

본 적이 있다. 그녀가 왕비였을 때. 그때는 한쪽 눈에 안대를 하고 있었다.

세이레나는 지금 남자의 눈이 둘 다 멀쩡한 것을 떠올리며 입을 열었다.

"타인머스 사람이야."

"어떻게 알았어?"

로렌이 놀랍다는 듯 물었다. 세이레나는 마치 아는 것처럼 직원에게 물었다. 대답할 말이 궁색해서 세이레나는 잠시 입을 다물었다.

그전 생에서 왕비가 되었던 세이레나는 왕궁에서 저 남자를 봤다. 그때는 그 역시 그녀를 알 것이다. 하지만 지금은 아니다. 둘 다 서로를 만난 적이 없다.

"본 적이 있어."

세이레나가 할 수 있는 말은 그것뿐이었다. 어디서 만났냐고 물어보면 어쩌지? 걱정하는 그녀에게 로렌이 물었다.

"혹시 쿨린 자작님과 함께 있는 걸 본 적 있어?"

세이레나의 눈동자가 남자가 나간 문을 향했다. 왕궁에서 그는 늘 다른 사람과 함께 있었다. 이 왕자와 함께 있는 것도 봤고 게일과 함께 있는 것도 봤다.

그녀는 망설이다가 말했다.

"아니, 그건 아니었던 것 같아."

지금 시점에서 저 남자가 게일과 이 왕자를 아는지 모른다. 그러니 그녀가 아는 건 묻어 두는 게 좋겠지.

세이레나의 대답에 모아나와 로렌의 표정이 어두워졌다. 쿨린 자작과 함께 있는 걸 봤다면 물어보기가 쉬웠을 텐데 아쉽다.

"타인머스 사람이라는 걸 알았다는 것만으로도 성과가 있네."

모아나가 애써 웃으며 말했다. 덕분에 세이레나는 죄책감으로 고개를 숙였다. 그녀가 아는 것을 전부 말할 수 있으면 좋으련만. 그럴 수 없다는 게 미안했다.

"음식 나왔습니다."

테이블을 정리한 직원이 음식을 가지고 다가왔다. 따듯한 수프와 바싹하게 구운 닭고기, 매운 소스를 끼얹은 생선찜이 먹음직스럽게 보인다.

"호박파이는 바로 드릴까요, 다 드신 뒤에 드릴까요?"

"다 먹고 나서 주세요."

맛있겠다아. 로렌이 입맛을 다시며 수저를 집어 들었다. 곧이어 직원이 생선튀김을 가져오며 말했다.

"이건 서비스로 드릴게요."

아까의 사건 때문이다.

직원의 말에 세이레나는 고개를 끄덕해 보였다. 음식은 다 맛있었다. 나중엔 요리사가 직접 호박파이를 가지고 나와서 다시 한 번 사과했기 때문에 세 사람은 손을 저으며 괜찮다고 말해야 했다.

"타인머스산 광물 말이군요."

배를 채우고 찾아간 상인회에서 소개장을 받은 남자가 말했다. 세 사람은 심각한 표정으로 맞은편에 앉아 있었다.

뭐 하는 사람들이지? 상인은 세이레나와 모아나, 로렌을 보고 생각했다. 셋 다 미인이다. 하지만 그중에서도 금발 머리 여자는 눈에 확 띄는 미인이었다. 항구 도시에서 평생을 살았지만, 이 정도 미인을 본 건 처음이었다.

"알려 드리는 건 어렵지 않은데 세 분이서만 만나기엔 별로 질이 좋은 녀석들이 아닙니다."

그는 턱을 쓸며 말했다. 이 세 여자가 그 녀석들을 만나게 할 수 없다. 그건 위험하다.

상인은 세 사람이 기사라는 것을 알았어도 걱정했을 것이다. 드럼란리그는 여기사가 없다. 용병도 아주 드물다. 그래서 상인 뿐 아니라 드럼란리그 사람들은 세 사람이 기사일 거라고는 꿈에도 생각하지 못했다.

"파는 사람을 만나려는 건 아닙니다."

로렌의 말에도 상인의 표정은 풀어지지 않았다. 그는 걱정스러운 표정으로 입을 열었다.

"두 달쯤 전에 이곳에 나타났습니다. 타인머스산 광물을 팔겠다고 하더군요. 아시겠지만 타인머스산 광물은 질이 좋아서 인기가 있거든요."

모아나는 고개를 끄덕였고 세이레나와 로렌은 가만히 있었다. 두 사람은 이곳에 오기 전까지 타인머스산 광물이 인기가 높은지 몰랐다.

"그래서 이야기를 해 봤는데 좀 이상한 게, 물건을 보고 싶다고 했더니 지금은 가지고 있는 게 하나도 없다고 하더군요."

물건을 사고팔기 위해 만났다면 샘플로 한두 개 정도는 가져와서 보여 주는 게 당연하다. 하지만 상인이 만난 자들은 아무것도 가지고 있지 않았다.

그러고는 드럼란리그산 광물을 사들였다. 이건 굳이 생각하면 그리 이상한 건 아니다. 드럼란리그산 광물이 질이 낮긴 해도 수요가 적은 건 아니니까.

하지만 상인은 쿨린 자작이 팔기로 한 광물이 타인머스산이 아니라 드럼란리그산 광물이었고 그가 바꿔치기 당했다고 주장했다는 이야기를 들었다.

"본사에 갔다가 그런 이야기를 듣고 이상하다고 생각해서 이쪽에 그런 사람들이 있다고 이야기한 겁니다."

모아나는 세이레나를 쳐다봤다. 그냥 그럴 수 있다고 넘길 수 있는 이야기이기는 하다.

상인은 찻잔을 들어 목을 축이고 다시 말했다.

"그러던 게 바로 며칠 전에 물건이 도착했다면서 보여 주더군요."

"타인머스산이 맞았나요?"

상인이 고개를 끄덕였다.

어떻게 하지? 세 사람의 시선이 부딪쳤다. 쳐들어가서 "네가 쿨린 자작의 광물을 훔쳤지?" 하고 소리칠 수도 없는 노릇이다.

세이레나와 로렌이 망설이는 사이 모아나가 물었다.

"혹시 쿨린 자작이 여기 온 적 없나요?"

"쿨린 자작이요?"

상인이 다시 턱을 쓸었다. 쿨린 자작이 누구더라?

기억하지 못하는 표정이라 모아나가 설명했다.

"키는 이 정도에, 수염을 이렇게 길렀고요."

모아나는 아버지가 여기 왔었을 거라고 확신하고 있었다. 타인머스에서 출발한 모든 무역선이 이 도시에서 정박한다면 아버지는 분명 이곳에 왔을 것이다. 그리고 광물이 바뀐다면 기회는 세 번이다.

무역선 안에서. 그리고 무역선에서 마차로 옮길 때, 마차로 이동 중일 때.

"아, 아아. 네. 왔습니다."

"언제였죠?"

"어디 보자. 이 주쯤 됐을 것 같은데요."

그렇게 말한 상인이 일어나더니 회의실 문을 열었다. 그는 번잡한 사무실을 내다보며 소리쳤다.

"이봐! 타인머스에서 온 판매자 말이야. 언제 왔었는지 기억하는 사람 있나?"

"어제 왔잖습니까?"

수염이 더부룩하게 난 남자가 심드렁하게 말했다. 상인은 고개를 저으며 다시 말했다.

"아니, 그 사람들 말고. 이 주 전쯤에 온 사람 말이야."

"자작인가 뭔가 하는 사람 말입니까?"

"그래. 그 사람."

아버지를 기억하고 있다. 모아나는 슬쩍 고개를 빼서 바깥쪽을 쳐다봤다. 수염이 더부룩한 남자가 미간을 찡그리며 물었다.

"그건 왜 물어보십니까?"

"여기 손님이 물어보시는군."

수염 난 남자가 벌떡 일어나더니 회의실로 걸어왔다. 그는 회의실 안을 들여다보며 로렌에게 물었다.

"그걸 왜 물어봅니까?"

"이봐, 무례한 짓은 그만둬."

상인이 그를 만류했다.

어라. 세이레나와 로렌의 시선이 부딪쳤다. 이 남자, 뭐지?

"이상하잖습니까. 왜 타인머스 사람을 여기 와서 물어봅니까?"

"그건……."

아버지를 찾으러 왔다고, 모아나가 말하려 했다. 하지만 그보다 먼저 세이레나가 테이블 밑에서 그녀의 허벅지를 짚었다.

응? 모아나가 세이레나를 쳐다보는 것과 동시에 세이레나가 말했다.

"타인머스산 광물을 구하고 있어서요."

"광물이라면 파는 사람은 많을 텐데요. 우리도 광물을 팔고 있고요."

"여기서 파는 건 타인머스산이 아니라 드럼란리그산이잖아
요. 그렇지 않나요?"

세이레나의 말에 상인이 당황했다. 그는 자기 부하를 쳐다보
고 세이레나에게 말했다.

"그, 그렇죠."

"당신 사장은 드럼란리그산 광물밖에 없다는데요. 아니면 당
신이 타인머스산 광물을 파는 사람을 알기라도 하나요?"

세이레나의 말에 털이 난 남자의 얼굴이 일그러졌다.

"그건, 아닙니다만."

"그럼 여기선 제가 원하는 걸 찾기 어렵겠네요. 그렇죠?"

세이레나는 동의를 구하듯 상인과 친구들을 둘러봤다. 모아
나와 로렌은 고개를 끄덕이고 세이레나를 따라 자리에서 일어났
다.

"도와주셔서 감사합니다."

"아니, 아닙니다."

상인은 이게 무슨 상황인지 몰라 당황하고 있었다. 하지만 그
는 상인 정신을 발휘해 마지막까지 친절하게 세 사람을 배웅했
다.

"뭐였어?"

상인회에서 나온 모아나가 세이레나에게 물었다. 하지만 그

녀는 대답하지 않고 로렌과 함께 모아나를 데리고 건물을 돌아 벽 뒤에 숨었다.

"그 남자도 본 적 있어?"

"그건 아닌데."

태도가 이상했다. 세이레나의 대답을 이어받는 것처럼 로렌이 말했다.

"방금, 일부러 와서 우리 얼굴을 확인했지?"

일부러 회의실까지 들어와서 세 사람의 얼굴을 확인했다.

"그리고 이야기에 자작님이 나오니까 움직였지."

타인머스에서 온 사람이라고 했을 때는 덤덤했던 목소리가 자작이라고 하는 순간 높아졌다. 뭔가 흥분했다는 뜻이다.

로렌과 세이레나의 설명에 모아나는 입을 딱 벌렸다. 몰랐다.

잠시 뒤, 세 사람의 눈앞에서 뒷문이 열렸다.

"잠깐 담배 좀 피우고 오겠습니다."

그렇게 말하며 털이 난 남자가 나왔다. 잠시 주머니에서 담배를 꺼내는 것처럼 꿈지럭거리던 그는 그대로 걸어 골목 밖으로 빠져나갔다.

"가자."

세이레나는 그렇게 속삭이고 남자의 뒤를 따랐다. 남자의 뒤를 미행만 할 생각이었다.

좁고 복잡한 골목을 남자가 머뭇거리며 걸어갔다. 이 남자도 이곳에 온 지 그리 오래되지 않은 모양이다.

로렌이 세이레나의 뒤에서 물었다.

"저 녀석이 자작님이 있는 곳으로 우릴 안내할까?"

"자작님께 안내하지 않더라도 관련자에게 안내하겠지."

공범이나, 쿨린 자작의 소재를 아는 사람이나, 어느 쪽이라도 상관없다.

세 사람은 들키지 않도록 조심하며 남자의 뒤를 따랐다. 이윽고 남자가 머뭇거리지 않고 걷기 시작했다.

목적지에 도착한 모양이군. 그렇게 생각하는 세이레나에게 모아나가 속삭였다.

"세이레나, 앞에."

앞에? 고개를 들자 반대편 건물에서 남자가 나오는 게 보였다. 건물은 처음 보는 건물이지만 남자는 아는 사람이다. 세이레나는 귀에 붕대를 댄 남자를 보고 멈춰 섰다.

"잡아."

로렌이 나직하게 속삭였다. 그 순간, 세이레나의 몸이 남자를 향해 뛰어올랐다.

"여……."

동료를 향해 손을 들어 올리던 털이 난 남자는 그대로 뒤에서 습격을 받고 쓰러졌다.

모아나가 재빨리 세이레나를 도와 남자를 모퉁이 안으로 질질 끌고 왔다.

"아, 역시 같은 편이었네."

"그럼 이 남자도 타인머스 사람인가?"

"그럴지도."

세 사람은 기절한 남자를 내려다보며 이야기했다. 바로 건너편에서 귀를 다친 남자가 어리둥절해서 주변을 돌아보고 있었다.

"잘못 들었나?"

누가 나를 부르는 줄 알았는데. 귀를 다쳐서 환청이 들리는 모양이다. 남자는 머리를 긁적이며 몸을 돌렸다.

"이봐, 일어나 봐."

론은 누군가 자신의 뺨을 찰싹찰싹 때리는 감각에 눈을 떴다.

여기가 어디지? 내가 어떻게 된 거지? 어리둥절한 표정으로 눈을 뜬 그는 낯익은 여자들이 그의 앞에 있는 것을 발견했다.

"읍!"

모아나는 남자의 입을 막은 재갈이 제 노릇을 톡톡히 하는 것을 보고 씩 웃었다. 이 남자는 그녀의 아버지와 관련 있는 게 분명했다.

로렌이 남자의 앞에 쪼그리고 앉으며 물었다.

"쿨린 자작님을 알아?"

"읍! 읍!"

"자, 잘 들어 봐. 여긴 막다른 골목이고 나는 네가 큰 소리를 내면 바로 기절시킨 뒤 홀딱 벗겨서 버려 놓고 갈 거야. 그러니

너는 고개를 끄덕이거나 흔들면 돼."

알겠어? 로렌이 씩 웃었다.

하지만 론은 그녀의 말을 그리 위협적으로 받아들이지 않았다. 흥 하고 고개를 돌리는 론의 턱을 잡아 자신을 바라보게 한 뒤 로렌이 다시 입을 열었다.

"잘 들으라고 했잖아. 나는 널 기절시킨 뒤 홀딱 벗겨 놓고 갈 거야. 나는."

로렌의 입에서 '나는'이라는 단어가 강조됐다.

그게 뭐? 이해하지 못하는 남자를 위해 로렌이 모아나를 가리키며 말을 이었다.

"그리고 저기 저 사람은 쿨린 자작을 찾기 위해서라면 뭐든 할 수 있는 사람이거든. 예를 들어 홀딱 벗은 남자를⋯⋯."

말이 이어지지 않았다. 대신 로렌은 손가락으로 가위 모양을 만들어 내더니 론의 눈앞에서 싹둑 하고 뭔가를 자르는 시늉을 해 보였다.

"읍!"

그 순간 그가 바둥거리기 시작했다. 로렌은 검을 잡으며 나직하게 말했다.

"조용히 해. 시끄럽게 굴면 네가 제일 소중하게 여기는 것부터 잘라 버릴 거야."

론의 얼굴이 새하얗게 변했다. 겁에 질린 그를 보며 로렌이 다시 입을 열었다.

"쿨린 자작을 알아?"

론이 고개를 끄덕였다.

"아까 그 집에 있어?"

끄덕끄덕.

"음, 살아 있어?"

론이 고개를 움직이기 전, 모아나와 로렌, 세이레나 사이에 긴 장이 감돌았다. 곧이어 그가 고개를 끄덕였다.

다행이다. 로렌은 안도했지만, 티 내지 않았다. 모아나는 론에게서 몸을 돌려 한숨을 내쉬었다.

굳은 표정으로 협박 장면을 보고 있던 세이레나 역시 안도했다. 누군가를 협박하는 장면 따위는 보고 싶지 않다.

하지만 지금 협박이 나쁘다는 원론적인 소리나 할 정도로 그녀는 순진하지도 않았다. 이들은 쿨린 자작을 납치, 감금했다. 자작을 고문했을 수도 있다.

"안에 있는 사람은 몇 명쯤 되지? 한 열 명?"

로렌이 다시 물었다.

론은 동료를 배신해야 할지, 의리를 지켜야 할지 망설였다. 그것을 본 모아나가 끼어들었다.

"허튼 생각 하지 마. 난 여기 남아서 이 친구들이 네가 거짓말했다고 소리 지르는 순간."

모아나의 손가락이 가위 모양을 만들었다.

"읍! 으읍!"

론은 사색이 돼서 필사적으로 고개를 끄덕이기 시작했다.

로렌이 다시 물었다.

"열 명 이하?"

끄덕끄덕.

이어서 그녀는 쿨린 자작이 어디 있는지도 확인했다.

이제 어떻게 할까.

로렌은 모아나, 세이레나와 의논하기 위해 돌아섰다. 그러다가 바로 "아!" 하고 론에게 돌아섰다.

"읍?"

로렌이 검을 뽑자 론의 눈동자가 흔들렸다. 그녀는 검 손잡이로 그의 머리를 때려 기절시키려 했다.

하지만 세이레나가 막았다.

"잠깐만, 더 물어봐야 할 게 있어."

그래? 로렌은 마음대로 하라는 듯 양보했다.

세이레나는 망설이다가 자기 검을 뽑아 론의 옆구리에 댔다. 그의 눈동자가 다시 흔들렸다.

"타인머스 사람이지?"

론이 필사적으로 고개를 끄덕였다.

세이레나는 입술을 한 번 깨물고 말했다.

"재갈을 빼 줄게. 하지만 소리를 지르는 순간 당신을 찌르고 가 버릴 거야. 대답만 제대로 해 주면 아무 짓도 하지 않겠다고 약속해."

세이레나의 말에 론은 믿을 수 없다는 표정을 지었지만, 고개를 끄덕였다. 그녀의 뒤에서 로렌이 자기 검을 뽑아 날을 살피며 말했다.

"저 친구는 너무 무르다니까."

진지하게 고개를 끄덕이는 모아나를 뒤로하고 세이레나가 론의 재갈을 빼냈다. 그가 입을 벌리는 순간 세이레나의 검이 그의 옆구리를 가볍게 찔렀다. 다치진 않았지만, 날붙이가 옷 너머로 느껴지는 감각에 론의 입이 닫혔다.

세이레나는 나직하게 물었다.

"대장의 이름은?"

"그, 그건······."

"그 사람도 타인머스 사람이지. 난 그가 어디 사는지도 알아. 예전에 본 적이 있거든. 그는 나를 본 적이 없겠지만 말이야. 그러니 이름을 알아내는 건 쉬워."

당연하게도 론은 세이레나의 말을 믿지 않았다. 그녀는 물끄러미 그를 바라보다가 다시 입을 열었다.

"당신 대장은 타인머스의 상당히 높은 분과 일하고 있지. 안 그래?"

론의 눈동자가 커졌다.

"어, 어떻게 그걸?"

"예전에 본 적이 있다고 했잖아. 배후는 그분이겠지. 자, 대장의 이름은?"

"아, 알빈. 알빈 레이."

"쿨린 자작은 어디로 데려가려는 거지?"

"어떻게……?"

그걸 어떻게 알았냐는 말에도 세이레나는 무표정했다. 그녀는 덤덤하게 말했다.

"난 그 높은 분을 알아. 무슨 생각을 하는지도 대충 알고."

론의 미간에 주름이 생겼다. 그는 믿을 수 없다는 듯 물었다.

"당신, 누구야?"

누구냐고? 세이레나는 히쭉 웃었다.

"죽음에서 돌아왔지."

론의 얼굴이 핼쑥해졌다. 그의 머릿속에 순식간에 가장 나쁜 상상이 펼쳐졌다. 그와 그의 동료들은 뒤가 구린 짓을 많이 했다. 당연히 칼을 가는 사람도 많다.

"나, 나, 난……."

변명하려는 론의 옆구리에 검을 바짝 대며 세이레나가 나직하게 윽박질렀다.

"쿨린 자작을 어디로 데려가려고 하는지나 말해."

"오, 오늘 저녁때 마차를 통해 빼내기로 했어."

"어디로?"

"타인머스로."

그럴 줄 알았다. 세이레나는 검을 거두려다가 생각났다는 듯 물었다.

"마차는 몇 명이 지키지?"

"세, 세 명. 그들은 나중에 올 거야."

"지금 지키는 자들은 안 따라가나?"

"우리, 아니, 그들은 여기 남아서 할 일이 있어서."

"타인머스산 광물을 파는 거겠지."

이번에는 론도 놀라지 않았다. 그는 깜짝 놀랄 정도로 아름다운 여자가 마녀가 아닐까 하고 생각하고 있었다. 마녀라면 그의 머릿속을 봤다고 해도 놀랍지 않다. 그 정도로 론은 이 상황을 믿을 수 없었다.

이어서 세이레나는 쿨린 자작을 이동시키는 세 명이 언제 오는지 확인했다.

자포자기한 론은 세 명이 오기 전에 최소 인원만 남기고 술집으로 몰려갈 거라고까지 말했다.

"술집? 어느 술집?"

세이레나의 질문에 론은 잠시 생각하다가 말했다.

"인어의 집 아니면 한나네일 거야."

인어의 집이라면 세 사람이 묵은 숙소다. 거긴 안 갈 것이다. 바로 오늘 소동을 일으켰으니까.

세이레나는 씩 웃었다.

"고마워. 감사의 표시로 별을 보여 줄게."

"별?"

론이 어리둥절해 하는 표정을 짓는 순간 세이레나는 검 손잡이로 그의 머리를 내리쳐 기절시켰다.

그녀가 돌아서자 모아나와 로렌이 눈을 동그랗게 뜨고 놀랍다는 표정으로 세이레나를 쳐다보고 있었다.

당황한 세이레나가 물었다.

"왜, 왜 그런 눈으로 쳐다봐?"

"아버지를 어디론가 데려갈 거라는 걸 어떻게 알았어?"

모아나의 질문에 세이레나의 표정이 어두워졌다. 모아나가 듣기엔 조금 괴로운 이야기일 수 있다. 하지만 그녀는 솔직하게 말했다.

"몸값을 요구한 것도 아니고 죽이지도 않았잖아. 지금까지 우리가 알아낸 정보를 취합해 보면 저들이 원하는 건 네 아버지의 거래처를 빼앗는 거라는 말이 나오지."

세이레나의 말이 맞다. 모아나와 로렌은 입을 딱 벌리고 그녀의 말을 듣고 있었다.

"하지만 타인머스의 귀족이 드럼란리그에서 시체로 발견된다면 나라간의 외교 문제로 불거질 테니까. 그럼 이곳에 타인머스산 광물을 팔기 어려워질 수도 있잖아."

물론 세이레나는 저들이 걱정하는 게 광물 판매만은 아닐 거라고 생각했다.

알빈 레이. 그녀가 그를 봤을 때 그는 늘 게일이나 이 왕자와 함께 있었다. 가끔 바이트 백작과 함께 있기도 했다.

알빈이 높은 분과 일하고 있다고 한 건, 반쯤은 던진 말이었다. 하지만 론의 놀란 표정을 보고 확신했다.

알빈의 배후에 이 왕자나 바이트 백작이 있다는 것을.

"한나네면 거기지?"

이윽고 로렌이 입을 열었다. 세 사람 다, 한나네를 들어 봤다. 이곳으로 오는 길에 세 사람이 구해 준 마차 여행자 중 하나. 용병 한스의 누나가 하는 술집이라고 했다.

"뭐든 도울 게 있으면 말하라고 했지."

모아나가 씩 웃으며 덧붙였다. 좋은 생각이 났다.

세 사람은 저녁이 되기를 기다렸다.

로렌과 세이레나는 혹시 몰라서 기절한 론을 으슥한 골목 끝에 묶어 놓았다.

"나중에 여기 사람이 있다고 어떻게 알려 주지?"

론을 걱정하는 세이레나의 말에 로렌은 픽 웃었다.

"며칠 굶는다고 죽지는 않아."

그러려나. 세이레나는 주변을 둘러보고 고개를 끄덕였다. 으슥한 골목이라 며칠 정도면 발견될 것 같다. 도주로를 확보하기 위해 숙소에 가서 짐과 말을 챙겨 오자 해가 뉘엿뉘엿 저물기 시작했다.

잠시 뒤 집 안에서 남자들이 우르르 나오는 게 보였다.

"다녀올게."

로렌이 남자들을 따라 한나네로 향하며 말했다. 최대한 빨리 한스를 찾아 이 남자들에게 주문한 것보다 훨씬 독한 술을 내주라고 부탁한 뒤 돌아올 예정이다.

세이레나는 로렌에게 조심하라고 말한 뒤 맞은편 집의 동향을 살폈다. 저 집 안에 열 명 정도가 있다고 했다. 방금 나온 남자들은 일고여덟 명 정도. 안에는 한두 명 정도 있다는 뜻이다.

그 정도는 세이레나와 모아나가 충분히 상대할 수 있다. 인어의 집에서 상대한 남자의 실력은 이제 막 검을 쥔 애송이 수준이었다.

그것도 드럼란리그에서는 꽤 괜찮은 실력일 테지만 어릴 때부터 검을 단련해 온 타인머스의 여기사들에게는 보잘것없는 실력이다.

"갈까?"

모아나가 세이레나를 돌아보며 물었다. 로렌은 돌아와서 안의 상황을 살피다가 합류하기로 했다.

세이레나는 검을 뽑으며 속삭였다.

"그 녀석이 거짓말한 건 아니겠지?"

세이레나의 걱정에 모아나가 긴장을 풀기 위해 농담처럼 말했다.

"혹시 모르니까 일단 자르고 올까?"

세이레나의 얼굴이 해쓱해졌다.

"모아나!"

"농담이야. 거짓말은 아닐 것 같아. 네 말에 완전히 말렸던 걸?"

그랬으면 좋겠다. 만약 저 집 안에 다섯 명 이상이 있다면 곤란해진다. 소란이 일어나면 누군가 치안관을 불러올 수 있기 때문이다.

최대한 조용하고 빠르게 쿨린 자작을 빼내야 한다.

"가자."

세이레나는 각오한 얼굴로 벽에 붙었다. 누군가 두 사람이 저 집에 침입하는 걸 발견하면 곤란해진다. 모아나가 그녀의 뒤를 따랐다. 두 사람은 집을 반 바퀴 돌아 후문을 찾아냈다.

"잠겨 있어?"

"응."

그럴 줄 알았다. 세이레나가 문 옆으로 붙었다. 곧이어 모아나가 문고리를 잡고 두드렸다.

그리 오래 걸리지 않아서 누군가 문으로 다가오는 소리가 들렸다. 두 사람은 긴장한 채 문이 열리기를 기다렸다.

"누구세요?"

남자가 문을 반쯤 열고 밖을 내다보며 물었다. 그에게는 모아나만 보일 것이다.

문 앞에 서 있는 미인을 보자 남자의 긴장이 풀렸다.

모아나는 곤란한 표정을 지으며 물었다.

"혹시 검 다룰 줄 아세요?"

"네?"

"이 검이요. 뭘 잘못했는지 빠지질 않아서요."

남자의 시선이 모아나가 내미는 검을 향했다. 평범한 검으로 보인다. 그는 모아나의 얼굴을 보고 다시 한 번 그녀의 검을 쳐다봤다.

"아가씨 검입니까?"

"그럴 리가요."

모아나의 얼굴에 말도 안 된다는 미소가 떠올랐다.

와, 쟤 연기 잘하네. 문 옆에 붙은 세이레나의 눈동자가 데굴 굴렀다.

모아나의 대답을 들은 남자가 안심한 것처럼 문밖으로 몸을 내밀었다.

"안에서 녹슨 게 아닐까요?"

"모르겠어요. 아무리 힘을 줘도 뽑히질 않아서."

"여자분의 가냘픈 힘으로는 뽑기 어려운 걸 수도 있어요. 어디 한번 뽑아 보죠."

남자가 문밖으로 완전히 나오며 말했다. 그가 손을 내미는 순간 세이레나가 검 손잡이로 남자의 머리를 후려쳤다.

"윽."

신음과 함께 남자의 몸이 무너졌다. 모아나는 재빨리 검을 들지 않은 손으로 남자의 몸을 부축했다.

"멍청한 놈."

모아나는 그렇게 중얼거리며 남자를 묶고 재갈을 물렸다. 이런 놈이 아버지를 납치해서 감금했다니 마음 같아서는 어디 한

군데 잘라 버리고 싶다. 역시 아까 그 털 난 멍청이의 혀를 잘랐어야 했어.

두 사람은 남자를 적당히 청소함에 넣어 버리고 쿨린 자작이 갇혀 있는 지하로 향했다.

"더러워."

가는 길에 응접실을 슬쩍 들여다본 세이레나가 저도 모르게 중얼거렸다. 더럽다. 너무 더럽다. 깜짝 놀랄 정도로 더러워서 저도 모르게 말이 나올 정도였다.

"얼마나 더러운데?"

"음, 한 달 동안 저기서 먹고 자고를 다 한 거 같은데?"

으엑. 모아나의 얼굴이 일그러졌다.

응접실에는 밖에서 사 온 샌드위치 부스러기나 술병 같은 게 잔뜩 널려 있었다. 담요가 몇 개 구겨져 있는 것을 보고 세이레나는 누군가 거기서 잤다는 것을 알아차렸다.

"여기가 본거지인가 보네."

그런 모양이다.

세이레나는 앞서 걸으며 다른 곳에 사람이 없는지 확인했다. 하지만 일 층에도 이 층에도 두 사람이 잡은 남자 외에는 없었다.

"사용인은 없나 봐."

두 사람은 지하로 향하며 속삭였다. 집안일을 하는 사람이 한 명도 없는 모양이다.

한 명은 귀족이고 한 명은 부자인 두 사람에게는 상상도 못 할 일이다.

"외부인이 늘어나면 입을 막기 힘들어서 그런 게 아닐까?"

곧 세이레나가 이유를 깨달았다. 사용인을 쓰면 사용인의 입을 막아야 한다.

집안일을 하는 사람이라면 반드시라고 해도 좋을 정도로 이 사람들이 무슨 짓을 하는지 알게 된다.

게다가 지하에 누군가를 감금하고 있다는 걸 들키면 바로 치안관에게 신고할 것이 분명하다.

"연다."

모아나가 지하로 향하는 문손잡이를 잡으며 속삭였다. 보통 창고로 쓰기 때문에 지하로 내려가는 문은 후문 쪽에 있었다. 세이레나가 고개를 끄덕이자 모아나가 문을 열었다.

"어두워."

계단 아래를 내려다본 모아나가 속삭였다. 쿨린 자작을 감시하는 사람이 있다면 불을 켜 놨을 것이다. 그러니 어둡다는 건 지하에 쿨린 자작 혼자 갇혀 있다는 뜻이 아닐까. 그렇게 생각한 모아나가 말했다.

"감시자가 없는 게 아닐까?"

"그랬다면 문이 잠겨 있었겠지."

그것도 그렇다. 모아나는 고개를 끄덕이고 발걸음 소리가 나지 않도록 주의하며 지하로 내려가기 시작했다. 하지만 아무리 노력한다고 해도 발을 딛자마자 계단에서 끼익끼익 하는 소리가 나지 않는 건 불가능했다. 지하에 쿨린 자작을 감시하는 사람이 있다면 분명 이 소리를 들었을 것이다.

세이레나는 그렇게 생각하며 검을 잡았다. 밑에서 누군가 두 사람이 내려오기만을 숨죽이며 기다리고 있는지도 모른다.

하지만 지하에 내려온 세이레나는 지하로 향하는 문이 잠기지 않은 이유와 계단이 어두웠던 이유를 깨달았다.

지하에 방이 또 있었다. 열 명쯤 되는 사람이 여기서 살기 위해선 지하에도 방이 필요하긴 했을 것이다.

이런. 세이레나는 곤란한 표정으로 문 두 개를 쳐다봤다.

"그냥 아무 데나 열면 안 돼? 열어서 나쁜 놈이 나오면 싸우면 되잖아."

모아나가 물었다. 세이레나는 고개를 저으며 속삭였다.

"다른 방에 네 아버지 혼자 있는 게 아니면? 누군가 같이 들어가서 감시하고 있다가 소리를 듣고 네 아버지를……."

세이레나의 말이 끊겼다. 그 이후의 이야기는 굳이 말하지 않는 게 좋겠다.

모아나의 얼굴이 핼쑥해졌다.

두 사람은 잠시 문 앞에 서 있었다. 곧, 모아나가 속삭였다.

"내가 오른쪽을 열게."

세이레나는 왼쪽 문을 열라는 뜻이다. 할 수 없다. 두 사람은 각각 왼쪽 문과 오른쪽 문의 손잡이를 잡았다.

하나, 둘, 셋.

모아나가 입술 모양만으로 숫자를 셌다. 셋 하는 순간 두 사람은 동시에 문을 열었다.

"움직이지 마!"

쿨린 자작은 오른쪽 방에 있었다. 모아나의 몸이 굳었다. 쿨린 자작을 끌어안은 알빈이 검을 자작의 목에 대고 있었다.

"아버지!"

모아나가 소리치자 눈과 입이 막힌 쿨린 자작이 문 쪽으로 고개를 돌렸다. 딸의 목소리를 들은 그가 버둥거리기 시작했다.

"움직이기만 해 봐. 바로 찔러 버릴 테니."

그렇게 말하며 알빈이 쿨린 자작의 목에 댄 칼에 힘을 줬다. 목에 날카로운 것이 파고들자 쿨린 자작의 몸이 뻣뻣하게 굳었다.

"그만둬!"

모아나는 이를 갈며 소리쳤다. 죽여 버릴 테다. 아버지 몸에 상처 하나라도 나면 죽여 버릴 거야.

세이레나가 소리 없이 다가왔다. 모아나는 그녀의 기척을 느꼈음에도 쳐다보지 않고 알빈을 노려보고 있었다.

"물러나! 물러나라고!"

여기서 빠져나가기 위해 알빈이 소리쳤다. 모아나는 그를 노려보며 주춤주춤 물러났다.

조금만 더. 알빈의 몸이 나와야 한다. 세이레나는 문 옆에 몸을 숨긴 채 검을 들고 기다렸다.

"물러나!"

알빈이 그렇게 소리치며 문밖으로 나오기 시작했다. 먼저 쿨린 자작의 몸이 문을 통과했다.

모아나는 어쩔 수 없다는 듯 물러났다. 그녀에게 가장 중요한건 아버지의 안전이었다.

곧이어 알빈의 몸도 문을 통과했다. 그 순간, 세이레나는 그대로 알빈에게 덤볐다. 벽에 붙어 있던 그녀를 알빈은 발견하지 못했다.

게다가 그는 쿨린 자작을 붙잡고 모아나를 경계하느라 세이레나에게 곧바로 반응하지 못했다.

그녀의 검이 소리 없이 튀어나왔다. 정면의 모아나를 노려보고 있던 알빈은 측면에서 갑자기 튀어나온 검에 놀라 주춤했다.

"어?"

그가 놀라는 것과 동시에 세이레나의 검이 알빈의 검을 쳐 냈다. 그녀는 쿨린 자작에게 검이 닿지 않도록 조심하며 소리쳤다.

"모아나!"

마치 연습한 것처럼 모아나는 세이레나가 신호하자마자 쿨린 자작을 끌어당겼다.

쿨린 자작과 알빈이 떨어져야 한다. 하지만 알빈의 한쪽 팔이 쿨린 자작을 꽉 끌어안고 있는 채였다. 그는 쿨린 자작을 꽉 끌어안고 검을 찾기 시작했다.

"아버지를 놔!"

기껏 세이레나가 검을 쳐 냈다. 알빈이 검을 찾게 둘 수는 없었다.

세이레나는 재빨리 알빈이 떨어트린 검을 차서 저 멀리 밀어 버렸다. 동시에 모아나가 검을 들어 알빈의 드러난 얼굴을 향해 휘둘렀다.

"으아아악!"

고통스러운 비명과 함께 쿨린 자작의 몸에서 알빈의 손이 떨어져 나갔다. 두 사람의 눈앞에서 알빈이 그대로 뒤로 넘어지는 게 보였다. 하지만 알빈의 상태를 신경 쓸 때가 아니다.

세이레나는 재빨리 쿨린 자작의 입에 걸린 재갈을 풀어냈다. 그제야 간신히 그의 입에서 희미한 소리가 흘러나왔다.

"모아나? 너니?"

"저예요! 친구들과 왔어요."

두 사람은 허겁지겁 쿨린 자작의 손발을 묶은 줄을 끊어 내기 시작했다. 당장 여기서 빠져나가야 한다. 그때 지하실로 내려오는 문이 벌컥 열리는 소리가 들렸다.

설마 남자들이 돌아왔나? 두 사람의 심장이 철렁 내려앉은 순간 로렌이 소리쳤다.

"세이! 모아나! 괜찮아?"

로렌은 램프로 지하실을 비추고 있었다. 그 순간 그녀의 모습이 구원자처럼 보인 것은 말할 것도 없다.

모아나와 세이레나는 괜찮다고 말할 새도 없이 쿨린 자작을 부축하며 계단을 뛰어 올라갔다.

모아나가 먼저, 그다음 쿨린 자작. 혹시 모를 공격에 대비해 맨 뒤에 따라 올라가던 세이레나가 지하 바닥을 뒹구는 알빈을 돌아봤다.

왼쪽 얼굴을 감싼 알빈의 손 밖으로 피가 새어 나오고 있었다.

"타세요."

계단으로 올라오는 쿨린 자작의 상태를 한눈에 알아본 로렌이 재빨리 말을 가져왔다. 오랜 감금 끝에 쿨린 자작은 제대로 걷지도 못하고 있었다. 혼자 말을 탈 수 있을 리 없다.

"네가 자작님과 타."

로렌은 모아나에게 가장 큰 말을 넘기고 다른 말에 올라탔다. 언제 알빈이 소리를 지를지 모른다. 세 사람은 말고삐를 잡고 달리기 시작했다.

"이제 어떻게 하지?"

한참을 달린 뒤 로렌이 물었다. 아직 도시의 문이 닫히기 전까지는 시간이 남았다. 이대로 도시 밖으로 나가 타인머스로 돌아가는 방법도 있기는 하다.

정신을 차린 알빈이 복수하기 위해 네 사람을 뒤쫓을 게 분명하다. 그러니 당장 떠나는 것이 좋을 것이다. 하지만 알빈과 그

부하들을 쿨린 자작을 납치, 감금한 죄로 감옥에 가두고 싶기도 했다.

그래서 모아나는 망설이고 있었다. 그녀 혼자였다면 이대로 아버지와 함께 타인머스로 돌아갔을 것이다. 하지만 지금은 도와줄 수 있는 친구들이 있다.

"자작님도 피곤하실 테니까 여기서 하루 정도 쉬자."

세이레나가 말했다. 모아나 혼자였다면 바로 도시 밖으로 달아났을 거라는 생각이 들었기 때문이다. 지금은 로렌과 세이레나가 있으니 저들로부터 쿨린 자작을 보호할 수 있다.

하지만 모아나 혼자서는 저들에게서 쿨린 자작을 보호하기 힘들다. 아마 필사적으로 타인머스로 돌아왔겠지. 그게 쿨린 자작의 몸 상태를 악화시켰을 수도 있다.

돌아오기 전, 모아나에게 일어났을 최악의 상황이 떠올라 세이레나는 눈을 질끈 감았다.

"괜찮을까?"

모아나가 아버지를 돌아보고 로렌과 세이레나에게 물었다. 여기 있다가 저들에게 잡히면 곤란해지지 않을까 하는 걱정이 들었다.

"저들은 우리가 도시 밖으로 달아났을 거라고 생각할 테니까, 오히려 그게 나을지도 모르겠다."

로렌도 고개를 끄덕이며 세이레나의 말에 동의했다. 결국, 네 사람은 다시 말을 돌렸다.

이번에 잡은 숙소는 인어의 집보다 더 좋은 숙소였다. 아버지가 걱정되는 모아나를 남겨 두고 세이레나와 로렌은 크리케스의 상인회로 향했다.

"뭔가 또 도와드릴 일이라도……?"

크리케스의 상인회 대표는 퇴근하려다 세이레나와 로렌을 보고 물었다. 함께 있던 갈색 머리 미인은 보이지 않는다.

무슨 일이지? 급하게 달려온 듯한 두 사람의 모습에 상인은 가볍게 긴장했다.

이걸 어떻게 말해야 하나. 세이레나는 오는 내내 고민하고 있었다.

'댁의 직원이 스파이라고? 대뜸 그렇게 말하는 건 좀 그렇지 않나?'

그렇게 생각하는데 로렌이 먼저 말했다.

"댁의 직원이 스파이였거든요."

"로렌?"

세이레나는 깜짝 놀라서 로렌을 쳐다봤다. 거침없기도 하다. 그렇게 말하면 다들 농담이라고 생각할 거다. 하지만 상인은 아니었다. 그의 얼굴이 일그러졌다.

"누가 말입니까? 증거는요?"

"그, 얼굴에 털이 잔뜩 난 남자 말이에요."

"론? 론 말입니까?"

그 남자의 이름이 론이었나? 세이레나는 대답하기 전에 상인이 다시 문을 열며 말했다.

"안에서 이야기하죠."

직원이 전부 퇴근한 탓에 사무실 안은 깜깜했다.

'아슬아슬하게 도착했네.'

그렇게 생각하는 세이레나에게 자리를 권하며 상인이 말했다.

"차는 좀 기다려 주세요."

"아, 아닙니다. 차는 필요 없어요. 이야기를 좀 하려고 온 것뿐이니까요."

"이야기요?"

론이 스파이라는 것 말고 또 할 이야기가 있나? 어리둥절해하는 상인에게 세이레나가 말했다.

"타인머스산 광물을 판다고 한 남자, 알빈이죠?"

알아냈군. 상인은 씁쓸한 표정을 지었다. 일부러 알려 주지 않았다. 그는 이 미인들이 알빈의 거친 부하들과 만나는 게 위험할 거라고 생각했기 때문이다.

"제가, 저희가 오늘 아침에 알빈의 부하들과 부딪쳤거든요."

"부딪쳐요?"

"인어의 집이라는 숙소에서 알빈 레이의 부하가 시비를 걸어서 가볍게 다퉜어요."

솔직한 세이레나의 말에 상인의 눈이 커졌다. 그런 류의 소문은 빠르다. 그도 인어의 집에서 알빈의 부하가 웬 미인에게 탈탈

털렸다는 소문을 들었다.

그게 이 여자였어? 소문에는 엄청난 검술 실력이었다고 했는데?

상인의 눈이 세이레나를 다시 봤다는 듯 쳐다봤다. 세이레나의 검술 실력이 대단하긴 하지만 그 다툼에서 그녀는 검을 휘두르지 않았다. 결국, 부풀린 소문이지만 그게 기가 막히게 맞아떨어졌다.

"그리고 아까, 그 털이 무성한 남자요."

"론이요. 안 그래도 낮에 담배 피운다고 나가더니 안 들어와서 무슨 일이 있나 했습니다."

그랬을 거다.

세이레나와 로렌은 고개를 끄덕이며 론을 뒤따랐던 것과 그가 낮에 세이레나와 다툼이 있었던 남자에게 아는 척하려는 것을 이야기했다. 그리고 남자들이 모두 나간 틈을 타서 지하에 갇힌 쿨린 자작을 구한 것까지.

"자, 잠깐. 자작님이 거기 갇혀 있었다고요?"

상인의 눈이 튀어나올 것처럼 커졌다. 좀 수상하다고 생각했지, 그런 범죄를 저지르고 있는 줄은 몰랐다.

세이레나는 담담하게 말했다.

"타인머스로 끌고 가서 죽이려고 한 것 같아요."

"어, 어떻게 아는 겁니까?"

"아."

그제야 세이레나는 잊고 있던 론을 떠올렸다. 그녀는 로렌을 한 번 쳐다보고 상인에게 말했다.

"사실 저희가 그, 론 씨를 묶어 놓고 왔거든요. 한번 보시겠어요?"

론을 묶어 놓고 왔다고? 어떻게? 어디에?

상인의 얼굴에 경악한 표정이 떠올랐다.

세이레나와 로렌은 상인을 론이 묶여 있던 골목으로 안내했다. 워낙 으슥한 곳에 묶어 둔 탓에 론은 여전히 거기 묶여 있었다. 발버둥 치다 지쳤는지 잠들어 있는 론을 내려다보며 상인은 어이없다는 듯 혀를 찼다.

"쿨린 자작님을 구했다고요? 레이 씨의 부하가 꽤 많을 텐데요?"

그 많은 부하와 싸우고 이겼다는 말인가?

상인의 눈에 잠시 세이레나와 로렌을 향한 의심이 담겼다.

드럼란리그의 여자는 검을 잡는 경우가 별로 없다. 기사는 아예 없고 용병도 그리 많지 않다.

인어의 집에서 부하 한두 명과 다툰 건 그렇다 치지만 알빈의 본거지에서 부하들과 싸웠다고?

"사실 저희가 상대한 건 두 명뿐이었어요."

믿지 못하겠다는 상인의 시선에 세이레나는 말을 얼버무렸다. 물론 세이레나와 로렌은 알빈의 부하를 모두 상대하기 충분하지만, 그녀는 굳이 그 말을 할 필요는 없다고 생각했다. 그녀는 자초지종을 털어놨다.

상인은 세이레나의 이야기를 듣다가 웃음을 터트렸다.

"레이의 부하를 전부 고주망태로 만들었다는 겁니까?"

"아마 한나네에 아직도 잠들어 있을걸요?"

로렌은 독한 술인지도 모르고 벌컥벌컥 마시던 알빈의 부하를 떠올리며 씩 웃었다. 상인 역시 로렌을 따라 씩 웃었다. 그의 시선이 세 사람의 대화 소리에 깨어나는 론을 향했다.

"스파이를 잡게 도와주셨는데 저도 뭔가 보답을 해야겠군요."

그는 이 여자들이 온전히 호의로만 자신에게 온 건 아니라고 생각했다. 뭔가 그의 도움이 필요한 게 분명하다. 그의 생각대로 로렌과 세이레나의 시선이 부딪쳤다.

"레이와 부하들을 잡으려면 사람이 좀 필요하거든요."

로렌이 나섰다. 지금까지는 타인머스 사람이 드럼란리그에 와서 타인머스 사람을 납치 감금한 사건이었다. 이것만으로는 드럼란리그 치안관은 움직이지 않을 것이다.

쿨린 자작이 신고했을 때와 마찬가지로 타인머스 사람들끼리 알아서 하라고 할 가능성이 높다. 게다가 잘못하면 외교 문제로 번진다. 그건 골치가 아프다.

하지만 알빈의 부하들은 인어의 집에서 고주망태가 돼서 쓰러진 녀석들 외에도 더 있다. 그들을 잡으려면 사람이 더 필요하다.

"검 좀 쓰는 녀석을 찾으시는 거라면 알고 지내는 용병을 알선

해 드릴 수 있습니다."

상인의 말에 세이레나는 고개를 저었다. 그걸로는 안 된다. 쿨린 자작의 목숨과 신뢰는 찾았다. 그가 입은 손해도 찾아야 한다.

"치안관에게 가서 신고를 해 주세요."

"사기로 말이군요."

알빈의 부하가 상인회에 위장 취업했으니 그걸로 신고하면 된다.

하지만 그게 이 여자들에게 무슨 도움이 되지?

상인은 고개를 갸웃하며 물었다.

"그래 봤자 론이 상인회에 피해를 끼쳤다는 증거가 없으면 조사가 중지될 겁니다. 알빈과 론, 둘 다 자신은 모르는 일이라고 부인할 테고요."

"상관없어요. 제가 원하는 건 이 사건을 드럼란리그에서 사건화하는 게 아니니까요."

세이레나의 말을 이해한 상인이 놀란 표정을 지었다. 어차피 상인 대표를 제외하면 이 사건에 연루된 사람은 모두 타인머스 사람이다.

하지만 드럼란리그 피해자가 없다면 드럼란리그 수사관은 이 사건을 타인머스에 인계할 의무가 없다.

세이레나는 그 점을 이용했다. 피해자가 드럼란리그 사람이라면 드럼란리그 치안관과 수사관은 사건을 수사할 수밖에 없다.

당연히 가해자인 타인머스 사람의 신원을 확인하기 위해 타인머스에 요청한다.

"그 과정에서 알빈이 타인머스산 광물을 어디서 구했는지 조사하겠죠. 물론 타인머스에서요."

세이레나의 말에 로렌도 놀란 표정을 지었다.

여기는 드럼란리그. 타인머스 치안관과 수사관은 드럼란리그에서 벌어진 사건까지 손대려 하지 않는다. 하지만 드럼란리그에서 가해자에 대한 신원 확인 요청이 들어가면 이야기가 달라진다.

이건 아슬아슬하게 외교 문제가 엮이게 된다. 그러니 타인머스와 드럼란리그 모두 이 사건을 은폐할 수 없다.

알빈 레이의 타인머스산 광물의 출처가 의심스럽다는 건 세이레나와 로렌, 모아나만의 생각이 아니다. 애초에 더럼의 상인회 대표가 이야기해 줬다. 그것 역시 크리케스의 상인회에서 이야기한 것이고.

"알겠습니다."

상인은 진지한 표정으로 고개를 끄덕였다. 그렇지 않아도 알빈의 부하들은 거칠다는 소문이다. 신고할 만한 건수가 없어서 손 놓고 있을 수밖에 없었지만, 오늘 아침 세이레나와 다툰 것까지 더한다면 신고하기에 충분했다.

*　　　*　　　*

일주일 후, 기사단장인 애쉬 그레이윈드 공작이 드럼란리그에 도착했다. 가해자와 피해자 모두 타인머스인에 범인을 잡은 사람도 타인머스 기사라는 이유로 기사단 단장이자 공작인 그가 자원했다.

그는 외교 문제라는 이유로 왕궁에서 보유한 특별 이용권 덕분에 대기 없이 바로 공간이동 마법을 이용할 수 있었다.

"맙소사."

바로 크리케스로 온 애쉬는 로렌에게 모든 전말을 듣고 이마를 짚었다. 하마터면 외교 문제로 번질 뻔했다. 세이레나의 행동은 외교 문제를 아슬아슬하게 건드릴 뻔했다.

"우린 잘못한 거 없다."

가장 오른쪽에 앉은 로렌이 가슴 앞으로 팔짱을 끼며 말했다. 그녀의 왼쪽으로 세이레나와 모아나가 긴장한 표정으로 앉아 있었다.

안다. 애쉬는 한숨을 내쉬며 말했다.

"뭐라고 하려는 게 아니야. 그저 한 발만 삐끗했어도 난리 날 뻔했다는 걸 떠올리니 아찔해서 그래."

타인머스의 사람이 드럼란리그에 와서 하위 귀족을 납치, 감금하고 죽이려 했다. 상인들을 상대로 사기를 치려 했고 그걸 기사들이 막았다.

아슬아슬했다.

납치된 하위 귀족이 드럼란리그 사람이라면?

막은 기사들이 드럼란리그 기사였다면?

타인머스 기사들이 관광이 아니라 기사 신분으로 입국했다면?

이 사건은 엄청난 외교 문제로 번졌을 것이다.

그렇기 때문에 쿨린 자작이 신고했을 때 드럼란리그 치안관들은 도울 수 없다고 했던 거다.

가해자와 피해자 모두 타인머스 사람인데 드럼란리그에서 섣불리 손댔다가는 난리가 날 테니까.

"죄송합니다."

세이레나는 솔직하게 사과했다. 이 사건이 외교 문제가 될 수도 있었다는 걸 그녀는 안다.

심지어 세이레나는 드럼란리그의 상인을 부추겨서 피해자로 신고하라고까지 했다. 그렇게 하면 타인머스에서도 움직이고 여기 온 세 사람 모두 기사단이니 단장인 애쉬가 올지도 모른다고 생각했다.

이기적이었어. 세이레나는 그렇게 생각하며 고개를 숙였다. 단장인 애쉬가 늘 바쁘다는 것을 안다. 그녀와 모아나를 위해 바쁜 그를 여기까지 오게 만들었다.

솔직히 말하면 그가 보고 싶었다. 하지만 그보다 애쉬가 오는 편이 쿨린 자작의 사건에 더 유리하기 때문에 타인머스 기사단장이자 공작인 그가 오기를 바랐다.

타인머스에서 드럼란리그까지 공간이동 마법을 이용해도 일 주일. 그 일주일 동안 애쉬는 본업을 손 놓고 있어야만 한다.

"화내는 게 아니라고 했잖아."

애쉬는 그렇게 말하며 세이레나의 앞에 무릎을 꿇고 앉았다. 그 역시 보름 동안 그녀가 보고 싶어서 혼났다.

연루된 타인머스 사람들의 신원 확인과 신병 확보. 그게 애쉬 에게 주어진 임무였다. 그는 자신이 기사단 단장이라는 것을, 외교 문제에 대응할 수 있는 공작이라는 것을 감사했다.

"다친 곳은 없고?"

다정한 애쉬의 말에 세이레나는 말없이 고개를 끄덕였다. 그 럼 됐다. 그는 세이레나의 손을 잡았다. 그녀가 무사하다면 그걸 로 충분하다.

"아, 나 목이 마른데."

갑자기 로렌이 벌떡 일어나며 말했다. 세이레나와 애쉬가 단 둘이 있을 수 있도록 자리를 비켜 주려는 거다. 눈치 빠른 모아 나도 따라 일어나며 말했다.

"여기 식당에서 파는 맥주가 맛있더라."

"드럼란리그 맥주 맛 좀 볼까?"

이건 또 무슨 소리야? 세이레나는 로렌과 모아나를 멍하니 쳐 다봤다. 애쉬가 오기까지 두 사람은 세이레나를 끌고 크리케스 의 맛집을 찾아다녔다. 당연히 이 숙소의 맥주도 마셔 봤다.

"맥주라면 어제도 마셨잖아?"

으이구, 이 둔탱아. 눈치 없는 친구를 향해 모아나와 로렌이 혀를 차자 애쉬가 피식 웃으며 일어났다. 그는 두 사람이 왜 저런 행동을 하는지 안다.

"그렇지 않아도 나도 치안소에 가 봐야 돼."

잡혀 있는 알빈과 그의 부하들의 신원을 확인하고 모아나와 로렌, 세이레나가 그의 부하 기사라는 것을 서면으로 작성해야 한다.

애쉬는 세이레나를 내려다보며 물었다.

"같이 갈까?"

세이레나의 얼굴이 달아올랐다. 데이트 같다. 남자와 단둘이 길을 걷는 건 처음이다.

애쉬의 손을 잡은 세이레나가 나가자 모아나와 로렌은 짝 소리가 나도록 손을 마주쳤다.

"알빈 레이라는 녀석 뒤에 높은 사람이 있는 것 같다고?"

숙소에서 나와 번화가에 들어서면서 애쉬가 물었다. 세 사람이 묵는 숙소에서 치안소는 그리 멀지 않다. 그래서 세이레나는 애쉬와 함께 걸어가기로 했다.

"아마도요."

그녀가 왕비일 때 알게 된 것을 말할 수는 없다. 세이레나는 론과 이야기한 것을 애쉬에게 설명했다.

"그 론이라는 녀석은 높은 분이 누군지 모르고?"

"모르는 것 같아요. 다른 사람은 모르겠지만요."

"레이라는 녀석은 어때?"

알빈을 포함해서 잡힌 녀석은 모두 열다섯 명. 그중 네 명은 쿨린 자작을 데리러 왔다가 지키고 있던 치안관에게 잡혔다.

크게 다친 건 알빈 레이뿐이라 그는 치료를 받고 있다. 그래서 세이레나는 아직 알빈만은 보지 못했다.

세이레나가 아직 보지 못했다고 말하려 했을 때였다. 번화가에 지나가는 사람들 중에 익숙한 사람이 보였다.

"잠깐!"

그녀는 옆에 애쉬가 있다는 것도 잊고 뛰어가서 여자를 잡았다. 세이레나가 어깨를 잡자 놀란 여자가 돌아봤다.

맞다. 순간 세이레나는 말을 잃었다. 그녀가 맞다.

마법사. 몇 년 뒤 타인머스에 와서 왕궁 마법사들과 연구를 하는 천재 마법사.

세이레나가 연구를 위해 보석을 줬고 죽기 직전의 그녀를 돌려보내 준 그 마법사였다.

"네?"

여자가 무슨 일이냐는 듯 고개를 기울이며 물었다. 세이레나의 옆으로 놀란 애쉬가 다가왔다.

"왜 그래?"

뭐라고 해야 할까.

세이레나는 마법사를 마주한 채 멍하니 서 있었다. 반사적으로 잡긴 했지만 마법사는 그녀를 모른다.

세이레나와 마법사가 만나는 건 그녀가 왕비가 되고 몇 년 뒤의 일이다.

"무슨 일이죠?"

마법사는 세이레나와 애쉬를 번갈아 보며 다시 물었다.

'엄청난 미남 미녀네.'

그녀는 지나가는 사람들이 한번씩 이 남녀를 돌아보고 간다는 것을 알아차렸다.

"아, 그, 저, 아는 사람인 줄 알았어요."

말할 수 없다. 그녀가 몇 년 뒤 타인머스에 와서 왕궁 마법사들과 연구를 하고 세이레나를 과거로 돌려보내 준다고, 그런 이야기를 할 수 있을 리가 없다.

"아, 그래요."

사람을 착각하고 불러 세우는 일은 흔하다. 마법사는 고개를 끄덕이고 돌아섰다. 그대로 떠나려는 마법사의 행동에 세이레나의 입이 벌어졌다.

물어보고 싶다. 어떻게 그녀가 과거로 돌아온 건지. 지불한 대가가 뭐였는지. 왜 그녀를 돌려보내 준건지.

하지만 물어볼 수 없다.

"이름, 이름이 뭐예요?"

대신 세이레나의 입에서 나온 건 다른 말이었다. 그녀의 질문에 마법사가 다시 고개를 돌렸다.

"나요?"

"네. 이름이 뭐예요?"

"어머, 내가 그 아는 사람이랑 정말 닮았나 봐요?"

친척인지 확인하려는 모양이군. 애쉬는 그렇게 생각하며 허리에 손을 얹었다. 성이 같다면 친척일 가능성이 높다. 하지만 여기는 드럼란리그. 문득 그는 세이레나가 어떻게 드럼란리그 사람과 알게 됐는지 궁금해졌다.

"음, 친척인지 알아보기 힘들 텐데. 저, 친척이 없거든요."

상관없다. 세이레나는 마법사의 친척을 알아보려 한 게 아니다. 그녀는 마법사를 향해 손을 내밀며 말했다.

"그렇군요. 나는 세이레나예요. 세이레나 헌터."

마법사의 눈이 동그래졌다. 그녀는 곧 빙그레 웃으며 세이레나의 손을 잡았다.

"칼리스타예요."

18

꽃구경

그로부터 열흘이 지났다.

세이레나는 애쉬를 따라 로렌과 함께 타인머스로 돌아왔다. 하지만 모아나는 드럼란리그에 남았다. 쿨린 자작이 여행을 하기엔 체력이 회복되지 않았기 때문이다. 그는 말을 타는 건 물론이고 마차를 타는 것도 무리일 정도로 쇠약해져 있었다. 그 상태로 공간이동 마법을 사용하는 건 너무 위험했다.

그리고 칼리스타.

세이레나는 마법사를 떠올렸다. 원래부터 타인머스에서 살고 있었던 건 아니구나.

"이렇게 만난 것도 인연인데, 언제 한번 타인머스에 놀러 오

세요."

열흘 전, 드림란리그에서 세이레나는 칼리스타에게 그렇게 말하고 헤어졌다. 그것 외에 그녀가 할 수 있는 건 아무것도 없었다.

세이레나는 마법사도 아니고 칼리스타와 친분이 있는 것도 아니다. 처음 만난 다른 나라의 기사가 회귀 마법에 대해 물어보면 분명 이상하게 생각하겠지. 심지어 세이레나는 왕비가 되어 칼리스타를 만나기 전까지 그런 마법이 있는지도 몰랐다.

회귀 마법.

과연 그 마법이 지금 존재하기나 할까?

세이레나는 멍하니 생각했다. 그녀가 왕비였을 때 칼리스타가 연구 중이라고 했다.

"헌터 경."

멍하니 앉아 있는 세이레나를 오 분단 분단장인 제이콥이 불렀다. 생각에 잠긴 세이레나는 마치 그림 속에 있는 요정같이 아름다워서 그는 한참이나 망설이다가 불러야 했다.

"네?"

"단장님이 몽타주 완성됐다고 확인하러 오라고 하시는데."

"지금 가겠습니다."

제이콥의 말에 세이레나는 벌떡 일어나 단장실로 향했다.

애쉬는 드림란리그에 도착한 지 사흘 만에 다시 타인머스로 돌아갈 수밖에 없었다. 그가 도착한 날, 감옥에 갇혀 있던 알빈의 부하들이 모두 죽었기 때문이다.

세이레나와 함께 감옥으로 찾아간 애쉬는 알빈의 부하들이 모두 살해당했다는 소식에 경악을 금치 못했다.

그리고 알빈은 도주.

열 명이 넘는 사람을 죽인 살인마가 감옥에서 달아났다. 이건 더 이상 타인머스만의 일이 아니다.

드럼란리그 치안관은 알빈의 몽타주를 만들어 그가 도망쳤을 만한 곳에 뿌렸다.

그래서 정작 애쉬가 할 일은 사라졌다. 애쉬의 임무는 알빈과 그 부하들의 신원 확인과 신병 확보. 알빈이 도망치고 부하들이 죽었으니 둘 다 불가능하다. 결국 그는 세이레나와 로렌을 데리고 돌아왔다.

"세이레나 헌터입니다."

세이레나는 단장실 앞에 서서 문을 두드리며 말했다. 이미 단장실의 문은 열려 있었다. 누군가 오기로 되어 있으면 문을 살짝 열어 두는 게 애쉬의 버릇이었다. 하지만 문이 열려 있다고 아무 말 없이 들어가는 건 세이레나의 예의에 어긋난다.

"들어와."

기다리고 있었던 애쉬는 그녀가 문을 두드리는 소리에 쓰게 웃으며 일어났다. 로렌이나 데니스였다면 노크도 하지 않고 벌컥 열었을 것이다. 그리고 그가 대답하기도 전에 들어와서 의자에 앉았겠지.

이런 점이 참 세이레나답다고 생각하며 그는 문을 활짝 열었다. 그리고 그녀가 들어올 수 있도록 문에서 비켜서려 했다.

지금도 충분히 들어올 수 있지만, 그는 세이레나가 이 정도로 가까운 접촉을 반기지 않는다는 걸 알고 있다. 하지만 그가 움직이기 전에 세이레나가 먼저 들어왔다.

'응?'

애쉬는 그의 가슴에 어깨를 스치는 것을 신경 쓰지 않고 들어오는 세이레나의 모습에 눈을 크게 떴다.

"왜, 왜 그래요?"

돌아선 세이레나가 놀란 애쉬의 표정을 보고 당황해서 물었다. 왜 저런 표정을 짓지? 자신이 무슨 짓을 한 건지 모르는 그녀의 표정에 애쉬가 빙그레 웃었다.

"그냥, 좋아서."

그의 말에 세이레나의 얼굴이 확 하고 붉어졌다. 잘 익은 토마토 같은 얼굴에 애쉬의 미소가 깊어졌다.

끌어안고 싶다. 그리고 키스하고 싶다. 하지만 그랬다간 멈출 자신이 없어서 그는 억지로 발걸음을 떼어 자기 자리로 돌아앉았다.

"알빈 레이의 몽타주를 만들었는데 네가 보는 게 좋을 것 같아서."

드럼란리그에서도 몽타주를 만들어 뿌리긴 했다. 하지만 그가 타인머스로 돌아올 가능성이 있으니 타인머스에도 만들어 뿌리는 게 좋을 것이다.

이제 알빈은 사기와 납치뿐 아니라 살인까지 저지른 극악무도한 범죄자다. 애쉬는 드럼란리그에서 만든 몽타주를 한 장 가져와 화가에게 따라 그리도록 시켰다.

"이게 원본이고, 이게 우리 쪽 사람이 그린 거."

몽타주 두 장을 세이레나에게 내밀며 애쉬가 말했다. 실제로 알빈을 만난 사람은 세이레나와 로렌, 그리고 모아나뿐이다.

하지만 모아나는 아직 드럼란리그에 있고 로렌은 언뜻 봤을 뿐이다. 알빈을 제대로 본 건 세이레나뿐이라는 말이다.

세이레나는 애쉬가 내민 몽타주 두 장을 끌어당겨 보고 잠시 숨을 멈췄다. 그녀가 아는 얼굴이 거기 있었다.

"훌륭하네요."

그렇게 말하며 세이레나는 다시 그림 두 장을 애쉬를 향해 밀었다. 아는 얼굴이다. 드럼란리그에서 본 얼굴이 아니라 그녀가 왕비였을 때 봤던, 그 얼굴이었다.

이 몽타주 속 알빈의 왼쪽 눈에는 검정색 안대가 그려져 있었다.

"레나?"

애쉬는 딱딱하게 굳은 세이레나의 얼굴을 보고 걱정스럽게 그녀를 쳐다봤다. 이 녀석과 세이레나가 부딪쳤다는 이야기를 들었다.

"이 녀석이 널 다치게 했어?"

"네?"

"싸웠다고 들었거든. 혹시 이 녀석이 네 기분을 상하게 했나 싶어서."

무슨 소린가 하던 세이레나는 애쉬의 말을 듣고 빙그레 웃었다. 이런 식으로 그녀를 걱정해 주는 게 좋았다. 그녀가 무슨 생각을 하는지, 어떤 기분인지 살펴 주는 사람은 처음이다.

세이레나는 몸을 내밀어 애쉬의 손을 잡았다.

"나랑 상관없어요. 그냥, 이상하다고 생각하고 있었어요."

"뭐가?"

"감옥 안에서요. 알빈도 갇혀 있었잖아요. 게다가 왼쪽 눈을 잃은 지 얼마 안 됐고요."

모아나가 아버지를 구하는 도중에 알빈의 얼굴에 검을 휘둘렀다고 들었다.

애쉬가 듣고 있다는 듯 고개를 끄덕이자 세이레나가 계속해서 말했다.

"어떻게 자기 부하를 전부 죽였을까요? 열네 명이나 되는 사람을요."

치안소의 유치장은 세 개뿐이라 알빈과 부하들은 세 그룹으로 나뉘어 갇혀 있었다고 했다. 하지만 애쉬가 도착한 그 날 아침, 치안관들은 유치장이 너무 조용해서 이상하게 생각했다고 말했다.

열다섯 명이나 되는 남자들이 세 개의 유치장에 갇혀 있다. 시끄럽지 않을 수가 없다. 하지만 조용했고 이상하게 여긴 치안관이 확인을 위해 가 보자 유치장 문이 전부 열려 있었다. 그리고 그 안에 있던 열네 명의 부하가 전부 죽은 채 발견됐다.

어떻게 이런 일이 가능하지?

유치장 안에 들어갈 때 모든 무기를 제거한다. 하지만 부하들은 검에 베이거나 찔려 죽었다.

검은 어디서 났을까? 그리고 유치장 열쇠는 어디서 났지?

드림란리그에서도 알빈에게 공모자가 있을 것이라 생각하고 있었다. 세이레나 역시 그렇게 엄청난 일을 알빈 혼자 했을 리 없다고 생각했다. 그리고 애쉬도 그녀와 똑같이 생각했다.

"알빈이 높은 분과 일을 한다고 했지?"

애쉬가 목소리를 낮춰 물었다. 세이레나에게 잡힌 론이 그렇게 말했다. 정확히 말하면 그녀가 던진 미끼를 덥석 문 거지만.

"네."

론에게 다시 물어볼 수 있다면 좋겠다. 세이레나는 론의 시체를 떠올리며 씁쓸한 표정을 지었다.

"입을 막기 위해 전부 죽인 모양이군."

애쉬는 그렇게 말하며 머리를 쓸어 넘겼다. 알빈의 부하들을 전부 죽인 이유를 알겠다. 알빈의 배후에 있는 높은 분의 정체를 숨기려는 거다.

"그렇다면 알빈은 왜 살렸을까요?"

세이레나의 질문에 애쉬는 감정 없는 목소리로 말했다.

"살리지 않았을 수도 있지."

응? 세이레나의 눈이 동그래졌다. 그는 말없이 그녀의 눈동자를 응시했다. 천천히 세이레나의 눈동자에 충격이 번졌다.

"설마."

세이레나의 눈동자가 흔들렸다. 애쉬가 무슨 말을 한 건지 이해했다.

알빈의 배후에 있는 높은 분은 알빈에게 살인죄를 뒤집어씌우려 했다는 뜻이다. 모든 사람이 죽고 알빈만 사라졌다. 그렇다면 사람들은 알빈이 모든 사람을 죽이고 도망쳤다고 생각할 것이다. 그리고 알빈은 다른 곳에서 살해.

이렇게 되면 모든 범행은 알빈에게 뒤집어씌울 수 있다.

말도 안 되지만 그런 악한 자가 있을 수 있다는 것을 세이레나는 안다. 그녀는 구역질을 참기 위해 손으로 입을 막았다. 하지만 그 손마저 떨리고 있었다.

"이리 와."

애쉬는 벌떡 일어나 세이레나 곁으로 다가갔다. 그는 책상에 기댄 채 세이레나의 몸을 끌어안았다.

"내가 괜한 말을 했군."

단단한 가슴이 그녀를 끌어안았다. 따듯한 안정감에 세이레나는 가까스로 입을 열었다.

"아니, 아니에요."

그녀도 알아야 하는 이야기다. 만약 알빈이 살해당했다면 또 다시 뭔가가 바뀌었다는 뜻이니까.

세이레나의 시선이 애쉬의 책상에 놓인 몽타주를 향했다. 알빈의 왼쪽 눈에 그려진 검은 안대. 돌아오기 전 인생에서 그녀가 알빈을 봤을 때 그는 이미 안대를 하고 있었다.

"모아나를 위해서라면, 그게 더 나은지도 몰라요."

세이레나는 애쉬의 가슴에 뺨을 기대며 속삭였다. 돌아오기 전 인생에서도 알빈의 눈을 그렇게 만든 건 모아나였을 것이다. 그렇다면 그는 모아나를 가만히 두지 않았겠지.

알빈의 배후에 높은 사람이 있다면 모아나의 인생은 더 힘들었을 게 분명하다. 그녀는 타인머스로 돌아오기 전 봤던 쿨린 자작을 떠올렸다.

의사는 그가 이대로 타인머스로 향한다면 도착하자마자 누적된 피로로 위험해질 수도 있다고 했다.

이 주 동안 쿨린 자작은 제대로 된 음식을 섭취하지 못했다. 몸은 쇠약해져 있었고 걷는 것조차 자유롭지 못했다.

모아나에게 가족은 아버지뿐이다. 어쩌면 돌아오기 전 인생에서 모아나의 아버지가 알빈 때문에 사망했었을지도 모른다. 그렇다면 모아나의 삶은 세이레나가 돌아왔기 때문에 나아진 게 아닐까.

세이레나의 마음속에 희망적인 생각이 차올랐다.

"그래. 그럴지도 모르지."

애쉬는 세이레나의 부드러운 머리카락에 뺨을 대며 말했다.

작은 동물처럼 부들부들 떨리던 그녀의 몸이 천천히 진정되는 게 느껴졌다. 그게 좋아서 그는 세이레나를 끌어안은 팔에 단단히 힘을 줬다.

계속 이렇게 있을 수 있으면 좋겠다. 그녀가 그의 품에서 이렇게 안전하게만 있을 수 있으면 좋겠다.

"아, 레나. 꽃구경하지 않겠어?"

"꽃구경이요?"

애쉬의 머릿속에 세이레나의 우울한 기분을 날려 줄 좋은 생각이 떠올랐다. 그는 한 팔로 세이레나를 끌어안은 채 다른 팔을 책상 위로 뻗어 서류 사이에서 초대장을 꺼냈다.

늘 그렇듯 가지 않을 생각이었지만 세이레나라면 기뻐할지도 모른다. 애쉬는 그렇게 생각하며 능숙하게 한 손으로 초대장을 펼쳐 세이레나의 눈앞에 들어 보였다.

"매년 이맘때쯤에 꽃구경을 오라는 초청장이 오거든."

"누가 보낸 건데요?"

세이레나의 시선이 초대장을 향했다. 유려한 글씨체라 어느 귀족이 보낸 건가 싶었지만 귀족이 보낸 게 아니었다.

"포워스족?"

대륙에는 두 개의 나라와 두 개의 유목 민족이 존재한다. 워낙 척박한 땅이라 사람이 살 수 있는 곳이 별로 없다. 그나마 농사를 지을 수 있는 곳에 드럼란리그와 타인머스가 세워졌고 남은 땅은 유목 민족이 살고 있다.

포워스족은 두 개의 유목 민족 중 하나였다. 그러고 보니 세이레나가 왕비였을 때도 매년 봄이면 포워스족이 초대장을 보내곤 했다. 그녀는 단 한 번도 간 적이 없지만.

"드럼란리그에서 돌아온 지 얼마 안 돼서 피곤하려나?"

애쉬의 말에 세이레나는 그의 손에 들린 초청장을 받아 들며 물었다.

"얼마나 걸려요?"

"말로 이삼 일 정도."

이삼 일이나 말을 달린다는 건 중간에 잠도 자야 한다는 뜻이다. 아무리 상대가 애쉬라 해도 세이레나는 남자와 단둘이 여행을 가는 게 부담스러웠다. 게다가 드럼란리그에서 돌아온 지 얼마 안 됐는데 또 집을 비울 수는 없다. 그녀의 미간에 주름이 생겼다.

"에즈라와 함께 있고 싶어서요."

"그럼 함께 가지."

"네?"

세이레나는 놀라서 애쉬를 쳐다봤다. 그는 같이 점심이나 먹자는 듯한 말투로 말을 이었다.

"에즈라와 너무 오래 떨어져 있었지. 같이 가서 꽃구경하고 오자."

"그, 그래도 돼요?"

세이레나의 시선이 다시 초대장을 향했다. 이거, 그렇게 아무나 가도 되는 거였나?

"음. 상관없을 거야. 구역에 따라 일반인에게 공개된 곳도 있으니까."

포워스족은 최대한 자연과 함께 살아가는 사람들이다. 건물을 짓지 않고 마차를 이용하지 않는다. 말과 양을 기르고 자연 속에서 살아간다. 그들이 그렇게 사는 이유는 드럼란리그와 타인머스를 제외한 땅이 농사를 지을 수 없을 정도로 척박하기 때문이라는 말도 있다.

그렇기 때문에 드럼란리그와 타인머스는 유목민들의 땅에 관심이 없었고 유목민들은 상대적으로 넓은 땅을 자유롭게 누비며 살고 있다.

"가 봤어요?"

호기심으로 세이레나의 눈이 반짝였다. 애쉬는 음 하고 잠시 생각했다. 포워스족의 영토는 어마어마하게 넓다. 타인머스처럼 도시나 마을로 구획이 지어져 있는 것도 아니라 자신이 어디에 있는지 별을 보고 찾는다고 한다. 따로 길을 내지 않은 땅과 자유롭게 자라는 나무. 이 시기에 포워스족의 영지는 흩날리는 꽃잎으로 아름답다.

"어릴 때 한 번."

"어때요?"

애쉬의 시선이 세이레나를 향했다. 그녀의 자색 눈동자가 반짝이고 있었다. 그는 빙그레 웃으며 말했다.

"예뻐."

*　　　*　　　*

"다녀오셨습니까."

저택으로 돌아온 세이레나는 그녀를 맞이하는 거드윈의 뒤로 하녀들이 어쩔 줄 몰라 하며 서 있는 것을 보고 고개를 갸웃했다.

드럼란리그에서 돌아온 지 이틀째. 어제는 오자마자 쓰러져 잠들었고 오늘은 복귀를 알리기 위해 아침부터 기사단으로 향했다.

그녀가 없는 동안 무슨 일이라도 생긴 걸까. 세이레나는 고개를 갸웃하며 물었다.

"무슨 일이죠?"

거드윈의 시선이 뒤에 선 하녀들을 향했다. 전부 고개를 숙이고 두 손을 마주 잡은 채 서 있다. 그중에는 긴장하는지 마주 잡은 손을 쥐어짜는 애나도 있었다.

"애나?"

세이레나는 거드윈에게 재킷을 건네며 물었다. 무슨 일이라도 있나?

"죄, 죄송해요, 아가씨!"

애나가 허리를 숙이며 소리쳤다.

응? 돌아서던 세이레나는 무슨 일인가 하고 눈을 크게 떴다.

고개를 돌려보니 거드윈도 면목 없다는 표정을 짓고 있었다.

"뭔데 이래요?"

갑자기 사용인들이 죽을죄를 지었다는 듯 굴면 불안해진다. 그때 에즈라가 위층에서 뛰어 내려왔다.

"누나!"

"에즈라, 계단에서 뛰지 말라고 했지?"

계단에서 뛰면 위험하다. 하지만 세이레나의 지적을 아랑곳하지 않고 에즈라가 소리쳤다.

"아드리아나가 훔쳐 갔어!"

"도련님, 그건 아직 모르는 겁니다."

거드윈은 에즈라에게 그렇게 충고했지만, 그 역시 범인은 아드리아나일 거라고 생각했다.

세이레나는 두 사람 사이에 서서 이게 무슨 일인지 주변을 두리번거리며 서 있었다.

"무슨 일이죠?"

세이레나의 질문에 거드윈은 곤란한 표정을 지었다. 그의 책임 부족이다. 이건 쫓겨나도 할 말이 없다.

거드윈은 허리를 숙이며 말했다.

"다 제 불찰입니다."

무슨 일인지 알겠다. 세이레나는 빠르게 상황을 파악했다. 그녀는 허리에 손을 얹으며 말했다.

"다른 사람들은 가서 일하고. 애나, 차 한 잔만 가져다줘. 거드윈, 서재에서 듣죠."

사용인들이 서로의 얼굴을 쳐다봤다. 어떻게 하지? 그들은 망설이다가 세이레나의 명령에 따라 흩어졌다.

"무슨 일인지 들어 보죠."

세이레나는 서재에 들어가 거드윈에게 자리를 권하며 말했다. 무슨 일인지 일단 들어 보고 결정하자. 그런 그녀의 태도 앞에서 거드윈이 망설이며 의자에 앉았다.

"며칠 전에 헌터 양께서 오셨습니다."

세이레나의 미간에 주름이 생겼다.

"아드리아나가 아직 여기 있었다고요?"

분명 지난 기사단 사건에서 그녀가 집으로 돌아가라고 했다. 그런데 돌아가지 않았다고?

세이레나의 지적에 거드윈은 땀을 닦으며 말했다.

"그게, 눈 때문에 출발하지 못했던 모양입니다."

"핑계가 좋네요."

세이레나는 피식 웃으며 애나가 건네주는 찻잔을 받아 들었다. 분명 그레이윈드 공작 부인도 눈이 오는 바람에 출발하지 못했다. 그리고 그 이틀 후 왕비가 도망쳤다. 덕분에 완전히 잊고 있었다. 세이레나는 확인할 걸 그랬다고 혀를 찬 뒤 차를 한 모금 마셨다.

왕비를 도망치게 할 때 그녀가 다치는 바람에 한동안 누워 있을 수밖에 없었다. 아드리아나는 그걸 노려 내려가지 않고 숨어 있었던 모양이다.

"그래서, 왜 찾아왔다고 하던가요?"

"아가씨께 용서를 빈다고……"

"거짓말."

거드윈의 말에 세이레나는 픽 하고 웃었다. 아드리아나가 그
녀에게 용서를 빈다고? 말도 안 된다.

"물론 저도 믿지 않았습니다만."

그렇게 말한 거드윈이 한숨을 내쉬었다. 그때 억지로라도 내
쫓았어야 했다는 후회가 솟았다. 하지만 아드리아나 헌터는 헌
터가의 사람이다. 세이레나의 사촌이고. 그런 사람을 집사라고
해도 일개 사용인인 그가 억지로 쫓아낼 수는 없는 노릇이다.

"헌터 경께서 같이 오셔서 서재에 볼 게 있다고 하셔서."

그 다음은 어떻게 된 건지 알겠다.

세이레나의 지시를 따른 거드윈은 게일과 함께 서재로 갔다.
그가 게일을 지켜보는 동안 아드리아나가 뭔가를 훔쳐 달아났
다는 이야기다.

"그래서, 뭘 훔쳤는데?"

세이레나는 침착한 어조로 애나를 향해 물었다. 한쪽에 물러
나서 고개를 푹 숙이고 있던 애나가 깜짝 놀라 고개를 들었다.

"그, 그것이……"

"뭔데?"

애나의 입에서 쉽게 나오지 않은 대답은 엉뚱한 곳에서 흘러

나왔다.

"누나 코트를 훔쳐 갔어."

세이레나와 거드윈, 그리고 애나는 동시에 에즈라를 쳐다봤다. 누나의 옆에 앉은 그는 애나가 가져다준 차와 과자를 먹고 있었다.

"코트?"

세이레나의 시선이 애나를 향했다. 그녀는 어쩔 줄 몰라 하며 입을 열었다.

"아가씨의 코트 중에, 선물 받으신 거 말이에요."

가장 비싼 코트다. 하얀 털에 윤기가 반지르르한 코트. 그걸 아드리아나가 훔쳐 갔다. 세이레나는 어이가 없어서 물었다.

"그것만 훔쳐 간 거야?"

"네? 네."

"보석이나 다른 옷은 두고?"

"사실, 그 코트만 빗질하려고 꺼내 놨었거든요."

무슨 이야기인지 알겠다. 세이레나는 고개를 끄덕이고 다시 찻잔을 들어 올렸다. 하녀들이 그녀의 모피 코트를 관리하기 위해 꺼낸 것을 아드리아나가 훔쳐 갔다는 말이다.

그렇군. 그녀는 차를 홀짝이며 잠시 생각했다. 이걸 어떻게 해야 할까. 당장 아드리아나에게 쫓아가 훔쳐 간 옷을 내놓으라고 소리치는 건 쉽다. 하지만 그러면 아드리아나와 게일이 오리발을 내밀 것이다.

세이레나는 아드리아나가 고향으로 돌아가 조용히 살기를 바랐다.

"그 코트, 아드리아나가 입기엔 좀 작지?"

차를 홀짝이던 세이레나가 생각났다는 듯 말했다.

응? 벌 받는 기분으로 앉아 있던 거드윈과 고개를 숙인 채 서 있던 애나가 그녀를 쳐다봤다.

"네, 네에. 헌터 양이 입기엔 좀 작을 거예요."

어깨나 소매가 좀 작을 것이다. 세이레나는 씩 웃었다. 아가씨의 웃는 얼굴에 거드윈과 애나는 어리둥절한 표정을 지었다.

너무 화가 나서 웃는 건가? 그들이 그렇게 생각할 때쯤 세이레나가 다시 입을 열었다.

"에즈라, 나 없는 동안 잘 지냈어?"

"응. 뭐."

꽤 어른스러워진 에즈라는 한입에 비스켓을 털어 넣고 무심한 척 대답했다. 하지만 세이레나가 오자마자 그녀 곁에 붙어 떨어지지 않는 게, 얼마나 세이레나를 보고 싶어 했는지 보여 준다.

"숙부나 아드리아나가 널 귀찮게 굴지는 않았고?"

귀찮게? 누군가가 자신을 귀찮게 군다는 건 생각도 해 본 적 없는 에즈라의 눈이 데굴 굴렀다. 소년은 다시 고개를 끄덕였다.

"응. 숙부가 오면 거드윈이 나오지 말라고 알려 줬거든."

"그렇군."

세이레나는 빙그레 웃었다. 드럼란리그로 떠나면서 거드윈에게 에즈라를 잘 돌봐 달라고 신신당부했다. 특히 게일이 접근할 수 없도록 잘 봐 달라고.

그녀는 거드윈을 향해 고개를 돌렸다. 주인의 코트를 도둑맞았다는 죄책감을 가득 품은 채 집사는 세이레나의 얼굴도 보지 못하고 앉아 있었다.

그동안 거드윈은 충분히 잘해 줬다. 그녀의 기대보다 더.

세이레나는 거드윈을 향해 말했다.

"에즈라를 잘 돌봐 줘서 고마워요, 거드윈."

"아, 아닙니다. 당연히 제가 해야 할 일이었습니다."

그는 헌터 백작가의 집사다. 가주가 자리를 비웠을 때 가주의 어린 동생인 에즈라를 돌보는 것은 당연히 그가 해야 할 일이다.

"다음엔 좀 더 주의를 해 주세요."

"네, 알겠습니다."

고개를 숙이며 그렇게 대답한 거드윈은 '어라?' 하고 고개를 들었다. 이게 끝인가? 그는 쫓겨날 것도 각오했다.

하지만 세이레나는 더 이상 할 말이 없다는 듯 애나에게 고개를 돌렸다.

"그리고 애나."

"네, 아가씨."

애나는 바짝 긴장해서 대답했다. 거기에 코트를 둔 건 애나의 잘못이다. 그녀는 거드윈보다 자신이 벌을 받아야 한다고 생각했다.

"아드리아나가 코트를 수선했을 만한 수선집을 찾아 줘."

"네, 알겠습, 네?"

애니는 세이레나의 말을 믿지 못하고 고개를 들었다. 세이레나는 차를 마시다가 그녀의 시선을 깨닫고 물었다.

"왜? 어려워?"

"아니, 그건 아니지만, 쫓아내지 않으시는 건가요?"

"내가? 너를? 왜?"

"하지만 저 때문에 도둑맞았고……."

"그게 왜 너 때문이야?"

세이레나는 이해할 수 없다는 듯 눈을 동그랗게 떴다. 아드리아나가 그녀의 코트를 훔친 게 어째서 애나의 잘못이지?

"도둑맞았다고 널 쫓아내는 건 말도 안 되지. 게다가 한낮에 내 친척이 와서 코트를 훔칠 거라고 누가 생각했겠어?"

그건 그렇지만. 애나의 눈에서 눈물이 글썽이기 시작했다. 쫓겨나지 않더라도 최소한 크게 혼날 줄 알았다. 그런데 세이레나가 오히려 편을 들어 주니 눈물이 나왔다.

"죄, 죄송해요."

"다음엔 조심하면 되지."

세이레나는 자리에서 일어나서 훌쩍이는 애나를 끌어안았다. 다음엔 조심하라고 했지만 그게 의미 없는 말이라는 걸 세이레나는 안다. 세이레나의 방 안에 있는 코트를 훔쳐 갈 거라고 누가 생각했을까.

대담하네. 그녀는 아드리아나를 떠올리며 생각했다. 감히 가주의 집에 와서 코트를 훔칠 줄은 몰랐다.

아니면 멍청한 걸까?

*　　　*　　　*

"우와."

꽃나무를 본 에즈라의 환호성이 터져 나왔다. 엄청나다. 소년은 마차 밖으로 뛰어나오자마자 가장 큰 꽃나무로 가서 쳐다보기 시작했다.

"자."

그다음으로 나간 애쉬가 세이레나를 향해 손을 내밀었다.

'괜찮은데.'

그렇게 생각하면서도 그녀는 그의 손을 잡았다.

애쉬는 그녀가 자신의 손을 잡을 때까지 그 자세 그대로 멈춰 있을 남자다.

세이레나가 내리자 마차가 움직였다. 한쪽에 마차를 세워 둘 수 있는 장소가 준비돼 있다. 그녀는 에즈라를 쳐다보며 말했다.

"마차로 오자고 해 줘서 고마워요."

이삼 일이나 말을 달리기엔 에즈라가 너무 힘들다. 게다가 포워스족의 꽃구경 지역까지 가는 길에는 따로 숙소가 없어서 애쉬는 자신의 마차를 준비했다.

덕분에 편하게 올 수 있었다. 그녀는 애쉬의 손을 잡고 천막이 쳐진 넓은 공간으로 향했다.

"어서 오십시오."

천막이 준비된 장소 앞에 남자가 서 있었다. 그는 애쉬와 세이레나를 보고 빙그레 미소 지었다. 엄청난 미인이다.

그는 애쉬를 보며 말했다.

"저는 하렌입니다. 성함을 말씀해 주시겠습니까?"

"애쉬 그레이윈드입니다."

그레이윈드.

하렌은 명단을 살폈다. 그레이윈드라는 이름으로 두 개의 천막이 준비돼 있다. 그의 시선이 다시 한 번 세이레나와 애쉬를 향했다.

"천막으로 안내해 드리겠습니다."

포워스족은 타인머스와 원활한 외교 관계를 맺고 있다. 일 년에 한두 번씩 타인머스 왕궁은 포워스족의 사람들을 초대하고 포워스족은 타인머스의 사람들을 초대한다.

대부분 정해진 수의 사람만 초대하지만, 가끔 이렇게 아름답게 꽃이 피면 포워스족은 외부인에게도 이 지역을 공개하곤 했다.

이번 초대는 타인머스의 귀족뿐 아니라 올 수 있다면 평민에게도 열려 있다.

물론 포워스족이 천막을 준비해 주는 건 미리 초대를 받아들인 귀족뿐이다. 뒤늦게 참가한 귀족과 평민은 직접 준비해야 한다.

"이쪽입니다."

하렌은 커다란 천막으로 세이레나와 애쉬를 안내했다.

포워스족의 천막은 나뭇가지를 얼기설기 엮은 뒤 두꺼운 천을 덮어 만든 것이다. 처음 보는 형태의 숙소에 세이레나는 눈을 동그랗게 뜨고 하렌의 안내를 따라 안으로 들어갔다.

"여기가 침실입니다."

침대가 없이 쿠션이 잔뜩 쌓여 있는 공간을 가리키며 하렌이 말했다. 포워스족은 침대를 사용하지 않기 때문이다. 쿠션을 잔뜩 쌓아 둔 건 침대를 사용하는 타인머스 귀족을 향한 배려였다.

"여긴 뭐예요?"

세이레나는 바로 옆에 똑같이 쿠션이 쌓인 공간을 발견하고 물었다. 하렌이 미소 지으며 말했다.

"그쪽은 부인의 방입니다."

응? 세이레나와 애쉬가 무슨 소린가 하고 하렌을 쳐다봤다.

부인이라고? 세이레나가 머뭇거리며 물었다.

"그럼 이쪽 침실은요?"

"부군의 침실입니다."

그 순간 세이레나는 하렌이 뭘 착각했는지 깨달았다. 그녀의 얼굴이 확 하고 달아올랐다.

"저, 저흰 부부가 아니에요."

"네? 부부와 자녀로 구성된 세 가족이 아닙니까?"

하렌이 당황해서 명단을 살폈다. 분명 여기엔 그레이윈드 가족, 총 세 명이라 적혀 있다.

"여, 여긴 가족이라고……."

"아, 가족은 이 둘뿐입니다."

애쉬가 어느새 따라온 에즈라와 세이레나를 가리키며 말했다. 하렌은 에즈라를 보고 당황해서 애쉬를 쳐다봤다.

"그럼 이 두 분이 같은 천막을 사용하시면 될까요?"

그건 안 된다. 세이레나는 하렌의 말에 고개를 저었다. 에즈라는 그녀와 같은 천막을 쓰기엔 너무 컸다.

다행히 애쉬가 나섰다.

"내가 같이 쓰지. 헌터 경의 천막은 어디 있습니까?"

다행이다. 하렌은 예상하지 못한 돌발 상황이 무사히 해결된 것에 안도했다.

애쉬와 에즈라가 묵는 큰 천막 바로 옆에 세이레나가 묵을 일인용 천막이 준비돼 있었다.

"누나, 나 저기 갔다 올게."

에즈라가 아이들이 모여 있는 곳을 가리키며 말했다. 부모님을 따라온 귀족 자제들인 모양이다.

세이레나는 고개를 끄덕이며 말했다.

"천막 위치, 기억했어?"

"응."

"그럼 다녀와."

세이레나의 허락이 끝나기도 전에 에즈라가 뛰어나갔다.

"많이 좋아졌네."

애쉬는 세이레나를 향해 팔을 굽혀 내밀며 말했다. 자기 팔을 잡으라는 행동에 세이레나는 그의 팔 안쪽에 손을 걸었다.

"활동적이 됐죠."

세이레나는 애쉬를 따라 나무 아래를 걸으며 대답했다. 몇 달 전, 부모님이 돌아가신 직후를 생각하면 에즈라는 아주 많이 밝아졌다.

지금은 가정 교사뿐 아니라 저택을 방문하는 사람들과도 스스럼없이 대화를 나누고 있다.

애쉬는 세이레나의 보폭에 맞춰 걸으며 말했다.

"입단 날짜가 얼마 안 남았네."

며칠 후면 에즈라도 기사단에 입단해서 페이지가 된다.

세이레나는 말을 타고 다닐 거라고 열심히 승마 연습하는 에즈라를 떠올리며 빙그레 웃었다.

꽃을 구경하던 사람들이 그녀의 미소에 시선을 빼앗겼다.

"안녕하십니까, 그레이윈드 공작님."

세이레나를 발견한 사람들이 애쉬를 향해 다가왔다. 사람들의 시선이 세이레나를 향하고 있어서 애쉬의 표정이 잠깐 굳었다. 저도 모르게 세이레나를 독점하고 싶다는 생각이 솟았다. 아무도 못 보고 그만 볼 수 있으면 좋겠다.

"안녕하십니까. 꽃구경을 오신 모양이군요."

하지만 그럴 수는 없다. 애쉬는 평소처럼 미소를 지으며 속으로 후회했다. 괜히 왔다. 다들 세이레나만 보고 있다. 만나는 사람마다 세이레나에게서 시선을 떼지 못했다.

"두 분만 오신 겁니까?"

대부분 세이레나와 애쉬가 약혼했다는 것을 알지만 간혹 모르는 사람들이 놀랍다는 듯 물었다.

공식적인 초청이기는 하지만 여기서 며칠 정도 묵어야 한다. 결혼하지 않은 젊은 두 남녀가 며칠이나 외박하게 된다.

"동생과 함께 왔어요."

그때마다 세이레나는 재빨리 부인했다. 애쉬와 단둘이 온 게 아니라 동생과 함께 왔고 그녀는 숙소를 혼자 쓴다는 것을.

그렇게 열심히 부인하지 않아도 되는데. 애쉬는 쓰게 웃으며 생각했다. 두 사람은 약혼한 관계고 결혼을 앞두고 있다. 설령 지금은 약혼한 걸 모른다 해도 저절로 알게 될 거고 이 정도쯤은 다들 눈감아 줄 것이다.

아니면, 아직도 세이레나는 그와 결혼하는 것을 망설이고 있는 걸까.

문득 떠오른 불안감이 애쉬의 머릿속을 꽉 채웠다.

"레나."

간신히 사람들에게서 벗어나 단둘이 되자 애쉬는 조심스럽게 세이레나를 불렀다.

'나랑 결혼할 거지?'

어쩐지 초조한 기분이 들어 그는 세이레나를 부르고 가만히

서 있었다.

"왜요?"

자수정 같은 세이레나의 눈동자가 애쉬를 응시했다.

"혹시 말이야, 나랑⋯⋯."

"어?"

애쉬가 말을 꺼내려는 순간 세이레나의 시선이 그의 뒤를 향했다.

"응?"

애쉬가 무슨 일인가 하고 뒤를 돌아보자 세이레나가 그의 팔을 놓으며 말했다.

"나 잠깐 아는 사람이 있어서 인사하고 올게요."

응? 애쉬는 그를 지나쳐 걸어가는 세이레나를 돌아봤다. 그녀가 가는 길 끝에 후드를 뒤집어쓴 여자가 서 있었다.

"이사나?"

세이레나는 후드를 뒤집어쓴 여자에게 다가가 조심스럽게 물었다. 그녀가 로렌, 모아나와 드럼란리그로 갈 때 공간이동 마법으로 보내 준 직원이었다.

아니, 마법사인가?

세이레나는 이사나의 손에 아무것도 들려 있지 않은 것을 보고 고개를 갸웃했다.

"어? 당신은⋯⋯."

이름이 뭐였지? 이사나는 세이레나를 보고 눈을 크게 떴다.

이런 미인을 잊기란 어렵다. 그녀는 가까스로 세이레나의 이름을 떠올리고 말했다.

"헌터 경이었던가요?"

"맞아요."

여기서 보니까 반갑다. 세이레나는 이사나에게 악수를 청하며 말했다.

"꽃구경하러 왔어요?"

귀족뿐 아니라 일반인들도 꽃구경을 하러 많이 왔다. 승합 마차가 매번 손님을 가득 쏟아 놓고 떠나고 있었다. 하지만 이사나는 고개를 저으며 말했다.

"아뇨. 굳이 따지면 가이드랄까요."

"가이드요?"

이사나의 시선이 한쪽을 향했다. 세이레나는 그녀의 시선 끝에 웬 나이 든 사람들이 모여 있는 것을 보고 눈을 깜빡였다.

"저분들 가이드로 왔어요."

"저분들이 누군데요?"

응? 이사나는 그제야 자신이 자기소개를 제대로 하지 않았다는 사실을 깨달았다. 학회에서는 알아보는 것이 당연한 사람들이다. 그것에 익숙해져 있어서 당연히 세이레나도 저분들을 알아볼 줄 알았다.

"아, 전 현자의 탑 소속이에요. 저분들은 현자의 탑 소속 마스터 마법사들이시고요."

마법사들이라는 말이구나. 세이레나는 다시 한 번 그들을 쳐다봤다. 그녀가 아는 왕궁 마법사와 비슷했다. 젊은 사람은 사십 대 정도. 가장 나이 든 사람은 머리카락뿐 아니라 수염까지 흰색이라 몇 살인지 가늠하기가 어려웠다.

칼리스타는 몇 살이었더라? 그녀의 나이를 들은 기억이 없다. 세이레나는 아마 자신보다 몇 살 정도 위일 거라고 생각했다.

"현자의 탑 소속이셨군요."

타인머스의 마법사는 두 부류가 있다. 현자의 탑과 왕궁 마법사. 타인머스에서 마법을 배우려면 반드시 둘 중 하나에 소속되어 있어야 한다.

"네. 제가 제일 막내기도 하고, 포워스족이거든요. 마스터들께서 저를 끌고, 아니, 이 지역을 잘 아니까 가이드 해 달라고 하셔서 끌려, 아니, 따라왔어요."

아무래도 이사나가 여기에 온 게 그녀의 의지가 아니었던 모양이다. 세이레나는 걱정스러운 표정으로 물었다.

"오기 싫었어요?"

"아, 아뇨, 아뇨."

이사나는 세이레나가 무슨 생각을 하는지 알아차리고 재빨리 손을 저었다. 여기 오는 게 싫었던 게 아니다. 나이든 마스터 마법사들의 가이드로 끌려오는 게 싫었던 거지.

그녀는 주위를 살펴보고 몸을 내밀었다.

"사실 오늘 제 휴일이었거든요."

무슨 소린지 알겠다. 세이레나는 안됐다는 표정을 지었다. 휴일에 상사를 모시고 꽃구경을 가야 하다니.

"레나."

그때 애쉬가 다가왔다. 인사만 하고 온다더니 아무래도 대화가 길어질 모양이다.

그는 세이레나의 옆에 서서 자신의 존재를 알렸다.

아차. 세이레나는 그제야 애쉬를 떠올리고 이사나에게 말했다.

"이사나. 이쪽은 애쉬 그레이윈드 공작이에요. 제가 소속된 라고말리 기사단의 단장이기도 하고요. 애쉬, 이쪽은 이사나예요. 현자의 탑 소속 마법사이고요."

저런. 이사나는 안됐다는 표정을 지어 보였다. 헌터 경도 나와 같은 신세였구나. 그녀는 세이레나의 손을 잡으며 말했다.

"힘내요."

응? 뭐가? 세이레나와 애쉬가 이해하지 못하고 어리둥절해 하는 사이 뒤에서 마법사들이 이사나를 불렀다.

"이사나! 가자!"

"네!"

세이레나는 다음에 또 보자는 말을 끝으로 마법사들을 향해 뛰어가는 이사나를 쳐다봤다.

애쉬가 머리를 쓸어 넘기며 물었다.

"힘내라는 게 무슨 소리야?"

"글쎄요."

뭘 힘내라는 걸까? 두 사람은 마법사들과 함께 걸어가는 이사나를 쳐다보며 고개를 갸웃했다.

"그나저나 이름이 이사나라고?"

저녁 식사가 준비됐음을 알리는 뿔피리 소리가 울려 퍼졌다. 첫날 저녁은 포워스족 쪽에서 제공해 준다.

애쉬가 팔을 내밀자 세이레나가 그의 팔 위에 손을 얹었다. 두 사람은 다시 천천히 돌아가며 이야기했다.

"포워스족이라네요."

"아, 어쩐지."

어쩐지? 세이레나는 고개를 갸웃하며 애쉬를 쳐다봤다. 포워스족과 타인머스 사람은 외견상으로 전혀 차이점이 없다.

어떻게 안 거지? 그녀가 묻기 전에 애쉬가 말했다.

"성이 없잖아."

생각해 보면 이사나는 처음부터 자신의 성을 말하지 않았다. 세이레나는 단순히 그녀가 고아일 거라 생각해서 캐묻지 않았었다.

"성은 고아들도 없지 않아요?"

"아, 아니야. 고아들도 성이 있어. 부모의 성을 기억하는 아이들은 그 성을 이어받고, 부모의 성을 모르는 아이들은 고아원 원장의 성을 따르거든."

그렇구나. 그건 몰랐다. 세이레나는 고개를 끄덕이며 말했다.

"그래서 이사나 씨가 포워스족이라는 걸 알았던 거군요? 포워스족은 성이 없으니까."

"음, 사실 포워스족이라고 모두 성이 없는 건 아니야."

턱을 쓰다듬으며 하는 애쉬의 말에 세이레나는 무슨 소린가 하고 그를 쳐다봤다. 그는 잠시 생각에 잠겼다가 말했다.

"아마 포워스족은 결혼을 해야만 성을 얻을 수 있을 거야. 그랬던 거로 알아."

"결혼을 해야만 성을 얻을 수 있다고요?"

"결혼을 하면 두 사람이 성을 하나 만들어서 쓴다고 알고 있어. 그러니까 저 마법사는……."

"미혼이라는 말이군요."

"그렇지."

신기한 문화다.

문득 세이레나는 칼리스타가 떠올랐다. 그녀도 성이 없다고 했다. 타인머스 사람이라면 고아도 성이 있으니 칼리스타는 포워스족인 게 아닐까. 이사나와 같은 포워스족이고 같은 마법사다.

세이레나는 이사나가 사라진 쪽으로 시선을 던졌다. 어쩌면 이사나가 칼리스타를 알고 있지 않을까?

"혼자 괜찮겠어?"

저녁 식사를 마친 후 애쉬는 걱정스러운 표정으로 세이레나를 쳐다봤다. 혼자 잘 수 있는지를 물어보는 게 아니다. 귀족 영애나 부인이라면 이런 소풍이나 여행에 하녀를 데려오기 마련이다.

저녁 식사를 하러 간 자리에서 애쉬는 귀족 부인들이 하녀의 도움을 받아 옷을 갈아입고 화장을 고친 것을 알아차렸다.

부끄럽지만 그는 생각도 못 했다. 지금까지 그가 본 여자들은 전부 기사들이었고 기사단에서는 귀족 영애라 해도 하녀가 따라오지 않기 때문이다.

"괜찮다니까요."

세이레나는 쓰게 웃으며 손을 저었다. 그녀는 이미 로렌, 모아나와 드럼란리그를 다녀왔다. 그 말은 하녀 없이 혼자 힘으로 옷을 갈아입고 머리를 빗을 수 있다는 말이다.

물론 하녀의 힘이 필요하지 않아서 애나를 데려오지 않은 건 아니다. 그녀가 에즈라만 데리고 온 건 이번 꽃구경 비용을 애쉬가 전부 부담하기 때문이다.

게다가 그녀는 돌아오기 전 인생에서 하녀의 도움 없이 몸단장하는 것에 익숙해져 있었다. 감옥에 갇힌 그녀의 옷을 갈아입혀 줄 하녀가 있을 리 없으니 말이다.

"내가 도와주고 싶지만."

애쉬는 그렇게 말하며 한숨을 내쉬었다. 결혼했다면 그럴 수 있을 것이다. 같은 천막을 쓰고 그가 도와주면 된다.

"피, 필요 없거든요."

순식간에 세이레나의 얼굴이 빨갛게 달아올랐다. 그 얼굴을 본 애쉬가 피식 웃으며 말했다.

"머리는 빗겨 줄 수 있잖아."

"짧아서 혼자서도 할 수 있어요."

그건 그렇다. 애쉬는 물끄러미 세이레나의 짧은 머리카락을 쳐다봤다. 처음으로 그녀의 머리가 짧아진 게 아깝다는 생각이 들었다. 예전처럼 길었다면 세이레나는 하는 수 없이 그에게 빗겨 달라고 했을 텐데.

"알았어. 혹시 도움 필요하면 소리 질러."

그렇게 말하는 애쉬에게 괜찮다고 손을 저으며 세이레나는 천막 안으로 들어갔다. 일인용이라 그리 넓지는 않지만 체구가 작은 그녀에게는 충분하다.

"왜 여기 있어요?"

에즈라가 천막 밖으로 나와서 애쉬에게 물었다. 그는 세이레나의 천막 앞에 앉아 있었다.

"음. 네 누나가 혹시 내 도움이 필요할까 싶어서."

애쉬의 말에 에즈라가 씩 웃었다. 소년은 그의 앞에 앉으며 말했다.

"필요하다고 해도 누나는 공작님을 부르지 않을걸요?"

자기 누나를 잘 알고 있다.

그는 건방진 에즈라의 말에 침착하게 대꾸했다.

"도움이라는 건 상대가 요청하기 전에 나서야 하는 거거든."

에즈라의 미간에 주름이 생겼다. 소년은 심각한 표정으로 물었다.

"상대가 요청하기 전에 어떻게 도와주죠?"

"관심을 갖고 주의 깊게 살피면 알 수 있지."

그게 가능한가? 에즈라는 애쉬의 포즈를 똑같이 따라 하며 물었다.

"어떻게 그게 가능해요?"

"상대를 좋아한다면 가능하지."

그렇군. 에즈라는 씩 웃었다. 그는 공작님이 누나를 좋아하는 걸 티 낼 때마다 기분이 좋았다. 세이레나 누나는 사랑받을 자격이 있다.

두 사람이 의미심장한 미소를 교환하고 있을 때 옷을 다 갈아입은 세이레나가 천막 밖으로 나왔다. 그녀가 나오는 소리를 들은 애쉬가 벌떡 일어나고 에즈라가 따라 일어났다.

덕분에 세이레나는 두 사람이 자기 천막 앞을 지키고 앉아 있었다는 것을 전혀 눈치채지 못했다.

그날 밤, "쾅!" 하고 요란한 소리가 들렸다. 잠을 자고 있던 세이레나는 깜짝 놀라서 벌떡 일어났다.

"에즈라!"

그녀의 머릿속에 제일 먼저 떠오른 건 동생이었다.

이게 무슨 소리지? 무슨 일이 일어났나? 자신의 안위보다 먼저 세이레나는 에즈라를 떠올렸다.

동생이 위험할지도 몰라!

그녀는 그대로 벌떡 일어나 밖으로 뛰쳐나갔다.

"에즈라!"

두꺼운 천이 그녀를 가로막았다. 세이레나는 천막의 천을 마구 쳐 내며 에즈라가 자는 곳으로 뛰어 들어갔다. 천막 안을 희미하게 밝히는 램프 덕에 어둡지는 않았다.

"누나."

에즈라는 자신을 부르는 소리에 놀라 일어났다. 하루 종일 뛰어다닌 탓에 에즈라는 잠에 깊게 들어 있었다. 천막 안에 누가 들어오는 것도 몰랐다. 당연히 세이레나를 깨운 커다란 소리도 듣지 못했다. 그는 헐레벌떡 뛰어 들어와 자신을 끌어안는 누나의 모습에 당황해 눈을 깜빡였다.

무슨 일이지? 이렇게 당황한 누나의 모습은 처음 본다. 어쩐지 자신이 누나를 위로해 줘야 할 것 같아서 에즈라는 팔을 둘러 세이레나의 어깨를 감싸고 토닥였다.

다행이다. 세이레나는 동생을 끌어안고 안도의 한숨을 내쉬었다.

에즈라는 무사해.

갑자기 큰 소리가 나서 에즈라에게 무슨 일이 생긴 줄 알았다. 동생이 무사한 것을 확인하고 나서야 세이레나는 주변을 확인할 여력이 생겼다.

"애쉬는?"

세이레나는 에즈라에게서 떨어지며 물었다.

애쉬는 어디로 갔지? 이 커다란 소리를 그가 듣지 못했을 리가 없다.

에즈라 역시 고개를 흔들었다. 누나가 들어오는 소리도 못 들었는데 애쉬가 나가는 소리를 들었을 리 없다. 하지만 그때 그녀의 등 뒤에서 애쉬의 목소리가 들렸다.

"여기."

"힉!"

그 순간 애쉬는 세이레나의 주먹이 날아올 거라고 생각했다. 하지만 그렇지 않았다. 그녀는 움찔하더니 상대가 애쉬인 것을 확인하고 쥐고 있던 주먹을 내렸다.

"뒤에서 접근하지 말라고 했잖아요."

주먹이 날아오지 않는다. 애쉬는 놀라운 변화에 한쪽 눈썹을 들어 올렸다. 이건 세이레나가 트라우마를 극복했다는 뜻일까, 에즈라를 보호하느라 주먹을 휘두를 타이밍을 놓친 걸까.

전자였으면 좋겠다.

그는 허리에 손을 얹으며 말했다.

"여긴 나와 에즈라의 천막이라고."

그건 그렇지만.

세이레나는 자신이 남자들의 방에 함부로 들어왔다는 사실에 당황해서 가볍게 얼굴을 붉혔다.

너무 당황해서 밖에서 에즈라를 부른다는 선택지조차 떠오르지 않았다. 그저 에즈라가 안전한지 확인해야겠다는 생각만 들었다.

"방금 그 소리, 들었어요?"

세이레나는 에즈라를 놓고 일어나며 물었다.

애쉬도 그 소리를 들은 게 분명하다. 잠옷 차림인 그녀와 에즈라와 달리 애쉬는 옷을 다 차려입고 있었다.

그녀보다 먼저 소리를 듣고 나갔다 온 게 아닐까. 세이레나는 그렇게 생각했다.

"아, 응."

애쉬는 구체적인 대답을 피하고 시선을 위로 올렸다. 그가 나가 있었던 건 저 소리 때문이 아니다.

애쉬의 마음도 모르고 세이레나가 그에게 다가가며 물었다.

"무슨 일이에요?"

"아니, 나도 잘 몰라. 소리만 들었을 뿐이니까."

"그럼 옷을 왜 다 입고 있어요?"

왜 다 입고 있긴. 애쉬는 씩 웃었다. 귀족들만 들어올 수 있는 구역이라 타인머스의 기사들이 이 주변을 순찰하고 있기는 하다.

하지만 세이레나는 혼자서 문이 잠기지도 않는 천막에서 자고 있다. 그가 마음 편하게 잘 수 있을 리가 없다.

"잠깐 별일 없는지 주변을 좀 살피느라."

세이레나의 천막에 접근하는 멍청이가 없는지 보고 여기까지 파견 나온 부하들까지 살피고 돌아왔다.

그는 내렸던 시선을 다시 위로 향하며 에즈라가 덮고 있던 담요를 집어 들었다.

"별일 없어요?"

여전히 상황을 모르는 세이레나는 애쉬의 행동을 시선으로 좇으며 물었다. 그녀는 담요를 집어 든 그가 그것을 펼쳐 그녀의 몸 위로 둘렀을 때에야 '어라?' 하고 눈을 크게 떴다.

"소리로 보니 좀 떨어진 곳에 문제가 일어난 모양이야."

그제야 세이레나는 자신의 상황을 깨달았다. 잠옷만 입고 애쉬의 천막 안으로 뛰어들었다. 천막 안을 희미하게 밝히는 램프의 불빛이 그녀의 몸을 비추고 있었다.

"헉!"

세이레나의 얼굴이 확 하고 달아올랐다. 잠옷을 투과한 빛이 몸의 곡선을 고스란히 드러냈을 것이다.

그걸 애쉬 앞에서 그대로 보여 줬다니. 눈앞이 아찔해서 세이레나는 눈을 질끈 감았다.

"여기는 별일 없어."

위를 향하고 있던 애쉬의 시선이 드디어 세이레나를 향했다. 그래서 딴 데를 쳐다보고 있었구나. 자신의 생각 없음이 부끄러워서 그녀는 입술을 깨물었다.

"그 말은, 저게 몬스터일 수도 있다는 말이죠?"

애쉬는 가운이나 숄도 걸치지 않고 잠옷 바람으로 뛰쳐나온 그녀의 행동을 지적하지 않았다. 그 점이 애쉬다웠다. 그래서 세이레나는 무척 고마웠다.

애써 주제를 공격으로 돌리는 세이레나의 장단에 맞춰 애쉬도 입을 열었다.

"요새 몬스터의 습격이 잦았으니까. 이쪽도 올 수 있지."

"그럼 가 봐야 하는 거 아니에요?"

세이레나는 당장이라도 검을 가지러 갈 것처럼 물었다. 애쉬는 그런 그녀의 어깨를 잡아 막으며 말했다.

"이미 출동했을 거야."

물론 그는 단장이니 가 봐야 할 것이다. 하지만 세이레나는 그럴 필요가 없다. 그런 의미로 막은 건데 그녀는 아랑곳하지 않았다.

"도움이 필요할 수도 있잖아요."

애쉬가 잡기도 전에 세이레나는 휙 하고 자기 천막으로 돌아갔다.

이런. 허리에 손을 얹는 애쉬의 옆에서 에즈라가 주섬주섬 옷을 갈아입기 시작했다.

"넌 왜?"

애쉬의 질문에 에즈라가 부츠를 신으며 말했다.

"저도 가려고요."

"넌 안 돼."

"네? 어째서요? 누나도 가잖아요."

어허. 이 건방진 꼬맹이를 봤나. 애쉬의 한쪽 눈썹이 올라갔다. 그의 표정에 에즈라가 고개를 숙이며 다시 말했다.

"구경만 할게요? 네?"

"네겐 위험할 수도 있어."

"공작님도 있는데 뭐가 위험하겠어요?"

맙소사.

애쉬는 에즈라가 자신의 누나보다 그를 신뢰한다는 사실에 웃어야 할지 울어야 할지 몰라 가만히 서 있었다.

결국 따라나선 에즈라를 본 세이레나가 외쳤다.

"넌 들어가서 자!"

"그러려면 공작님이나 누나가 날 지켜봐야 할걸?"

젠장.

전투가 벌어진 곳으로 달려가며 세이레나는 애나를 데려오지 않은 것을 후회했다. 이럴 때 애나에게 에즈라를 감시하라고 해야 하는데.

"이 이상 오면 안 돼. 알겠어?"

세이레나는 라고말리 기사단이 지키는 곳까지 와서 에즈라에게 말했다. 기사단은 사람들을 보호하기 위해 띠를 둘러 접근을 막고 있었다. 이 이상 들어오면 기사들에게 잡힌다. 물론 애쉬와 세이레나는 두 사람의 얼굴을 알아본 기사가 통과시켜 줬다.

"저기 저 애는 절대로 이쪽으로 못 오게 해 주세요."

세이레나는 띠 앞에 서서 사람들의 접근을 막는 기사에게 부탁했다.

헌터 경이다. 기사는 어둠 속에서도 환하게 빛나는 것처럼 아름다운 여자를 보고 깜짝 놀랐다.

익히 아는 얼굴이다. 세이레나 헌터. 그는 고개를 끄덕이고 에 즈라를 쳐다봤다.

"동생인 모양이죠?"

"네. 부탁합니다."

헌터 경의 부모님이 모두 사망하고 동생만 남았다는 이야기 를 들었다. 기사는 굳은 표정으로 고개를 끄덕였다.

에이. 전투를 가까이에서 볼 수 있을 줄 알았는데.

실망한 에즈라에게 한 번 더 경고한 세이레나는 애쉬를 따라 전투가 진행되는 곳으로 뛰어갔다.

"어, 음. 그러니까 저 녀석의 재생을 막으려면 재생 마법의 수 식을 반대로 하면 되던가?"

나이 든 마법사들이 옹기종기 모여 앉아 지팡이로 땅바닥에 수식을 써 갈기고 있었다. 눈앞의 몬스터는 자신들과 상관없다 는 듯한 느긋한 태도다. 덕분에 이사나는 죽을 맛이었다.

"잠깐, 잠깐. 수식을 반대로 하지 말고 방해 마법을 사용하면 되는 거 아닌가?"

"오호, 그것도 괜찮은 생각이군. 한번 연구해 봐야겠어."

그러더니 늙은 마법사가 이사나에게 말했다.

"이사나, 활동 방해 마법을 써 보거라."

아이고, 선생님들.

이사나는 울고 싶은 심정으로 가져온 지팡이를 바닥에 가볍게 꽂았다. 그대로 수식을 그린 그녀가 수식 정중앙에 지팡이를 탕 하고 내려쳤다.

그녀가 그린 수식에서 번쩍하고 빛이 나더니 싸늘한 빛이 몬스터를 휘감았다.

"어디 보세."

느긋하기도 하다. 마법사들은 이사나의 마법이 제대로 먹히는지 턱수염을 쓸며 구경했다.

"크르르."

잠시 멈칫하던 몬스터가 머리를 흔들더니 다시 움직였다.

이런.

마법사들은 이사나를 쳐다보며 혀를 찼다.

"쯧쯧, 이사나. 마법을 제대로 쓴 게 맞느냐?"

"맞습니다. 선생님."

"이론이 틀렸나 본데?"

다시 마법사들의 회의가 시작됐다.

으으, 이래서 싫었어.

이사나는 고개를 푹 숙이고 한숨을 내쉬었다. 마침 그때 세이레나와 애쉬가 도착했다.

애쉬는 마법사들의 앞에서 이사나 혼자 몬스터를 상대하는 것을 보고 기사들을 돌아봤다.

"이게 무슨 상황인지 설명할 사람?"

기사들도 당황스럽기는 마찬가지다. 가장 앞에 나와 있던 기사가 말했다.

"현자의 탑 마법사분들께서 자신들이 처리할 테니 기다려 달라고 하셔서요."

"네에?"

세이레나는 어이가 없어서 신음했다. 아무리 봐도 저건 몬스터를 처리하는 게 아니다. 그녀는 부끄러움과 짜증에 고개를 숙인 이사나를 쳐다봤다.

마스터들이 이론을 내놓으면 그걸 이사나가 실험해 본다. 단순한 구성이지만 그녀는 죽을 맛이었다.

몬스터를 공격하는 건 어렵지 않지만 이런 곳에서 연구라니, 부끄럽다. 그때 몬스터가 이사나를 향해 덤벼들었다.

아차. 고개를 든 그녀는 몬스터의 공격을 막기 위해 쉴드 마법을 펼쳤다. 그와 동시에 세이레나가 뛰어나갔다.

"크아아아아!"

세이레나의 검이 몬스터의 앞발을 베고 지나갔다. 그녀는 재빨리 뒤로 물러나 이사나에게 물었다.

"괜찮아요?"

엄청나게 빠르다.

이사나는 눈 깜짝할 사이에 달려나가 몬스터의 앞발을 베고 돌아오는 세이레나를 보고 눈을 동그랗게 떴다. 실력 있는 기사일 줄은 알았지만 그녀의 생각보다 훨씬 좋은 것 같다.

"네, 뭐. 괜찮아요."

그녀를 위해 나서 줬는데 쉴드 마법이 있어서 필요 없는 도움이었다고 말할 수는 없다.

이사나가 적당히 넘기려 했을 때 뒤에서 마법사들이 말했다.

"이런, 이런. 저 아가씨가 우리 연구를 망쳤어."

"에구. 왜 공격하고 그러나?"

"이사나! 어서 저 녀석을 치료해 주거라."

이건 또 무슨 소리야? 마법사들의 말에 놀라 입을 딱 벌리는 세이레나에게 이사나가 면목 없다는 표정으로 말했다.

"죄송해요. 선생님들이 좀, 뭐랄까. 현실 감각이 없으시거든요. 현자의 탑에서만 사셔서."

"이사나! 저 녀석 죽겠다! 어서 치료해 주래도!"

세상에. 세이레나는 입을 딱 벌린 채 마법사들을 쳐다봤다. 그들은 정말로 몬스터가 죽을까 봐 걱정하는 것처럼 보였다. 마법사들은 다 좀 괴짜라더니 사실인 모양이다. 그렇다고 정말 몬스터를 살리게 둘 수도 없다. 세이레나는 마법사들에게 다가가 말했다.

"라고말리 기사단입니다. 사람들의 안전을 위해 몬스터는 처리해야 합니다."

"아니, 우리가 좀 더 연구를 하고 알아서 처리하면 되잖아?"

"안 됩니다. 여기 모여 있는 사람이 많아서 위험합니다."

"위험하긴 뭐가 위험해. 여기 있는 사람들의 손짓 하나면 저 녀석은 눈 깜짝할 사이에 저 멀리 날려 보낼 수 있다고."

생각보다 말이 안 통한다. 세이레나는 곤란한 표정을 지었다. 무슨 일이라도 일어나면 사람들이 다친다. 그녀는 그것만은 두고 볼 수 없었다.

그녀가 왕비였다면 이게 무슨 짓이냐고 한마디 하면 됐을 것이다. 아니, 이들은 현자의 탑 소속 마법사들이니까 왕비의 명령은 안 통할지도 모른다. 하지만 적어도 듣는 척이라도 하겠지.

처음으로 왕비로서의 권위가 아쉬워진 세이레나는 인상을 썼다가 재빨리 고개를 저었다.

필요 없다, 그런 거.

"여긴 현자의 탑이 아닙니다. 사람들의 안전을 담보 삼아 연구를 하시도록 둘 수는 없습니다."

세이레나는 단호하게 말하고 허리에 손을 얹었다. 그러니 그만두라는 의미였지만 마법사들은 위협적으로 여기지 않았다. 그녀는 작고 눈에 확 띄는 미인이다. 마법사들은 여기사라기보다는 요정 같은 세이레나를 귀엽게 여길 뿐 그녀의 말을 들으려 하지 않았다.

장년의 마법사가 세이레나를 무시하고 이사나에게 외쳤다.

"이사나! 그 녀석 앞발을 붙여 보거라!"

이 사람들이? 세이레나는 반사적으로 애쉬를 찾았다. 그는 기사들과 뭔가를 이야기하고 있었다.

애쉬를 부르는 건 포기해야겠네. 그렇게 생각한 세이레나는 자신이 바보 같은 생각을 하고 있음을 깨달았다.

왜 애쉬를 부르려고 하지? 눈앞에 몬스터가 나타났고 라고말리 기사단은 사람들을 지켜야 할 의무가 있다.

아무리 상대가 현자의 탑 마스터 마법사들이라 해도 사람들의 안전을 위협하는 연구를 할 권리는 없다.

그녀는 그대로 몬스터를 향해 달려나갔다.

"앗!"

이사나가 세이레나를 발견하고 손을 뻗었지만 이미 늦었다.

세이레나는 자신의 몸 열 배쯤 됨직한 몬스터의 뒷발을 검으로 베고 펄쩍 뛰어 뒤로 물러났다.

"크아아아!"

몬스터가 고통스러운 비명을 내뱉었다. 이런, 이런. 마법사들이 이사나에게 외쳤다.

"이사나, 치료하거라!"

그렇게 두지 않을 거다. 세이레나는 비틀거리다 균형을 잃은 몬스터의 몸 위로 뛰어올랐다. 몬스터의 다리에서 허리로, 등 위로 올라간 그녀의 검이 어둠 속에서 반짝 빛났다.

"이사나!"

마스터들의 재촉에 이사나는 하는 수 없이 지팡이로 수식을 그리기 시작했다. 하지만 마법사의 마법보다 검사의 검이 더 빠른 법이다.

세이레나는 몬스터의 머리 위에 올라가 단숨에 검을 꽂았다.

"크아아아아!"

엄청난 고통에 몬스터가 앞발을 들어 올리며 광란했다. 세이레나의 몸이 공중에 떠올랐지만, 그녀는 검을 꽉 잡고 버텼다.

가능하면 일격에 죽여 주고 싶었다. 애쉬라면 가능했을 텐데. 세이레나는 자신의 부족함을 통감하며 힘을 주어 검을 꽂아 넣었다.

발광하던 몬스터의 몸이 멈췄다. "쿵!" 하는 요란한 소리와 함께 거대한 몸이 바닥에 쓰러졌다.

"레나!"

몬스터가 쓰러지는 소리에 고개를 돌린 애쉬가 상황을 파악하고 세이레나에게 달려왔다. 그는 몬스터의 몸 위에서 그녀가 내려올 수 있도록 손을 잡으며 물었다.

"괜찮아? 다친 곳은 없어?"

"괜찮아요. 하지만 당신 허락 없이 몬스터를 죽여서……."

사람들의 안전을 위해 몬스터를 죽였지만, 상사인 애쉬의 허락이 있었던 건 아니다.

세이레나의 말에 애쉬는 "응?" 하고 조금 놀라서 말했다.

"아니야, 잘했어. 상황을 파악하느라 늦었을 뿐이야. 너라면 무리 없이 처리할 거라 생각했어."

"진짜요?"

세이레나의 눈이 기쁨으로 반짝였다.

'내가 뭐라고 했길래 이렇게 기뻐하는 거지?'

의아한 애쉬는 턱을 쓰다듬으며 말했다.

"음. 네 실력이라면 이 정도는 충분히 처리할 테니까."

인정받았다. 세이레나의 가슴에 기쁨이 북받쳐 올랐다. 그녀의 실력이라면 이 정도 몬스터는 충분히 처리할 수 있어서 믿고 있었다는 말이 그녀를 설레게 만들었다.

정작 그녀가 왜 기뻐하는지 모르는 애쉬는 고개를 갸웃하며 말했다.

"저쪽에 몬스터들이 몰려왔다더군."

"몬스터들이요?"

세이레나의 시선이 자신이 죽인 몬스터를 향했다. 여긴 한 마리뿐이다.

애쉬가 턱을 쓸며 말했다.

"여기서 삼십 분쯤 걸리는 거리래. 포워스족들이 우리에겐 사람들을 지켜 달라고 하고 몬스터를 몰아내러 갔다는군."

그래서 기사들이 다 여기에 멈춰 있었구나. 세이레나는 이유를 깨닫고 고개를 끄덕였다.

포워스족이 몬스터를 몰아내는 와중에 한 마리가 여기까지 온 모양이다. 그걸 마법사들이 장난감 삼아 실험하고 있었고.

위험할 뻔했다. 세이레나의 미간에 주름이 생겼다. 삼십 분. 사람들을 도주시킬 수 있는 아까운 시간이다. 그걸 마법사들의 장난 같은 연구 때문에 날려 버릴 뻔했다.

"그쪽은 어때요? 가 봐야 하지 않아요?"

"괜찮은 것 같아. 거의 다 처리했다는 연락을 받았어. 우리는 혹시 모르니 여기서 사람들을 지키고 있자고."

세이레나가 죽인 몬스터처럼 또 다른 몬스터가 빠져나와 이쪽으로 오지 않을 거라는 보장이 없다.

"아깝군."

마법사들이 몬스터의 시체로 다가와 투덜거렸다. 좀 더 연구를 할 수 있었는데. 그들은 세이레나와 애쉬를 무시하고 이사나에게 말했다.

"이거, 현자의 탑으로 가져가거라."

이거? 세이레나의 눈이 커졌다. 이 커다란 몬스터를 현자의 탑으로 가져가라고?

하지만 이사나는 익숙한 표정으로 "네." 하고 대답했다.

이런 일이 익숙한 모양이지? 세이레나가 그렇게 생각했을 때 마법사가 에잉 하고 투덜거리며 말했다.

"칼리스타라면 벌써 치료하고 남았을 거다."

그 순간 이사나의 고개가 푹 숙여졌다.

칼리스타?

낯익은 이름에 세이레나가 놀랄 새도 없이 마법사가 그녀를 향해 말했다.

"자네, 이름이 뭔가?"

"세이레나 헌터입니다."

분명히 이 마법사들이 자신에게 화를 낼 거라고 세이레나를 생각했다. 화내도 상관없다. 그녀는 잘못하지 않았다.

세이레나가 그렇게 생각하는데 마법사가 말했다.

"자네도 오게."

"네?"

어딜? 어리둥절해 하는 세이레나 앞에서 마법사가 애쉬에게 말했다.

"단장, 이야기 좀 하지."

무슨 이야기일까. 세이레나는 사람들이 더 이상 가지 못하도록 막고 선 기사 옆에서 팔짝팔짝 뛰는 에즈라를 발견했다. 그녀의 부탁대로 기사가 에즈라를 잘 지키고 있는 모양이다.

입 모양만으로 기사에게 감사를 표한 세이레나는 에즈라에게 손을 흔들어 보이고 애쉬와 함께 마법사의 뒤를 따랐다.

"최근 몬스터의 습격이 잦은 것 같은데. 맞는가?"

마법사들은 사람들의 소리가 들리지 않는 한적한 곳으로 두 사람을 데려와서 물었다.

이건 수도의 보안 문제다. 애쉬는 현자의 탑 마법사들에게 말해도 될지 갈등하며 고개를 끄덕였다.

"원래 이 시기면 식량이 부족해서 몬스터뿐 아니라 짐승도 많이 내려오죠."

그럴듯한 말이다. 실제로 그렇기도 하고. 하지만 마법사들은 넘어가지 않았다.

마법사의 주름진 얼굴 위로 눈동자만 형형하게 빛이 났다.

"정말 그렇게 생각하는 건 아니겠지?"

마법사의 말에 애쉬는 입을 다물었다. 무슨 말을 하려는 걸까. 세이레나는 저도 모르게 긴장해서 주먹을 꽉 쥐었다.

"왕궁에서는 아무 말도 없는가?"

다시 이어진 마법사의 질문에 애쉬는 아무 말도 하지 않았다. 잦은 몬스터의 습격에 대해 어떤 의견도 내비치지 않느냐는 질문이다.

지금 왕궁은 왕비의 사망으로 마치 살얼음판을 걷는 듯 아슬아슬한 분위기로 가득 차 있었다. 이 왕자는 일 왕자가 왕비를 죽였다고 비난했고 일 왕자는 자진(自盡)한 사람을 왜 자기 탓으로 하냐고 맞받아쳤다.

몬스터의 습격을 신경 쓰는 사람은 그리 많지 않았다.

"없는 모양이군."

애쉬가 아무 말도 하지 않자 마법사가 날카롭게 말했다. 그를 떠보려는 걸 수도 있다. 그래서 애쉬는 부인도 긍정도 하지 않았다.

"자네가 기사단장이니 이야기하는 걸세."

마법사의 목소리가 낮아졌다. 목이 좋지 않은지 그릉그릉 목을 긁는 듯한 소리가 따라왔다.

"우리는 드래곤이 깨어난 게 아닌가 하는 걱정을 하고 있다네."

19

야외 연회

"세이, 점심 먹으러 가?"

오전 근무를 마치고 점심을 먹으러 가는 세이레나를 로렌이 불러 세웠다.

꽃구경한 날로부터 일주일이 지났다.

세이레나는 멈춰 서서 로렌이 다가오는 것을 기다리며 씩 웃었다. 그날 들은 여러 가지 정보들 때문에 머리가 터질 지경이다. 하지만 그녀와 애쉬는 일단 아무에게도 말하지 말기로 동의했다.

"응. 그전에 에즈라 좀 보고."

"훈련받는 거 보려고?"

로렌은 세이레나를 닮은 귀여운 소년을 떠올리고 씩 웃었다.

에즈라는 이틀 전 기사단에 입단했다. 페이지로서 두 달 정도의 교육을 받는다. 기사들의 보조로 투입되기 위해서는 검술뿐 아니라 배워야 할 게 많다.

"응. 살짝 가서 얼굴만 보고 올 거야."

페이지들이 배워야 하는 것 중에는 단체 생활도 포함된다. 대부분이 귀족인 만큼 단체 생활에 익숙하지 않기 때문이다.

합숙하지 않는 만큼 기사단은 페이지들이 정해진 시간에 함께 모여서 식당에서 식사를 하도록 하고 있다.

일 년 차에는 식사 예절과 속도를 맞추는 법을 익힌다. 물론 그 식사 예절에는 식사가 끝난 뒤 식기를 닦는 것도 포함된다.

그러니 가족이나 친한 기사들이 식사를 사 줄 수 있는 건 페이지 이 년 차에나 허가된다.

"지금이면 검술 훈련인가?"

로렌은 시간을 확인하며 물었다. 두 사람은 점심 식사 시간이지만 페이지들은 아직 아니다.

기사단 내부에 있는 식당에 오십여 명의 페이지들이 몰려가면 복잡해진다.

이용하는 기사들은 물론이고 일하는 사람들을 위해서라도 기사단은 페이지의 식사 시간을 조절하고 있다. 물론 기사들도 페이지들이 몰리는 시간대를 피해서 이용한다.

배고프겠네. 로렌은 시계를 집어넣으며 생각했다. 다른 사람이라면 좀 일찍 끝내 줄 테지만 오늘 검술 훈련은 애쉬와 데니스라고 들었다.

그 둘은 절대 일찍 안 끝내 준다. 데니스라면 모르지만 애쉬가 그걸 허락할 리가 없다.

"응. 훈련장에 살짝 들어가도 모르겠지?"

글쎄.

로렌은 세이레나의 질문에 아무 말도 하지 않았다. 굳이 그럴 리 없다고 말해서 친구를 실망시키고 싶지 않았다.

로렌은 현 라고말리 기사단의 셋뿐인 소드 마스터다. 당연히 존재 자체가 튄다. 하지만 그녀가 없다고 해도 세이레나는 사람들의 시선을 끈다. 작고 빠른, 유려한 움직임. 반짝이는 금발과 눈에 확 띄는 미모. 그녀의 존재를 알아채지 못하는 게 더 어려울 거다.

"다시!"

훈련장 문을 열자마자 애쉬가 나직하게 내뱉는 소리가 들려왔다. 소년 소녀들이 검을 휘두르는 소리에 세이레나는 잠시 멈췄다.

"하나!"

다행히 페이지들은 문을 등지고 훈련하고 있었다. 덕분에 페이지들은 세이레나와 로렌이 들어오는 것을 보지 못했다. 하지만 그 말은 애쉬와 데니스에게는 세이레나가 들어오는 게 보인다는 뜻이다.

"오."

두 사람을 발견한 데니스가 가볍게 감탄사를 날리며 싱글싱글 웃었다.

웅? 무슨 일이지? 부단장의 표정에 호기심이 인 페이지 중 몇 명이 뒤를 돌아봤다.

"뒤돌아본 녀석들은 백 번 추가."

그러자 마치 기다렸다는 듯 데니스가 말했다.

와, 저 악독한 놈. 로렌은 고개를 절레절레 흔들며 세이레나를 따라 안으로 들어왔다.

"저거 분명 일부러 저런 거야."

훈련 중에 한눈파는 녀석들을 골라내기 위해 그런 거다. 이런 경험을 몇 번 하고 나면 페이지들은 훈련 중 무슨 일이 일어나도 한눈을 팔지 않는다.

"나도 몇 번 걸렸는데."

세이레나는 씩 웃으며 속삭였다. 저거에 걸리지 않는 게 더 어렵다. 그녀 때만 저런 짓을 하는 줄 알았는데 에즈라 때도 하는 걸 보니 전통인 모양이다.

훈련장 안으로 들어온 세이레나의 눈에 각양각색의 체구를 가진 페이지들 사이에서 작은 에즈라가 보였다.

에즈라가 제일 작은 건 아니다. 세이레나는 그 사실에 안도했다. 기사단에 입단하기 전, 최대한 잘 먹이고 운동을 시켰다. 덕분에 에즈라는 부모님이 돌아가신 몇 달 전보다 확실히 자라 있었다.

"에즈라, 폼 괜찮네."

페이지들이 보지 못하도록 벽에 등을 대고 선 로렌이 속삭였다. 세이레나는 말없이 고개를 끄덕였다.

이렇게 멀리서 보니 페이지들의 자세가 한눈에 보인다. 좀 어설픈 페이지가 있는가 하면 거의 완벽할 정도로 바른 페이지도 있다.

에즈라는 완벽에 가까운 편이었다. 애쉬가 틈틈이 훈련시켰으니 당연하다면 당연하다.

이제 갈까. 세이레나는 한 번 더 에즈라의 등을 쳐다보고 고개를 돌렸다. 하지만 로렌이 페이지들을 뚫어져라 쳐다보고 있었다.

"로렌, 이제 가자."

"음, 잠깐만."

왜 그러지? 세이레나는 로렌이 쳐다보는 쪽으로 시선을 던졌다. 그녀처럼 로렌도 아는 사람이 있는 걸까?

"누구 보고 있어?"

"저기, 저 애 보여?"

로렌이 왼쪽에서 검을 휘두르는 소녀를 가리켰다. 갈색 머리카락을 짧게 잘라 놔서 뒷모습만 보면 소년인지 소녀인지 헷갈린다.

"응."

"어때?"

어떠냐니. 세이레나는 로렌의 말이 무슨 뜻인지 몰라 그녀를 쳐다봤다.

로렌이 씩 웃으며 다시 말했다.

"자세 말이야. 어떠냐고."

"나쁘진 않은데……."

좋지도 않다.

순위를 매긴다면 페이지들 중에서 하위에 속할 것이다.

솔직한 세이레나의 대답에 로렌은 빙그레 웃으며 팔짱을 꼈다. 그녀가 보기에도 자세가 어설프다.

"저 애, 지금까지 한 번도 검술 수업을 받은 적이 없대."

"어?"

깜짝 놀랄 소리에 세이레나의 눈이 커졌다. 평민이라는 말이다. 하지만 그녀가 놀란 건 기사단에 평민이 들어왔기 때문이 아니다.

귀족은 어릴 때부터 무조건 검술 수업을 받는다. 작위를 받으려면 반드시 기사단에 입단해야 하기 때문이다.

덕분에 페이지 중에는 열세 살짜리도 많지만 열일곱이나 열아홉 살짜리 귀족 자제도 있다.

검술에 재능이 없어도 반드시 기사단에 입단해야 하기 때문에 늦은 나이에도 억지로 입단하는 것이다. 그러다 보니 작위를 받지 않을 자식도 따라서 검술 훈련을 받는다.

어쨌거나 기사가 되면 경이라는 하급 귀족의 작위를 받는다.

작위 없는 귀족 자식보다는 하급 귀족 작위라도 있는 게 낫기 때문이다. 그러니 지금까지 한 번도 검술 수업을 받지 않았다는 건 귀족이 아니라는 뜻이다.

물론 평민이라 해도 부유한 사람들은 자식들에게 검술 훈련을 시킨다. 쿨린 자작처럼 큰돈을 써서 작위를 받는 것보다 기사가 되는 게 그나마 나으니까.

부유해지면 명예도 갖고 싶기 마련이다. 하급 귀족이라도 귀족은 귀족. 귀족으로서의 특권이 따른다. 왕궁 신년 파티에 초대된다거나 하는. 그러니 부유한 평민들도 자식들에게 검술을 가르친다.

그렇지 못한다는 말은……

"엄청 가난한 집이었던 모양이야."

이어진 로렌의 말은 세이레나의 예상대로였다. 가난해서 옷은커녕 먹을 음식도 없었다. 소녀가 기사단에 입단할 수 있었던 건 기적에 가까웠다.

"그럼, 어떻게?"

'기사단에 어떻게 들어온 거야?'

그런 의미의 질문에 로렌은 쓰게 웃었다.

"내가 후원했어."

"후원?"

그런 것도 가능한가? 고개를 갸웃하는 세이레나에게 로렌이 설명했다.

"음. 말이랑, 옷이랑. 내 월급으로 페이지 한 명 정도는 건사할 수 있으니까 말이야."

그럴 수도 있구나. 몰랐다. 세이레나는 놀란 표정으로 로렌을 쳐다보고 있었다.

그 표정에 로렌은 쓰게 웃었다. 할 수 있어서 하는 것뿐이다. 그렇게 놀랄 만한 일을 한 게 아니다.

하지만 세이레나에게는 대단하게 보였다. 실제로도 대단했고.

"아마 저 애가, 음. 쟤 이름은 헤이젤인데. 헤이젤이 끝에서 두 번째인가 세 번째로 시험을 통과했을 거야."

끝에서 두 번째, 혹은 세 번째.

세이레나는 에즈라가 꼴찌로 들어왔다는 걸 안다. 그녀의 시선이 에즈라와 헤이젤을 번갈아 향했다.

에즈라의 폼은 거의 완벽했다. 시험 볼 때 꼴찌였다고는 생각하기 어렵다.

이게 교육의 성과구나. 세이레나는 새삼 자신과 에즈라가 받는 특권을 깨달았다.

그리고 애쉬가 그녀를 가르쳐 준다고 했을 때 유진이 특권이라고 소리쳤던 것을 떠올렸다.

이러니저러니 해도 두 사람은 귀족이다. 당연한 교육, 당연한 생활이 누군가에게는 전혀 당연하지 않을 수 있다.

"그래서 지금 고민 중이야."

그만 밥 먹으러 가자고 세이레나의 팔을 잡아끌며 로렌이 말했다. 훈련장 밖으로 나온 두 사람은 기사단 건물을 빠져나가며 이야기를 나눴다.

"뭐를?"

"헤이젤이 기사단에 들어오긴 했는데, 쟤 계속 기사단을 다니기 어려울 거거든."

집안 사정이 안 좋다고 했다. 기사단을 다니는 데는 말과 제복만으로는 부족하다.

"어떻게 하려고?"

"집으로 데려올까 고민 중이야."

로렌의 말에 세이레나의 몸이 멈칫했다. 그녀는 걱정스러운 표정으로 로렌을 쳐다보며 물었다.

"수양딸 삼겠다는 거야?"

"뭐? 아니거든."

그럴 리가. 로렌은 세이레나의 질문에 깔깔대며 웃었다. 수양딸이라니. 불가능한 건 아니지만 헤이젤도 원하지 않을 것이다.

로렌은 킬킬거리며 다시 입을 열었다.

"그냥 내 집에서 숙박하게 해 줄까 생각한다는 거야. 자기 집에 있으면 기사단을 다니기 어려울 테니까."

이 년만 훈련하면 기사가 될 수 있다. 그러면 기사의 봉급으로 가족을 부양할 수 있을 것이다.

하지만 문제는 헤이젤이 이 년을 버틸 수 있느냐다. 당장 기사단을 다닐 수 있다고 해도 눈앞에서 같이 사는 가족이 배를 곯는 걸 보면 모른 척 기사단을 다니기 어려울 것이다.

포기하고 돈을 벌기 위해 일을 하려 하겠지.

"네 집에서 사는 건 하려고 할까?"

세이레나가 또 다른 부분을 지적했다. 로렌은 헤이젤 한 명 정도는 먹이고 재울 수 있지만 그걸 헤이젤이 받아들일지도 문제다.

"그래서 고민 중이야."

어떻게 해야 할지 고민 중이다. 헤이젤을 어떻게 설득해서 자신의 집으로 데려올지.

"아, 모아나는 어때? 연락받았어?"

식당으로 들어가며 로렌이 물었다. 그녀는 세이레나가 들어갈 수 있도록 문을 잡아 준 뒤 한발 늦게 식당 안으로 들어갔다.

"응. 자작님 몸이 많이 좋아지셨대. 곧 돌아온다던데?"

잘된 일이다. 로렌은 고개를 끄덕였다.

모아나는 로렌과 세이레나에게 번갈아 가며 편지를 보내고 있다. 지난번에 로렌에게 보냈으니 이번에는 세이레나가 받을 차례였다.

"드럼란리그에서 일이 잘 풀렸나 봐?"

"아버지 일을 물려받는 게 아닌지 몰라."

두 사람은 모아나가 드럼란리그에서 쿨린 자작의 대리로 일을 처리한 것을 이야기했다.

쿨린 자작의 도둑맞은 광물은 모두 되찾았고 드럼란리그의 상인회와도 더욱 돈독해졌다.

지금 모아나는 아버지의 체력이 좋아지길 기다리면서 돌려받은 광물을 새로운 구매자를 찾아 판매하고 있다.

"돌아오면 또 티 파티 하자. 어시스 백작님이 다시 초대한다고 하셨거든."

세이레나는 로렌의 말에 할머니뻘의 여백작을 떠올렸다. 처음에는 부담스럽고 어려웠는데 지금은 만나면 꽤 길게 이야기를 할 수 있을 정도로 친해졌다.

"아, 로렌. 혹시 뭐 하나 부탁해도 돼?"

티 파티라고 하니 생각났다. 세이레나는 음식을 주문한 뒤 테이블 위로 몸을 내밀었다.

뭔데? 눈을 동그랗게 뜨는 로렌에게 그녀가 입을 열었다.

"젊은 사람들이 가는 파티를 알아봐 줘. 파티가 아니어도 좋아. 옷이나 보석 같은 걸 자랑할 수 있는 곳이면."

"파티?"

로렌은 무슨 소린가 하고 세이레나를 쳐다봤다. 그녀의 부탁은 마치 자신의 옷이나 보석을 자랑하고 싶어 하는 것처럼 들린다.

하지만 세이레나는 그런 사람이 아니다. 설령 그렇다고 해도 자랑할 곳을 굳이 로렌에게 물어볼 필요가 없다.

"음, 가장 가까운 시일 내에 열리는 파티가 있긴 한데. 로아스 후작님이 여는 거고."

로렌의 말에 세이레나는 고개를 저었다. 그런 상급 귀족들의 파티는 소용없다.

"음식 나왔습니다."

그녀가 입을 열었을 때 두 사람이 시킨 음식이 나왔다. 세이레나는 잠시 기다렸다가 직원이 떠나자 다시 목소리를 낮춰 말했다.

"아니, 가능하면 귀족이 아닌 사람들이 여는 파티를 알고 싶어."

으응? 로렌의 미간에 주름이 생겼다. 그녀는 조심스럽게 물었다.

"무슨 일 있어?"

파티는 돈만 있으면 열 수 있다. 귀족이 아니어도 부자라면 누구나 연다. 특히 자신의 부를 과시하는 용도기 때문에 부유하면 부유할수록 자주, 화려하게 여는 법이다.

하지만 그렇다고 해서 누구나 초대받거나 참석할 수 없다. 귀족은 귀족끼리 어울리려는 경향이 있고 평민은 평민끼리 어울리려는 경향이 있다.

게다가 귀족의 파티라고 해도 모든 귀족이 초대받고 참석하는 게 아니다. 상급 귀족은 상급 귀족끼리, 하급 귀족은 하급 귀족끼리 어울린다.

상급 귀족의 파티일수록 좀 더 딱딱하고 고풍스러운 분위기가 풍긴다.

로렌은 평민 출신이지만 아버지가 슈발리에고 본인도 슈발리에기 때문에 양쪽 모두로부터 초대를 받고 있다.

상급 귀족의 파티와 하급 귀족의 파티, 그리고 평민의 파티. 모든 파티에 초대를 받지만, 그녀를 주로 초대하는 건 하급 귀족이다. 그리고 로렌이 자주 참석하는 곳도 하급 귀족의 파티다.

파티는 일주일에도 몇 번씩 열린다. 시즌에는 하루에 두 번씩 열리기도 한다. 그걸 모두 참석할 수는 없으니 친분이 있는 사람의 초대를 먼저 받아들이는 것이다.

"아, 무슨 일이 있는 건 아니야."

세이레나는 재빨리 손을 저어 로렌의 걱정을 불식시켰다. 그녀에게는 상급 귀족의 파티부터 하급 귀족의 파티까지 초대장이 날아온다. 오히려 평민의 파티는 초대장이 오지 않는다.

이건 당연한 일이다. 세이레나는 귀족이고, 약혼자인 애쉬가 상급 귀족인 공작이기 때문이다. 그런 그녀가 평민의 파티에 참석할 거라 생각하는 사람이 없으니 애초에 초대를 하지 않는 것이다.

"현장을 잡아야 할 일이 있거든."

이어진 세이레나의 말에 로렌의 입이 벌어졌다. 그녀는 믿을 수 없다는 듯 물었다.

"애쉬, 이 자식, 바람피워?"

"뭐? 아니, 아니, 아니."

이게 무슨 소리야? 세이레나는 깜짝 놀라서 손을 흔들었다.

하지만 로렌은 그렇게 생각할 만했다. 현장을 잡아야 한다니, 누가 봐도 바람피우는 배우자를 둔 사람이 하는 말로 보인다.

그녀는 필사적으로 손을 흔들어 애쉬는 결백하다는 것을 표현한 다음 잠시 망설였다.

이런 이야기는 좀 부끄럽다.

"음, 아드리아나가, 그러니까 내 사촌 말이야."

로렌의 눈이 반짝였다. 안다. 그 멍청하고 싸가지 없는 애. 그녀는 몇 달 전까지만 해도 파티란 파티는 다 참석했다. 그러다가 기사단에서의 사건 이후 더 이상 귀족 파티에서는 모습이 보이지 않는다.

그럴 수밖에.

로렌은 아무도 아드리아나를 초대하지 않을 거라고 생각했다. 상급 귀족의 파티는 물론이고 하급 귀족들도 그들을 초대하지 않으려 할 것이다.

게일과 친했던 귀족들은 게일은 초대해도 아드리아나는 데려오지 말아 달라고 하겠지.

그 정도로 귀족 사회에서 아드리아나의 이미지는 추락해 있었다. 그전까지 아드리아나와 게일은 상당히 인기 있는 편이었기 때문에 대비되어 더 충격적으로 보였다.

세이레나가 애쉬와 약혼한 후, 곧 공작 부인이 될 세이레나의 친정 식구라는 이유로 게일과 아드리아나는 인기가 있었다. 현

왕의 조카, 그리고 최연소 소드 마스터라는 것만으로 애쉬를 지지하는 사람들이 꽤 많았다.

물론 애쉬는 그런 지지 기반을 그리 달가워하지 않았지만 어떻게든 공작과 연을 만들어 이득을 보고 싶어 하는 사람은 많았다.

하지만 애쉬는 자신의 지위를 이용해 누군가에게 이득을 주거나 불이익을 주는 사람이 아니다. 그의 어머니 역시 마찬가지. 그런 와중에 세이레나라는 약혼자가 생기면서 세이레나의 숙부와 사촌이 사람들 눈에 띈 것이다.

애쉬와 세이레나와 달리 게일과 아드리아나는 예비 공작 부인의 친정이라는 점을 이용해서 친분을 만들고 다녔다. 본래대로라면 초대받을 수 없는 상급 귀족의 파티에 초대되거나 했다는 말이다.

"어느 파티에 가는지 알고 싶어서."

웬만하면 남의 집 가정사에 끼어들지 않지만 이건 좀 걱정된다. 로렌은 테이블 위에 팔을 얹으며 말했다.

"세이, 설마 그 애를 용서해 주려는 건 아니겠지?"

로렌은 세이레나라면 그럴 수도 있다고 생각했다. 그 아드리아나를 참아 줬던 친구다. 그녀였다면 드레스 값을 자신에게 내달라고 찾아왔을 때 고향으로 쫓아 보냈을 거다.

"아, 아니야. 이미 그럴 수 있는 시기가 지났지."

헌터 저택에 와서 그녀의 외투를 훔쳐 갔다. 심지어 가주인 세이레나가 본가로 내려가라고 꾸짖은 다음의 일이었다. 가주의 말을 무시하고 수도에 숨어 있었다는 것부터가 문제다. 그걸 숨겨 준 게일도 문제고.

물론 여기까지는 범죄가 아니었다. 아슬아슬하게 아드리아나는 범죄가 아닌 선에서 행동하고 있었다. 하지만 이제는 범죄다. 어쩌면 아드리아나는 세이레나가 눈감아 줄 거라고 생각한 것인지도 모른다. 그 점이 더 어이가 없다.

하지만 로렌은 다르게 생각하고 있었다. 그녀는 범죄 이전에 아드리아나의 행동이 얼마나 무례하고 헌터가의 명예를 바닥에 떨어트렸는지를 떠올리고 있었다.

기사단 사건은 헌터가에서 아드리아나를 수도원으로 쫓아 보내도 이상하지 않을 사건이었다.

그녀는 고개를 끄덕이며 말했다.

"그래. 잘 생각했어."

기사단을 모욕했고 가주인 세이레나를 모욕했다. 헌터가의 명예를 위해서라도 아드리아나는 용서받을 수 없다.

"최근에 음, 아드리아나가 그러니까……."

세이레나는 부끄러운 이야기에 잠시 망설였다. 자기 집안의 누군가가 손버릇이 나쁘다는 건 수치스러운 일이다.

"얼마 전에 내 옷을 훔쳐 갔더라고."

"뭐어?"

당연하게도 로렌의 목소리가 커졌다. 그녀는 포크를 든 채 세이레나를 쳐다보고 있었다. 뭘 훔쳐 가? 옷? 그걸 왜 훔쳐 가?

로렌은 아드리아나를 떠올리고 재빨리 물었다.

"걔한테 네 옷이 맞아?"

아드리아나는 세이레나보다 키가 크다. 당연히 팔 길이나 어깨, 다리 길이 같은 게 안 맞을 것이다.

세이레나는 고개를 기울이며 말했다.

"음, 괜찮을 거야. 훔쳐 간 게 모피 코트거든."

"그것도 안 맞을 텐데?"

품은 맞을지 몰라도 팔 길이가 짧을 거다. 로렌의 지적에 세이레나가 고개를 끄덕이며 말했다.

"안 그래도 그것 때문에 수선집을 알아보고 있어."

아드리아나가 직접 수선할 리가 없다. 게다가 모피 코트를 수선하는 건 아무나 할 수 있는 일이 아니다.

전문 가게에 맡길 거라는 판단에 세이레나는 애나에게 수선집을 알아보라고 했다.

흠. 로렌은 음식을 입 안으로 가져가며 물었다.

"하지만 세이, 이 날씨에 모피 코트를 입으려고 할까? 나라면, 그러니까 내가 누군가의 모피 코트를 훔친다면 차라리 팔 것 같거든."

세이레나는 빙그레 웃었다. 자신이 아는 아드리아나는 분명 입을 거다. 그 모피 코트는 특별한 거다. 그녀는 그걸 입고 사람들 앞에 나서고 싶어 할 게 분명하다.

"아드리아나는 그걸 탐냈거든."

"코트를? 네가 입은 걸 봤어?"

"입은 건 아니고."

기사단 사건 때 페이지가 잘못 건네주는 바람에 봤다. 그때 사소한 오해가 있었다고 제 발 저린 페이지가 말했다. 그러니 헌터 저택에 와서 그 코트를 훔쳐 간 건 즉흥적인 범행이 아니었을 가능성이 크다.

"그래서 파티를 물어본 거구나?"

로렌이 알겠다는 듯 빙그레 웃었다. 아드리아나는 코트를 자랑하려 할 거고 그러기 위해서 파티에 참석할 거라고 생각한 거다.

하지만 틀렸다. 로렌은 경쾌하게 "땡!" 하고 손가락을 들어 보였다.

"파티보다는 야외 연회일걸?"

"야외 연회?"

그게 뭐야? 세이레나의 얼굴에 의문이 떠올랐다. 모른다는 표정에 로렌은 세이레나가 묻기 전에 재빨리 설명했다.

"요새 젊은 애들 사이에서 유행하는 거야. 정원이나 공원을 빌려서 음식을 배치하고 돌아다니면서 먹는 거."

처음 들었다. 세이레나의 눈이 동그래졌다.

젊은 하급 귀족들 사이에서 시작한 방식이다. 원래는 가난한 화가가 자신의 그림을 전시하기 위해 사용한 방법이었다.

전시장을 빌리기 어려우니 공원에 그림을 걸어 놨던 거다. 그러던 것이 마찬가지로 가난한 하급 귀족들이 파티를 여는 방법으로 사용하기 시작했다.

방법은 간단하다. 파티를 열기엔 집이 크지 않은 젊은 귀족들이 공원이나 누군가의 정원을 빌리는 것이다.

곧 크게 유행을 타지만 세이레나는 들은 적이 없다. 돌아오기 전 인생에서 그녀는 왕비가 되었기 때문이다.

왕궁에서만 지내면 이런 최신 유행에 늦을 수밖에 없다. 여성들의 드레스 유행은 조금 늦게라도 볼 수 있지만, 하급 귀족들끼리만 여는 파티 방식은 말해 줄 사람이 없었다.

"음식을 밖에서 먹는다고? 피크닉처럼?"

"비슷하지."

굳이 따지면 다르지만. 로렌은 히쭉 웃었다. 여기라면 아드리아나가 참석할 것이다. 파티나 연회를 열기에 돈이 없는 귀족들이 파티를 열고 싶어 고안한 방법인데 아이러니하게 운치가 있어 유행 중이었다.

밤에 공원을 빌려 램프를 나무에 걸어 놓는다. 주최하는 사람이 준비하는 건 음식을 놓은 테이블과 음료뿐. 참가자들이 각각 먹을 음식을 가져온다.

"음식을 가져온다고?"

로렌의 설명에 세이레나는 깜짝 놀라서 물었다.

말도 안 돼!

파티라는 건 주인이 손님을 대접하는 거다. 손님이 음식을 가져와서야 대접이 아니게 된다.

"나름대로 괜찮아. 음식을 사 와도 되고, 직접 해 와도 되고. 상황이 여의치 않으면 그냥 와도 돼."

"말도 안 돼."

세이레나는 믿을 수 없다는 듯 고개를 절레절레 흔들었다. 평생 귀족 영애로, 돌아오기 전에는 왕비로 산 그녀에게는 상상조차 할 수 없는 방법이다.

"어쨌든 이거라면 헌터 양이 참석할 만하지."

집 안에서 열리는 파티라면 코트를 벗어 맡기고 들어가야 하지만 이건 입고 있어야 하니 자랑하기 좋다.

게다가 가장 중요한 건 아드리아나가 참석할 수 있는 파티가 이제 이것밖에 없을 거라는 점이다.

"그렇겠네."

세이레나는 고개를 끄덕이며 동의했다.

"그럼 그걸로 알아봐 줘."

그렇게 말하는 그녀에게 로렌이 말했다.

"기다리고 있어. 널 위해 최고로 재미있는 야외 연회를 찾아올게."

'아니, 날 위해서 재미있는 야외 연회를 찾을 필요는 없는데.'

세이레나가 가려는 건 아드리아나를 잡기 위해서다. 그녀가 자신의 모피를 입고 있는 걸 적발하면 충분하다.

하지만 세이레나가 그렇게 말하기 전에 로렌이 다시 물었다.

"그런데, 이번에 걜 잡으면 어떻게 할 거야? 도둑으로 신고는 했어?"

도둑이라니. 세이레나의 눈이 커졌다. 그녀는 아드리아나를 그녀의 집으로 쫓아 보낼 생각이다. 이번에야말로.

"아무리 아드리아나가 미워도 걘 우리 집안사람이거든."

세이레나의 말에 로렌은 포크로 면을 돌돌 감으며 한숨을 내쉬었다. 그녀는 세이레나가 왜 저러는지 안다. 아드리아나가 감옥에 가면 헌터가의 수치라는 거겠지.

집안의 명예. 귀족들은 그게 특히 강하다. 그래서 귀족들은 자기 집안에 문제가 생기면 쉬쉬하며 숨기기 급급하다.

애쉬나 데니스와 함께 귀족이 얽인 사건을 조사하며 로렌은 그런 경우를 몇 번이나 봤다.

귀족 자제끼리 크게 다투다 한 명이 다친 경우, 가해자는 필사적으로 사건을 숨기려 한다.

이상한 점은 피해자 가문마저도 사건을 숨기는 데 일조한다는 점이다. 이런 사건에 얽혀서 가문의 이미지에 좋을 게 없다는 거다.

그러다 보니 어떤 귀족들은 자기 집안의 문제 있는 사람을 평생 가둬 놓기도 한다고 들었다.

문제 있는 사람이 둘째거나 셋째면 그나마 낫다. 첫째일 경우는 일이 더 커진다. 둘째나 셋째가 첫째의 죄를 대신 뒤집어쓰는 경우도 종종 있다.

"하지만 세이, 걔가 네 말대로 하려고 할까?"

게일과 아드리아나는 세이레나를 무시한다. 무시한다고밖에 생각할 수 없는 행동을 하고 있다.

하지만 자기 집안의 가주를 무시하는 것 자체가 집안의 수치다. 특히나 기사단 사건을 생각하면 더더욱 그렇다.

세이레나는 한숨을 내쉬며 말했다.

"헌터 경을 협박하는 수밖에 없지."

"네가?"

세이레나가 누구를 협박한다고? 믿을 수 없는 소리에 로렌이 허탈한 웃음을 짓는 순간 세이레나가 다시 말했다.

"음. 데리고 돌아가지 않으면 도둑으로 신고하겠다고."

그리고 이번에야말로 아드리아나를 헌터가에서 잘라 내겠다고 협박하는 거다. 그러면 게일도 어쩔 수 없어서 딸을 데리고 돌아가지 않을까.

세이레나의 말에 로렌은 인상을 썼다. 그건 협박이 아니다. 당연히 해야 할 일이다.

"넌 너무 착해서 탈이야."

로렌의 말에 세이레나는 쓰게 웃었다. 자신은 착하지 않다. 그녀가 아드리아나를 도둑으로 신고하지 않는 건 헌터 백작가가가 그녀의 것이 아니기 때문이다.

세이레나는 헌터 백작가를 아무 흠 없이 유지하다가 에즈라

가 스물한 살이 되면 동생의 손에 고스란히 얹어 줘야 할 의무가
있다.

법으로 그런 의무가 있는 건 아니다. 하지만 세이레나가 가진
에즈라를 향한 죄책감은 그녀가 의무처럼 여기게 만들었다.

에즈라는 더 좋은 것을 받을 자격이 있다. 그녀가 주지 못했
던 것을, 원래 가졌어야 했던 것을 가지지 못한, 돌아오기 전의
동생을 향한 최소한의 사과였다.

그러니 그 전까지 헌터가는 아무 수치도, 명예의 실추도 없어
야 한다.

*　　*　　*

"어딜 간다고?"

며칠 후, 로렌이 야외 연회 초대장을 가져왔다. 애쉬는 저녁을
먹자고 권했다가 야외 연회에 가야 한다는 세이레나의 말에 고
개를 갸웃했다.

"야외 연회요."

"연회면 연회지 야외 연회는 뭐야? 정원에서 연대?"

"정원은 정원인데 공공 정원이죠."

공공 정원은 뭐야? 무슨 소린지 모르는 애쉬에게 세이레나가
빙그레 웃으며 덧붙였다.

"공원이요."

"공원에서 뭘 하는데?"

"연회요."

점점 더 모르겠다. 애쉬는 손을 들어 자기 턱을 쓰다듬었다. 상급 귀족인 그 역시 처음 듣는 거다. 야외 연회라는 게 뭐지?

귀족들이 날이 좋거나 정원을 자랑하고 싶으면 연회를 정원에서 여는 경우가 있긴 하다. 하지만 기본적으로 파티와 연회는 정원이 공개된다. 그걸 군이 야외 연회라고 이름 붙일 이유가 없는 것이다.

게다가 공원에서 연회를 연다고? 상급 귀족인 애쉬의 기준으로 공원은 소풍을 가는 곳이니 연회를 여는 곳이 아니다.

그보다 훨씬 나이 많은 상급 귀족들은 공원으로 소풍을 가는 것조차 젊은 사람들만의 전유물로 여긴다. 공원 같은 곳에서 사용인의 시중 없이 식사를 하는 것을 조금 천하다고 여긴다.

"누가 초대했는데?"

애쉬의 질문에 세이레나는 로렌에게 받은 초대장을 살폈다. 그녀도 모르는 사람이다.

"음, 머피 경이요."

"머피 경?"

애쉬의 미간에 주름이 생겼다. 아는 사람이다. 재작년까지 기사단에 있다가 나간 남자다.

애쉬의 기준이 아니어도 너무 경박한 사람이었다. 검술 훈련을 늘 게을리했고 그래서 늘 십팔 분단이었다.

기사단은 언제나 들어오려는 사람으로 가득하다. 하위 분단에만 머물러 있는 사람을 그대로 두면 기사단 자체가 정체돼 버린다. 그래서 단장은 하위 분단에 몇 년 이상 머물러 있는 기사를 불러 기사단을 그만두도록 권고하곤 했다.

머피 경은 재작년 말에 애쉬가 권고해서 그만둔 기사였다.

"그 사람이 널 왜 초대한 거야?"

그런 남자가 초대했다는 말에 조급한 마음이 든 애쉬가 세이레나에게 바짝 다가오며 물었다. 세이레나는 반사적으로 초대장을 세워 자신과 애쉬의 가슴 사이에 거리를 만들었다. 너무 가깝다.

아무리 약혼한 사이라고 해도 여기는 기사단이고 세이레나의 기준으로 남녀가 이렇게 붙어선 안 된다. 하지만 초대장의 뾰족한 끝이 자신의 가슴을 찌르는데도 애쉬는 꿈쩍하지 않았다.

"내가 초대해 달라고 했으니까요."

세이레나의 대답에 애쉬의 한쪽 눈썹이 올라갔다. 그는 믿을 수 없다는 듯 물었다.

"왜?"

"왜라뇨?"

"머피 경의 연회에 초대받으려 한 이유가 뭐냐고. 그 사람은 네가 갈 만한 연회를 열 수 있는 자가 아니야."

그녀가 갈 만한. 그 말이 세이레나의 신경을 건드렸다.

그녀는 뒤로 확 물러나며 날카롭게 말했다.

"내가 갈 만한 연회는 어떤 연회인데요?"

"거긴 안전하지 않아."

"내 몸 정도는 지킬 수 있어요."

세이레나의 턱이 마치 애쉬를 대적하는 것처럼 위로 올라갔다.

왜 화를 내는 거지? 그는 그녀가 화내는 이유를 알지 못해 당황했다.

"네가 자기 몸을 지키지 못할 거라고 생각하는 게 아니야. 거기 있는 녀석들은, 음."

뭐라고 해야 할까. 애쉬는 잠시 단어를 골랐다. 가장 먼저 떠오른 건 수준이 낮다는 말이었다. 하지만 그건 너무 속물 같다.

"네가 어울리지 않았으면 좋겠어."

안타깝게도 세이레나는 애쉬의 말을 전혀 다르게 이해했다. 그녀는 미간을 찡그린 채 고개를 기울이며 물었다.

"설마 내가 다른 남자들과 어울릴까 봐 걱정하는 거예요?"

"그건 전혀 아니야."

애쉬의 얼굴에 미소가 떠올랐다. 그의 손이 세이레나의 허리를 감쌌다.

그럼 뭔데? 그의 미소에도 세이레나는 여전히 턱을 들어 올리고 도전적으로 애쉬를 쳐다보고 있었다.

"머피 경은 손버릇이 나빠. 나는 네가 그런 녀석에게 휘말리지 않길 바라는 것뿐이야."

안타깝게도 세이레나는 손버릇이 나쁘다는 게 무슨 소린지 몰랐다.

머피 경이 도둑질을 한다는 말인가? 그녀는 고개를 갸웃하며 말했다.

"괜찮아요. 비싼 건 안 가져갈 테니까."

"아니, 내 말은."

애쉬는 고개를 숙이며 한숨을 내쉬었다. 그의 이마가 세이레나의 머리에 닿았다.

어디나 그런 놈들이 있다. 상대가 미혼이건 기혼이건, 약혼 중이건 상관없이 들이대는 놈들.

애쉬는 그런 사람들이 남녀 가리지 않고 있다는 걸 알았다. 그리고 그런 짓을 하는 남자가 더 많다는 것도.

세이레나는 아름다우니까 분명 머피 경 같은 놈이 기분 나쁘게 굴 것이다.

"나는 네가 기분 나쁜 일을 당하지 않았으면 좋겠어."

애쉬의 말에 세이레나가 손을 뻗어 그의 뺨을 감쌌다. 그가 무슨 말을 하는지 알았다. 하지만 그건 애쉬가 어떻게 할 수 있는 게 아니다.

"그건 내가 감수할 일이죠."

나쁜 일도 좋은 일도 전부 그녀가 감수해야 할 일이다. 힘들고 가슴 아픈 일에서 눈을 돌린 결과로 세이레나는 가장 나쁜 결말을 맞이하고 돌아왔다.

단호한 세이레나의 태도에 애쉬는 한숨을 내쉬었다. 그는 이해할 수 없었다. 굳이 나쁜 일을 겪으려 한다는 게.

"어느 공원이야?"

"안 돼요."

애쉬의 한쪽 눈썹이 올라갔다. 그는 고개를 기울이며 물었다.

"뭐가?"

"당신은 오면 안 돼요."

아드리아나가 그녀의 코트를 입고 있는 걸 확인해서 잡으려는 것뿐이다. 애쉬가 끼어들면 일이 커진다. 하지만 그 사실을 모르는 애쉬는 불만스럽게 물었다.

"내가 가면 안 되는 이유가 뭔데?"

음. 세이레나는 애쉬가 못 오게 할 핑계를 떠올렸다. 아드리아나를 잡으러 간다고 하면 애쉬는 분명 따라오겠다고 하겠지.

"상급 귀족은 참가 안 되거든요."

"뭐?"

그럴 리가. 말도 안 되는 핑계에 애쉬의 미간에 주름이 생겼다. 그는 거짓말하지 말라고 하려다 세이레나의 표정을 보고 입을 다물었다. 뭔지 몰라도 그가 오는 걸 막고 싶은 모양이다.

대체 뭘까? 애쉬의 눈동자가 세이레나의 눈동자를 향했다. 거짓말이 익숙하지 않은 그녀의 눈동자가 시선을 피해 왼쪽으로 또르르 굴렀다.

"혼자 가는 건 아니겠지?"

"그럼요. 친구랑 같이 갈 거예요."

로렌과 함께 가기로 했다. 하지만 세이레나는 같이 가는 사람이 로렌이라는 걸 숨기기 위해 친구라고 두루뭉술하게 말했다.

애쉬가 로렌에게 물어보면 그녀는 세이레나를 위해 거짓말을 해 줄 것이다. 하지만 세이레나는 친구가 자신 때문에 거짓말하는 것을 원하지 않았다.

"그래. 알았어. 잘 다녀와."

잠시 세이레나를 지그시 쳐다보던 애쉬는 선뜻 그녀에게서 떨어지며 말했다.

세이레나의 생각보다 쉽게 애쉬의 몸이 떨어졌다. 좀 더 캐물을 줄 알았다.

하지만 세이레나는 애쉬에게 더 이상 거짓말을 하지 않아도 된다는 것에 안도하느라 그가 너무 쉽게 놓아줬다는 생각은 하지 못했다.

"로렌과 가는 모양이군."

애쉬는 재빨리 자신에게서 멀어지는 세이레나의 뒷모습을 바라보며 중얼거렸다.

세이레나가 함께 모르는 연회에 갈 정도의 친구라면 모아나와 로렌일 것이다. 모아나는 지금 드럼란리그에 있으니 남는 건 로렌밖에 없다. 그리고 로렌은 세이레나가 밝히기 싫어하는 걸 그에게 알려 줄 리 없다.

어떻게 할까. 애쉬는 잠시 망설였다. 세이레나가 저렇게 그가 오는 걸 막고 싶어 하는데 안 가는 게 낫지 않을까.

하지만 그 순간 그의 머릿속에 머피 경이 떠올랐다. 경박하고 가벼운 녀석. 그는 기사단에 있을 때도 여기사들에게 기분 나쁘게 치근거려서 몇 번이나 지적한 적이 있다.

"데니스!"

결국 애쉬는 데니스를 찾기 시작했다.

야외 연회는 넓은 공원의 한 구역을 빌려서 개최되고 있었다. 한쪽에 놓인, 천을 씌운 테이블 위에 사람들이 가져온 음식이 하나둘 채워졌다. 새싹과 크루통을 넣어 만든 샐러드, 빵 푸딩, 오이와 당근을 넣은 으깬 감자, 누군가 구워 왔는지 쿠키와 파운드 케이크도 있었다.

"어서 오세요. 벤 머피입니다. 초대장은 가지고 오셨겠죠?"

입구에 서 있던 벤은 눈에 확 띄는 미인이 다가오자 농담 치듯 말했다. 그는 세이레나를 알고 있다. 라고말리 기사단의 금빛 요정. 최근 그레이윈드 공작과 약혼한 여기사.

당연히 그녀가 자신의 연회에 올 거라고는 꿈에도 생각하지 못하고 있었다.

"초대해 주셔서 감사합니다. 세이레나 헌터입니다."

세이레나는 오른손에 들고 있던 초대장을 내밀었다.

'세이레나 헌터가 내 연회에 왔다고?'

벤은 놀란 표정을 짓더니 초대장을 받아 확인했다. 세이레나 헌터쯤 되는 사람이 그의 연회에 오려고 초대장을 위조할 리 없다. 하지만 그래도 역시 믿을 수 없었다.

원래 사람을 잘 속이는 사람일수록 사람을 믿지 못하는 법이다. 벤은 세이레나의 초대장에 있는 서명을 확인했다. 그의 서명이 맞다. 누군가 위조한 게 아니다. 벤은 초대장을 품에 넣으며 말했다.

"저야말로 이런 누추한 곳에 와 주셔서 감사하죠."

헌터 백작 영애. 일 년 뒤 백작이 될 여기사. 약혼자는 그레이윈드 공작.

벤의 말대로 세이레나가 오기에 야외 연회는 누추하다고 할 수 있다. 하지만 세이레나는 머피 경이 농담한다고 생각하고 미소 지었다.

"별것 아니지만, 디저트를 가져왔어요."

사 오는 것도 상관없다고 했지만 세이레나는 주방장에게 부탁해 파이를 구워 왔다. 그제야 세이레나의 손에서 디저트가 든 바구니를 발견한 벤은 눈을 휘둥그레 떴다.

다들 세이레나의 얼굴에 한눈이 팔려 그녀가 뭘 입고 있는지, 뭘 들고 있는지, 못 보곤 한다. 벤도 그랬다.

그는 바구니를 받아 들어 안을 살펴보고 미소 지었다.

"사과 파이, 아주 좋아하죠."

다른 사람이라면 디저트라면 충분하다고 빈정거렸을 것이다. 하지만 세이레나 헌터가 가져온 사과 파이라니. 나중에 자랑하기 좋을 거다.

어쩌면 몇 년 뒤, 그레이윈드 공작 부인이 가져온 사과 파이가 어땠는지 이야기할 수 있겠지.

벤의 머릿속에 사람들이 머피 경의 연회에 세이레나 헌터가 참석했더라고 이야기하는 장면이 떠올랐다. 수준 높은 손님이 참석하면 그 행사도 수준이 높아진다.

세이레나 헌터의 방문은 벤의 연회 수준을 한 단계 끌어올릴 수 있는 기회인지도 모른다. 어쩌면 내년이나 내후년쯤에는 귀족들이 참석하고 싶어 줄을 설 수도 있다.

"이쪽으로 오시죠."

벤은 말도 안 되는 꿈을 꾸며 세이레나를 안내했다.

"저 여자 누구야?"

벤이 자신의 친구들에게 세이레나를 소개하는 사이, 참석한 사람들이 그녀를 보고 수군거렸다.

나무에 걸린 램프 빛을 받아 세이레나의 머리카락이 반짝였다. 기사단 제복이 아닌 드레스를 입은 탓에 아무도 그녀를 기사로 보는 사람이 없었다.

게다가 가지고 있던 드레스를 고쳐서 입은 탓에 세이레나의 차림은 곧 백작이 될 영애로는 보이지 않았다.

단발머리에 약간 수수한 드레스.

어둠 속에서 램프 빛을 받아 세이레나의 얼굴이 드러났다. 화려한 금발과 달리 청초한 옷차림. 기품 있는 몸놀림이 사람들의 시선을 끌었다.

곁에 벤만 없었다면 사람들은 밤의 공원에서 열리는 연회를 신기하게 여긴 요정이 끼어들었다고 착각했을 것이다.

"엄청난 미인인데?"

"저런 사람이 있었나?"

모인 사람들은 모두 평민이다. 벤처럼 기사단에 들어가 '경' 작위를 받은 사람도 있었지만 대부분 화가나 음악가, 소설가와 같은 예술가이거나 공부하는 학생들이었다.

세이레나는 귀족이고 기사단이나 귀족들과만 어울릴 수밖에 없다. 당연히 여기 모인 사람들 중 세이레나의 얼굴을 아는 사람은 벤을 포함해 한 손으로 꼽을 정도밖에 되지 않았다.

"머피 경의 여자 친구인가?"

"저런 미인이?"

사람들은 킬킬대며 웃었다. 벤은 재미있는 녀석이지만 여자인 가족이나 친구가 어울리는 것은 막고 싶은 남자다. 만약 저미인이 벤의 여자 친구라면 아무것도 모르는 순진한 아가씨거나 술집 여자일 거다.

"설마 귀족은 아니겠지?"

누군가 술을 홀짝이며 물었다. 어째 벤의 옆에서 소개를 받는 자세가 우아하다.

"이런 곳을 올 여자는 아닌 거 같은데?"

이어진 질문에 남자들이 킬킬거리며 말했다.

"아니, 왜? 이런 곳에도 귀족 아가씨가 올 수도 있지."

"맞아. 얼마 전에 어느 귀족 아가씨가 풀러의 연회에 왔었다구."

"귀족 아가씨가?"

"풀러의 연회에?"

남자들이 믿을 수 없다는 듯 몰려들었다. 풀러의 연회는 이것보다 더 수준이 낮았다. 램프와 테이블도 부족했고 술은 술이라기보다는 알코올에 가까웠다.

"세이레나 헌터라던데?"

"엥? 잘못 들은 거 아니야?"

"세이레나 헌터면 그 사람이지? 헌터 백작가."

"여기사 아니야?"

세이레나의 얼굴은 몰라도 그녀의 이름은 안다. 사람들은 동시에 그들이 모인 이 공원과 같은 성을 가진 남자를 떠올렸다.

애쉬 그레이윈드 공작과 약혼한 백작 영애. 최연소 소드 마스터이자 젊은 공작과 약혼했다는 것만으로 이미 세이레나의 이름은 사람들 사이에 알려져 있었다.

"엄청난 미인이라던데, 맞아?"

세이레나에 대한 소문을 떠올리며 사람들이 풀러의 연회에 참석한 남자에게 질문을 던졌다. 남자는 곤란한 표정으로 말했다.

"미인이긴 한데, 소문만큼 엄청난 미인은 아니던데?"

소문이 다 그렇다. 엄청난 미인이라는 소문이 나면 다들 기대하기 마련이다. 남자는 자신이 너무 기대해서 그랬다고 생각했다.

"여기사라며? 실력도 좋다던데?"

"야, 연회에서 실력을 어떻게 아냐? 검이라도 휘두르리?"

누군가의 타박에 사람들 사이에서 웃음이 터져 나왔다. 그때 남자가 입구를 쳐다보고 말했다.

"어, 저기 왔네. 헌터 경."

사람들의 시선이 남자를 따라 입구로 향했다. 한 여자가 걸어 들어오고 있었다.

"이쪽은 제 친구 더스틴 풀러입니다. 더스틴, 이쪽은 세이레나 헌터 경."

벤에게 세이레나를 소개받은 더스틴의 눈이 동그래졌다. 더스틴은 곧이어 자신의 콧수염을 매만지며 입을 열었다.

"이거야, 원. 헌터 경이시라고요?"

"만나서 반가워요."

세이레나는 더스틴을 향해 손을 내밀었다. 더스틴은 세이레나의 손을 잡고서야 그녀가 진짜 헌터 경이라는 것을 확신했다.

"검사의 손이네요."

세이레나의 손은 벤의 손보다 훨씬 딱딱했다. 검을 쥐느라 굳은살이 배긴 탓이다. 그럼 그의 연회에 참석한 헌터 경은 진짜 헌터 경이 아니라는 말이다.

입고 온 드레스가 화려해서 귀족일 거라고 생각했는데. 더스틴 풀러는 자신이 이전에 만난 헌터 경이 진짜 헌터 경이 아니라는 사실에 속으로 혀를 찼다.

"감사합니다."

상황을 모르는 세이레나가 더스틴의 손을 놓으며 인사했다. 검사의 손이라니, 최고의 칭찬이다. 세이레나는 애쉬의 손을 떠올리며 미소 지었다.

애쉬의 손은 강하고 큰 손이다. 그녀의 작은 손은 그의 손에 비하면 아직도 부족하지만, 검사의 손이라는 칭찬을 받으니 애쉬를 따라간다는 생각이 들어서 기분이 좋았다.

세이레나가 미소를 짓는 순간 그녀의 주변이 환해졌다.

진짜 엄청난 미인이다. 더스틴은 세이레나 헌터가 엄청난 미인이라는 소문을 떠올리며 따라서 미소 지었다. 그가 만난 가짜 헌터 경은 미인이긴 했지만 이 정도는 아니었다.

"그리고 금발이시고요."

"네? 네. 그런데요."

가짜 헌터 경은 갈색 머리였다. 가짜를 만나고 나서, 그는 역시 소문은 믿을 수 없다고 투덜거렸다.

"헌터 경, 여기 술입니다."

그때 잠시 자리를 비웠던 벤이 잔을 가지고 돌아왔다. 세이레나는 잠시 벤이 내미는 잔을 쳐다보다가 받아 들며 인사했다.

"감사합니다."

"헌터 경의 입에는 맞지 않을지도 모르겠네요."

"사실 술이 좀 약해요."

"저런, 주스로 가져올 걸 그랬군요."

"괜찮아요."

어차피 안 마실 거니까. 세이레나는 잔을 쥔 채 빙그레 웃었다. 로렌이 신신당부를 했다. 그녀가 오기 전까지 절대로 아무것도 먹지도, 마시지도 말라고.

왜 그런 말을 했는지는 모르지만 세이레나는 친구의 말을 들을 생각이었다.

"헌터 백작님이 아버지, 맞죠?"

벤이 물었다.

세이레나는 저도 모르게 잔에 든 것을 홀짝이지 않도록 조심하며 고개를 돌렸다. 이런 곳에서는 이야기하다 보면 입 안이 텁텁해지니까 손에 든 것을 반사적으로 마시게 된다.

"네. 아버지를 아세요?"

"네. 몇 번 뵌 적이 있습니다."

그래? 세이레나는 조금 놀라서 멈칫했다. 아버지가 이런 젊은 사람과 알고 지낸 줄은 몰랐다. 그녀의 태도를 본 벤이 빙그레 웃으며 말했다.

"헌터 백작님께서 제게 아주 잘해 주셨습니다."

대체 무슨 일로 만났던 걸까? 세이레나는 고개를 갸웃하며 물었다.

"같이 사업을 하셨나요?"

"사업…… 은 아니고요."

벤은 빙그레 웃었다. 좋은 생각이 났다. 그는 헌터 백작을 알고 있다. 헌터 백작이 무슨 일을 했는지도 어느 정도 알고 있다.

그걸 이용해서 세이레나 헌터와 가까워질 수 있지 않을까. 내년이면 백작이 되고, 공작 부인이 될 여자다. 약점을 하나 잡으면 좋은 물주가 되어 줄 것이다.

벤이 세이레나를 향해 입을 열었을 때였다. 순간 세이레나의 눈이 반가움으로 커졌다.

응? 벤과 더스틴은 그녀의 표정에 반사적으로 뒤를 돌아봤다. 붉은 머리를 한 여기사가 두 사람의 뒤에 서 있었다.

"늦어서 미안."

로렌은 빙그레 웃으며 두 남자 사이로 빠져나가 세이레나에게 다가갔다. 그녀는 자연스럽게 세이레나의 손에 있는 잔을 받아 들며 물었다.

"사람들 많이 만났어?"

"지금 소개받는 중이야."

"풀러 씨와 머피 경은 인사했고?"

세이레나는 고개를 끄덕였다. 긴장한 벤과 더스틴에게 경고의 눈빛을 던지며 로렌이 물었다.

"인사했으니 헌터 경을 데려가도 되죠?"

"물론이죠."

두 남자가 어색한 미소를 지으며 손을 흔들었다. 로렌은 세이레나의 팔꿈치를 잡고 자리를 떠났다.

"왜 그래?"

"저 녀석들과 친해질 필요 없어."

애쉬와 비슷한 소리를 하네. 세이레나는 눈을 동그랗게 떴다.

"왜?"

"음. 바이트 형제들 말이야."

예상하지 못한 이름이 로렌의 입에서 튀어나왔다. 바이트 형제들은 재판 중이라고 들었다. 애쉬가 주장한 죄목대로 벌을 받을지 말지의 기로에 서 있다고. 걔들이 왜? 어리둥절해 하는 세이레나에게 로렌이 말을 이었다.

"바이트 형제들보다 더 질이 나쁘다고 생각하면 돼."

"질이 나쁘다고?"

"음, 뭐. 바이트 형제는 상대방을 괴롭혔어도 잃을 게 많은 녀석들이라 수위 조절은 했거든. 근데 쟤네는."

로렌은 그렇게 말하며 눈짓만으로 벤과 더스틴을 가리켰다. 그와 동시에 그녀의 손이 움직였다.

세이레나는 로렌이 벤이 준 잔을 기울여 술을 수풀에 버리는 것을 쳐다봤다.

"잃을 게 없거든."

그게 무슨 소리인지 세이레나는 단박에 이해했다. 그녀도 그랬다. 가족도 잃었고 아무것도 없었다. 유일하게 남은 생명마저 곧 끊어지기 직전이었다.

그래서 마법사에게 애원했다. 무엇을 대가로 가져가도 좋으니 되돌려 달라고.

잃을 게 없는 사람은 극단적인 선택을 하게 된다.

"그렇구나."

그녀는 더스틴과 벤을 한 번 쳐다보고 고개를 끄덕였다.

"자, 이걸 마셔."

로렌은 세이레나를 위해 음료를 가져다주며 말했다. 이런 데서 아무나 주는 음료를 마시면 큰일 난다. 특히 세이레나 같은 좋은 집 아가씨는 더더욱.

세이레나는 로렌이 내미는 잔을 받아 들며 물었다.

"그런데 왜 마시지 말라고 한 거야?"

"이상한 걸 타거든."

로렌은 아무렇지 않은 목소리로 말했다. 마치 오늘 날씨 좋다는 듯한 투라 세이레나는 그 말뜻을 이해하는 데 시간이 좀 걸렸다.

"이상한 걸 탄다고?"

"응. 그러니까 이런 데서는 자기 잔을 들고 다녀야 해."

평소 세이레나가 참석하는 파티나 연회라면 상관없다. 귀족이 여는 연회는 자리가 정해져 있고 앉은 상태로 음식이 나온다.

다 먹고 나면 사용인들이 접시를 치우니 중간에 누가 그녀의 접시에 손을 댈 수 없다.

일어나서 돌아다니는 파티 역시 한 번에 먹고 마실 수 있는 양으로 준비한다. 음식은 한입 크기의 핑거푸드. 음료는 손에서 내려놓는 순간 사용인이 치워 버린다.

게다가 귀족이 여는 연회는 주최하는 사람의 명예가 걸려 있다. 자신의 연회에서 무슨 일이 일어나면 수치가 된다. 그러니 연회나 파티를 여는 사람들은 무슨 일이 일어나지 않도록 만전을 기한다.

하지만 이런 곳은 상대적으로 책임감이라는 게 적다. 누군지 모를 사람이 가져온 음식이고 커다란 통에 든 음료를 지키고 서 있는 사용인도 없다.

커다란 잔에 든 음료를 각자 떠서 들고 다니며 마셔야 한다. 그렇기 때문에 애쉬는 세이레나와 어울리지 않는다고 말한 것이다. 주최하는 사람뿐 아니라 참석하는 사람들도 책임감이나 명예, 예의라는 게 낮다. 해서 상대적으로 나쁜 마음을 품은 사람이 행동에 옮기기 쉽다.

"그래서였구나."

세이레나는 이곳에 온다고 했을 때 애쉬가 말한 '그녀와 어울리지 않는다'는 말의 뜻을 이해했다. 그리고 그녀가 나쁜 일에 휘말리지 않길 바란다고 했던 것도.

"뭐가?"

음료를 홀짝이던 로렌이 세이레나에게 고개를 돌리며 물었다.

"아, 여기 오기 전에 애쉬랑 이야기했거든."

세이레나는 최대한 간단하게 애쉬가 걱정하더라고 이야기했다. 그걸 들은 로렌이 픽 웃으며 말했다.

"단장, 분명 따라올걸?"

"여길? 하지만 난 어디 간다고 말 안 했는데?"

"알아볼 방법은 많지. 게다가 네가 공원에서 열린다고 했다며."

타인머스의 수도 할렉에는 수많은 공원이 있다. 그중에서도 가장 큰 공원이 다섯 개 있는데 타인머스를 세운 다섯 용사의 이름을 딴 것이다.

그럴지도. 세이레나는 로렌의 지적에 놀라 주위를 돌아봤다. 특별한 때가 아니면 출입이 제한되는 왕궁 앞 타인머스 공원을 제외하면 남은 네 개의 공원은 언제든지 출입할 수 있긴 하다.

하지만 기사단에서 가장 가까운 공원은 여기 그레이윈드 공원이고, 어쩌면 애쉬도 그렇게 생각해서 이쪽으로 올지도 모른다.

"헌터 양이 빨리 오길 기대해야지."

애쉬가 올 가능성이 있다면 그가 오기 전에 사건이 일어났으면 좋겠다. 세이레나는 그런 생각에 물었다.

"설마 안 오는 건 아니겠지?"

어서 아드리아나가 왔으면 좋겠는데.

걱정하는 세이레나 옆에서 로렌이 입구를 가리키며 말했다.

"왔다."

타이밍 좋게도 막 아드리아나가 걸어 들어오고 있었다.

허. 로렌은 그녀를 보고 입을 딱 벌렸다.

"진짜네?"

모피 코트를 입고 있다. 저게 세이레나의 것인지는 모르겠지만 이 날씨에 모피 코트라니, 보통이 아니다.

세이레나 역시 아드리아나를 보고 입을 딱 벌렸다. 그녀도 아드리아나가 입을 거라고 생각하긴 했지만 실제로 보는 건 생각하는 것과 다르다.

날이 좀 쌀쌀하긴 하지만 지금은 봄. 모피 코트는 어울리지 않는다. 그나마 밤이니까 다들 넘기는 거지, 낮이었으면 미친 여자라고 생각했을지도 모른다.

"안녕하세요, 헌터 경."

더스틴은 빙그레 웃으며 아드리아나에게 다가가 인사했다. 이미 한 번 본 적 있는 남자라 아드리아나는 턱을 들어 올리며 말했다.

"안녕하세요?"

"더스틴 풀러입니다."

"네, 풀러 씨."

경조차 아니다. 풀러가 귀족이 아니라는 사실에 아드리아나는 곧 그를 무시했다. 아니, 무시하려 했다. 하지만 그보다 먼저 풀러가 속삭였다.

"실은 재미있는 이야기를 들었거든요."

별로 궁금하지 않은데. 아드리아나는 풀러에게서 몸을 돌리려 했다. 그녀는 더 더워지기 전에 최대한 많은 사람들에게 그녀가 입은 코트를 자랑할 생각이었다.

그렇지 않아도 벌써 더워졌다. 한겨울에나 입는 모피 코트를 봄에 입었으니 당연하다.

조금만 일찍 손에 넣었다면 귀족의 연회에서 자랑할 수 있었을 텐데. 아드리아나는 자신이 도둑질을 했다는 것보다 그 사실이 더 속상했다.

하지만 아드리아나가 더스틴에게서 벗어나기 전에 그가 속삭였다.

"자신을 세이레나 헌터라고 소개하는 여자를 만났거든요."

아드리아나의 눈이 커졌다. 세이레나 헌터라고? 그녀는 재빨리 표정을 관리하고 말했다.

"흔한 이름이니까요."

"아버지가 헌터 백작이라고 하던데요?"

"미친 사람인가 보네요."

"홍." 하고 비웃는 아드리아나의 모습은 더스틴이 세이레나를 만나지 않았다면 깜빡 속았을 것이다.

그는 아드리아나가 이 자리를 떠나지 못하도록 그녀의 팔꿈치를 잡으며 말했다.

"실은 이미 여기 와 있거든요. 헌터 경이."

허락 없이 여성의 팔꿈치를 잡다니, 무례한 행동이다. 그만큼 더스틴은 무례한 남자였고 평소의 아드리아나라면 뿌리쳤을 것이다. 하지만 그녀는 너무 놀라서 더스틴의 행동을 깨닫지 못했다.

"뭐?"

아드리아나가 깜짝 놀라서 더스틴을 쳐다봤다. 그는 재미있다는 듯 웃으며 말했다.

"저쪽이 있는데 불러올까요?"

"그만두세요! 미친 사람과 만나라니, 절 위험에 빠트릴 셈인가요?"

진짜로 속겠는데? 더스틴은 아드리아나의 태도에 속으로 혀를 내둘렀다.

아드리아나는 거짓말을 아주 천연덕스럽게 한다. 그녀가 세이레나가 왕비였을 때 사람들 앞에서 세이레나를 바보로 만들 수 있었던 방법이다.

대체 뭐하는 여자일까. 그는 아드리아나의 옷차림을 재빨리 살폈다. 이 날씨에 모피 코트를 입고 있다. 좀 이상해 보이긴 하지만 코트는 딱 보기에도 좋은 코트였다.

아니, 좋은 코트라고 말하는 건 부족하다. 엄청난 부자가 살 법한 옷이다. 부유한 상급 귀족이거나 공주가 입을 만한 코트였다.

귀족인 척하고 싶어 하는 부잣집 아가씨인지도 모른다. 이런 여자를 잡아서 결혼하면 한몫 잡겠는데?

더스틴은 그렇게 생각하며 입을 열었다.

"그렇군요. 제 생각이 부족했습니다. 제 사과를 받아 주시겠습니까?"

흥. 아드리아나는 다시 턱을 들어 올렸다. 더스틴은 그녀를 달래기 위해 허리를 살짝 숙이며 말했다.

"제가 그 미친 여자로부터 헌터 경을 지켜 드리겠습니다. 이리로 오시죠."

할 수 없지. 아드리아나는 어쩔 수 없다는 듯 손을 내밀었다. 그녀를 에스코트하기엔 부족한 남자지만 오늘은 이쯤으로 참아야겠다.

"갈까?"

아드리아나가 연회장 안으로 들어오자 세이레나가 그쪽으로 몸을 돌리며 물었다.

아직 안 된다. 로렌은 그녀를 잡으며 말했다.

"잠깐 기다려."

"왜?"

"완전히 들어와서 사람들과 대화할 때까지 기다리자. 지금 가면 도망칠 수도 있으니까."

재수 없으면 그녀를 태우고 온 마차가 아직 남아 있을지도 모른다. 세이레나는 로렌의 설명에 고개를 빼서 마차가 있는지 보려 했다. 하지만 아드리아나가 타고 온 마차는 보이지 않았다.

개인 마차라면 입구까지 왔을 것이다.

마차 없이 그냥 걸어오기엔 너무 멀다. 마차 택시를 이용했나? 세이레나의 머릿속에 의문이 떠올랐다.

로렌과 함께 온 세이레나와 달리 아드리아나는 혼자 온 것처럼 보였다. 게일이 자신의 딸이 여기에 혼자 왔다는 걸 알고 있을까? 그런 의문까지 세이레나의 머릿속에 떠올랐을 때, 벤이 다가왔다.

"헌터 경, 제가 잊고 있던 이야기가 있었는데요."

벤의 접근에 로렌이 경고하는 시선을 던졌다. 세이레나에게 허튼짓만 해 봐.

하지만 그는 아랑곳하지 않고 계속해서 말했다.

"헌터 백작님과 함께했던 일에 대한 겁니다."

"사업을 함께 하셨다고 하지 않으셨나요?"

"아뇨. 사업은 아닙니다."

빙그레 웃는 표정이 뭔가를 숨기고 있는 것 같다. 세이레나는 고개를 기울이며 물었다.

"그럼 무슨 일을 하셨는데요?"

"여기서는 좀 그렇고, 단둘이 이야기하고 싶은데요."

절대 안 된다. 로렌이 끼어들려 했지만, 그보다 먼저 세이레나가 입을 열었다.

"지금 말인가요?"

"네. 멀리 안 가도 됩니다. 다른 사람에게 들리지 않길 바라거든요. 저기 저쪽 가서 잠깐만 이야기를 할까요?"

벤이 가리킨 곳은 연회장에서 조금 벗어난 공원 내였다. 램프가 없어서 어둡긴 하지만 이쪽에서 실루엣 정도는 보일 것이다.

아버지와 함께한 일이 뭘까. 세이레나는 잠시 망설였다. 로렌은 이 남자를 조심하라고 했다. 애쉬 역시 그녀를 걱정했다.

괜한 위험을 무릅쓸 필요는 없다. 그녀가 그렇게 판단했을 때 벤이 나직하게 말했다.

"왕비님과도 연결된 이야기입니다."

그 순간 세이레나의 머릿속에 왕비님의 암살 사건에 아버지도 연루돼 있을지도 모른다던 애쉬와의 대화가 떠올랐다.

헌터 백작은 왕비 암살을 거부하다 죽은 건지도 모른다. 세이레나는 그렇게 믿고 싶었고 그럴 만한 근거가 있다.

만약 아버지가 왕비를 암살하라는 누군가의 명령을 거부하다 죽은 거라면 그 누군가가 누구인지도 알고 싶었다.

그녀의 몸이 벤을 향해 움직였다.

"가요."

"뭐? 세이!"

로렌이 잡으려 했지만 소용없었다. 세이레나는 로렌을 돌아보며 부탁했다.

"잠깐 다녀올게. 아드리아나를 지켜봐 줘."

지켜봐야 할 건 아드리아나가 아니라 세이레나다. 로렌의 친구는 아드리아나가 아니라 세이레나니까. 싫다고 거절하려는 로렌에게 세이레나가 다시 말했다.

"부탁할게. 응?"

어휴. 로렌은 한숨을 내쉬며 고개를 끄덕였다. 세이레나는 벤 정도는 쉽게 제압할 수 있는 실력을 가졌다. 게다가 로렌의 시야에 들어오는 거리라면 이상하다 싶을 때 달려가면 된다.

오 분단 기사인 세이레나가 고작 십팔 분단 기사였던 벤에게 당할 리 없다.

"이쪽으로."

벤이 세이레나에게 길을 안내했다.

마음에 안 들지만 할 수 없다. 로렌은 세이레나가 부탁한 대로 시선을 아드리아나에게로 향했다.

그러면서도 그녀는 세이레나도 시야에 넣기 위해 자세를 바꿨다. 이렇게 하면 아드리아나를 보면서도 시야 한쪽에는 세이레나가 들어온다.

곧이어 로렌의 시야에 아드리아나에게 더스틴이 접근하는 게 보였다. 처음에는 아드리아나가 더스틴을 무시하려는 것처럼 보였다. 하지만 더스틴이 뭐라고 했는지 아드리아나의 관심이 더스틴에게로 향했다.

"뭐라고 꼬신 거지?"

로렌은 더스틴이 아드리아나를 데리고 한쪽으로 가는 것을 지켜보며 중얼거렸다. 연회장을 떠나면 세이레나에게 알릴 생각이었지만 떠나지는 않았다. 두 사람은 세이레나와 반대쪽으로 가서 이야기를 하기 시작했다.

덕분에 로렌은 다시 자세를 고쳐야 했다. 시야에 세이레나와 아드리아나를 넣기 위해서.

"아는 사이였나?"

로렌은 고개를 갸웃하고 다시 세이레나에게로 시선을 던졌다. 그럴 수 있다. 기사단에서 그 사달을 일으켰으니 그걸 본 사람들은 아무도 아드리아나를 초대하지 않을 거다.

기사단은 대부분 하급 귀족이고 상급 귀족도 간혹 있으니 사실상 아드리아나는 귀족이 여는 파티와 연회는 모두 출입 금지가 됐을 거다.

하지만 아드리아나는 파티와 연회를 가는 걸 좋아한다. 허영심이 많고 생각이 짧다. 그러니 가난한 귀족과 젊은이들이 여는 이런 연회에도 자주 참석했을 것이다.

그리고 더스틴과 벤은 경박하고 쉽게 사건을 벌인다. 지금까지 아드리아나가 이런 연회에 자주 참석했다면 아무 사건도 일어나지 않았다는 게 오히려 신기할 정도다.

"아버지와 함께했다는 일이 뭔가요?"

사람들로부터 멀어지자 세이레나가 물었다. 벤은 그녀의 곁에 딱 붙어서 걷다가 돌아섰다.

불편하다. 세이레나는 누군가 이렇게 가깝게 붙는 게 익숙하지 않았다. 처음 회귀했을 때 그녀는 에즈라조차 불편했었다.

지금은 에즈라와 애쉬는 괜찮다. 하지만 두 사람을 제외하면 여전히 다른 남자들은 불편했다. 그건 데니스 역시 마찬가지였으니 벤은 더더욱 싫은 게 당연했다. 그녀는 반사적으로 한 걸음 물러나려다 말았다. 벤에게서 익숙한 느낌이 들었다.

　세이레나가 왕비였을 때, 게일이나 그녀를 이용하려던 귀족들에게서 느껴지던 느낌이었다. 물러나면 안 돼. 세이레나는 본능적으로 물러나면 안 된다는 것을 깨달았다. 그녀는 물러나지 않기 위해 다리에 힘을 줬다.

　"아마 믿지 않으실 텐데요."

　벤은 그렇게 말하며 씩 웃었다.

　뭘? 세이레나는 아무 말도 하지 않았다. 그녀는 이런 남자에게 감정을 보이면 안 된다는 것도 왕비로서의 경험으로 잘 알고 있다.

　하지만 세이레나가 반응하지 않자 벤은 그녀가 긴장했다고 생각했다.

　"저와 백작님은 아주 높은 분을 위해 일하고 있었거든요."

　"우리는 모두 나라를 위해 일하죠."

　기사단과 귀족은 나라를 위해 일한다. 왕이라는 중심을 두고. 하지만 벤은 당연하게도 나라를 말하는 게 아니었다.

　"뭐, 비슷하죠."

　그는 그렇게 말하고 한 발짝 뒤로 물러났다. 다행이다. 세이레나는 두 사람의 거리가 멀어지자 조금 편한 표정을 지었다.

벤은 그 틈을 노리지 않고 말을 이었다.

"헌터 경의 아버지께서 헌터 경과 이 왕자님의 결혼을 추진했던 것을 아십니까?"

응? 세이레나의 눈이 동그래졌다. 누가 뭘 어째?

그녀의 표정을 본 벤이 그럴 줄 알았다는 듯 쓰게 웃으며 말했다.

"사실입니다. 헌터 백작님은 하나뿐인 딸을 가장 높은 남자와 결혼시키려 했습니다."

"왜 이 왕자님이 가장 높은 남자죠?"

반사적으로 세이레나의 지적이 흘러나왔다. 가장 높은 남자라면 왕이나 일 왕자가 있다. 이 왕자는 가장 높은 남자가 아니다.

벤은 세이레나의 지적에 잠시 당황했다. 그는 그녀가 이 왕자와 자신의 결혼을 추진하는 것에 놀랄 거라 생각했지, 그런 지적을 할 줄은 몰랐다.

"어, 그러니까, 백작님은 이 왕자님이 왕이 되길 바라셨거든요."

당황한 나머지 벤은 솔직하게 말했다. 일 왕자는 이미 왕자비가 있다, 그렇게 말하면 된다. 하지만 그걸 생각하지 못할 정도로 벤은 세이레나의 반응에 당황해 있었다.

헌터 백작은 이 왕자 브리츠 타인머스가 왕이 되길 바랐다. 그리고 세이레나가 브리츠와 결혼해 왕비가 되길 바랐다.

이 왕자가 왕이 되고 싶어 했으리라고는 예상했지만, 아버지가 거기에 가담했다는 사실은 처음 들은 세이레나는 잠시 멍하니 서 있었다.

아차. 벤은 자신이 너무 솔직하게 말했다는 사실을 깨닫고 잠시 후회했다. 가지고 있는 것을 보여 줘서는 안 됐는데. 이 아가씨를 살살 달래서 필요한 이야기만 하려고 했다.

그때 세이레나가 말했다.

"말도 안 돼요. 일 왕자님이 계신데 어떻게 이 왕자님이 왕위를 계승한다는 거죠?"

그녀는 거기까지 말하고 입을 다물었다. 벤이 머리를 굴리는 만큼 세이레나도 열심히 생각하고 있었다. 그녀는 이미 벤이 사기꾼 타입이라고 느꼈다. 그러니 그녀가 가지고 있는 것을 다 보여 줄 수는 없다. 그리고 여기서 세이레나가 가지고 있는 건 벤이 말하는 것을 이미 그녀가 알고 있다는 점이다.

세이레나는 이미 애쉬와 약혼했다. 이제 와서 이 왕자와의 약혼이 혹하지도 않지만 혹하는 척하면 오히려 이상하게 생각할 것이다. 차라리 안 믿는 척하는 게 낫다.

거기까지 생각한 세이레나는 몸을 돌리며 말했다.

"이런 거짓말은 불쾌하네요."

"잠깐, 잠깐."

벤은 세이레나가 몸을 돌려 자리를 떠나려 하자 재빨리 그녀를 잡았다. 아직이다. 그는 세이레나를 협박해 돈을 뜯어낼 생각이었다.

당장 헌터 백작가에 돈이 없다는 이야기는 들었다. 하지만 세이레나는 그레이윈드 공작과 약혼하지 않았던가.

"일 왕자님이 적법한 왕위 계승자가 아니라면 어떨까요?"

이건 또 무슨 소리야? 세이레나는 몸을 돌리다 말고 벤을 쳐다봤다.

말도 안 된다. 그녀는 피식 웃으며 말했다.

"누가 그러던가요?"

"이 왕자님이요."

벤의 대답에 세이레나는 거짓말 말라는 표정을 지었다. 그가 이 왕자를 만났을 리 없다.

왕비였던 세이레나조차 일 년에 한두 번, 왕실에서 열리는 파티에서 보는 게 다다.

"그렇게 말씀하셨다고 들었죠."

"결국 들은 것뿐이네요."

"헌터 백작님도 알고 계시던 이야기입니다."

"아버지도요?"

세이레나는 눈을 동그랗게 떴다. 일 왕자가 합당한 왕위 계승자가 아니라고? 그게 무슨 소리지? 이해할 수가 없다. 설마 죽은 전 왕비가 불륜이라도 저질렀다는 걸까.

거짓말일지도 모른다고, 세이레나는 생각했다. 그녀가 왕비가 된 인생에서도 이 왕자는 일 왕자와 그녀에게 죄를 뒤집어씌웠다. 일 왕자와 세이레나 왕비가 더러운 불륜을 저질렀으며 아버지의 부인을 탐한 아들은 왕이 될 자격이 없다고 주장했다.

하지만 이번에는 왕비가 없다. 왕비 자리는 미카엘라 왕비의 사망 이후 공석이다. 그러니 다른 거짓말을 하는 건지도 모른다.

"헌터 백작님께 들었거든요. 그러니 확실하죠."

벤은 그렇게 말하며 빙그레 웃었다. 헌터 백작은 바보가 아니다. 곳곳에 자신과 이 왕자의 연결 고리를 남겨 두었다.

세이레나의 머릿속에 장부에 적혀 있던 〈2〉라는 기록이 떠올랐다. 돈이 들어왔다가 나갔다. 왕비 암살 사건이 터지기 전에.

"설마, 왕비님 암살 사건에 당신도 연루돼 있었던 건가요?"

세이레나의 질문에 벤의 눈이 커졌다. 그는 그녀가 그런 걸 알고 있을 줄은 몰랐다는 표정을 지으며 말했다.

"아주 쪼끔, 손을 대긴 했죠."

그렇군. 세이레나의 표정이 굳었다. 복면을 쓴 남자들. 그들은 뒷골목 길드에서 활동하고 있었다고 애쉬가 말했다. 그녀는 벤도 뒷골목 길드에서 활동하고 있을지 궁금해졌다.

"왕비님은 브리츠 님의 어머니신데 왜 암살하려 한 거죠?"

그건 벤도 모른다. 하지만 그는 자기가 추측하고 있던 것을 말했다.

"그래야 일 왕자님께 뒤집어씌울 수 있을 테니까요?"

자기 어머니의 목숨을 가지고 그런 도박을 한다고? 세이레나의 머릿속에 이 왕자의 얼굴이 떠올랐다.

그 정도로 잔인한 남자였나?

하지만 그런 것보다 더 중요한 게 있다. 그녀는 왕비 사건 전에 부모님이 돌아가신 것을 떠올렸다.

"하지만 아버지가 돌아가신 다음에 일어난 사건이잖아요. 왕비님 사건과 아버지는 아무 관계가 없을 텐데요."

냉정한 세이레나의 말에 벤이 그럴 줄 알았다는 듯 미소 지었다. 그는 세이레나를 향해 상체를 숙이며 속삭였다.

"왕비님을 암살하기 위해 용병을 모은 게 누구라고 생각하십니까?"

그렇구나. 세이레나는 벤의 말에 아무 말 없이 서 있었다. 이 남자가 뭘 믿고 그 일에 아버지를 엮으려 한 건지 알겠다.

헌터 백작은 이 왕자의 수족이었던 거다. 사람들의 이목을 피하기 위해 마음껏 움직일 수 없는 이 왕자 브리츠를 대신해서 헌터 백작이 필요한 것들을 조달했다.

"날 협박하는 건가요?"

세이레나의 입에서 차가운 목소리가 흘러나왔다. 이미 그녀는 그레이윈드 공작과 약혼했다. 이 왕자 브리츠와의 결혼은 물 건너갔다고 볼 수 있다.

그럼에도 벤이 그녀에게 굳이 이런 이야기를 하는 이유는 그녀를 협박해서 돈을 뜯어내려는 거겠지.

세이레나의 말에 벤이 눈을 반짝였다. 이야기가 통하겠군. 그는 억울하다는 표정으로 말했다.

"협박이라뇨. 저는 단지 헌터 백작님의 이런 소행이 알려지면 헌터 경께도 좋지 않을 것 같아서 미리 알려 드리려는 겁니다."

웃기고 있다. 세이레나의 적의 어린 시선이 벤을 향했다. 그녀는 그를 노려보며 물었다.

"헌터 백가가에서 뜯어낼 수 있는 게 없을 텐데요."

헌터 백가가는 땅과 작위를 유지하는 것만으로도 벅차다. 그런 소문은 이미 퍼져 있다. 벤은 그 소문을 떠올리고 씩 웃었다. 어차피 그도 헌터 백가가에게서 뭔가를 뜯어내려는 건 아니다.

"하지만 곧 그레이윈드 공작과 결혼하잖습니까?"

그렇군. 세이레나는 벤이 뭘 원하는지 깨달았다. 그레이윈드 공작가는 부유하다. 애쉬와 결혼한 세이레나가 약간의 돈을 벤에게 뜯긴다 해도 눈치채지 못할 정도로.

더러워. 세이레나는 입술을 깨물었다. 사람이 이 정도까지 더러운 짓을 할 줄은 몰랐다.

"결혼할지 안 할지는 모르는 거죠."

세이레나의 말에 벤은 피식 웃었다. 그 둘은 결혼할 거다. 그레이윈드 공작이 세이레나를 좋아해서 헌터 백작가의 가세가 기울자, 그 핑계로 약혼했다는 소문이 퍼져 있다.

보통 사람이라면 상대방의 집안이 기울면 결혼을 망설이기 마련이다. 하지만 애쉬는 오히려 그 핑계로 약혼을 감행했다.

그 말은 그가 세이레나에게 푹 빠졌다는 말이다.

"그럼 제게 더 잘 보이셔야겠네요."

벤은 그렇게 말하며 세이레나가 손에 쥔 컵을 쳐다봤다. 반쯤 비어 있다.

"제가 입을 잘못 놀리면 집안을 일으켜 세울 방법이 사라지는 것 아닙니까."

이런 사람이 진짜로 있구나.

세이레나는 벤에게 자신이 애쉬와 파혼할 생각이었다는 것을 말하면 어떤 반응을 보일지 궁금해졌다. 하지만 바로 그녀는 그랬다가 벤이 에즈라에게 접근할지도 모른다는 것을 떠올렸다.

이런 자는 상대방의 약한 부분을 기가 막히게 알아차린다. 세이레나에게 에즈라가 약점이라는 것을 들키면 안 된다. 세이레나는 냉정하게 말했다.

"그럼 더더욱 입 다물고 있어야겠네요. 제가 당신 인생에서 가장 큰돈을 얻을 수 있을지도 모를 기회니까요."

벤이 세이레나에게 돈을 뜯으려면 그녀가 애쉬와 결혼할 때까지 기다려야 한다는 말이다. 세이레나의 지적에 벤은 눈을 크게 떴다.

보통이 아니군. 그는 슬쩍 물러나며 말했다.

"그럼요. 입 다물고 있어야죠."

대체 무슨 이야기를 하는 걸까. 로렌은 세이레나와 아드리아나를 번갈아 쳐다보며 고민했다. 둘 다 벤과 더스틴이 너무 가깝게 붙어서 대화하고 있다.

세이레나는 불쾌한 티를 내는 게 보이는데 아드리아나는 그렇지도 않았다. 그때 로렌의 눈에 더스틴이 아드리아나를 위해 음료를 가져다주는 게 보였다. 그는 테이블에 놓인 음료를 떠서 컵에 담더니 주변을 살폈다.

어라?

로렌이 놀란 순간 더스틴이 품에서 뭔가를 꺼냈다.

"이런."

이상한 걸 타려는 모양이다. 로렌은 주변을 둘러보고 더스틴의 행동을 주시하는 게 자신뿐이라는 것을 확인했다.

이걸 어떻게 해야 하나. 솔직히 말하면 그녀는 아드리아나가 크게 한번 혼났으면 좋겠다. 하지만 저런 방법으로는 아니었다. 그렇다고 그녀가 나서면 세이레나를 봐 줄 사람이 없다.

로렌이 망설이는 사이 아드리아나가 더스틴이 가져다주는 음료를 홀짝 마셨다.

"아이고."

저도 모르게 로렌의 입에서 신음이 흘러나왔다. 이런 데서 남이 주는 건 함부로 먹으면 안 된다고 알려 준 사람도 없는 모양이다.

아드리아나의 행동을 보면 친구도 없을 거다. 그리고 그 이야기는 게일이 아드리아나가 이런 곳을 다닌다는 걸 모르는 뜻이기도 하다.

세이레나에게 가야 하나, 아드리아나에게 가야 하나.

잠시 망설이던 로렌이 기적을 느끼고 씩 웃으며 말했다.

"왔어?"

곧이어 그녀의 등 뒤에서 무뚝뚝한 목소리가 들려왔다.

"레나는?"

마치 어둠이 말하는 것 같다. 로렌은 돌아보지 않고 고개를 돌려 세이레나와 벤이 있는 쪽을 가리켰다.

벤이 세이레나가 들고 있는 컵을 잡고 있었다.

도와줘야 하나? 그녀가 그렇게 생각한 순간 로렌의 뒤에서 휙 하고 바람이 불었다.

"그럼 난 이쪽을 맡으면 되겠군."

고민할 시간이 줄었다. 로렌은 아드리아나를 향해 다가갔다. 취했는지 로렌의 귀에 아드리아나의 웃음소리가 들려왔다. 마신 지 몇 분도 안 돼서 벌써 취했을 리가 없다. 더스틴의 손이 아드리아나의 허리를 감싸고 있었다.

"헌터 경, 취하신 모양인데 이 근처 우리 집에 가서 쉬죠."

더스틴의 헛소리가 들려왔다.

미친놈. 로렌은 그대로 다리를 들어 더스틴을 걷어찼다.

"악!"

더스틴과 그가 부축하고 있던 아드리아나가 함께 넘어졌다.

누구야! 더스틴은 화가 나서 고개를 들었다가 로렌을 보고 움찔했다.

"꺼져."

"난 그냥, 헌터 경이 취한 것 같아서⋯⋯."

"헌터 경?"

'아드리아나가 왜 헌터 경이야?'

로렌의 얼굴에 어리둥절한 표정이 떠오르자 더스틴은 재빨리 설명했다.

"이, 이 여자가 자기를 헌터 경이라고 소개해서, 그래서 이상하다 싶어서 말이죠. 전 헌터 경을 도와주려고⋯⋯."

헛소리하네. 로렌은 피식 웃었다. 그녀는 자기 몸도 가누지 못하는 아드리아나를 한번 쳐다보고 더스틴에게 말했다.

"꺼지랬다."

젠장. 더스틴은 벌떡 일어나 연회장 밖으로 달려 나갔다.

로렌은 혀를 차며 시선을 아드리아나에게로 돌렸다. 어지간히 독한 약이었던 모양이다. 로렌이 알기로 이런 약은 대부분 마약이었다. 중독되는 경우도 종종 있다.

중독돼도 그건 할 수 없지. 로렌은 그렇게 생각하며 음료를 가지고 와서 허우적대는 아드리아나에게 내밀었다.

"마셔."

"누구, 필요 없어!"

다행히도 로렌을 알아본 아드리아나가 로렌이 내미는 잔을 쳐 내려 했다.

이크.

아드리아나의 손을 피한 로렌이 다시 말했다.

"나도 네가 좋아서 이러는 게 아니거든? 세이가 부탁해서 도와주는 것뿐이야."

"세이?"

"세이레나 말이야. 네 사촌."

아드리아나의 눈이 번쩍였다. 그녀는 휘청거리며 일어나서 소리 질렀다.

"그년이지!"

벤은 역시 좋은 사람이 아니었다. 세이레나는 로렌과 애쉬의 충고를 떠올리며 자리를 떠나려 했다. 그와 더 이상 함께 있고 싶지 않았다.

"잔이 비었는데, 다른 걸로 가져다드리죠."

자리를 떠나려는 세이레나에게 벤이 그렇게 말하며 손을 내밀었다.

잔? 그녀가 시선을 내리자 자신이 들고 있는 반쯤 빈 컵이 보였다.

벤의 손이 세이레나의 컵을 잡을 것처럼 가까워졌다.

"괜찮아요."

필요 없다. 벤이 가져다주는 음료 따위 마시고 싶지 않다. 하지만 세이레나의 괜찮다는 태도에도 아랑곳하지 않고 벤이 그녀의 컵을 잡으며 말했다.

"부담스러워하실 것 없습니다. 우리가 친해지는 게 좋으니까요."

그렇군. 세이레나는 이런 사람에게 자신이 좀 더 단호하게 대해야 한다는 사실을 깨달았다. 기사단의 멍청이들처럼. 드럼란 리그의 멍청이처럼.

"무례하시군요."

세이레나는 냉정하게 말했다. 그녀는 분명 괜찮다고 말했다. 사교계에서 그 말은 필요 없다는 뜻이다. 하지만 이 남자는 그런 걸 전혀 모르는 모양이다.

벤은 세이레나의 냉정한 목소리에 잠시 멈칫했다가 웃었다. 귀엽게 구네. 그는 세이레나를 기사단에서 본 적이 있다. 그때의 세이레나는 십이 분단이었고 그 역시 기사단이었다. 그렇기 때문에 벤은 세이레나가 전혀 무섭지 않았다.

"예민하게 굴지 마시죠. 전 그저 호의를 베풀 생각이었으니까요."

왜 이런 사람들은 늘 원치 않는 행동을 하면서 그걸 호의라고 하는 걸까.

세이레나는 불쾌하다는 표정으로 말했다.

"손 안 떼면 그 손을 검으로 베어 내는 호의를 베풀어 주죠."

뭐? 벤의 눈이 커졌다. 그는 믿을 수 없다는 표정으로 세이레나를 쳐다봤다. '이런 작은 여자가 그런 짓을 할 수 있겠어?' 따위의 생각이 그의 머릿속을 스쳤다.

하지만 세이레나는 한 발 더 나아가 나직하게 말했다.

"날 협박하려 했겠지만 나 역시 당신만 사라지면 문제가 사라진다는 걸 기억하세요."

그 말의 의미를 깨달은 벤의 얼굴이 핼쑥해졌다. 생각도 못 했다. 그는 허둥지둥 손을 떼더니 도망치듯 사라졌다.

어휴. 세이레나는 컵을 꽉 쥔 채 한숨을 내쉬었다. 자신이 누군가를 협박할 수 있을 거라고는 생각도 못 했다. 시선을 떨어트리자 컵이 덜덜덜 떨리는 게 보였다.

"레나."

어느새 다가왔는지 애쉬가 조심스럽게 그녀를 불렀다. 아까부터 지켜보고 있었다. 하지만 그는 나서지 않았다. 이건 세이레나의 일이다. 그가 끼어들면 그녀가 싫어할 거라는 걸 애쉬는 지난 경험으로 알았다.

"애쉬."

세이레나는 응석 부리고 싶은 마음에 애쉬에게 돌아섰다. 누군가 그녀를 끌어안고 잘했다고, 너는 아무 잘못이 없다고 말해 줬으면 싶었다.

마치 그녀의 마음을 읽은 것처럼 애쉬가 세이레나의 손을 잡으며 속삭였다.

"잘했어. 아주 멋졌어, 레나."

다행이다. 긴장으로 딱딱하게 굳었던 세이레나의 마음이 부드럽게 풀렸다. 그녀는 애쉬를 향해 미소 지어 보였다.

그 순간.

"그년이지!"

아드리아나가 소리쳤다.

깜짝 놀라서 돌아본 세이레나는 로렌의 앞에 주저앉아 악다구니 치는 아드리아나를 발견했다.

쟤 왜 저래?

아드리아나의 태도는 평소보다 더 엉망이었다. 더스틴이 먹인 약 때문이지만 모르는 사람들은 아드리아나가 너무 많이 취했다고 생각했다.

"저게 무슨 짓이야."

"술은 적당히 마셨어야지."

사람들 표정에서 혐오가 드러났다. 아드리아나는 약에 취해 소리 질렀다.

"세이레나! 이 나쁜 년!"

차마 기억하고 싶지 않을 욕이 아드리아나의 입에서 봇물 터지듯 쏟아져 나왔다. 그런 그녀를 말려야 하는 로렌은 너무 놀라서 눈을 동그랗게 뜨고 굳어 있었다.

로렌도 욕을 많이 알고 사용했지만 저렇게 천박한 욕을 사용하는 사람은 처음 본다. 밑바닥 용병보다 더 거친 욕에 사람들의 표정이 하얗게 질렸다.

"아드리아나!"

세이레나는 허겁지겁 로렌 곁으로 달려갔다. 그녀가 도착했을 때 아드리아나는 그년의 다리를 벌려 깨트린 병을 어쩌고 하는 욕을 내뱉고 있었다.

"정신 차려!"

세이레나의 말에 아드리아나가 고개를 번쩍 들었다.

"너, 너 이년!"

아드리아나가 벌떡 일어나더니 세이레나를 향해 두 팔을 벌리고 덤벼들었다. 하지만 아드리아나보다 세이레나의 몸이 더 빠르다. 게다가 아드리아나는 약에 취해 흐느적거리고 있었다.

"세상에, 저것 좀 봐."

사람들이 아드리아나의 모습을 보고 킬킬대고 웃기 시작했다.

맙소사. 세이레나는 울고 싶은 마음에 이마를 짚었다. 이건 아드리아나에게 전혀 좋지 않다. 오늘 일은 내일이 되기 전에 수도 전체에 소문이 퍼질 것이다.

"아드리아나! 정신 차려!"

세이레나는 아드리아나를 부축하기 위해 손을 뻗었다. 하지만 아드리아나는 그녀의 도움을 순순히 받아들이지 않았다.

"저리 꺼져!"

세이레나의 도움을 뿌리치려는 듯 아드리아나가 팔을 허우적대더니 그대로 뒤로 넘어졌다.

우씨. 아드리아나는 일어나려고 팔을 뻗었다. 하지만 세이레나의 도움은 필요 없다. 그녀의 손이 테이블에 씌워 둔 천을 잡았다. 그것을 잡아당기는 순간 와장창하고 음식이 아드리아나의 몸 위로 떨어져 내렸다.

"아드리아나!"

"아이고."

깜짝 놀라는 세이레나의 옆에서 로렌은 고개를 절레절레 흔들었다. 이쯤 되면 꼴좋다는 생각도 안 든다.

애쉬는 마차를 부르기 위해 연회장 밖으로 뛰어나갔다. 저 꼴을 보아하니 아드리아나를 억지로 옮겨야 할 것 같다.

"저게 무슨 꼴이야."

"그러게. 적당히 좀 마시지."

아드리아나를 향한 사람들의 비웃음이 이어졌다.

*　　*　　*

"아드리아나!"

게일은 애쉬의 부축을 받아 들어오는 아드리아나를 보고 깜짝 놀라서 소리 질렀다.

대체 무슨 난리였는지 딸의 모습이 엉망이었다. 하지만 그에 비해 따라 들어오는 세이레나와 로렌의 모습은 멀쩡했다.

그는 아드리아나와 세이레나의 옷차림을 보고 딸이 파티에 갔다 오는 거라는 것을 알아차렸다.

"네가 이런 거냐?"

게일의 비난이 세이레나를 향했다.

뭐? 어이없어 하는 그녀의 곁에서 로렌이 피식 웃으며 말했다.

"단속 좀 하서야겠는데요. 헌터 경 아니었으면 아무나 주는 술 받아 마시고 이상한 데 끌려갈 뻔했으니까."

로렌의 적나라한 말에 게일의 눈이 커졌다. 그는 축 늘어진 채 뭐라 중얼거리는 아드리아나에게로 시선을 돌렸다. 그러고 보니 이상한 건 더러워진 옷뿐만이 아니었다. 딱 봐도 아드리아나의 상태는 이상했다. 다리는 풀려 있었고 눈 역시 한곳을 제대로 보지 못하고 있었다.

"하인, 없습니까?"

애쉬가 불쾌하다는 듯 말했다. 아드리아나를 부축할 수 있는 게 그뿐이라 하는 수 없이 그가 부축하긴 했지만, 짜증 난다.

음식물을 뒤집어써서 온통 엉망이 된 아드리아나를 로렌은 절대 만지지 않을 거라고 했고 세이레나가 이런 여자를 부축하게 하고 싶지도 않았다. 그러니 애쉬는 선택지가 없었다.

"누구 없나?"

게일은 애쉬의 지적을 듣고 나서야 부랴부랴 사람을 불렀다. 안쪽에서 쭈뼛거리던 하녀들이 달려 나와서 아드리아나를 부축했다.

다른 사람이라면 침실에 눕히는 것까지 도왔을 것이다. 하지만 애쉬는 재빨리 손을 뗐다. 그는 게일과 아드리아나에게 어떤 식으로라도 엮이고 싶지 않았다.

"이게 무슨 일이냐?"

아드리아나가 하녀들의 부축을 받아 침실로 들어가는 것을 본 게일이 물었다. 그때까지 그는 자신의 딸을 데려와 준 세 사람에게 차는커녕 앉으라는 말조차 하지 않았다.

불쾌한 사람이군. 애쉬는 세이레나의 뒤에서 여차하면 그녀를 위해 나설 준비를 하며 생각했다. 그 딸에 그 아버지라더니, 아드리아나처럼 게일도 무례했다.

"아드리아나에게 물어보세요."

세이레나는 게일의 물음에 답해 줄 필요가 없다. 그녀는 당초 계획대로 게일을 협박하고 떠날 생각이었다. 하지만 게일이 그렇게 놔두지 않았다.

"아드리아나가 이상한 술을 마셨다며? 그 애가 그런 걸 마시도록 보고만 있었던 거냐?"

뭐 이런 놈이 다 있어? 로렌이 욱해서 나서려 했다.

하지만 세이레나가 막았다. 그녀는 게일보다는 예의가 뭔지 알았고 로렌이 숙부와 싸우는 것을 원치 않았다.

"적당히 하세요. 아드리아나가 사람들 앞에서 비웃음이 되고 있길래 구해 준 것뿐이에요. 저는 아니어도 이 두 사람은 아무 상관 없는 아드리아나를 구해 줬으니 고맙다는 인사는 하셔야 하는 거 아닐까요?"

뭐? 게일은 세이레나의 비난에 멈칫하고 애쉬와 로렌을 쳐다봤다. 아드리아나의 상태와 상대가 세이레나라는 점에 놀라 알아차리지 못했다. 그제야 그는 그녀의 일행이 그레이윈드 공작이라는 것을 깨달았다.

"아, 이런. 딸을 구해 줬다고요? 고맙습니다. 여기 앉으시죠."

그제야 자리를 권하는 게일의 태도에 애쉬의 한쪽 눈썹이 올라갔다. 그는 심지어 게일이 로렌은 빼고 자신에게만 자리를 권했다는 사실에 어이가 없었다.

"괜찮습니다."

애쉬는 세이레나의 뒤에서 가슴 위로 팔짱을 끼며 무뚝뚝하게 말했다. 세이레나의 곁을 떠나지 않겠다는 태도에 게일의 표정이 순간 일그러졌다가 돌아왔다.

게일은 세이레나에게 시선을 돌리며 말했다.

"아드리아나가 왜 저렇게 됐는지 설명 좀 해 보거라."

"그걸 왜 세이한테 물어봐?"

세이레나가 나서기 전에 로렌이 입을 열었다. 그는 게일이 아니라 애쉬를 향해 말했다.

"자기 딸이 어디 가는지도 모르는 아버지가 어딨어? 그래 놓고 왜 조카한테 따진대? 이상한 사람이네."

게일의 얼굴이 벌게졌다.

'이년은 또 뭐야?'

그의 시선이 로렌을 향했다. 붉은 머리카락에 훤칠한 키를 가진 여자가 세이레나의 옆에 서 있었다.

"로렌."

애쉬가 나직하게 로렌을 말리는 척했다. 하지만 그녀가 하고 싶은 말을 다 하고 난 다음이다.

세이레나는 피곤함과 부끄러움에 손으로 눈두덩이를 문질렀다. 진짜 이쯤에서 끝내야 한다. 그녀는 게일에게 말했다.

"제가 분명히 말했죠? 아드리아나를 고향으로 내려보내라고요. 당장 내려보내세요. 제 눈앞에 그 애가 한 번이라도 다시 보이면……."

보이면? 게일은 네까짓 게 뭘 어쩌겠냐는 표정으로 세이레나를 쳐다봤다.

그녀는 팔짱을 끼고 말을 이었다.

"헌터가에서 추방하겠습니다."

"뭐라고? 네가 감히!"

"감히?"

세이레나는 어이없다는 듯 픽 웃었다. 감히. 그건 그녀가 할 말이다. 세이레나는 헌터 백작가의 가주고 차기 백작이다. 게일이 아무리 숙부라 해도 한 수 접고 물러나야 한다. 하지만 게일과 아드리아나는 그러지 않았다. 감히.

"싫다면 아드리아나를 도둑으로 신고하겠습니다."

"도둑이라니? 그 애가 뭘 훔쳤다고?"

"얼마 전에 내 집, 내 방에 들어와 코트를 훔쳐 갔더군요. 어떤 코트인지 궁금하면 지금 가서 보세요. 아드리아나가 입고 있던 거니까."

"아니, 코트 정도야 여자애들끼리 돌려 입을 수도 있는 거 아니냐? 응? 그까짓 거 내가 하나 사 주마."

게일의 말에 애쉬가 코웃음 쳤다. 그는 그 코트가 얼마인지 안다. 게일이 살 수 있는 수준이 아니다.

게일은 애쉬의 태도에 그를 쳐다봤다.

혹시? 게일은 알겠다는 듯 씩 웃으며 말했다.

"설마 약혼자가 사 준 코트라서 그러는 거냐? 세이레나, 마음을 좀 곱게 가지거라. 불쌍한 아드리아나에게 그 정도 도움도 못 주니?"

세이레나는 한숨을 내쉬었다. 그녀가 왕비였을 때도 게일은 매번 이런 식으로 말했다.

"넌 왕비잖니. 불쌍한 아드리아나에게 그 정도도 못 해 주니?"

하지만 이번에는 통하지 않는다. 그녀는 화를 눌러 참으며 말했다.

"아닌데요."

"아니라니, 뭐가?"

"그거, 애쉬가 사 준 게 아니라고요. 왕비님의 선물이에요."

뭐? 게일의 표정이 굳었다. 동시에 로렌도 눈을 동그랗게 떴다.

'그랬어?'

그녀가 입 모양만으로 묻자 애쉬가 쓰게 웃었다.

"와, 왕비님이 네게 왜……?"

"암살 사건 때 도와줘서 고맙다고 제게 하사하셨어요. 그런 귀한 걸 아드리아나가 훔쳐 가서 저렇게 엉망으로 만들었죠. 이걸 신고하면 아드리아나의 죄목은 도둑질만으로는 부족하다는 걸, 아실 텐데요?"

왕비가 두 번째로 습격당했을 때, 옷이 찢어진 왕비를 가려 주기 위해 세이레나는 자신의 코트를 벗어 주었다.

그때 세이레나와 왕비의 피로 망가진 코트를 왕비가 새로 준비해서 보내 줬던 거다.

게일의 표정이 하얗게 질렸다. 왕비님의 하사품을 훔쳐 가서 망가트려 놨다고? 심지어 왕비님은 돌아가셨으니 저건 유품이나 다름이 없다. 왕비님의 하사품일 뿐 아니라 유품이기까지 하다니. 그는 재빨리 반박했다.

"아니, 생각해 보니 저 코트는 내가 사 준 거야. 아드리아나가 네 코트가 예쁘다고 해서 똑같은 거로 만들어 줬다."

그럴 줄 알았다. 애쉬와 로렌은 코웃음 쳤고 세이레나는 허리에 손을 얹었다.

"쓸데없는 짓 하지 마세요. 이미 그 코트를 수선한 사람을 찾았으니까요. 증언도 확보해 놨고 그 증언에 공증도 받아 놨으니 한 번만 더 아드리아나가 제 눈앞에 보인다면 고소하겠어요."

게일은 믿을 수 없어서 멍하니 세이레나를 쳐다보고 있었다.

뭘 어쨌다고? 증인에 공중까지? 그는 눈앞의 조카를 괴물 보듯 쳐다봤다. 이렇게까지 철저할 수 있는 애가 아니었다. 게일은 애 써 세이레나를 달래려 입을 열었다.

"하, 하지만 얘야, 아드리아나 혼자 그 시골에서 뭘 어쩌란 말 이니? 응?"

"글쎄요."

세이레나는 더 이상의 거부는 용납하지 않겠다는 듯 팔짱을 끼며 말했다.

"그 애만 보내는 게 걱정된다면 같이 가시면 되지 않겠어요? 아니면 수도원에 보내시거나요."

수도원으로 보내라는 건 결혼을 포기하고 평생 수도승으로 살라는 말이다. 아드리아나를 이 왕자와 결혼시키려던 게일의 계획이 박살 나는 순간이었다.

그의 눈앞에서 세이레나가 그대로 몸을 돌려 집을 나갔다. 뒤 따라가던 로렌이 그녀에게 묻는 소리가 들렸다.

"이 집도 네 거 아니야? 나가라고 해야 하지 않겠어?"

"괜찮아. 안 쓰는 집이니까."

비참함이 몰려왔다. 멍하니 떠나는 세 사람을 지켜보던 게일 의 얼굴이 시뻘겋게 달아올랐다.

"아드리아나!"

게일은 그대로 딸의 침실로 달려갔다. 그가 분명히 얌전히 없 는 듯 지내라고 했을 텐데!

"쾅!" 하고 아드리아나의 침실 문이 열렸다. 그녀는 이미 하녀들의 도움을 받아 옷을 갈아입고 잠들어 있었다.

얼마나 취했는지 요란한 소리에도 일어나지 못하는 딸을 보고 게일은 분노를 참지 못했다.

"이, 이 멍청한 것! 이 멍청한 것!"

게일은 자고 있는 아드리아나의 몸을 잡아 흔들었다. 그제야 잠에서 깬 아드리아나가 놀란 눈을 떴다.

"내가! 분명 얌전히 지내라고 그렇게 말했건만! 널 위해 좋은 자리를 만들어 놨는데! 이 멍청한 년!"

아드리아나는 왕비가 될 수도 있었다. 죽은 헌터 백작이 이 왕자의 수족이었던 것처럼 그가 그 자리를 이어받아 세이레나 대신 아드리아나를 이 왕자의 부인으로 넣으려 했다. 그런데 그걸 이 멍청한 것이 다 망쳐 놨다.

"이게 다 뭐야! 조금만 참으면 이따위 것 몇십 벌은 입을 수 있었을 거 아니냐!"

게일은 엉망이 된 코트를 집어 들었다. 하녀들이 음식물을 말려 털어 내기 위해 걸어 둔 거였다. 그는 그대로 힘을 줘서 코트를 찢어 내려 했다. 하지만 그게 쉽지 않자 그는 검을 가져와 코트를 찢어 댔다.

"아버지! 뭐 하시는 거예요!"

"이 멍청한 것!"

아드리아나가 말리기 위해 달려들었지만, 게일은 딸을 때려 넘어트렸다.

"악!"

바닥에 넘어진 아드리아나가 믿을 수 없다는 표정으로 게일을 쳐다봤다.

분노로 눈앞이 흐려진 게일은 검을 들어 올렸다.

키워 줬더니 나를 이 꼴로 만들어? 고얀 것! 배은망덕한 것!

하지만 곧이어 게일의 분노는 아드리아나가 아니라 세이레나로 향했다.

"망할 것."

게일은 싸늘한 표정으로 건방지게 그에게 명령하고 떠난 세이레나를 떠올렸다. 그가 왕의 장인이 될 수 없다면 귀족이 될 수 있는 방법은 이제 한 가지뿐이다.

20

적의 초대

"오 분단! 저쪽으로 못 넘어가게 막아!"

애쉬의 지시에 오 분단 기사들이 이동했다. 말이 달리고 먼지 구름이 피어올랐다. 그 너머로 두 개의 머리를 가진 개가 달려오고 있었다.

"컹! 컹! 컹!"

두 개의 머리가 위협적으로 짖어 댔다. 하지만 세이레나는 말의 속도를 늦추지 않았다. 그녀는 그대로 몬스터를 지나가며 검을 휘둘러 머리를 베어 냈다.

"컹!"

좌우에서 몬스터가 덤벼 들어왔다. 세이레나가 몸을 움츠린 채 빠르게 달려 지나가자 몬스터 두 마리가 공중에서 부딪쳤다.

그 뒤를 유진이 검을 휘둘러 머리를 잘라 냈다.

"칠 분단! 이쪽으로!"

애쉬의 지시를 따라 칠 분단 기사들이 전투에서 빠져나와 오 분단과 싸우는 몬스터의 뒤로 접근했다. 그들이 몬스터를 포위하며 싸우기 시작하자 애쉬는 다시 일 분단 쪽으로 돌아갔다.

"훌륭한데?"

데니스가 감탄하는 표정으로 말했다.

뭐가? 어리둥절해 하는 애쉬에게 그는 눈앞에 있는 몬스터를 베어 내고 물러나서 말했다.

"칠 분단 말이야. 움직임이 훌륭하지 않았어?"

말이 단장의 지시에 움직인다는 거지 한 분단이 통째로 전투 중에 움직인다는 건 쉬운 일이 아니다.

열다섯 명쯤 되는 사람들이 몬스터와 싸우다가 단장의 명령에 따라 동시에 물러난다는 거다. 한두 명 정도는 망설이기 마련이고 몇 명은 물러날 실력이 되지 못한다.

게다가 칠 분단의 공간을 오 분단이 적절하게 파고들어 가 메워 줘야 한다. 그걸 오 분단과 칠 분단은 물 흐르듯 자연스럽고 빠르게 해냈다.

"그러게."

애쉬는 데니스의 지적 덕분에 알게 된 사실에 새삼 감탄해서 뒤를 돌았다. 몬스터와 두 개의 분단이 한 덩어리가 되어 싸우고 있다. 그 중앙에서 세이레나의 금발이 반짝였다.

기사단의 실력이 향상됐다.

"베키!"

모아나가 달려가며 소리쳤다. 베키는 그녀의 부름에 고개를 들었다가 어느새 가까워진 몬스터의 모습에 재빨리 왼쪽으로 굴렀다.

"캑!"

그 순간 모아나의 검이 몬스터의 머리를 찔렀다. 왼쪽으로 구른 베키는 벌떡 일어나 모아나가 검을 뽑기 전에 그녀의 목을 물어뜯으려는 몬스터의 앞발을 잘라 냈다.

"캥! 캥!"

"고마워!"

"내가 할 소리!"

모아나와 베키의 팔이 서로를 툭 치고 떨어졌다. 그대로 두 사람은 다시 떨어져 다른 몬스터와 싸우기 시작했다. 그런 광경이 여기저기에서 벌어지고 있었다. 하위 분단이나 상위 분단이나 상관없이 누군가 도움이 필요하다 싶으면 할 수 있는 사람이 달려 나갔다.

"헌터 경! 뒤!"

유진이 검을 휘두르며 소리쳤다. 그의 검에 몬스터의 앞발이 잘려 나갔다.

세이레나는 유진의 고함에 재빨리 말 위에서 뛰어내렸다.

"킹!"

몬스터가 빈 공간을 물고 물러났다. 어딘가 찔렸는지 절뚝거리는 모습에 세이레나의 표정이 안 좋아졌다. 죽일 거라면 차라리 빨리 죽여 주는 게 낫다. 그녀는 검날을 세워 몬스터의 공격을 막아 냈다. "텅!" 하고 충격에 상대적으로 작은 세이레나의 몸이 뒤로 밀려났다.

"괜찮아?"

뒤로 밀려난 세이레나가 넘어지지 않도록 지탱해 준 건 몰리였다. 세이레나는 그녀를 돌아보고 빙그레 웃었다.

"고마워."

"별말씀을."

그렇게 중얼거린 몰리가 떠나는 것과 동시에 세이레나의 몸도 몬스터를 향해 달려 나갔다. 몬스터 역시 세이레나를 향해 덤벼들었다.

"컹!"

몬스터가 가볍게 짖는 순간 세이레나는 땅을 박차고 뛰어올랐다. 그녀의 몸이 공중으로 올라갔다가 몬스터의 몸 위로 떨어졌다.

그 순간, 세이레나는 검을 세워 몬스터의 머리에 꽂아 넣었다.

단말마도 없이 몬스터의 몸이 그대로 축 늘어졌다. 세이레나는 힘을 줘서 검을 뽑아낸 뒤 주위를 둘러보았다.

'어디로 가야 하지?'

전투 중간중간 상황을 살펴서 사람이 부족한 곳으로 달려간다. 세이레나는 그렇게 싸우고 있었다. 실력이 높기 때문만이 아니다. 전투는 혼자 싸우는 게 아니기 때문이다.

게다가 그녀는 기사단의 누군가가 다치는 것을 바라지 않았다. 그녀가 돌아왔기 때문에 주변의 모든 것이 조금씩 영향을 받기 시작했다. 기사단의 기사들은 가장 큰 영향을 받은 사람들일 것이다.

특히 여기사 중 누군가가 다치거나 죽는다면 세이레나는 자신을 용서할 수 없을 것 같았다. 그녀가 왕비였을 때, 여기사들은 대부분 기사단을 나갔다. 그 말은 전투로 다치거나 죽은 사람이 없다는 말이다.

세이레나가 왕비를 구했기 때문에 여기사들이 기사단에 남았다. 여기사들이 전투에서 다치거나 죽는다면 그건 세이레나 탓이다. 그렇기 때문에 그녀는 여기사들이 위험하다 싶으면 만사 제쳐 놓고 달려 나갔다.

"죽어!"

유진이 고함을 지르며 검을 찔러 넣었다. "캥!" 하고 단말마를 내지른 몬스터의 몸이 축 늘어졌다.

"후."

그는 검을 뽑고 한숨을 내쉬며 주위를 둘러보았다. 그 역시 사람이 필요한 곳이 없는지를 확인하는 것이다. 놀랍게도 기사단 전체에 그런 분위기가 흐르고 있었다. 상위 분단뿐 아니라 하위 분단도 도울 수 있다면 도우려 했다.

"유진."

오 분단의 분단장인 제이콥이 검을 털어 낸 뒤 검집에 꽂으며 다가왔다. 그는 팔을 휘둘러 뻐근한 근육을 마사지하며 말했다.

"다친 곳은?"

"없습니다."

"헌터 경 봤어?"

봤다. 유진은 마지막으로 세이레나를 본 장소로 시선을 돌렸다. 하지만 그녀는 그곳에 없었다.

"어?"

어디 갔지? 방금 저기 있었는데? 당황하며 두리번거리는 유진을 보고 제이콥이 킬킬대며 말했다.

"신출귀몰하다니까."

세이레나는 모아나와 함께 있었다. 모아나는 검에 묻은 피와 체액을 털어 내며 투덜거렸다.

"요새 몬스터가 나타나는 게 잦지 않아?"

모아나가 다친 곳이 없는지 확인하러 왔던 세이레나의 표정이 눈에 띄게 굳었다. 확실히 몬스터의 습격이 잦다. 그녀가 왕비였을 때는 이러지 않았다.

지금 이 시기라면 그녀는 아직 왕비가 되지 않았을 때다. 수도 전체에 몬스터의 습격이 너무 오래 이어지는 것 아니냐는 말이 돌고 있으니 당연히 그녀도 알았을 것이다.

"여름이 되면 나아지려나."

모아나의 질문 같지 않은 질문에 세이레나의 머릿속에 마법사들이 떠올랐다. 포워스족의 영지에서 만난 이사나와 그녀의 스승들. 그들은 몬스터의 잦은 습격과 드래곤이 연관이 있는 것처럼 말했다.

몬스터를 다스리는 것은 드래곤이다. 이건 타인머스에서 나고 자란 사람이라면 누구나 알고 있는 거다.

다섯 용사는 드래곤을 물리쳤고 왕을 잃은 몬스터들은 뿔뿔이 흩어졌다. 아직 타인머스의 땅 이곳저곳에 몬스터들이 숨어 살고 있기는 하지만 겨울처럼 먹이가 부족할 때가 아니면 그들은 마을이나 도시를 습격하지 않는다.

"글쎄."

세이레나는 빠르게 달음박질치는 심장을 느끼며 아무렇지 않은 척 표정을 지웠다.

벌써 봄. 곧 여름이 온다. 지금도 몬스터가 습격하기엔 너무 늦은 계절이다.

세이레나의 머릿속에 이사나의 말이 떠올랐다. 타인머스의 땅에 묻힌 드래곤 타임머스는 시간을 관리하는 자. 마법사들은 드래곤이 깨어난 게 아닌가 하는 걱정을 하고 있다고 했다.

그녀 때문에 드래곤이 깨어난 걸까.

세이레나의 보라색 눈동자에 두려움이 떠올랐다. 애써 공포를 감추려 고개를 든 그녀는 그리 멀지 않은 곳에 선 애쉬를 발견했다.

"점점 몬스터가 약해지는 거 같지 않아?"

애쉬는 세이레나를 향해 가다가 어느 기사의 말에 발걸음을 멈췄다. 돌아보니 검에 묻은 피를 닦아 내며 기사 몇 명이 대화를 나누고 있었다.

"그러게. 지난번에도 이 정도 수였는데 더 오래 걸렸지?"

"그땐 다친 사람도 다섯 명인가? 나오지 않았나?"

기사들의 시선이 주변을 훑었다. 저도 모르게 애쉬도 주변을 살폈다. 이번에는 다친 사람이 없다. 가벼운 찰과상은 있어도 한동안 쉬어야 할 정도의 부상은 아무도 입지 않았다.

"몬스터가 점점 약해지나?"

기사들의 말에 애쉬는 저도 모르게 쿡쿡대고 웃었다. 웃음소리에 뒤를 돌아본 기사들이 단장의 존재를 깨닫고 깜짝 놀라 벌떡 일어났다.

"아, 아니야. 쉬어."

모른 척 지나갔어야 했는데 대화가 너무 재미있어서 티를 내고 말았다. 애쉬는 긴장한 기사들의 얼굴에 가볍게 후회하며 손을 저었다. 하지만 쉬라는 그의 말에도 기사들은 자세를 바로 한채 움직이지 않았다.

'내가 떠나야겠군.'

그렇게 생각하며 고개를 까딱한 그는 발걸음을 옮기려다 멈췄다.

"한 가지 자네들이 잘못 생각하고 있는 게 있는데."

"네?"

애쉬의 말에 기사들이 눈을 동그랗게 떴다.

뭘 잘못 생각하고 있지? 자신들이 저지른 실수를 떠올리는 기사들에게 애쉬가 말했다.

"몬스터들이 약해진 게 아니야. 우리가 강해진 거지."

그 말을 끝으로 그는 다시 세이레나에게로 향했다.

기사단의 기사들은 모두 강해졌다. 그 말은 몇 명만 강해진 게 아니라 전체적인 실력이 다 올라갔다는 뜻이다. 그렇기 때문에 기사들은 자신들이 강해졌다는 것을 제대로 알아차리지 못하고 있었다. 다 같이 실력이 좋아지니 자기 실력이 제자리인 것처럼 느껴진다.

하지만 일 분단의 기사들은 느끼고 있었다. 세 합도 채 받아 내지 못하던 녀석이 다섯 합, 열 합까지 받아 내기 시작했다.

검을 휘두르는 선이 깔끔해지고 자세에서 빈틈이 사라진다. 현재 라고말리 기사단은 실력이 엄청나게 좋아졌다. 그리고 계속 좋아지고 있었다.

라고말리 기사단의 실력이 올라간 이유는 이 작고 아름다운 금발의 여기사 때문이다.

애쉬는 걸음을 멈추고 빙그레 웃었다. 경쟁심이라는 건 놀라운 거다. 레나가 훈련하는 것을 본 기사들은 점차 훈련에 참여하기 시작했다. 자신들이 그런다는 의식도 없이.

처음에는 세이레나와 가까운 사람들에게만 번졌던 분위기가 그녀가 오 분단으로 뛰어오르자 전체적으로 퍼져 나갔다. 그건 기사단 전체적인 분위기에 영향을 끼쳤다. 다들 훈련에 기꺼이 참여했고 서로의 실력을 갈고닦았다.

자연스럽게 누구 한 명만 뛰어나게 실력에 오르는 게 아니라 기사단 전체의 실력이 자연스럽게 상향 평준화되었다.

좋은 현상이다. 애쉬는 세이레나의 곁에 서서 빙그레 웃었다.

"레나, 다친 곳은?"

세이레나는 애쉬가 자신의 표정을 알아챌까 봐 재빨리 고개를 숙였다. 그녀의 얼굴에 떠오른 공포를 그에게 들키고 싶지 않았다.

"레나?"

그녀가 대답하지 않자 애쉬가 걱정스러운 마음에 바짝 다가왔다.

어디 다쳤나? 서 있는 걸 보면 다리는 멀쩡한 모양이다. 팔은?

애쉬의 얼굴이 심각해졌다. 그는 어렵지 않게 세이레나의 몸 앞뒤를 확인했다.

세이레나의 몸을 살피는 애쉬에게 모아나가 농담을 던졌다.

"자리 피해 드려요?"

"뭐?"

"아니야."

못 알아듣는 세이레나와 빙그레 웃는 애쉬 사이에서 모아나는 킬킬대고 웃었다. 그냥 심술부려 본 것뿐이다. 그녀는 손을 흔들며 말했다.

"나 베키한테 아까 도와줘서 고맙다고 하고 올게."

감사 인사라면 이미 했지만 세이레나는 그걸 모르니까 이 정도 핑계로 충분하다. 모아나는 몇 발짝 걸어가다가 슬쩍 뒤돌아보고 빙그레 웃었다.

애쉬의 손이 세이레나의 허리에 올라와 있었다.

놀랍게도 세이레나는 그가 자신의 허리에 손을 올리자 안정감이 느껴졌다. 다른 남자였다면 다가오는 것만으로도 온몸에 거부감이 들었을 것이다.

하지만 애쉬는 다가오는 것도, 그녀를 만지는 것도 아무렇지 않았다.

"괜찮아? 다친 데는 없고?"

없다. 세이레나는 고개를 저으며 말했다.

"다른 사람은요?"

"응?"

"다른 사람들은 괜찮냐고요. 다친 사람은 없어요?"

애쉬의 한쪽 눈썹이 올라갔다. 그는 못마땅하다는 듯 물었다.

"그 다른 사람에 나도 들어가는 거야?"

"네?"

세이레나는 무슨 소린지 모르겠다는 표정을 지었다. 그녀가 자신보다 다른 사람들을 먼저 걱정한다는 사실에 질투가 난 애쉬는 세이레나의 허리를 잡은 손에 힘을 주며 물었다.

"네가 걱정하는 사람들 속에 나도 들어가냐고."

그제야 세이레나는 그가 무슨 말을 하는지 깨달았다. 그녀는 고개를 끄덕이며 말했다.

"당연하죠."

애쉬는 그녀가 가장 걱정하는 사람 중 하나다. 하지만 워낙 강하니까 그가 다칠 거라는 생각 자체를 하기 어렵다.

세이레나는 인상을 쓰며 애쉬가 다친 것을 상상했다. 제일 먼저 떠오르는 건 그녀 때문에 드래곤이 애쉬를 공격하는 거였다.

그건 안 돼. 세이레나는 저도 모르게 자신의 허리를 잡은 애쉬의 팔을 꽉 잡았다. 그가 다치는 것을 상상만 해도 가슴이 무너지는 것 같다.

"다치면 안 돼요."

세이레나의 말에 애쉬의 얼굴이 미소가 떠올랐다.

"좋아. 날 포함해서 크게 다친 사람은 없는 것 같아."

"다행이네요."

다행이다. 세이레나는 한숨을 내쉬며 안도했다. 이번 전투에서도 아무도 죽지 않았다. 그리고 아무도 크게 다치지 않았다. 그런 그녀의 태도에 애쉬는 쓰게 웃으며 말했다.

"누가 단장인지 모르겠군."

어쩐지 단장인 그보다 세이레나가 훨씬 더 기사단을 걱정하는 것 같다. 세이레나를 한번 끌어안고 놓아준 뒤 애쉬가 기사들을 향해 소리쳤다.

"정리하고 돌아간다!"

잠시 단 휴식을 취하고 있던 기사들은 단장의 지시를 받자마자 자기 말을 찾기 시작했다. 데니스는 멀리 떨어져 있던 페이지들에게 신호를 보냈다.

전투가 끝났으니 상황을 정리하라는 뜻이다. 페이지들은 훈련받은 대로 달려와서 도망간 기사들의 말을 모으고 몬스터의 시체를 정리하기 시작했다.

"누나."

에즈라가 세이레나를 지나가며 아는 척했다. 세이레나는 반사적으로 손을 내밀려다 멈칫했다. 그렇지 않아도 새로운 페이지가 들어오기 전에 단장이 기사들에게 주의를 줬다.

친인척이나 지인인 경우 기사단 내에서 과하게 친분을 표현하는 것은 금지였다. 단체 활동에 적응하지 못하는 경우도 있고 아는 사람이 없는 다른 페이지들에게 위화감을 조성한다.

결국 세이레나는 빙그레 웃고 말았다. 동생의 뒤로 조금 큰 기사복을 입은 소녀가 따라 지나가며 그녀를 쳐다봤다.

"안녕하세요."

소녀가 고개를 꾸벅하며 애쉬에게 인사를 건넸다. 애쉬는 고개를 기울이며 말했다.

"수고하게. 헌터 군, 테이트 양."

두 페이지가 멀어지자 애쉬가 재미있다는 듯 웃으며 말했다.

"저 애가 올해 일 등이야."

"테이트 양이요?"

"음."

신기하다. 세이레나는 고개를 돌려 에즈라와 함께 몬스터의 사체를 옮기는 소녀를 쳐다봤다. 붉은색에 가까운 갈색 머리가 목이 드러나도록 짧은 게 익숙했다. 키는 에즈라보다 아주 약간 더 커서 얼굴을 보지 않았다면 소년이라고 생각했을 것이다.

"제2의 세이레나 헌터 경이 될까 하고 기대하고 있지."

"네?"

그게 무슨 소리야? 세이레나의 눈이 동그래졌다. 이해하지 못하는 그녀에게 애쉬가 빙그레 웃으며 말했다.

"이번 페이지 중에서 가장 기대하고 있다고."

세이레나의 얼굴이 확 하고 붉어졌다. 그녀는 페이지 기간을 충실하게 보내지 않았다. 적당히 시키는 것만 했다. 기사단에서 시키는 훈련 외에는 하지 않았다. 집에 가면 재빨리 제복을 벗고 드레스로 갈아입었다. 그리고 거리를 구경하거나 공연을 보러 나갔다.

"나처럼 안 되길 바라야겠네요."

"무슨 소리야."

애쉬는 세이레나의 손을 잡으며 말을 이었다.

"너처럼 됐으면 좋겠다고 말했잖아."

"하지만 난 페이지 때 별로 열심히 하지 않았는걸요."

"지금 열심히 하잖아."

세이레나가 노력하는 것과 그녀의 실력이 향상된 것은 기사들에게 고무적이었다.

애쉬는 세이레나가 라고말리 기사단에 없어서는 안 될 가장 중요한 사람이 되어 가고 있다고 생각했다. 기사단뿐 아니라 사교계는 이제 세이레나의 행동을 주시하고 있다. 그녀의 옷차림, 행동, 머리 스타일 같은 건 어린 여기사들에게 유행처럼 번져 나가고 있다. 그 사실을 세이레나 본인만 모르고 있다. 게다가…….

애쉬는 세이레나의 검을 내려다보고 말했다.

"그건 아버지의 검이지?"

들켰다. 세이레나의 얼굴이 달아올랐다. 하지만 애쉬는 그녀를 꾸짖으려는 게 아니다. 길이가 세이레나가 다루기엔 길다. 검의 길이가 길다는 건 무겁다는 뜻이다. 그녀처럼 작은 체구의 기사가 휘두르기엔 맞지 않다.

"페이지들 사이에 갑자기 폭이 넓은 검이 늘어나길래 왜 그러나 했더니."

애쉬는 혼잣말처럼 말하며 세이레나에게 손을 내밀었다. 검을 달라는 태도에 그녀는 머뭇거리며 자신의 검을 건넸다.

"날이 상했군. 하나 새로 만드는 게 좋겠어."

"그렇지 않아도 새로 구할 생각이었어요."

검은 소모품이다. 전투가 쌓이면 검날이 상하거나 부러진다. 주기적으로 검을 관리하고 교체해 줘야 한다. 빠르면 몇 달 안에도 교체한다.

하지만 정작 애쉬는 몇 년째 검을 교체한 적이 없다. 소드 마스터의 검은 검기를 버티기 위해 마법사의 보호 마법이 들어가기 때문이다.

게다가 검에 검기를 두르고 싸우니 소드 마스터의 검이 망가질 때는 너무 많은 검기를 쏟아부었을 때뿐이다. 아니면 드래곤급의 몬스터와 싸우거나.

그는 세이레나에게 검을 돌려주며 말했다.

"나와 거래하는 곳을 소개해 줄게."

"괘, 괜찮아요."

그레이윈드 공작가는 부유하다. 게다가 애쉬는 소드 마스터. 그가 사용하는 검은 어마어마하게 비쌀 것이다.

세이레나는 애쉬의 검을 내려다봤다. 벌써 두 개째 망가트린 그녀와 달리 그는 여전히 같은 검을 쓰고 있다.

그녀의 시선을 깨달은 애쉬가 쓰게 웃으며 말했다.

"소드 마스터가 되면 일반 검은 사용할 수가 없거든."

"그래요?"

"검기를 대여섯 번 정도 불어넣으면 조각나서. 나무보다는 훨씬 낫지만 말이야."

그래서 소드 마스터들은 자신의 검에 마법사에게 의뢰해 특수한 가공을 한다. 당연히 가격은 올라간다.

애쉬의 말에 세이레나가 질렸다는 표정을 지었다.

"하지만 소드 마스터가 되면 그만큼 녹봉도 올라간다고."

그건 다행이다. 세이레나는 좀 개운한 표정으로 말했다.

"괜찮아요. 난 아직 그런 좋은 검을 사용할 자격이 없으니까요."

"좋은 검을 쓰는 데 자격이 뭐가 필요해?"

애쉬는 좀 어이없다는 표정을 지었다. 좋은 검은 돈 있으면 쓰면 된다. 없으면 안 좋은 검으로 버티다 벌어서 바꾸는 거고.

검은 소모품이고 도구다. 사용하는데 자격 같은 건 필요 없다.

"당신은 소드 마스터고 단장이잖아요. 좋은 검을 써야 하지만 난 그럴 필요까진 없으니까요."

"레나, 난 소드 마스터가 아니고 단장이 아니었을 때도 좋은 검을 썼어. 나쁜 검을 쓰다가 부딪쳤을 때 검 날이 내 쪽으로 튕겨 오길 바라지 않으니까."

그런 문제도 있다. 세이레나는 새삼 자신이 예전에 쓰던 검과 아버지의 검이 얼마나 괜찮은 검이었는지 깨달았다. 그녀는 나날이 늘어나는 전투를 검 두 자루로 버텨 왔다.

괜찮지 않을까. 세이레나의 머릿속에 지난달과 이번 달에 받은 기사 봉급이 떠올랐다. 괜찮은 검을 하나 새로 살 수 있을 것 같다.

애쉬는 곰곰이 생각하는 세이레나의 정수리를 빤히 쳐다보고 있었다. 이쯤 해서 그가 검을 하나 사 주겠다고 말하고 싶은데 어떻게 말을 꺼내야 할지 모르겠다.

남는 검을 준다고 하자니 애쉬의 키와 세이레나의 키가 워낙 차이 나서 금세 들킬 거다.

"내가 거래하는 곳에 말해 둘게."

애쉬는 세이레나와 자신의 말을 가져오며 말했다. 세이레나의 얼굴에 걱정스러운 표정이 떠올랐다.

일반 기사가 사용하는 검이라면 그가 사용하는 것만큼 비싸지 않다. 애쉬는 재빨리 덧붙였다.

"적당한 가격으로 괜찮은 검을 만들어 줄 거야."

그럼 다행이다. 세이레나의 표정이 누그러졌다.

"고마워요."

"별말씀을."

애쉬는 그렇게 말하고 말 두 마리를 끌고 걷기 시작했다. 그 김에 한 자루 더 만들라고 해야겠다. 이번에는 소드 마스터가 사용할 수 있는 것으로.

"헌터 경, 단장님."

똑같이 말을 끌고 지나가던 헤이스 경이 고개를 꾸벅하며 아는 척했다.

세이레나는 빙그레 웃으며 물었다.

"필리는 잘 지내요?"

얼마 전에 임신 사실을 알린 필리 헤이스 경은 몸이 꽤 무거워졌다고 들었다. 가끔 산책하는 길에 마주친다고 다른 여기사들이 이야기해 줬다.

저스틴 헤이스는 활짝 웃으며 대답했다.

"네. 다리가 부어서 고생하고 있지만요."

덕분에 그가 매일 밤 마사지를 해 주고 있다. 태어날 아이가 아들일지 딸일지 모르지만 헤이스 백작가의 사람들은 모두 엄청나게 기대 중이었다.

실컷 저택의 사람들이 얼마나 기대하는지, 필리가 얼마나 고생하는지 이야기한 저스틴은 목소리를 낮춰 세이레나에게 말했다.

"아, 그리고 조언한 대로 그만뒀으니 걱정 마세요."

바이트 형제들과의 게임을 그만뒀다는 뜻이다. 세이레나는 어리둥절해서 물었다.

"바이트 형제들이 아직도 그걸 하고 있어요?"

저스틴의 시선이 애쉬를 향했다. 그에게 들킬까 걱정하는 모습에 애쉬는 피식 웃으며 말했다.

"자네가 유흥에 빠진 건 이미 알고 있어. 가벼운 게임은 신경 안 써."

다행이다. 저스틴은 눈에 띄게 안도하는 표정을 지으며 말했다.

"게다가 전 이제 안 합니다."

애쉬는 알았다는 듯 고개를 끄덕였다. 그도 알고 있다. 기사단의 남 기사들이 가벼운 게임을 즐기고 있다는 것을. 어디까지나 가벼운 게임이라 여흥으로 생각해서 그냥 두고 있을 뿐이다.

저스틴이 다시 입을 열었다.

"물론 바이트 형제들은 근신 중이니 얌전하게 지내고 있지만요. 바이트 백작이 열고 있던 건 계속 열리는 모양입니다."

"그래요?"

"네. 아마 바이트 백작이 아들들의 게임판을 이어받은 모양이던데요. 저한테도 어제 초대장이 왔거든요."

"초대장?"

애쉬가 무슨 소리냐는 듯 물었다. 저스틴은 볼을 긁적였다.

"바이트 백작이 파티를 연다고 초대장을 보냈거든요. 근데음……."

그런데? 세이레나와 애쉬는 저스틴의 다음 말을 기다렸다. 저스틴는 조금 부끄러워하는 듯하더니 애쉬에게 말했다.

"그, 아시잖습니까? 그런 파티에서는 뒤에서 게임이 벌어진다는 것을요."

그래? 세이레나는 처음 듣는 소리다. 하지만 애쉬는 고개를 끄덕였다. 그는 그런 일이 벌어진다는 이야기를 들었다. 관심 없어서 제안을 받아도 참석한 적은 없지만.

"게임 할 사람들에게는 먼저 초대장을 돌리니까요. 아마 다른 사람들은 이번 주 안에 초대장을 받지 않을까 싶습니다만."

그렇게 말하며 저스틴은 아차 하는 표정을 지었다. 바이트 백작가에서 애쉬와 세이레나에게는 초대장을 보내지 않을 수도 있다는 걸 깨달은 거다.

바이트 형제들은 세이레나를 공격하다가 잡혀갔다. 그들은 잡아서 재판에 넘긴 게 애쉬고. 당연히 두 사람을 향한 바이트 백작의 감정은 좋지 않다.

"아들들이 재판 중인데 파티라니, 대단하네요."

세이레나는 자신의 실수를 깨달은 저스틴이 대충 인사하고 허겁지겁 떠나는 것을 쳐다보며 애쉬에게 말했다. 애쉬는 자신의 말을 다독이며 대답했다.

"바이트 경들은 별문제 없을 거고 자신은 건재하다는 것을 알리려는 걸 수도 있지."

집안에 안 좋은 일이 일어났을 때 일부러 아무렇지 않다는 것을 알리기 위해 파티나 연회를 여는 귀족은 많다. 특히나 바이트 백작처럼 허세가 강한 사람이라면 더 그렇다.

"그것뿐일까요?"

세이레나는 애쉬와 함께 발걸음을 옮기며 말했다. 단순히 자신이 건재하다는 것을 알리기 위해 파티를 여는 거라면 뒤에서 도박판을 벌일 이유가 없다. 그녀는 자신이 생각한 것을 나직하게 말했다.

"도박판으로 돈을 모으려는 건 아닐까요?"

애쉬의 한쪽 눈썹이 올라갔다. 돈을 모은다고?

바이트 백작가는 그레이윈드 공작가만큼은 아니지만 꽤 부유한 편이다. 물론 부유한 자들이 위험한 일을 하지 않는 건 아니다.

돈에 눈이 먼 자들은 어디나 있다. 하지만 성실한 세이레나와 애쉬에게는 너무나 다른 세상의 이야기였다.

"굳이 그런 위험한 일을 할 필요가 있을까?"

"하지만."

세이레나의 머릿속에 드럼란리그에서 사라진 알빈 레이가 떠올랐다. 그녀가 왕비였을 때 알빈이 게일이나 이 왕자와 함께 있는 걸 봤다. 때때로 바이트 백작과도 있었다. 그리고 게일이 빼돌린 말을 바이트 백작이 가져갔다는 정보까지.

"난 숙부가 바이트 백작과 손을 잡은 게 아닐까 해요."

세이레나의 말에도 애쉬의 표정은 무덤덤했다. 그도 그렇지 않을까 생각하고 있었다. 예상 정도였지만 합리적인 의심이다. 어디나 끼리끼리 모이기 마련이다. 애쉬가 보기에 바이트 백작과 게일은 비슷한 타입이다. 자존심만 높고 비열한 점이.

애쉬가 아무 반응도 보이지 않자 세이레나는 다시 말했다.

"그리고 이 왕자님도 두 사람과 관련 있을 거예요."

그녀가 왕비였을 때는 몰랐던 것들이 지금은 조금씩 보이기 시작했다. 왜 몰랐을까. 세이레나의 머릿속에 이상하다고만 생각했던 조각들이 맞춰졌다.

죽은 헌터 백작은 이 왕자의 수하였다. 이 왕자의 명령대로 일을 하다가 죽기 전 어떤 명령 하나를 못 하겠다고 거절했다.

아마 왕비의 암살이었겠지. 하지만 암살 사건의 용병들은 헌터 백작이 모았다. 그러나 어쩌면, 세이레나의 희망 사항이지만 그녀의 아버지는 그 용병들을 이 왕자가 어디에 쓰려고 모으는 지 몰랐을 수도 있다.

세이레나의 머릿속에 몇 가지 희망적인 생각이 떠올랐다. 헌터 백작은 이 왕자가 자신의 어머니를 진짜로 암살할 생각은 아니라고 생각했던 건지도 모른다. 일 왕자의 자리를 위험하게 만들기 위해 왕비님을 공격했다고 벤도 말했다.

헌터 백작은 평범한 귀족답게 이기적이고 허세가 심한 사람이었지만 그래도 세이레나와 에즈라의 아버지였다. 그녀는 자신의 아버지가 힘없는 왕비를 죽이려 할 정도로 악한 사람은 아니길 바랐다.

"그렇다면 이 왕자가 자신의 어머니를 죽이려 한 게 맞겠군."

애쉬는 남에게 들리지 않도록 나직하게 말했다. 그게 가장 걸렸다. 이 왕자는 왕비를 죽여야 할 이유가 없다. 하지만 벤이라는 남자는 이 왕자 브리츠가 자신의 어머니를 죽여서 일 왕자에게 누명을 씌우려 한 것 같다고 말했다.

"왕위라는 게 하나뿐인 어머니를 죽여서라도 갖고 싶을 정도로 대단한 걸까요."

세이레나는 어두운 표정으로 말했다. 게일도 그랬다. 조카인 세이레나와 에즈라를 희생시켜서라도 왕의 장인이 되고 싶어 했다.

그게 그렇게 대단한 걸까. 높은 지위는 무거운 짐과 고독으로 천천히 압사당하기 마련이다. 그걸 원하는 사람이 있다는 게 세이레나는 놀라웠다.

"사람의 욕심이란 끝이 없으니까."

애쉬는 그렇게 말하며 세이레나의 작은 어깨를 내려다봤다. 그도 그랬다. 처음엔 분명 세이레나의 곁에 있는 것만으로도 만족했다.

하지만 점점 그녀가 행복해하는 것을 곁에서 보고 싶어졌고, 자신이 그녀를 행복하게 만들어 주고 싶어졌다.

물론 욕심의 방향은 다르지만 애쉬의 욕심도 점점 커지고 있었다.

*　　　*　　　*

"아가씨, 초대장이 왔습니다."

며칠 후, 헌터 저택으로 초대장이 도착했다. 집사는 어두운 표정으로 쟁반에 초대장을 담아 가져왔다.

"어디서요?"

서재에서 아버지의 일기장을 살피고 있던 세이레나는 집사의 어두운 표정에 고개를 갸웃하며 물었다.

이 왕자와 헌터 백작의 연관성을 찾을 수 있지 않을까 하고 일기장을 꼼꼼하게 살펴보고 있던 참이다.

"그게……."

거드윈은 망설이며 쟁반을 내밀었다. 마음 같아서는 아가씨에게 보여 주지 않고 그의 선에서 찢어 버리고 싶었다. 하지만 그렇게 하기엔 너무 조심스러운 사안이다.

"어디서 보낸 건데 그래요?"

세이레나는 집사가 내미는 초대장을 집어 들었다.

"어?"

봉투에 찍힌 인장을 본 그녀의 눈이 커졌다. 바이트 백작가의 인장이다.

이거 뭐지? 겉으로 보기엔 초대장이 맞다.

설마 결투장은 아니겠지.

세이레나는 그렇게 생각하며 봉투를 뜯어 내용물을 살폈다.

"허."

진짜로 파티 초대장이었다. 바이트 백작 저택에서 파티가 열리니 참석해 달라는 내용이 유려한 글씨체로 적혀 있었다. 내용은 예상했지만, 어이가 없어서 울컥 기분이 나빠지는 건 어쩔 수 없다.

장난해? 반사적으로 초대장을 찢으려던 세이레나의 손이 멈췄다.

잠깐.

"바이트 백작 저택이라고?"

파티는 바이트 백작 저택에서 열린다고 적혀 있었다. 그리고 파티에서 도박판이 열린다고 저스틴이 이야기했다. 그러니 이 파티에 참석하면 세이레나는 도박판에 합법적으로 접근할 수 있다.

"아가씨, 거절하지 않고 그냥 무시하는 방법도 있습니다만."

거드윈은 세이레나가 초대장을 잡은 채 뭔가를 곰곰이 생각하자 말했다. 그는 착한 그녀가 차마 초대장을 무시할 수 없어 망설인다고 생각했다. 물론 초대장을 무시하는 건 좀 무례한 행동이지만 그것도 사이가 적대적이지 않을 때의 이야기다.

세이레나와 바이트 형제의 관계를 생각하면 초대장을 보낸 바이트 백작의 태도가 신기할 정도다. 의심이 많은 사람은 바이트 백작이 무슨 꿍꿍이가 있을 거라고 생각할 것이다.

"바이트 백작이 실수로 보낸 걸까요?"

세이레나는 초대장을 내려놓고 거드윈에게 물었다. 수많은 사람에게 보내는 초대장이다 보니 실수로 보냈을 수도 있다. 하지만 거드윈은 고개를 저으며 말했다.

"바이트 백작가의 하인이 직접 가져왔습니다."

실수가 아니라는 말이다.

세이레나의 머릿속에 일부러 자신이 건재함을 알리기 위해 파티를 여는 경우도 있다는 애쉬의 말이 떠올랐다.

"나는 왜 초대한 걸까요?"

세이레나의 질문에 거드윈의 표정이 굳었다. 간혹 이런 경우가 있다. 사이가 나쁜 집안의 사람을 초대함으로써 사람들에게 자신이 마음에 넓다고 알리는 거다. 자연스럽게 초대를 거절한 사람이 마음이 좁은 게 된다.

"이런 말까지 하고 싶지 않지만, 바이트 백작님은 아가씨를 이용하려는 겁니다."

"가지 않으면 제가 마음이 좁다는 소문이 나겠군요."

"하지만 아가씨는 어디까지나 피해자고 바이트 백작보다 훨씬 어리니 소문이 그리 많이 나지는 않을 겁니다."

세이레나는 거드윈의 조언을 듣고 빙그레 웃었다. 그러니까 바이트 백작은 그녀가 초대를 거절할 거라 생각해서 초대장을 보냈다는 말이다. 그런 이유로 자신의 집에 들어갈 수 있는 핑계를 주다니. 오히려 고마운 일이다.

세이레나는 초대장의 참석 쪽에 사인하고 다시 봉투를 봉해 거드윈에게 내밀었다.

"발송해 주세요. 그리고 공작님께도 알려 주세요."

세이레나가 말하는 공작은 애쉬밖에 없다. 집사는 어리둥절해서 물었다.

"참석하시는 겁니까?"

"이런 좋은 기회를 놓칠 수 없죠."

가설

"이사나."

기사단 일을 끝내고 집으로 돌아가던 세이레나는 익숙한 사람을 발견하고 다가갔다. 후드를 뒤집어쓴 마법사였다.

응? 누군가 자신을 부르는 소리에 고개를 돌렸던 그녀는 눈앞에 사람이 아니라 말이 있는 것을 보고 흠칫 놀라서 물러났다.

"헉, 이게 뭐야! 어? 헌터 경?"

세이레나가 말을 타고 있었다. 이사나의 눈높이에서는 세이레나의 얼굴보다는 말 머리가 먼저 보이게 된다.

실수했다. 세이레나는 재빨리 말에서 내리며 사과했다.

"미안해요. 반가운 마음에."

그렇지 않아도 이사나와 좀 더 이야기를 하고 싶었다. 묻고 싶은 게 너무 많았기 때문이다. 하지만 현자의 탑에 어떻게 연락을 취해야 할지 몰라 고민하고 있었다.

무턱대고 찾아가기엔 세이레나는 이사나와 친구 같은 게 아니다. 어쩌다 우연히 알게 된 기사가 찾아가도 괜찮은 걸지 몰라 걱정됐다.

그런 고민을 하던 참에 이사나를 발견한 것이다. 그러니 급한 마음에 세이레나는 말에 타고 있던 것도 잊고 대뜸 이사나를 불러 버렸다.

"아니에요. 좀 놀랐을 뿐이라, 괜찮아요. 퇴근하는 길이에요?"

이사나는 세이레나와 말을 보고 물었다. 기사들은 아침저녁으로 출근하고 퇴근한다고 들었다. 출퇴근이 없는 그녀에겐 부러운 이야기다.

"네. 오늘은 낮 근무라. 이사나도 퇴근해요?"

"하하하. 꿈의 단어네요."

이게 무슨 소리야? 세이레나는 이해하지 못해 어리둥절해 하는 표정을 지었다.

귀족들은 잘 모를 것이다. 이사나는 쓰게 웃으며 설명했다.

"마법사는 도제 방식이라서요. 출근이나 퇴근이 없어요."

"그럼 현자의 탑에서 사는 거예요?"

"네. 숙식은 해결되죠."

마법사는 재능 있는 아이를 발견하면 데려다가 가르친다. 당연히 자기 집에서 나와서 스승의 곁에서 살게 된다. 부의 여부와 상관없이 소수의 학생을 가르치기엔 좋은 방법이다.

하지만 현자의 탑 소속 마법사의 제자가 되는 아이는 부유한 집보다는 부유하지 못한 경우가 더 많다. 마법사가 되면 명예롭긴 하지만 언제 정식 마법사가 될지 알 수 없기 때문이다.

귀족 집안이라면 왕궁 마법사가 훨씬 낫다. 왕궁에서 일하고 왕과 가까운 곳에 있으니 가문에 도움을 줄 수도 있고 명예롭기도 하다.

왕궁 마법사는 작위도 수여되기 때문에 작위를 받을 수 없는 둘째부터 재능만 있다면 매력적이다. 하지만 현자의 탑은 순수하게 학문을 연구하는 집단이다. 먹고 살기 위해 의뢰를 받아야 한다. 이사나가 공간이동 마법을 시전 했던 것처럼.

세이레나는 매년 시험을 봐서 일정 수의 페이지를 받는 기사단과 현자의 탑 마법사 중 어느 쪽이 더 나을지 생각하다가 포기했다. 어차피 그녀는 마법 재능이 없다.

"어디 가요? 태워 줄게요."

세이레나가 자신의 말을 가리키며 물었다. 걷는 것 정도라면 여자 둘은 충분히 태울 수 있는 말이다. 하지만 이사나는 고개를 저었다.

"괜찮아요. 필요한 것도 다 샀고, 적당히 배를 채우고 들어가려고 어슬렁거리던 중이거든요."

그래? 세이레나의 얼굴이 환해졌다. 오늘은 그녀도 아무 약속이 없다.

"그럼 나랑 밥 먹을래요? 내가 맛있는 곳을 아는데."

최근에 기사단의 여기사들을 따라갔다가 발견한 식당이다. 가격도 괜찮고 맛도 있다. 자신만만한 세이레나의 말에 이사나는 고개를 끄덕였다.

"헌터 경은 귀족이죠?"

식당에 들어가 주문을 하고 나자 바로 이사나가 물었다. 테이블이 다닥다닥 붙은 약간 허름한 식당이었다. 그녀는 이런 곳을 귀족인 세이레나가 안다는 게 신기했다.

"세이레나라고 불러요. 나도 이사나라고 부르니까."

세이레나가 이사나를 성으로 부르지 않고 이름으로 부르는 건 이사나에게 성이 없기 때문이다. 하지만 그녀는 그게 공평하지 않다고 느꼈다. 한쪽은 성으로 부르고 한쪽은 이름으로 부르는 건 너무 위화감이 느껴진다.

세이레나의 변명 같은 말에 이사나는 고개를 끄덕였다.

"그래요, 세이레나. 세이레나는 귀족이죠? 헌터 백작가라면서요?"

"맞아요. 아버지가 헌터 백작이셨죠."

"귀족도 이런 음식점을 와요?"

비꼬는 게 아니라 순수한 의문에 세이레나는 피식 웃었다. 그녀도 다른 기사들이 알려 줘서 처음 와 봤다.

때마침 직원이 두 사람이 주문한 음식을 내려놓고 가자 이사나는 물끄러미 음식을 쳐다봤다. 걸쭉한 갈색 스튜에 정체 모를 건더기들이 보인다. 먹을 수 있는 걸까.

이사나가 주변을 둘러보자 사람들이 맛있게 먹고 있는 게 보였다. 하지만 전부 약간 허름한 옷차림을 하고 있다. 도저히 눈앞의 아름다운 귀족 영애가 올 만한 가게는 아니다.

"맛있는 음식에 지위 고하는 상관없죠."

세이레나는 그렇게 말하며 스튜를 떠서 입 안에 넣었다. 날이 쌀쌀했던 탓에 살짝 매콤하면서 뜨거운 음식이 기분 좋게 느껴졌다.

"잘 먹겠습니다."

이사나 역시 세이레나가 먹는 것을 보고 수저를 들었다. 약간 의심스러운 표정으로 음식을 입 안에 넣었던 이사나의 표정이 놀라움으로 변했다.

"맛있네요?"

생긴 것보다 훨씬 맛있었다. 밑에 깔린 콩과 쌀을 긁어 먹으며 세이레나가 솔직하게 고백했다.

"사실 나도 이번이 세 번째예요. 동료들과 함께 왔었거든요."

"동료면 기사단을 말하는 거죠? 기사들은 전부 귀족이라던데요?"

"전부 그렇지 않아요."

귀족의 비율이 높긴 하다. 세이레나는 쓰게 웃으며 설명했다. 귀족의 기준을 어디로 잡느냐에 따라 다르다. 기사들은 기본적으로 '경' 작위를 받으니 귀족의 반열에 오른다.

하지만 '경'을 귀족으로 여기지 않는 사람도 있다. 이런 사람들이 귀족으로 인식하는 건 '남작'부터다.

"기사들이 전부 귀족 출신인 건 아니거든요. 제 친구 중에도 부모님이 귀족이 아닌 사람이 꽤 많아요."

로렌은 아버지가 슈발리에니 귀족 출신으로 친다 해도 데니스는 귀족 자제가 아니다. 모아나 역시 아버지가 자작이긴 하지만 그 작위는 모아나가 십 대 때쯤에야 되어서 받은 작위다.

"전 기사단은 전부 귀족인 줄 알았어요."

"그것도 틀린 말은 아니에요. 기사는 전부 '경' 작위를 받으니까요. 단승 작위라 그렇지 귀족은 귀족이죠."

남작과 자작처럼 경은 자식에게 물려주지 못한다. 딸린 영지도 없다. 그렇기 때문에 경과 남작, 자작은 하급 귀족으로, 딸린 영지가 있고 자식에게 물려줄 수 있는 백작, 후작, 공작은 상급 귀족으로 분류한다.

세이레나의 설명에 이사나는 입을 딱 벌리고 놀랍다는 듯 듣고 있었다. 그녀와 상관없는 세계라 관심을 두지 않았는데 신기했다.

이사나는 지금까지 대충 알고 있었던 사실을 질문했다.

"그럼 왕이 가장 위에 있는 거죠?"

포워스족은 왕이라는 개념이 없다. 족장은 일정 이상의 나이를 먹은 현명한 사람들이 돌아가면서 한다. 누구나 현명하다면 족장이 될 수 있기 때문에 이른바 왕후장상의 씨가 따로 없다.

"그렇긴 한데, 기본적으로 타인머스의 귀족과 기사단은 왕이 아니라 타인머스를 섬기거든요. 왕을 섬기는 건 아니에요."

세이레나는 곧이어 나온 감자튀김을 먹으며 말했다. 드럼란 리그는 귀족과 기사단이 왕을 섬긴다고 들었다. 하지만 타인머 스는 아니다.

타인머스를 세운 다섯 용사는 평등했고 그들은 왕에게 충성 을 맹세한 게 아니라 나라에 충성을 맹세했다.

"하지만 왕을 지키는 거죠?"

이사나의 질문에 세이레나의 얼굴이 일그러졌다. 그녀는 자 신이 그 기분 나쁜 왕을 지킨다고 생각하고 싶지 않았다. 그래서 대충 얼버무렸다.

"왕궁을 지키는 거죠."

"그럼 왕궁이 위험하면 기사단이 나서겠네요?"

그렇겠지. 고개를 끄덕이려던 세이레나는 문득 이사나의 표 정이 심상치 않음을 깨달았다. 왜 자꾸 이런 걸 물어보는 거지?

그녀는 목소리를 낮춰 물었다.

"무슨 말을 하고 싶은 거예요?"

이사나는 스푼으로 그릇에 남은 스튜를 긁었다. 이미 그녀의 스승님들은 애쉬 그레이윈드라는 우스운 이름의 귀족에게 이야 기했다. 드래곤이 깨어난 것 같다, 그러니 왕궁과 이야기를 해 보고 싶다고.

"사실 전에 당신 상사를 통해서 왕궁에 말을 전달했잖아요?"

"네."

세이레나는 고개를 끄덕였다. 그녀도 현자의 탑 소속 마법사들이 애쉬에게 부탁할 때 곁에 있었다.

"그때 그게 답변이 왔는데요."

이사나는 득득 소리가 나도록 그릇을 긁던 수저를 놓고 세이레나를 쳐다봤다. 그녀의 목소리도 낮아졌다.

"왕궁은 믿지 않는다고 해요."

"드래곤이 깨어난 것을요?"

"네."

이사나의 대답에 세이레나는 놀라지 않았다. 그녀도 믿지 못했기 때문이다. 타인머스의 사람들은 다섯 용사가 드래곤을 물리쳤다고 들으며 자랐다. 인제 와서 "사실 드래곤은 죽지 않았습니다!"라고 해 봤자 믿기 어렵다.

"이사나는 드래곤이 깨어났다고 생각해요?"

세이레나가 주변을 의식하며 물었다. 이 시간에는 다들 반주를 걸치며 식사를 하기 때문에 시끄럽다.

세이레나와 이사나의 대화를 귀 기울여 들을 사람은 없어 보이지만 그래도 그녀는 불안했다.

"으음. 확신하기는 어렵지만요."

"그렇다면 깨어나지 않았을 수도 있다는 거네요?"

"하지만 몬스터들이 수도로 모여들고 있죠? 몬스터가 아무 이유 없이 한곳으로 모여들지는 않거든요. 드래곤이 깨어나고 있기 때문이라는 게 가장 가능성이 커요."

가능성이 크다는 말에 세이레나는 집었던 감자튀김을 놓았다. 입맛이 뚝 떨어졌다. 그녀는 애써 긍정적인 쪽으로 말했다.

"하지만 다섯 용사가 드래곤을 물리쳤잖아요? 그건 죽었다는 말이 아니에요?"

"음, 제가 지금 대륙의 마법 역사를 연구하고 있거든요."

그런 게 있어? 세이레나의 입이 벌어졌다가 닫혔다. 검술의 역사를 다룬 책도 있으니 마법의 역사학도 있겠지.

이사나가 계속해서 말했다.

"드래곤은 마법 생물이에요. 마나의 결집 그 자체라더군요. 기록 중에 드래곤이 존재하지 않는 대륙서는 마법사가 존재하지 않더라는 기록도 있어요. 그 말은."

식당 안이 시끄러워져서 이사나는 잠시 입을 다물었다. 세이레나는 평화로운 주변 광경과 달리 충격적인 이야기에 멍하니 앉아 있었다.

"드래곤이 존재하기 때문에 마법도 존재한다는 말이겠죠."

세이레나의 표정이 어리둥절해졌다. 드래곤이 있기 때문에 마법을 사용할 수 있다고? 그녀는 한참 뒤에야 그 말을 이해했다. 자신이 그 증거였다. 드래곤이 없다면 그녀를 돌려보낸 마법이 존재하지 않았을 것이라는 말이다.

세이레나는 거대한 마법으로 과거로 돌아왔다. 마법사의 도움을 받아서. 즉, 그녀의 존재와 이사나의 직업이 다섯 용사가 물리친 드래곤이 살아 있다는 것을 증명한다는 말이다.

"세상에."

세이레나의 입이 딱 벌어졌다. 그럼 진짜 드래곤이 살아 있다는 거야? 그녀는 당황해서 물었다.

"그럼 뭐예요? 지금까지 드래곤이 잠들어 있었던 거예요?"

여기가 시끄러운 식당이라 다행이다. 이사나는 재빨리 주변을 둘러보았다.

세이레나는 너무 당황한 나머지 주변에 사람이 가득 차 있다는 것을 잊고 있었다.

하지만 이런 이야기가 아무것도 모르는 사람들 귀에 들어가면 위험하다. 이사나는 주변에 자신들의 이야기를 들은 사람이 없다는 것을 확인하고 고개를 끄덕였다.

"드래곤 연구자들은 그렇게 생각하고 있어요. 다섯 용사와의 전투 끝에 큰 상처를 입은 드래곤이 잠들었고 그 위에 타인머스가 세워진 거라고요."

말도 안 된다. 세이레나는 놀라운 사실에 말을 잃었다. 이사나의 말대로라면 드래곤은 그저 잠들어 있을 뿐이고 언젠가 깨어날 수 있다는 뜻이다.

"드래곤 연구자라고요?"

타인머스에 드래곤을 연구하는 사람들이 많이 온다는 말은 들었다. 세이레나의 질문에 이사나는 고개를 끄덕이며 말했다.

"그리고 대륙 역사학자들도요."

대륙의 역사는 드래곤을 빼면 연구를 할 수가 없다. 타인머스는 대륙에 존재하는 두 개의 나라 중 하나이기 때문이다.

역사학자? 세이레나는 입을 딱 벌렸다. 잠든 드래곤 위에 타인머스가 세워졌다고? 만약 드래곤이 깨어나면? 그때는 어떻게 하지?

세이레나의 머릿속에 끔찍한 상상이 떠올랐다. 깨어난 드래곤이 거대한 몸을 일으켜 세우며 울부짖고 도시는 파괴된다. 사람들이 죽어 나간다.

"너무 위험하잖아요! 어째서 죽이지 않은 거예요?"

다섯 용사는 어째서 드래곤을 죽이지 않은 거지? 이해하지 못하는 세이레나 앞에서 이사나가 무덤덤하게 감자튀김을 집어 들며 말했다.

"왜 다섯 용사가 드래곤을 죽이지 않았는지를 정확하게 아는 사람은 아무도 없어요. 가장 가능성 높은 가설은 죽이지 않은 게 아니라 못 한 게 아닐까, 라는 거예요."

"너무 강해서요?"

"그럴 수도 있지만요. 많은 학자들은 다른 이유가 아닐까 하고 생각해요."

너무 강해서 드래곤을 죽이지 못한 게 아니라면 죽이지 못한 이유가 뭐지? 세이레나는 밥 먹는 것도 잊고 이사나의 말에 빠져들어 있었다.

이사나는 감자튀김을 하나 더 먹어치운 뒤 다시 입을 열었다.

"애초에 다섯 용사가 드래곤과 싸운 이유가 뭘까요?"

"드래곤의 횡포에서 사람들을 구하기 위해서요?"

세이레나는 그렇게 알고 있다. 타인머스의 모든 사람은 그렇게 알고 있을 것이다. 아주 어릴 때부터 그렇게 이야기를 들어왔다. 사악한 드래곤의 횡포에 고통스러워하던 사람들을 구하기 위해 다섯 용사가 용감하게 일어섰다. 그들은 대륙에 있는 몬스터를 몰아내고 드래곤을 물리쳤다고 한다.

"그렇다면 드래곤은 왜 사람들을 괴롭혔을까요?"

질문에 대답했더니 또 다른 질문이 튀어나왔다. 세이레나는 페이지 시절로 돌아간 기분이 들었다.

드래곤이 왜 사람들을 괴롭혔냐니. 드래곤은 원래 위험한 생명체다. 별생각 없이 그렇게 대답하려던 그녀는 그게 이사나가 원하는 대답이 아니라는 것을 깨달았다.

드래곤이 원래 위험한 생명체라면 드래곤이 있는 지역 근처로는 다가가지 않는 게 맞다. 언제 공격당해 죽을지 모르는데 누가 드래곤 근처에서 살려 하겠는가.

하지만 이미 이 대륙에는 수많은 사람이 널리 분포되어 살고 있었다. 타인머스가 세워지기 전에도.

"드래곤은 원래 사람들을 괴롭히는 종족이 아니군요."

세이레나의 목소리가 덤덤하게 흘러나왔다. 몰랐다. 드래곤은 원래 사악하다고만 생각했다. 그녀의 대답에 이사나는 빙그레 웃었다. 검사들은 다 멍청하다고 생각했는데 아닌 모양이다.

"드래곤도 개체마다 꽤 성격이 달라요. 흉포한 녀석도 있는가

하면 조용하고 점잖은 녀석도 있죠. 타임머스는 조용하고 점잖은 드래곤이었다고 해요."

"그런 것도 알 수 있어요?"

"네. 기록이 있으니까요."

뿌듯한 표정으로 그렇게 말한 이사나는 곧 미간을 찡그리며 덧붙였다.

"고대어라 해석하기 힘들었어요."

포워스족의 기록이었으니 망정이지 다른 족의 고대어였다면 해석하기 더 어려웠을 것이다. 하지만 그런 사정을 모르는 세이레나는 신기하다는 표정으로 고개를 끄덕이고 있었다.

타임머스에 대한 기록이라면 타임머스가 건국되기 전의 기록이다. 나라가 세워지기 전의 기록이라니, 그녀가 느끼기엔 까마득하게 멀다.

"어쨌든 기록에 타임머스는 조용하고 점잖은 드래곤이었고, 간혹 몬스터들과 싸우기는 했지만, 사람들에게 크게 위협적인 존재는 아니었던 모양이에요."

이사나는 기록을 떠올리며 말을 이었다. 그녀가 본 기록은 매년 그해에 있었던 큰 사건들을 기록한 거였다. 몬스터와의 전투가 몇 회였는지 기록돼 있었으니 당연히 드래곤의 공격이 있었다면 기록됐을 거다. 하지만 드래곤이 공격한 기록은 단 한 건밖에 없었다.

"다섯 용사가 타임머스를 세우기 전에, 그러니까 드래곤과 싸우기 전에요. 갑자기 드래곤이, 타임머스가 미친 것처럼 날뛰기 시작했대요."

당연히 몬스터도 날뛰기 시작했다. 그전까지 얌전했던 드래곤과 몬스터들이었기 때문에 사람들은 당황했고 피해가 컸다고 기록되어 있다.

그때 타임머스를 물리치겠다며 나선 사람이 다섯 용사였다. 그 다음 이야기는 타인머스의 국민이라면 누구나 아는 이야기다.

다섯 용사는 드래곤을 물리쳤고 그 위에 나라를 세웠다. 다섯 용사 중 가장 강한 용사가 왕이 되었고 남은 네 용사는 귀족이 되어 타인머스를 지키기로 했다.

하지만 이사나가 말하려는 것은 그 이전의 이야기다.

"제 생각에는요, 그리고 몇몇 학자들의 주장은 얌전하던 타임머스가 갑자기 흉포해진 이유가 있을 거라는 거예요. 타임머스는 시간을 관장하는 자라는 뜻이니까, 누군가 시공간에 관련된 강력한 마법을 사용했을 수도 있다는 거죠."

세이레나는 재빨리 손을 테이블 아래로 감췄다. 애써 평정심을 유지하고 있지만 손이 떨리는 것만은 어쩔 수가 없었다.

다행히 이사나는 긴장한 세이레나의 표정이 자신의 이야기가 충격적이라서라고 생각했다.

"그, 그럼 용사들은 왜 드래곤을 죽이지 않은 거죠? 타임머스는 시공간에 관련한 강력한 마법을 쓰면 깨어날 수도 있는데요."

마법사가 아니었기 때문에 먼 훗날 누군가 강력한 마법을 쓰면 타임머스가 깨어날 수도 있다는 걸 몰랐던 걸까?

하지만 모른다는 말로 그냥 두기엔 타임머스는 너무 위험한 존재다. 아무 대책도 없이 그냥 뒀다는 게 믿기 어렵다.

세이레나는 바짝 마른 입술을 축이기 위해 컵을 집어 들었다.

"몰라서가 아닐 거예요. 알았지만 어쩔 수 없었던 게 아닐까 하고 생각해요."

"알았지만 어쩔 수 없었다고요?"

"드래곤은 마법 그 자체라고 하거든요."

확인된 사실은 아니다. 그럴지도 모른다는 가정이다. 하지만 그 누구도 그 가정을 확인하려는 용기는 내지 않았다. 이사나는 목을 축인 뒤 다시 입을 열었다.

"만약 드래곤이 마법 그 자체라면, 드래곤이 사라지면 마법도 사라질 거 아니에요?"

그러니 그 누구도 드래곤을 죽이고 정말 마법이 사라질지 확인하려는 도전은 하지 않았다. 이사나는 그럴 만하다고 생각했다. 가정을 확인하기엔 걸어야 할 것이 너무 크다.

"마법사가 직업을 잃을 것을 걱정한 건가요?"

세이레나는 고개를 갸웃하며 물었다. 마법사들이 직업을 잃는 건 가슴 아프지만 드래곤을 살려 두는 건 너무 위험한 일이었다. 그녀의 생각대로 이사나 역시 고개를 저으며 말했다.

"아뇨. 이건 아무도 확인해 보지 못한 추측일 뿐인데요."

이사나는 잠시 망설였다. 이런 개념을 세이레나가 이해할까?

꽤 영리한 기사긴 하지만 그녀는 기사지 마법사가 아니다. 이사나는 최대한 쉽게 설명하려 애썼다.

"드래곤이 죽으면 지금까지 존재한 마법이 모두 사라지는 게 아닐까 싶어요."

"사라진다고요? 어떻게요?"

"예를 들면 말이죠."

이사나는 잠시 테이블로 시선을 던졌다. 어두워지기 시작한 식당 안을 테이블마다 놓은 작은 램프가 빛을 비추고 있다. 그녀는 가지고 있던 지팡이를 잡더니 램프를 툭 쳤다.

"어."

그 순간 램프 안에 있던 붉은 불꽃이 파란색으로 변했다.

예쁘다. 세이레나가 그렇게 생각한 순간 램프 안의 불꽃이 검은색으로 변했다.

어라? 놀라는 세이레나 앞에서 불꽃이 여러 가지 색으로 바뀌었다. 파란색, 검은색, 초록색.

"이런 게, 드래곤이 사라진다면."

그렇게 말하며 이사나는 지팡이를 내려놓았다. 그 순간 램프 안의 불꽃이 원래대로 돌아갔다.

"마법이 유지되지 못하고 사라지는 게 아닐까, 하고 생각해요."

"마법으로 유지되는 게 많은가요?"

"몇몇 건물은요. 특히 현자의 탑은 마법이 아니었으면 이미 무너졌을 거예요."

그렇구나. 세이레나는 다시 램프로 시선을 돌렸다.

이사나가 마법으로 바꾼 불꽃의 색은 예뻤다. 하지만 그건 유지해야 할 정도로 중요한 게 아니다. 현자의 탑도 건물을 다시 지으면 된다. 게다가 타인머스가 세워지기 전이니 마법으로 유지되는 건물 같은 것도 아직 생기기 전이다.

어라.

문득 세이레나는 어떤 사실을 깨닫고 이사나를 쳐다봤다.

"하지만 드래곤과 싸울 때는 타인머스를 세우기 전이잖아요? 다섯 용사들은 대체 무슨 마법을 유지하기 위해 드래곤을 죽이지 않은 걸까요?"

생각보다 훨씬 영리한 기사네. 이사나는 그렇게 생각하며 씩 웃었다.

그게 문제다. 다섯 용사가 드래곤 타임머스를 물리칠 때 그들이 위험을 감수하고서라도 유지하려 했던 마법은 대체 뭐였을까.

그녀는 테이블 위로 몸을 내밀었다.

"이것도 가설인데요."

세이레나도 따라서 테이블 위로 몸을 내밀었다. 아주 작은 소리도 들을 수 있을 만큼 두 사람의 거리가 가까워졌다.

"다섯 용사 중 누군가가 시간을 돌린 게 아닌가 싶어요."

그 순간 시간이 멈췄다. 아니, 세이레나는 그렇게 느껴졌다. 시끌벅적하던 식당 안의 모든 소음이 싹 사라진 것처럼 들리지 않았다.

마치 비밀을 말하는 것처럼 속삭이던 이사나의 목소리와 그녀의 숨결, 그리고 세이레나 자신의 심장박동만이 유일하게 들을 수 있는 소리였다.

"세이레나? 괜찮아요?"

이사나는 순식간에 새하얗게 변해 버린 세이레나의 얼굴색을 보고 놀라서 벌떡 일어났다. 재미있는 가설이긴 하다. 칼리스타도 이 가설을 굉장히 흥미 있어 했다. 하지만 그게 이렇게 기겁할 정도의 가설인가?

"괘, 괜찮아요."

세이레나는 손을 저었다. 괜찮아요, 앉아요, 그런 뜻이었지만 이사나는 앉아도 될지 몰라 망설였다.

일어나서 집에 가야 하는 거 아닐까? 평범한 아가씨라면 집으로 데려가는 게 좋다. 저러다 기절할 수도 있으니까.

세이레나를 집으로 데려가야 할지 망설이는 이사나에게 세이레나가 다시 말했다.

"괜찮아요. 좀 놀랐을 뿐이에요."

"놀라운 이야기긴 하죠."

여전히 걱정된다. 이사나는 세이레나의 얼굴을 한 번 더 쳐다보고 자리에 앉으며 직원을 불렀다.

"맥주 두 잔 주세요."

너무 놀라거나 긴장하면 가볍게 술을 먹이곤 한다. 취하면 긴장이 풀어지기 때문이다.

하지만 이사나가 권하기도 전에 세이레나는 직원이 맥주를 가져오자마자 잔을 들어 벌컥벌컥 마시기 시작했다.

"세이레나? 괜찮아요?"

"푸하."

술을 다 마신 다음에야 세이레나는 숨을 내쉬었다. 마시지 않고는 버티기 힘들 것 같았다. 이사나의 말대로라면 드래곤이 깨어난 게 확실했다. 그리고 드래곤을 깨운 건 그녀다.

탕 하고 거칠게 술잔을 내려놓은 세이레나가 이사나에게 물었다.

"드래곤이 깨어나면 무슨 일이 벌어질까요?"

"난리가 나겠죠."

진짜 괜찮나? 이사나는 세이레나의 상태가 걱정돼서 완곡하게 말했다. 난리가 날 것이다.

드래곤이 나타났으니 나라는 공포에 휩싸일 거고 사람들은 도망치려 할 거다. 분노에 휩싸인 드래곤이 복수하려 할 수도 있다. 복수를 하지는 않더라도 자신을 깨운 존재를 찾으려 할 것이다.

타임머스가 깰 정도로 강력한 시간과 공간 마법을 썼다는 건 시간과 공간의 규칙이 깨어졌다는 뜻이니까. 자신을 깨운 존재를 죽이고 규칙을 바로잡으려 할 가능성이 크다.

"사람들을 다 죽일까요? 나라를 부수고?"

"확실한 건 타임머스는 시공간을 관장하는 드래곤이니까 시공간을 어그러트린 것들을 전부 없애려 하겠죠."

이사나는 현자의 탑이 무너지는 것을 상상하며 말했다. 하지만 세이레나는 아니었다. 그녀의 손이 다시 떨리기 시작했다.

시공간을 어그러트린다는 게 무슨 의미지? 좁게 말하면 세이레나뿐이지만 넓게 말하면 원래 삶과 다른 삶을 사는 사람도 포함될 수 있다.

에즈라. 모아나. 왕비님. 그리고 애쉬. 세이레나의 머릿속에 그녀가 사랑하는 사람들의 얼굴이 스쳐 지나갔다.

맙소사. 내가 무슨 짓을 한 거지? 심장이 미친 듯이 뛰기 시작했다. 제정신으로 버틸 수가 없어서 그녀는 손을 번쩍 들며 외쳤다.

"여기 맥주 한 잔 더 주세요!"

이사나의 눈이 동그래졌다. 보기엔 숲 속 요정처럼 생겼는데 엄청난 술꾼이었던 모양이다.

"만약 드래곤을 죽이면요?"

직원이 다시 맥주를 준비하는 사이 세이레나가 물었다. 드래곤을 죽이면 되지 않을까?

하지만 그렇게 쉬운 게 아니었다. 이사나는 고개를 저으며 말했다.

"글쎄요. 확실하진 않지만 모든 마법이 사라져 버린다는 건, 전부 원래대로 돌아간다는 말일 수도 있거든요."

"원래대로요?"

차라리 그녀가 원래대로 왕비가 되어 죽는 게 낫겠다. 세이레나는 일말의 희망을 품었다. 그녀가 다시 원래대로 돌아가 죽는다면, 에즈라는 어쩔 수 없지만, 모아나와 애쉬는 살릴 수 있다.

에즈라…… 불쌍한 동생 생각에 세이레나의 움직임이 멈칫했다. 그 애가 살았으면 좋겠다. 행복했으면 좋겠다. 그녀가 주지 못한 것들을 다시 주고 싶었다. 하지만 이사나의 대답은 예상외의 것이었다.

"타임머스가 세워지기 전으로 돌아가는 거죠."

"네? 어째서요?"

"애초에 타임머스가 날뛴 건 누군가 시간에 관련된 강력한 마법을 사용했기 때문이니까요. 아예 그 전으로 돌아갈 수도 있어요."

하지만 어디까지나 가설이다. 누구도 도전할 생각조차 하지 않은 가설.

세이레나는 멍하니 이사나를 보다가 물었다.

"만약에, 만약에 말이에요. 드래곤 앞에 시간을 돌린 사람이 찾아가서 자기가 그랬다고 하고 잘못했다고, 자기가 원하는 대로 벌을 받을 테니 다른 사람들은 살려 달라고 빌면요? 그럼 안 될까요?"

그녀는 이사나가 된다고 한다면 당장에라도 달려갈 생각이었다. 하지만 이사나는 고개를 저으며 말했다.

"소용없을 거예요."

"어째서요? 해 보면, 모르잖아요?"

"음, 세이레나. 당신은 기사죠? 적과 싸우고요."

무슨 이야기를 하려는 걸까. 세이레나는 어리둥절한 표정으로 고개를 끄덕였다. 취기가 오르는지 새하얀 그녀의 얼굴이 불그스름하게 변하기 시작했다.

"만약 당신이 당신 집을 쳐들어오려는 적과 엄청 힘들게 싸우고 지쳐서 잠들었는데 갑자기 집이 흔들렸어요. 그랬더니 웬 꼬마가 와서 자기가 그랬다고 사과하면 그렇구나 하고 다시 잠들까요?"

아니겠지. 세이레나는 멍하니 입을 벌리고 이사나를 쳐다봤다.

세이레나라면 주변을 둘러보고 왜 집이 흔들렸는지 살펴보려 할 거다. 지각이 있는 존재라면 그럴 것이다. 그 말은 드래곤도 그렇게 움직일 거라는 말이다.

어떻게 방법이 없을까? 그녀는 맥주잔을 쥔 채 멍하니 생각했다. 드래곤을 설득할 수도, 죽일 수도 없다. 가장 좋은 건 건국 용사들이 한 것처럼 다시 잠재우는 수밖에 없다.

"다시 잠재울 수는 없어요?"

세이레나의 질문에 이사나는 아직 첫 번째인 자신의 맥주잔을 잡고 잠시 생각했다. 솔직히 말하면 모른다. 잠재울 수 있을지 없을지. 더 나아가서 그녀뿐 아니라 현자의 탑은 드래곤을 죽일 수 있을지 없을지에 대해서도 무수한 논의가 이뤄지고 있다.

"그걸 알아보고 싶어 하는 거거든요. 현자의 탑은. 그러기 위해서 왕궁에 연락을 넣은 거고요."

이사나는 맥주잔을 내려다보며 조심스럽게 말했다. 세이레나는 기사고 귀족이다. 그녀는 왕을 지키는 게 아니라고 했지만 이사나는 귀족 앞에서 왕족의 욕을 하는 건 좋지 않다고 생각했다.

현자의 탑은 드래곤이 깨어난다는 징후를 왕궁 마법사들에게 알리고 이 사안을 함께 의논하자는 연락을 취했다. 하지만 왕궁에서는 그럴 리 없다는 말로 거절했다.

그후 포워스족의 영역에서 만난 그레이윈드 공작을 통해 한 번 더 연락을 했지만 이번에도 돌아온 대답은 그럴 리 없다는 완곡한 거절이었다.

멍청한 놈들. 이사나는 목구멍까지 나온 욕을 삼켰다.

"현자의 탑에서는 연구를 할 수 없어요? 꼭 왕궁 마법사들과 함께해야 해요?"

당연한 질문이 세이레나의 입에서 흘러나왔다.

현자의 탑 마법사들만 연구할 수 있다면 이미 했을 거다. 이사나는 쓰게 웃으며 설명했다.

"다섯 용사는 드래곤을 물리치고 그 위에 타인머스를 세웠잖아요?"

"그렇죠?"

취한 탓에 세이레나의 대답이 어눌했다. 하지만 이사나는 개의치 않고 말했다.

"지금까지 드래곤을 연구하는 학자들이 드래곤이 잠들었을 만한 곳을 다 뒤져 봤거든요. 딱 한 군데를 빼고요."

어딘지 알 것 같으면서도 가물가물하게 생각이 나지 않아서 세이레나는 눈을 가늘게 떴다. 취한 탓에 모든 것이 몽롱하게 느껴졌다.

이사나는 턱을 괴고 한숨을 내쉬며 말을 이었다.

"왕궁 말이에요. 지금까지 찾아보지 못한 것은 왕궁뿐이었거든요. 그래서 드래곤 연구자들은 드래곤이 왕궁 밑에 있는 게 아닐까 하고 생각하고 있어요."

그래서 현자의 탑은 왕궁에 연락을 취했던 거다. 왕궁 밑에 드래곤이 있다면 왕궁의 도움 없이는 아무것도 할 수 없으니까.

그 멍청한 놈들. 이사나는 다시 이를 갈았다. 자기들 발밑에 잠든 드래곤이 깨어났을지도 모른다는데 왕궁에서는 그럴 리 없다는 멍청한 대답만 반복하고 있다.

"드래곤이 왕궁 밑에 있다고요?"

세이레나는 붉어진 얼굴로 불현듯 다시 물었다. 그래, 생각도 못 했다. 드래곤이 왕궁 밑에 있다는 것은.

이사나는 감자튀김을 입에 넣으며 심드렁하게 말했다.

"가설일 뿐이지만요."

"그럴 리 없어요."

술김에 세이레나의 입에서 부정의 말이 튀어나왔다. 그녀는 돌아오기 전 왕궁에서 살았다. 그녀가 살던 건물 지하에 드래곤이 있었다면 그녀가 모를 리가 없다.

없나?

어렴풋하게 별거 아닌 기억이 떠올랐다 아지랑이처럼 스러졌다. 이사나는 멍하니 앉아 있는 세이레나를 향해 말했다.

"사실이라고 해도 그 정도 비밀이면 극소수만 알겠죠."

고작 기사일 뿐인 세이레나가 알 리 없다는 뜻이었지만 세이레나는 돌아오기 전의 기억을 떠올리려 애쓰느라 듣지 못했다. 뭔가 그녀의 신경에 걸리는 게 있다.

일상적이고 별것 아니라 무심하게 지나쳤던 행동 하나. 왕은 일 년에 두어 번 혼자서 어딘가를 다녀오곤 했다. 그래 봤자 왕궁 안이라 왕이 자리를 비운 것을 길어야 몇 시간 정도.

세이레나가 이상하게 여길 만한 이유가 없었다. 오히려 세이레나는 왕이 없었던 시간이 유일하게 평온한 시간이었다.

하지만 그럼에도 그녀의 의식 한구석은 그걸 이상하다고 느꼈었다. 왕은 아무 수행도 없이 혼자 다녀왔고 겁먹은 표정으로 갔다가 안심한 표정으로 돌아왔다. 그리고 아무도 그가 어딜 갔는지 아는 사람이 없었다.

처음엔 첩이라도 있나 했다. 타인머스는 축첩이 허가되지 않은 나라니까 어딘가에 첩을 두고 몰래 다녀오는 줄 알았다.

솔직히 말하면 세이레나는 그래도 상관없었다. 왕의 집착을 조금이라도 덜어 줄 사람이라면 그게 첩이라 해도 상관없다고 생각했다.

"저, 저 가야 할 곳이 있어요."

무엇인가를 떠올린 듯 세이레나가 벌떡 일어나며 말했다. 그러더니 테이블을 붙잡고 잠시 자세를 바로 했다. 발갛게 달아오

른 얼굴과 어눌한 말투. 그리고 아무래도 몸을 자유롭게 놀리지
못하는 것 같다.

"네?"

이사나는 당황해서 따라 일어났다. 어차피 그녀도 돌아가야
할 시간이니 상관없지만 세이레나의 얼굴색을 보니 걱정됐다.
그녀는 허둥지둥 지갑을 꺼냈다. 술 취한 세이레나가 음식값을
기억할 거라고 생각하지 않았기 때문이다.

하지만 이사나가 고개를 들었을 때 이미 세이레나는 음식값
과 팁을 테이블에 올려놓고 가게 밖으로 나가고 있었다.

"자, 잠깐만요!"

친한 사람은 아니지만, 술에 취한 여자를 혼자 보내는 건 걱정
된다. 재빨리 뒤따라 나간 이사나는 가게 밖에서 말에 올라타려
는 세이레나를 발견했다.

"같이 가요, 세이레나."

이사나가 그렇게 말했을 때 세이레나가 말에 타려는 것을 멈
췄다. 그녀는 말고삐를 손에 쥐고 말갈기를 쓰다듬으며 중얼거
렸다.

"난 취했으니까, 말을 타면 안 돼."

그러더니 말고삐를 잡고 걷기 시작했다.

이상한 사람이다. 이사나는 재빨리 세이레나의 옆으로 다가
가며 생각했다. 맥주를 마구 들이켜길래 잘 마시는 줄 알았는데
전혀 아니었다. 그리고 잔뜩 취해서 하는 술주정이 집에 가는 거

라니. 게다가 취했으니까 말을 타면 안 된단다.

그녀가 아는 술주정은 울거나, 잠들거나, 화내거나, 한 말 또 하는 등의 것이었다.

이사나는 주변 사람들의 술주정을 떠올렸다. 취하면 환영 마법을 쓰는 사람도 있고 술 깨는 마법을 쓰는 사람도 있다. 물론 술 깨는 마법은 시전자가 술에 취하면 안 되기 때문에 헛수고다.

그런 술주정에 비하면 세이레나의 술주정은.

"엄청 모범생이네."

이사나는 혹시라도 세이레나가 지나가는 사람에게 시비를 걸지 않는지 주의하며 따라갔다.

하지만 세이레나는 누군가에게 시비를 걸 생각이 없었다. 취한 탓에 머리가 몽롱해진 그녀는 자신이 알게 된 것을 애쉬에게 말해야 한다는 생각만 가득 차 있었다. 그리고 사람들에게 대비시켜야 한다. 드래곤이 깨어나도 피해를 줄일 수 있도록.

세이레나의 머릿속에 그럴듯한 계획이 착착 세워졌다. 하지만 모든 술 취한 사람이 그렇듯 그 계획은 본인이 생각하기에만 그럴듯한 계획이었다.

"여기예요?"

세이레나의 발걸음이 멈추자 이사나는 눈앞의 거대한 저택을 보고 감탄하며 물었다. 귀족 아가씨인 줄은 알았지만, 이 정도로 부유한 아가씨일 줄은 몰랐다.

거대한 현관문을 지나 너른 정원을 지나자 지어진 지 꽤 된 듯

한 삼 층짜리 건물이 보였다. 수도에서 이 정도로 큰 건물은 지어진 지 오래됐다는 뜻이나 다름없다.

이사나는 현관문 앞에 서서 양쪽 끝이 다 보이지 않는 건물을 올려다보고 있었다. 세이레나가 문을 두드리기 전에 방문자가 있는 것을 안 집사가 문을 열었다.

"헌터 경 아니십니까?"

안타깝게도 이사나는 여기가 헌터 백작 저택이 아니라 그레이윈드 공작 저택이라는 걸 몰랐다.

'응?'

집사의 반응에 눈을 동그랗게 뜨는 이사나 옆에서 세이레나가 말했다.

"애쉬에게 꼭 해야 할 말이 있어요."

집사는 좀 취한 것 같은 주인님의 약혼녀를 잠시 쳐다봤다. 설마. 그는 세이레나가 취한 게 아니라 좀 흥분해서 얼굴이 붉어졌다고 생각했다. 그가 지금까지 봐 온 헌터 경은 주체 못 할 정도로 술을 마시는 사람이 아니다.

"주인님께 말씀드리겠습니다. 들어오시죠."

집사가 한쪽을 비켜서자 세이레나는 재빨리 안으로 들어갔다. 집사의 명령에 따라 하인이 세이레나의 말을 챙기기 위해 달려 나왔다.

"오늘은 응접실로 모시겠습니다."

세이레나가 오면 애쉬의 집사는 늘 그녀를 훈련장이나 애쉬의 서재로 안내했다. 하지만 오늘은 이사나가 함께 있으니 응접실로 안내해야 할 것이다.

"잠깐, 세이레나. 여기 당신 집 아니에요?"

이사나가 세이레나의 곁에 바짝 붙어 물었다. 세이레나는 천진한 표정으로 말했다.

"아닌데요?"

당신 집으로 가는 거 아니었어? 이사나는 당황해서 입을 딱 벌렸다. 그때 누군가 응접실 문을 열었다.

"레나?"

애쉬는 이 시간에 세이레나가 방문했다는 사실에 놀라 달려 내려왔다. 그는 응접실에 헌터 경과 친구분을 안내했다는 집사의 말에 친구가 모아나일 거라 생각하고 있었다.

"애쉬."

애쉬의 등장에 세이레나가 벌떡 일어났다.

응? 애쉬는 그녀의 얼굴을 보고 고개를 갸웃했다. 설마 세이레나가 지금 취한 건가?

세이레나의 얼굴은 발그레하게 달아올라 있었다. 두 뺨에 홍조가 어려 이것도 사랑스럽긴 하다.

하지만. 애쉬의 시선이 세이레나를 지나 이사나를 향했다.

"현자의 탑 소속인 이사나입니다."

"압니다. 꽃구경 시즌에 포워스족 영지에서 만난 적이 있죠."

뿐만 아니다. 애쉬는 이사나와 그녀의 스승들의 요청으로 왕궁과 현자의 탑의 회의를 주선했었다. 왕궁의 거절로 무산됐지만.

두 사람이 인사를 나누는 사이 세이레나는 응접실을 가로질러 애쉬에게 다가갔다.

웅? 애쉬는 가까워진 세이레나의 얼굴을 보고 조금 놀라서 물었다.

"레나, 혹시 취했어?"

"애쉬."

세이레나는 두 손을 꼭 잡은 채 애쉬를 올려다보고 있었다. 옛날이야기 속에 나오는, 자신에게 무언가를 부탁하러 온 가련한 요정 같다.

애쉬가 세이레나의 본의 아닌 미인계에 빠져들려 할 때쯤 세이레나가 입을 열었다.

"왕궁으로 들어가야 해요. 왕은 다 알고 있어요. 그 사람은……."

애쉬의 미간에 주름이 생겼다. 그와 단둘이 있을 때면 모르지만 다른 사람도 있는 자리에서 왕을 그 사람이라고 언급하는 건 위험하다. 그는 세이레나를 끌어안아 그녀의 말을 막았다. 그리고 이사나를 돌아보며 말했다.

"모처럼 방문하셨는데 죄송합니다. 시간이 늦어서 레나를 돌려보내야 할 것 같아서요."

돌아가라는 말이다. 이사나는 고개를 끄덕이며 벌떡 일어났다. 그녀 역시 취한 세이레나의 실수를 보고 싶지 않았다.

"손님을 댁까지 모시게. 레나는 내가 데려다주지."

애쉬는 한쪽 팔로 세이레나를 끌어안은 채 집사에게 말했다. 세이레나는 이런 사람이 아니다.

애쉬는 그의 품에 가만히 안겨 있는 세이레나의 태도에 속으로 적잖게 놀라고 있었다. 그녀는 타인 앞에서 가만히 안겨 있을 사람이 아니다.

이사나 같은 외부인인 물론이고 집사의 앞에서도 너무 붙어 있는 모습을 보이지 않으려 했다. 아무래도 상당히 취한 모양이다. 그렇다면 집에 데려다줘야 한다. 그는 세이레나가 남녀 간의 예절에 굉장히 융통성 없는 입장을 취하고 있다는 걸 알았다.

당연히 정신을 차린 세이레나는 늦은 시간에 자신이 취해서 그를 찾아왔다는 사실에 당황할 것이다. 헌터 저택에 데려다주는 게 좋겠다. 애쉬는 그렇게 생각하며 세이레나에게 말했다.

"네 집에서 이야기하지."

이야기는 헌터 저택에서 해도 충분하다. 이야기가 끝난 뒤에 그는 다시 여기로 돌아오면 된다. 하지만 여기서 이야기하면 늦은 시간에 세이레나가 집으로 돌아가야 한다. 그는 세이레나를 늦은 시간에 거리를 가로지르게 하고 싶지 않았다.

집사가 마차를 준비하는 사이, 세이레나와 애쉬의 앞에 엉거주춤 서 있던 이사나는 애쉬의 태도에 고개를 갸웃거리고 있었다.

저건 아무리 봐도 상사의 태도가 아니다. 연인처럼 보인다. 그녀는 조심스럽게 물었다.

"혹시 두 분, 사이가……?"

"약혼자입니다만."

무슨 문제라도 있느냐는 태도에 이사나는 "아." 하고 입을 벌리며 고개를 끄덕였다.

어쩐지. 평범한 상하 관계는 아닌 것 같다고 생각했다.

이사나가 먼저 출발하고 두 번째 마차에 애쉬가 세이레나를 안고 올라탔다. 그녀의 몸이 그의 품 안에서 축 늘어졌다.

"레나?"

애쉬는 당황해서 세이레나의 얼굴을 내려다봤다. 금색 속눈썹이 작은 얼굴 위에 그늘을 드리우고 있었다.

"무슨 일이지?"

그는 세이레나의 정수리에 뺨을 대며 중얼거렸다. 무슨 일이었기에 이 시간에 취해서 그에게 달려온 걸까. 걱정되면서도 그는 취해서 찾아올 정도로 세이레나가 자신을 믿게 됐다는 게 기뻤다. 하지만 그녀의 입에서 왕이 언급된 게 신경 쓰였다.

뭘 두려워한 걸까. 그의 머릿속에 왕궁에서 열린 신년 파티에서 보인 세이레나의 태도가 떠올랐다.

그녀가 두려워했던 건 왕이었던 걸까?

*　　*　　*

"누나, 괜찮아?"

이튿날, 세이레나는 자기 침대에서 눈을 떴다. 제일 먼저 보인 건 동생의 얼굴이었다.

어라? 내가 언제 집에 왔지? 어리둥절한 표정으로 몸을 일으키려던 그녀는 곧 인상을 쓰며 이마를 짚었다. 머리가 아프다. 그제야 지난밤에 있었던 일이 새록새록 떠오르기 시작했다.

이사나를 만나 충격적인 이야기를 들었고 맥주를 연거푸 두 잔이나 마셨다.

"내가 술이 약했나 봐."

"누나 술 마셨어?"

"응."

자신이 그렇게 술이 약한 줄 몰랐다. 그동안 술을 그렇게 마실 기회가 없긴 했다. 왕비였을 때 그녀에게 허락된 건 와인 한 잔 정도. 그것도 한두 시간 동안 홀짝홀짝 마셔야 했다. 맥주 두 잔을 단숨에 비우는 경험을 한 건 처음이다.

"맙소사."

세이레나는 베개에 머리를 묻으며 한숨을 내쉬었다. 애쉬에게 말해야겠다고 생각한 것까지는 생각난다.

'설마 내가 애쉬에게 간 건 아니겠지?'

그렇게 생각하는 그녀에게 에즈라가 말했다.

"공작님이 누나 걱정하더라."

"뭐? 왜? 아이고……."

놀라서 벌떡 일어난 탓에 머리가 울렸다.

머리를 끌어안고 끙끙대는 누나에게 에즈라가 말했다.

"잠든 누나를 공작님이 데려왔으니까? 누나 이게 두 번째인 거 알지?"

맙소사. 세이레나는 다시 끙하고 신음을 내뱉었다. 내가 그런 멍청한 짓을 했단 말이야? 그녀가 자책하고 있을 때 집사가 문을 두드리고 들어와 물었다.

"아가씨, 아침 식사를 준비했는데요. 이쪽으로 가져오라고 할 까요?"

"아니에요."

세이레나는 벌떡 일어나다가 다시 울리는 머리를 붙잡고 끙 끙댔다. 하지만 식당에서 식사해야 할 필요가 있다. 이 저택의 사용인들에게 할 말이 있었다.

"긴급 피난 강령에 대해 말할 게 있어요."

그녀는 기어코 식탁에 앉아 불러 모은 사용인들을 돌아보며 말했다. 정말 드래곤이 깨어난다면 이들이 도망칠 수 있도록 해야 한다. 하지만 드래곤이 깨어난다고는 말할 수 없으니 세이레나는 완곡하게 돌려 말했다.

"누군가 집을 습격하거나, 집에 큰일이 닥치거나 그럴 때 말이에요."

세이레나는 거기까지 말하고 긴장한 표정의 사용인들을 돌아봤다. 다 필요 없다. 그녀는 뭐가 가장 중요한 건지 안다.

"달아나세요. 여러분의 목숨만큼 귀한 건 없으니까요."

22

바이트 백작의 파티

"전쟁이 일어나는 건 아니겠지?"

헌터 백작가의 하녀 테레사는 세이레나 아가씨의 옷을 든 채 물었다. 달랑거리는 장신구를 다시 달고 더러워진 곳이 없는지 확인하는 중이었다.

"그럴 리가. 그럼 이미 소문이 돌았겠지."

그렇게 말하는 루스의 표정에도 근심이 어려 있었다. 그녀는 부지런히 세이레나의 셔츠에서 닳은 소맷단을 떼어 내고 있었다. 이번에는 장식 띠를 넣은 소맷단을 새로 달 생각이다.

"그럼 왜 갑자기 그런 말씀을 하신 거지?"

주어가 빠진 말에 루스는 자연스럽게 세이레나 아가씨를 떠올렸다. 그렇지 않아도 헌터 백작 저택은 며칠 전 세이레나 아가씨가 한 말 때문에 뒤숭숭해졌다.

사용인들은 세이레나가 술에 취해 들어온 것을 몰랐다. 그들은 이른 아침부터 사용인들을 불러 모은 주인 아가씨의 말이 무슨 의민지 몰라 수군거렸다.

집에 큰일이 닥치면 당장 도망치라던 말. 심지어 세이레나는 그 후에 집사를 시켜 사용인들에게 피난 루트까지 만들어 연습시켰다.

"요새 몬스터의 습격이 잦으니까 혹시 모를 상황을 대비해서 그러신 거 아닐까?"

루스는 자신보다 몇 살 어린 테레사를 안심시키기 위해 말했다. 최근 몬스터의 습격이 잦은 건 사실이다. 하지만 기사단의 활약 덕분에 몬스터가 도시 안으로 들어오는 일은 극히 드물었다.

게다가 헌터 저택은 왕궁 가까운 곳에 위치해 있다. 몬스터의 피해를 입는 건 왕궁에서 먼 건물이니 사용인들은 상대적으로 안전하다고 할 수 있다.

그래서 저택의 사용인들은 몬스터가 도시 안으로 들어오는 것보다 세이레나 아가씨가 다치는 걸 걱정하고 있었다.

셔츠만 해도 그렇다. 루스는 다른 셔츠를 집어 들며 한숨을 내쉬었다. 헌터 백작 부부가 사망한 이후 세이레나는 드레스를 전혀 사지 않았다. 하지만 셔츠는 거의 매달 한 벌씩 새로 짓고 있다. 소맷단이 닳는 것보다 소매가 찢어지거나 잘려서 버리는 게 더 많다.

오죽하면 애나가 멀쩡한 부위만 모아서 새 셔츠를 만들어도 되겠다고 했을 정도다.

"그렇겠지? 가끔 아가씨를 보면 뭐든 다 아시는 것 같거든."

테레사는 그렇게 말하며 흙먼지를 털기 위해 솔로 모자를 가볍게 문질렀다.

"좀 달라지긴 하셨지."

루스도 동의하며 말했다. 헌터 백작 부부의 사망 이후 세이레나 아가씨가 확 달라진 건 저택의 사람들이 더 잘 알고 있다.

성정은 그대로였지만 태도나 대처 방법이 달라졌다. 예전이라면 우유부단하게 어쩔 줄 몰라 했을 일을 지금은 나서서 단호하게 대처했다.

하지만 테레사가 말하는 뭐든 다 아는 것 같다는 건 다른 이야기다. 사용인들이 보기에 세이레나는 가끔 뭔가를 아는 것처럼 굴곤 했다.

예를 들면 무역 투자 같은 것들. 헌터 백작이 사망하기 전 투자한 무역에서 이득이 나자 세이레나는 재빨리 다른 곳에 투자했다.

고민하거나 알아볼 시간도 갖지 않았다. 오죽하면 거드윈이 무슨 정보를 들었냐고 물어봤을 정도다.

"테레사, 드레스는 끝났어?"

두 사람이 이야기를 하며 옷을 관리하고 있을 때 애나가 세탁실에 들어와서 물었다. 세이레나 아가씨는 이제 파티에 참석할 준비를 해야 한다.

오늘 입을 아가씨의 드레스를 가지러 온 거다. 테레사는 재빨리 한쪽에 고이 놓아둔 드레스를 건넸다. 옆에서 그걸 본 루스가 한숨을 내쉬었다. 수선한 드레스였기 때문이다.

"고마워!"

애나는 드레스를 끌어안고 이 층으로 올라갔다. 테레사와 루스는 다시 세이레나의 옷을 관리하기 시작했다. 하녀들이 어떤 대화를 나누는지 모르는 세이레나는 애나의 도움을 받아 옷을 갈아입고 맞이하러 온 애쉬의 마차에 올라탔다.

"될 수 있으면 오래 있지는 말자."

마차에 앉은 세이레나의 손을 잡으며 애쉬가 말했다.

오늘 두 사람이 가는 곳은 바이트 백작의 저택이다. 적의 소굴에 들어가는 것이나 다름없다.

애쉬는 바이트 백작의 파티에 참석할 생각이 전혀 없었다. 집사가 초대장을 가져왔을 때 버리라고 했을 정도다.

하지만 세이레나의 하인이 달려와서 참석할 거라고 말을 전했기 때문에 어쩔 수가 없었다.

"필요한 만큼은 있을 거예요."

단호한 말이 세이레나의 입에서 흘러나왔다. 그녀는 바이트 백작이 불법 도박을 크게 벌이고 있다는 것을 잡아낼 생각이다. 그리고 운이 좋다면 게일이 그에게 말을 넘겼다는 증명도.

"으음."

애쉬는 못마땅한 마음에 신음을 내뱉었다. 그가 생각하기에도 바이트 백작이 자기 집에서 열린 파티에서 세이레나를 공격하지는 않을 것이다.

자신의 집에서 누군가 다친다면 그건 초대한 집주인의 명예에 큰 타격이 된다. 그렇기 때문에 사람들은 설령 정적이라 해도 자기 집 안에서는 절대로 건드리지 않았다.

게다가 바이트 형제들이 세이레나를 공격했다는 이야기는 이미 아는 사람들 사이에서는 퍼져 있다. 바이트 백작의 저택에서 세이레나가 다친다면 사람들의 의심은 제일 먼저 집주인을 향할 것이다.

"돌아오는 길에 공격당할 수도 있어."

애쉬는 못마땅한 마음을 억누르며 경고했다. 정적을 초대해서 그가 집을 떠나면 공격하는 경우도 간혹 있다. 그렇기 때문에 가능하면 오래 있지 말자고 한 거다. 너무 늦게 돌아오면 통행이 적어서 공격당할 가능성이 있다.

애쉬는 공격이 두렵지 않았지만 위험을 무릅쓸 필요는 없다고 생각했다. 특히 세이레나와 함께 있을 때는.

하지만 세이레나는 눈을 빛내며 말했다.

"감수할 가치가 있어요."

그렇게 생각하면 할 수 없지. 애쉬는 잡은 세이레나의 손을 내려다봤다. 작은 손이 단단했다. 검을 잡는 사람의 손이다.

"지난번에 집에 찾아왔을 때 말이야."

애쉬가 운을 띄웠다.

지난번? 어리둥절해 하던 세이레나의 얼굴이 붉어졌다. 그녀가 술에 취해서 연락도 없이 그의 집에 처들어간 것을 말하는 거다.

엄청난 실례였다. 그 이튿날 세이레나는 이사나와 애쉬에게 각각 사과의 편지를 보냈다. 그리고 과일도 한 바구니씩 보냈다. 원래대로라면 꽃을 보내지만 이사나와 애쉬에게는 과일이 더 나을 거라 생각했다.

"그땐 실례했어요. 미안해요."

애쉬는 미안함에 고개를 숙이는 세이레나의 뺨을 감싸고 들어 올렸다.

"사과는 필요 없어. 난 오히려 기뻤으니까."

취해서 찾아올 정도로 그를 믿고 있다는 의미라 기뻤다. 하지만 세이레나는 그가 왜 기뻤다는지 영문을 몰라 눈을 동그랗게 떴다.

"내가 묻고 싶은 건."

애쉬는 세이레나의 뺨을 놓고 다시 그녀의 손을 잡았다. 그는 조심스럽게 물었다.

"네가 걱정하는 게 뭐냐는 거야."

세이레나의 눈동자가 흔들렸다. 이사나에게 충격적인 사실을 들었다. 드래곤이 깨어났다. 세이레나 때문에. 하지만 드래곤을 죽일 수도 없다. 그렇다고 깨어나게 둘 수도 없다. 어떻게든 드래곤을 다시 잠재워야 하지만 잠재울 방법을 모른다.

절망적인 상황이었다.

어떻게 하지. 세이레나는 시선을 떨어트렸다. 드래곤은 둘째 치고 애쉬에게 어떻게 설명해야 할지도 모르겠다.

"레나. 네가 걱정하는 게 뭔지 나와 나누면 안 돼?"

애쉬는 시선을 피하는 세이레나에게 조심스럽게 물었다. 그녀에게 모든 것을 말하라고 압박하고 싶지는 않았다. 하지만 동시에 그는 세이레나가 걱정하는 게 있다면 자신과 의논했으면 하고 바랐다.

머리를 맞대고 고민하면 해결책이 떠오를 거다. 설령 해결책이 떠오르지 않더라도 함께 의논하는 것만으로도 세이레나의 걱정이 덜어지지 않을까.

그는 세이레나의 걱정을 더는 것만이라도 하고 싶었다.

"음, 이사나 씨 말이요."

세이레나는 머뭇거리며 입을 열었다. 어디까지 이야기해도 될까. 어디까지 애쉬가 믿을까. 걱정되는 게 한두 개가 아니라 말이 천천히 흘러나왔다.

"드래곤이 깨어났기 때문에 몬스터가 몰려드는 거라고 해요."

"그래. 현자의 탑 마법사들이 그런 주장을 했지."

애쉬는 최대한 중립적인 입장을 취했다. 세이레나와 현자의 탑 마법사의 말을 믿지 않는 게 아니다. 너무 한쪽으로만 생각하지 않으려는 거다.

"만약 드래곤이 깨어난다면 이 나라는 파괴되겠죠."

그럴 거다. 드래곤이 정말로 깨어난다면. 애쉬 역시 세이레나가 그랬던 것처럼 다섯 용사가 드래곤을 물리친 게 죽인 거라고 생각하고 있었다. 그 시체 위에 타인머스가 세워졌다. 그렇기 때문에 타인머스의 광물이 질이 좋다는 말이 있다.

대체 무슨 관계인지는 모르겠지만 드럼란리그 상인들이 애쉬에게 그렇게 말했었다.

"드래곤이 정말로 깨어난다면 말이야."

애쉬는 턱을 문지르며 조심스럽게 말했다. 그는 반신반의하고 있다. 처음 세이레나가 그랬던 것처럼 다섯 용사가 드래곤을 죽인 게 아니라는 것조차 몰랐기 때문이다.

"깨어날 거예요."

세이레나는 답답한 마음에 단호하게 말했다.

드래곤은 깨어날 거다. 강력한 시공간 마법이 드래곤을 깨운다면, 그녀를 여기로 돌아오게 한 마법이야말로 드래곤을 깨웠을 것이다.

게다가 그녀는 자신이 살았던 인생과 돌아온 다음의 인생을 비교해 볼수록 확신했다. 그녀가 왕비가 된 인생에서는 이 정도로 몬스터의 습격이 잦지 않았다.

"왜 그렇게 생각해?"

애쉬는 단호한 세이레나의 말에 다시 조심스럽게 물었다. 그는 자신이 모르고 세이레나가 알고 있는 게 뭔지 궁금했다.

하지만 이번에도 세이레나는 입을 다물었다. 사실은 그녀가 구 년 후에서 돌아왔다고 말할 수 없다.

이건 애쉬가 좋은 사람인 것과는 상관없는 일이다.

애쉬는 좋은 사람이고 믿을 수 있는 사람이다. 세이레나는 애쉬를 위해서라면, 그가 기쁘다면 무슨 짓을 당해도 좋다고 생각하고 있었다.

가장 끔찍했던 행위조차 애쉬가 원한다면 괜찮았다. 하지만 애쉬를 향한 그녀의 마음과 애쉬의 상식은 다른 문제다. 겪지 않은 사람과 겪은 사람의 상식은 다를 수밖에 없다.

예전의 세이레나라면 누군가 그녀에게 미래에서 돌아왔다고 한다면 농담하지 말라고 했을 거다. 그게 경험하지 않은 평범한 사람의 반응이다.

"레나."

애쉬는 몸을 내밀며 세이레나를 불렀다. 그녀는 여전히 고개를 떨구고 있었다.

"뭘 알고 있는 거야?"

애쉬의 질문에도 세이레나는 입을 열 수가 없었다. 말할 수 없다.

그를 속이고 있다는 죄책감이 그녀의 가슴을 따끔따끔하게 찔러댔다.

"이사나 씨 말이, 드래곤이 잠들어 있을 만한 곳이 왕궁뿐이라고 하더라고요."

결국 세이레나는 말을 돌렸다. 애쉬는 그녀가 하려던 이야기가 그게 아니라는 것을 어렴풋하게 깨달았지만, 그는 그저 입 다물고 듣기만 했다.

"다른 데 묻혔다면 이미 발견했을 거라고 해요."

세이레나는 애쉬가 아무 말도 하지 않자 안도해서 말을 이었다.

"그렇게 큰 생명체가 죽어서 묻혔다면 뼈라도 발견됐을 테니까요. 드래곤의 뼈라도 찾으려는 사람은 많잖아요?"

타인머스에는 드래곤의 시체를 찾으려는 모험가들이 찾아온다. 드래곤의 시체는 돈이 된다. 마법 재료로도 훌륭하고 무기로도 훌륭하기 때문이다.

"드래곤의 발톱이나 이빨이 검을 만들기 좋다는 말은 들었어."

애쉬의 농담 같은 말에 세이레나는 그제야 빙그레 웃었다. 드래곤 이빨로 만든 검이라니, 냄새날 것 같다.

하지만 그의 말대로 드래곤의 이빨은 훌륭한 재료라는 말이 있다. 다이아몬드만큼이나 단단하고 불을 견디며 가벼운 마법도 무시할 수 있다고 한다.

세이레나는 용기를 내서 말했다.

"정말로 드래곤이 왕궁 밑에 잠들어 있다면요. 드래곤이 깨어나면 가장 먼저 위험해지는 곳은 여기, 수도가 될 거 아니에요?"

그건 그렇지. 애쉬는 다시 턱을 쓸었다. 어디까지나 진짜 드래곤이 왕궁 아래 잠들어 있다면 말이다. 하지만 그랬다면 왕궁에서 사는 사람들이 바로 알아챘을 것이다. 거기까지 생각한 애쉬는 혹시나 하고 물었다.

"지난번에 찾아온 게 그거 때문이었어? 왕궁 밑에 드래곤이 묻혀 있다고?"

"네."

그렇군. 애쉬는 약간 긴장이 풀려서 등을 마차 시트에 묻었다. 세이레나가 놀란 이유를 알겠다. 그녀의 걱정을 덜어 줄 수는 없지만, 최소한 함께 이야기는 할 수 있다. 그 점이 애쉬의 마음에 들었다. 세이레나가 처음으로 그에게 고민을 상담했다는 점이.

그는 잠시 세이레나의 말을 곰곰이 생각했다. 드래곤이 왕궁 밑에 잠들어 있다면, 그리고 깨어났다면 확실히 수도는 파괴될 것이다.

하지만.

"레나, 네 말대로 드래곤이 왕궁 아래 잠들어 있고 깨어났다면 그걸 왕궁에서 감출 이유가 뭐가 있겠어?"

몇 가지 있다. 드래곤이 깨어났다는 것을, 그리고 그 드래곤이 수도 왕궁 아래 있다는 것을 사람들이 알면 난리가 날 것이다. 그걸 피하기 위해 입 다물고 있는 것일 수도 있다. 아니면 사람들에게 알리지 않고 왕이 먼저 도망치려 하는 걸 수도 있다.

세이레나가 아는 왕이라면 그러고도 남는다. 하지만 그녀가 그렇게 말하기 전에 마차가 멈췄다. 애쉬는 창문 커튼을 젖혀 밖을 살펴보고 세이레나에게 말했다.

"도착했군."

세이레나의 얼굴에 긴장이 떠올랐다.

바이트 백작의 저택은 한낮처럼 환했다. 많은 손님을 초대했는지 현관 앞이 사람들로 바글바글했다.

하지만 그레이윈드 공작 가문의 마차 문이 열리고 애쉬가 나오자 순식간에 조용해졌다. 다들 애쉬의 손을 잡고 마차에서 내리는 여자를 지켜보고 있었다.

"헌터 경이군요."

사람들은 세이레나가 애쉬의 손을 잡고 마차에서 내리자 저마다 속삭였다.

세이레나가 마차에서 나오는 순간 그녀의 미모 때문에 주변이 밝아진 것처럼 느껴졌다.

하지만 사람들이 수군거리는 건 세이레나의 미모 때문만이 아니었다.

"바이트 백작이 초대한 건가요?"

"그렇겠죠."

"초대한 바이트 백작도 그렇지만 참석한 헌터 경도 보통이 아니군요."

사람들은 과연 바이트 백작과 세이레나가 화해를 한 건지, 아니면 바이트 백작이 세이레나를 이용하려다 실패한 건지 궁금해했다.

가끔 사이가 나쁜 상대를 자신의 집에서 열리는 연회나 파티에 초대해 놓고 상대가 거절하면 속이 좁다고 소문내는 경우가 있다.

바이트 백작은 아들 둘이 전부 세이레나를 공격하다 현장에서 잡혔고 재판 중이니 그 소문을 이용해 아들의 재판을 유리하게 이끌려 하는 걸 수도 있다.

하지만 세이레나가 참석하는 바람에 오히려 사람들의 인식은 반대가 되었다.

한참 어린 아가씨에게 창피를 주려 한 옹졸한 바이트 백작과 대담하게 상황을 넘긴 세이레나로.

"언제 봐도 잘 어울리는 커플이에요."

애쉬와 세이레나가 집 안으로 들어가자 사람들이 속삭였다. 둘 다 미인일 뿐 아니라 세이레나를 보호하려는 애쉬의 태도까지 더해져 사람들의 이목을 끌었다.

"저 모습을 보니 공작이 오자고 한 건 아닌 모양이군요."

"헌터 경이 참석한다고 하니 공작이 따라나선 모양새인데요?"

대담하다. 사람들은 애쉬와 함께 바이트 백작에게 다가가는 세이레나를 보며 그녀에 대한 판단을 추가했다.

"초대해 주셔서 감사합니다."

바이트 백작 앞에 선 세이레나는 빙그레 웃으며 인사를 건넸다. 싫어하는 사람 앞에서 웃는 건 얼마든지 할 수 있다. 마음의 준비만 할 수 있다면.

다른 사람과 인사를 마친 바이트 백작이 세이레나와 애쉬를 향해 돌아섰다. 사교계에 능숙한 그는 놀라는 표정 따위는 짓지 않았다. 물론 이미 그녀가 참석하겠다는 의사를 밝힌 덕에 알고 있기도 했다.

"변변찮은 파티에 와 주셔서 감사합니다. 헌터 경, 그레이윈드 공작."

"별말씀을요."

애쉬 역시 능숙하게 대답했다. 겉으로 보기에 세 사람의 대화는 평범한 인사를 나누는 것처럼 보였다. 하지만 그건 주위에서 자신들을 흥미진진한 표정으로 지켜보고 있다는 것을 알고 있기 때문에 꾸민 태도였다.

"간단한 다과를 준비했습니다. 부족한 게 있다면 언제든지 사람을 시키십시오."

그렇게 말하며 바이트 백작이 고개를 까닥했다. 세이레나 역시 신경 써 줘서 고맙다는 말을 중얼거리며 애쉬와 함께 물러났다.

"난 저자가 싫어."

애쉬는 세이레나의 허리를 감싸며 나직하게 속삭였다. 바이트 백작의 아들들이 세이레나를 공격한 건 그의 잘못이 아니라고 해도 바이트 백작은 아들들의 잘못을 사과했어야 했다. 하지만 그는 사과하지 않았다. 심지어 게일을 통해 애쉬에게 잘 봐 달라는 말을 전해 달라고 부탁하려 했다.

그리고 이번 파티에 세이레나를 초대함으로써 그녀에게 창피를 주고 자신이 관대하다는 것을 어필하려 했다.

애쉬는 그 모든 것이 마음에 들지 않았다.

"난 오히려 고마운데요."

세이레나는 어깨를 으쓱하며 말을 이었다.

"덕분에 이 집에 들어왔잖아요. 당신과 내가 속이 좁다는 말도 안 들었고요."

"난 소문 따윈 상관없어."

애쉬는 그렇게 중얼거리며 세이레나의 허리를 놓았다. 그는 그녀가 잡을 수 있도록 팔꿈치를 내밀며 덧붙였다.

"저자의 집에 들어오고 싶지도 않았고."

세이레나의 시선이 그의 얼굴을 향했다. 설마. 그녀는 실망이라는 표정으로 물었다.

"그럼 날 못 믿어서 따라온 거예요?"

"그럴 리가."

애쉬는 자신의 팔에 얹은 세이레나의 손을 잡으며 빙그레 웃었다. 걱정돼서 따라오긴 했다. 하지만 그것 말고 또 다른 이유가 있다.

"네 이런 모습을 나만 못 보는 건 억울하잖아."

"이런 모습이요?"

"드레스 입은 모습. 이렇게 예쁜 걸 못 보는 건 억울하거든."

세이레나의 눈이 동그래졌다. 그러더니 곧 그녀의 얼굴이 새빨갛게 달아올랐다.

"세상에."

세이레나는 남은 한 손으로 얼굴을 가리며 한숨을 내쉬었다. 부끄러워서 도망치고 싶다. 하지만 애쉬의 팔에 얹은 그녀의 손을 애쉬가 잡고 있어서 도망칠 수도 없다.

"애, 애쉬도 머, 멋있어요."

새빨개진 얼굴로 세이레나가 답례하듯 애쉬를 칭찬했다. 물론 답례로 그런 말을 한 건 아니다. 실제로 연미복을 입은 애쉬는 멋있었으니까.

세이레나의 칭찬에 애쉬가 감사 인사를 하려는 순간 누군가 장난스럽게 끼어들었다.

"오늘도 불타오르십니다."

애쉬의 미간에 주름이 생겼다.

"데니스."

연미복을 입은 데니스가 빙글빙글 웃으며 두 사람을 지켜보고 있었다. 세이레나는 부끄러운 마음에 다시 한 손으로 얼굴을 가렸다. 그 사이에 두 사람을 향해 다가온 데니스가 인사를 던졌다.

"깜짝 놀랐어. 그레이윈드 공작과 헌터 경이 왔다고 해서."

"초대받아서 왔을 뿐이야."

"너 바이트 백작 싫어하잖아."

그렇긴 하지. 애쉬는 입을 다물었다. 데니스는 '흐응?' 하는 표정으로 세이레나를 바라보더니 입을 열었다.

"꽉 잡혔네, 꽉 잡혔어."

"또 뭐가."

불만스럽다는 애쉬의 표정에 데니스는 킬킬대며 말했다.

"여기, 헌터 경이 온다고 해서 따라온 거지?"

그렇지 않아도 방금 그 이야기를 했다. 세이레나는 부끄러워하며 시선을 돌렸고 애쉬는 못마땅하다는 표정으로 데니스에게 말했다.

"그러는 넌 왜 온 거야?"

"왜 오다니? 당연히 초대받았으니까 지."

"너도 바이트 형제들을 잡았잖아."

"그렇긴 하지만 내가 좀 중요한 사람이거든."

"중요한 사람?"

데니스는 어깨를 으쓱해 보이고 애쉬에게 몸을 기울여 나직하게 말했다.

"내가 사교계에서 인기인이잖아."

"허."

어이없다는 듯한 신음이 애쉬의 입에서 흘러나왔다. 그는 헛소리 말라고 타박하려다 멈췄다.

데니스가 사교계의 인기인이긴 하다. 발이 넓어서 애쉬만큼이나 대부분의 파티에 초대받는다. 하지만 애쉬는 데니스가 이번 파티에 초대받은 이유가 그것 때문만은 아닐 거라고 생각했다.

"너, 설마."

애쉬의 미간에 주름이 생겼다. 그는 데니스의 어깨를 잡으며 속삭였다.

"내가 분명 한동안 유흥을 멀리하라고 경고했을 텐데."

데니스도 바이트 백작의 도박판에 초대받았다는 말이다. 애쉬의 말에 데니스의 눈이 커졌다. 그는 놀란 표정으로 몸을 떼고 애쉬를 쳐다보더니 주변을 한번 둘러보고 속삭였다.

"어떻게 알았어?"

어떻게 알긴. 애쉬는 못마땅한 표정으로 말했다.

"내가 모를 줄 알았어?"

하긴. 데니스는 금세 수긍했다. 애쉬의 귀에 들어가려면 충분히 들어간다. 그는 부유한 공작이고 도박판의 가장 환영받는 사람은 선수가 아니라 지갑이 두둑한 초보니까.

데니스는 한숨을 내쉬며 말했다.

"아, 가볍게 할 거야. 가볍게."

"가볍게가 아닐 텐데."

애쉬는 낮은 목소리로 경고했다. 그는 며칠 전부터 기사단에 경고해 왔다. 날이 풀리면서 초대를 받게 되겠지만 유흥에 너무 깊게 빠지지 않도록 조심하라고. 과도한 도박은 금지라는 것까지 이야기했다. 그는 부디 자신의 경고가 부하들에게 먹히기를 바랐지만, 데니스를 보니 아닌 모양이다.

"물론 규모가 좀 클 거라는 말은 들었는데, 잠깐."

질린다는 표정으로 중얼거리던 데니스는 깜짝 놀라서 애쉬를 쳐다봤다. 세이레나와 애쉬를 번갈아 쳐다보던 그는 믿을 수 없다는 듯 물었다.

"그래서 며칠 전부터 유흥에 빠지지 말라고 설교한 거야?"

기사들의 유흥 중 가장 손쉬운 게 카드 게임이다. 게임은 가벼운 도박으로 변하기 십상이고. 그래서 애쉬도 그동안 눈감아 줬다. 그런 그가 며칠 전부터 유흥에 빠지지 말라고 설교를 해 대서 그렇지 않아도 왜 그러나 했다.

데니스는 주변을 둘러보고 애쉬에게 나직하게 물었다.

"설마 왕궁에서……?"

왕궁에서 도박판을 습격하려는 걸 수도 있다. 하지만 그런 거라면 당연히 데니스의 귀에 들어왔을 것이다.

이상하다고 느낀 데니스는 곧이어 말했다.

"확실한 거야? 바이트 백작의 뒤를 봐주는 사람이 이 왕자라는 말이 있던데."

"뭐?"

"네?"

바이트 백작의 뒤를 봐주는 사람이 이 왕자라고? 이번에는 오히려 세이레나와 애쉬가 놀라서 물었다.

응? 데니스는 두 사람의 반응에 뒷 목을 문지르다가 말했다.

"바이트 백작이 요즘 브리츠 님과 자주 만난다는 말이 있던데?"

세이레나는 그렇다 쳐도 애쉬도 몰랐다는 게 놀랍다. 데니스는 어리둥절한 표정으로 두 사람을 쳐다봤다.

근거 없는 소문이었나? 그가 그렇게 생각했을 때 세이레나가 입을 열었다.

"아마 사실일 거예요."

"봤습니까?"

"본 건 아니지만요."

그녀가 왕비였을 때 바이트 백작은 이 왕자와 자주 함께 있었다. 그때나 지금이나 그녀는 정치적으로 움직인다는 게 어떤 건지 잘 모르지만, 그때 바이트 백작과 이 왕자가 친했다면 지금도 친해질 수 있다.

"드럼란리그에서 잡았던 남자가 알빈의 뒤에 아주 높은 사람이 있다고 했잖아요."

세이레나는 그렇게 말하며 바이트 백작을 쳐다봤다. 그때는 그 높은 사람이 바이트 백작이거나 이 왕자, 둘 중 하나라고 생각했다. 하지만 높은 사람은 이 왕자고 바이트 백작이 이 왕자의 수하일 가능성이 크다. 그녀의 아버지가 그랬던 것처럼.

"잠깐."

한참 두 사람과 대화하던 데니스는 이상함을 느끼고 끼어들었다. 그는 고개를 갸웃하며 물었다.

"왕궁에서 잡으려는 것도 아니면 넌 왜 경고를 한 건데?"

세이레나와 애쉬의 시선이 부딪쳤다. 그것을 본 데니스의 입이 딱 벌어졌다.

"애쉬, 너 설마."

설마 그 단장이 직접 도박판을 현장에서 잡으려 할 줄이야.

눈치 빠르게도 세이레나와 애쉬가 바이트 백작의 파티에 참석한 이유를 깨달은 데니스는 허리에 손을 얹었다.

"이거 위험한 분이네."

"그래서 경고했잖아."

과도한 도박은 불법이다. 애쉬는 할 만큼 했다. 눈치 빠른 자들을 수상함을 느끼고 발을 뺐을 것이다. 하지만 데니스는 어깨를 으쓱해 보이며 말했다.

"나한테는 말도 안 하고?"

이건 좀 섭섭하다. 하지만 애쉬는 담담하게 말했다.

"네가 올 줄 몰랐지. 단장과 부단장 둘 다 오면 의심받을 수도 있고."

애쉬는 데니스가 초대받은 줄 몰랐기 때문에 그렇게 생각했다. 알았다면 계획을 다시 짰을 거다.

데니스는 고개를 갸웃하며 물었다.

"그럼, 헌터 경과 단둘이 덮칠 생각이었어?"

"시작은."

애쉬는 그렇게 말하고 고개를 돌렸다. 그는 자연스럽게 파티에 참석한 다른 기사를 쳐다보며 말했다.

"신호하면 참석한 녀석들이 돕기로 했어."

그래서 기사들이 꽤 있었군. 데니스는 애쉬와 세이레나를 보기 전에 만났던 기사들을 떠올렸다. 그는 애쉬의 시선을 따라 자연스럽게 대기하고 있는 기사들을 확인했다. 저 녀석들 외에는 전부 도박에 참여하는 녀석들이라는 말이다.

"그래서 어떻게 하려고?"

"뭘?"

"현장 습격 말이야. 어떻게 할 거냐고."

다시 세이레나와 애쉬의 시선이 부딪쳤다. 세이레나는 조심스럽게 물었다.

"우리랑 엮이면 곤란할 텐데요?"

"무슨 소립니까? 친구와 친구의 적이라면 당연히 친구의 편에 서야죠."

친구는 애쉬와 세이레나고 친구의 적은 바이트 백작이다. 데니스의 말을 들은 애쉬가 픽 웃으며 말했다.

"그런 놈이 친구의 적이 여는 파티에 참석하냐?"

"공짜 술과 공짜 사교의 장이라고."

안 가는 놈이 멍청한 거지. 어이없는 말에 애쉬는 낮게 웃음을 터트렸다. 세이레나는 뻔뻔한 데니스의 말에 멍하니 그를 쳐다보고 있었다.

"도박장이 어디에서 열리는지 알아봐 줘."

"너는?"

"나는."

애쉬는 세이레나를 내려다봤다. 두 사람이 여기 온 건 바이트 백작의 도박장을 잡으려는 것뿐만이 아니다. 게일이 바이트 백작에게 도박으로 넘긴 말 권리서를 찾으려는 것도 있다.

"헌터 경의 후견인 자격을 박탈할 증거를 찾아보려고."

"헌터 경?"

데니스는 어리둥절한 표정으로 애쉬와 세이레나를 쳐다보다가 다시 물었다.

"덜 예쁜 쪽?"

분위기가 싸늘해졌다. 세이레나는 무슨 소리인지 몰라 멀뚱멀뚱 쳐다보고 있었고 애쉬는 이를 갈며 말했다.

"한 번만 그 헛소리를 하면 덜 예쁜 쪽은 네가 될 거다."

"아, 알았어."

회심의 농담이었는데. 데니스는 그렇게 투덜거린 뒤 다시 물었다.

"헌터 경의 후견인 자격을 박탈할 증거가 뭔데?"

"말 권리서요."

"말이요?"

무슨 소리냐는 데니스에게 애쉬가 간단하게 설명했다. 에즈라의 말을 살 돈으로 게일이 말을 사 갔고 그 말이 바이트 백작의 손에 넘어간 것 같다고.

"흠. 그럼 두 사람은 서재를 뒤지겠네."

"침실일 수도 있지."

서류 같은 건 서재에 보관하지만 귀중한 거라면 침실 금고에 넣어 놓기도 한다. 침실이라는 말에 데니스가 히쭉 웃었다. 애쉬가 재빨리 말했다.

"일단 서재부터 찾아보고."

데니스는 농담을 던지려다 세이레나를 쳐다보고 멈췄다. 하긴, 지저분한 농담을 할 때가 아니다. 그는 다시 물었다.

"도박장이 어디서 열리는지 알아본 다음에 어떻게 할까?"

"네가 잡을래, 내가 잡을까?"

"내가 잡는 게 낫지 않겠어?"

데니스의 말에 애쉬가 고개를 끄덕였다. 원래 계획은 도박이 열리는 것을 알게 된 애쉬가 기사들을 데려와 바이트 백작과 참가한 사람들을 조용히 잡아가는 거였다.

하지만 할 수 있다면 애쉬가 아니라 다른 사람이 하는 게 더 낫다. 애쉬는 이미 세이레나와 바이트 백작의 관계 때문에 백작에게 적대적일 거라는 소문이 있으니까.

원활한 재판을 위해서라도 그가 아니라 데니스가 현장을 습격하는 게 낫겠지.

"어디에서 열리는지 알려 줘."

애쉬의 말에 데니스가 고개를 끄덕였다. 그때 음악이 흘러나왔다.

"어?"

머리를 맞대고 대화하던 세 사람은 깜짝 놀라서 고개를 돌렸다. 어느샌가 연주가들이 곡을 연주하고 있었다. 넓은 홀 가운데에 춤출 공간을 만들기 위해 사람들이 자연스럽게 벽 쪽으로 물러났다.

"아, 이런."

데니스는 벌써 시간이 이렇게 됐다는 사실에 당황해서 머리를 쓸어 넘겼다. 누구에게 춤을 청할지 미리 정해 놨어야 했는데 계획을 세우느라 늦어 버렸다.

"헌터 경, 혹시……."

"될 것 같아?"

데니스의 입에서 말이 채 끝나기도 전에 애쉬가 퉁명스럽게 말했다. 당연히 안 된다.

세이레나 역시 그가 무슨 말을 하려는지 깨닫고 말했다.

"전 약혼했으니까요. 첫 번째 춤은 약혼자와 춰야죠."

"아, 역시 그렇죠?"

당연한 걸 물어봤다. 데니스는 머리를 쓸어 넘기며 투덜거렸다. 어쩌나. 그가 왜 그러는지 몰라서 세이레나는 고개를 갸웃하며 물었다.

"아무에게나 가서 청하면 되잖아요?"

"그게 안 돼, 이 녀석."

애쉬의 말에 세이레나의 시선이 그를 향했다. 어째서? 의문을 품은 보라색 눈동자가 애쉬의 검은색 눈동자에 들어왔다. 그는 재미있다는 표정을 지으며 말을 이었다.

"권할 순서를 아주 세심하게 조율해야 하거든."

"권할 순서를 왜 조율해요?"

파티에서 춤을 출 때 규칙이 몇 개 있지만 그리 어렵지 않다. 약혼하거나 공인된 연인이 있다면 첫 번째 춤은 무조건 그 사람과 출 것.

기혼자에게 청할 때는 기혼자의 배우자에게 먼저 허락을 받을 것. 연인이 아니라면 두 번 연속해서 춤추지 말 것.

어차피 데니스는 미혼이고 약혼하거나 연인이 있는 게 아니니 그와 똑같이 미혼에 약혼하지 않고 연인이 없는 사람에게 권하면 된다.

하지만 그건 세이레나처럼 가까운 이성이 전혀 없을 때나 가능한 거다. 애쉬는 주변을 두리번거리는 데니스를 대신해서 설명했다.

"예를 들면 저기 보이드 양 말이야. 지난번 파티에서 데니스와 첫 번째로 춤을 췄거든. 그러니 제외."

하긴. 세이레나는 고개를 끄덕였다. 연속해서 두 번이나 파티에서 처음으로 춤을 추면 사람들의 구설에 오르게 된다.

애쉬는 이어서 왼쪽으로 고개를 돌리며 말했다.

"그리고 저기 있는 월즈 양은 지난번 파티에서 두 번 춤을 췄거든."

연속해서 춤을 춘 건 아니었다. 하지만 지난번 파티에서 두 번 춤을 추고 이번에 파티에서 첫 춤을 함께 춘다면 역시 구설에 오른다.

애쉬는 이번에는 오른쪽으로 고개를 돌리며 말했다.

"아담스 양과 오스틴 경은 구혼자가 있고."

아담스 양과 오스틴 경 근처에 첫 춤을 청하기 위해 기다리는 남자들이 보인다. 저 사람들이 있는데 데니스가 춤을 청하면 그는 순식간에 저 남자들의 공통의 적이 될 것이다.

무슨 소리인지 알겠다. 세이레나는 고개를 끄덕이며 데니스의 팔꿈치를 잡아당겼다.

"네?"

"저기 있는 올슨 경과 할 경은 최근에 구혼자가 생겼어요. 노리스 경이랑 레예즈 경은 마음에 두고 있는 사람이 있고요."

데니스의 얼굴이 일그러졌다. 방금 춤을 청하려던 사람이 노리스 경이었기 때문이다. 그는 억울한 표정으로 말했다.

"돕는 겁니까, 방해하는 겁니까?"

"돕는 거죠."

세이레나는 천연덕스럽게 대꾸하고 다시 입을 열었다.

"아, 저기 히긴스 경도 마음에 둔 사람이 있어요."

"으으, 헌터 경."

불만스럽다는 데니스의 말투에 애쉬가 넉살 좋게 말했다.

"그러니까 나처럼 아무와도 춤을 안 췄으면 됐잖아."

"아무와도 춤을 안 췄어요?"

애쉬의 말에 세이레나가 다시 그를 쳐다보며 물었다. 애쉬의 얼굴이 일그러졌다.

데니스는 머리를 쓸어 넘기며 투덜거리듯 말했다.

"재미없는 놈이죠."

"그냥 춤을 추고 싶지 않았을 뿐이야."

가깝지도 않은 여자와 달라붙는 게 싫었을 뿐이다. 하지만 데니스는 말도 안 된다는 듯 타박했다.

"그래서 그걸 전부 거절하냐?"

"싫으면 거절할 수도 있지."

애쉬는 별거 아니라는 표정이었다. 원하지도 않는 여자와 춤 추느라 데니스처럼 골머리 썩고 싶지 않았다. 어차피 거절할 거면 동등하게 모두에게 거절하는 게 깔끔하지 않은가.

하지만 데니스 역시 모두에게 동등하게 청하는 춤은 모두 받아들였다.

"이제부터라도 거절하는 게 어때요?"

세이레나는 조심스럽게 의견을 제시했다. 애쉬가 모든 청을 거절했다면 데니스도 그러면 되지 않을까.

하지만 데니스는 고개를 저으며 말했다.

"만약 그럼 제게 연인이 생겼다는 소문이 날걸요?"

"어, 연인이 생겼다는 소문이 나는 게 싫은 건가요?"

"그게 아니라, 그럼 누가 제 연인인지 다들 지켜볼 테니까요."

조금만 데니스와 친밀한 것 같으면 그녀가 데니스의 연인이라는 소문이 날 거라는 말이다. 엄청난 실례다.

다시 머리를 부여잡는 데니스에게 애쉬가 꼴좋다는 표정으로 말했다.

"그러게 적당히 했어야지."

"네가 너무 매정한 거라고."

독한 자식. 데니스는 애쉬를 노려봤다. 어떻게 여자들이 용기를 끌어모아 청하는 걸 차가운 표정으로 단칼에 거절하느냐 말이다.

그는 애쉬처럼 매정하게 굴 수 없다. 결국, 열심히 두리번거린 끝에 남편 없이 혼자 온 노부인을 발견한 데니스는 환한 표정으로 발걸음을 옮겼다.

"멍청한 녀석."

애쉬는 성큼성큼 걸음을 옮기는 친구의 뒷모습을 쳐다보며 한심하다는 듯 말했다. 그가 보기엔 언젠가 데니스는 저 성격 때문에 큰코다칠 거다.

"애쉬."

그때 세이레나가 애쉬의 팔꿈치를 잡아당기며 그를 불렀다.

"왜?"

시선을 내린 그에게 세이레나가 조심스럽게 물었다.

"그럼 내가 춤을 청해도 거절할 거예요?"

애쉬의 얼굴에 미소가 천천히 번졌다. 그는 세이레나의 손을 잡으며 말했다.

"제가 어찌 감히."

두 사람은 나란히 사람들을 뚫고 넓게 생긴 공간 안으로 들어갔다. 결혼한 지 얼마 안 된 부부 두 쌍과 최근 약혼한 커플 한 쌍이 먼저 춤을 추고 있었다.

세이레나와 애쉬는 자연스럽게 그 안에 끼어들었다.

"처음이네."

애쉬는 한 손으로 세이레나의 허리를 끌어안으며 말했다. 기분 좋은 듯한 목소리에 세이레나는 스텝을 살피느라 내렸던 고개를 올렸다.

"뭐가요?"

"우리가 정식으로 춤추는 거 말이야."

아. 그제야 세이레나는 애쉬가 무슨 말을 하는지 깨달았다. 두 사람이 춤을 춘 건 이번이 두 번째긴 하지만 첫 번째는 세이레나가 근무 중이었고 드레스 차림도 아니었다. 심지어 음악도 애쉬가 허밍으로 불렀다.

그러게. 세이레나는 그의 가슴에 뺨을 대며 키득거렸다.

"사람들 앞에 나서기 전에 연습할 기회가 있어서 다행이었네요."

"사람들 앞에 나서기 전에 단둘이 춤출 수 있는 기회였지."

"하지만 그땐 드레스 차림도 아니었잖아요."

"옷이 무슨 상관이야. 우리가 함께 춤을 추는데."

애쉬는 그렇게 말하며 세이레나의 허리를 잡아당겼다. 옷이 무슨 상관이고 장소가 무슨 상관이란 말인가. 그에게는 그녀와 단둘이 있을 수 있다는 게 더 중요했다.

세이레나의 가슴 어딘가 한구석이 간질간질해졌다. 그녀는 빙그레 웃으며 놀리듯 물었다.

"춤추는 걸 싫어하는 게 아니었어요?"

"정확히 말하면 춤추는 걸 싫어하는 게 아니야."

애쉬는 능숙하게 세이레나를 끌어안은 채 몸을 돌렸다. 하나둘씩 사람들이 들어오기 시작했다.

싫어하는 게 아니면? 세이레나는 애쉬의 다음 말을 재촉하듯 그를 쳐다봤다.

그는 끙하고 신음하더니 하는 수 없다는 듯 다시 입을 열었다.

"춤을 추려면 좋아하지도 않는 여자와 가까이 붙어 있어야 하잖아. 그게 불편했을 뿐이야."

"여자와 붙어 있는 게 불편해요?"

그런 줄 몰랐다. 놀랍다는 세이레나의 표정에 애쉬가 재빨리 말했다.

"좋아하지도 않는 여자와 붙어서 대화를 해야 하잖아. 그런 게 불편해."

이건 더더욱 놀랍다. 세이레나는 놀라서 물었다.

"좋아하지 않는 여자와 대화하는 게 불편해요?"

애쉬는 검에 대해서라면 얼마든지 대화할 수 있다. 하지만 그 밖의 다른 것은 별로 관심이 없다. 그러니 검을 주제로 한다면 대화를 하기 쉽다. 하지만 춤을 추면서 새로 나온 검이 어떤지, 검술이 어떤지 대화할 수는 없는 것 아닌가. 자신의 약점을 들키기 싫어서 애쉬는 씩 웃으며 말을 돌렸다.

"별로 춤추는 걸 좋아하지도 않고."

어. 세이레나의 표정이 어두워졌다. 춤추는 걸 좋아하지 않는데 그녀 때문에 억지로 추는 게 아닐까 하는 걱정 때문이다.

그녀의 표정 변화를 본 애쉬가 재빨리 말했다.

"하지만 넌 춤추는 걸 좋아하지."

"내가요?"

그래. 애쉬는 고개를 끄덕였다. 그는 작년, 세이레나의 부모님이 사망하기 전에 참석한 파티에서 세이레나가 어떤 남자와 춤을 추는 걸 봤다. 그리 자주는 아니었지만, 파티에 참석하면 세이레나는 꼭 한두 번씩은 춤을 추곤 했다. 그래서 그는 그녀가 춤추는 걸 좋아한다고 생각했다.

하지만 세이레나에게는 십 년도 전의 옛날 기억이라 그녀는 미간을 찡그리며 골똘히 생각하다가 말했다.

"난 당신과 춤춘 것밖에 기억이 안 나요."

"일 년 전쯤, 어느 후작의 생일 파티였을 거야."

그렇게 말해도 세이레나는 기억나지 않는다. 그녀는 기억을 더듬다가 왕비일 때의 화려하고 공허했던 자신의 생일 파티만 떠올리고 고개를 저었다.

"어느 백작 자제와 춤을 추고 있었거든. 아마 그때 네가 입은 게 노란색 드레스였던 걸로 기억해."

노란색 드레스? 세이레나는 깜짝 놀라서 눈을 동그랗게 떴다.

"그런 것까지 기억해요?"

그러게. 애쉬는 자신의 기억력에 놀라 쓰게 웃었다. 또렷하게 기억난다. 어느 후작의 오십 번째 생일이었다. 그래서 꽤 크게 파티를 열었고 애쉬는 하는 수 없이 참석했다.

춤을 청하는 여성들을 모두 거절하며 언제쯤 떠나도 될지 시간만 보고 있을 때 세이레나가 춤을 추기 시작했다. 파트너는 멍청해 보이는 남자였다.

그는 곧 남자가 어느 백작의 아들이라는 것을 떠올렸다.

"붉은색 꽃을 달고 있었지."

붉은색 꽃? 세이레나는 곧 애쉬가 말하는 게 코르사주라는 것을 깨달았다. 별걸 다 기억하네. 신기하다는 듯한 세이레나의 표정에 애쉬는 슬쩍 시선을 피했다.

"어떤 관계인지 궁금했거든."

이어지는 애쉬의 고백에 세이레나는 피식 웃었다. 아무 관계도 아니었을 것이다. 그녀는 전혀 기억이 안 나니까.

왕비가 되기 전에 다른 남자들과 춤을 췄던 기억은 난다. 그 중에 같은 기사단의 기사도 있었다. 하지만 특별한 사람은 아무도 없었다.

"저쪽에서 권하니까 받아들였던 걸 거예요."

춤은 남자도 여자도 권할 수 있다. 하지만 예전의 세이레나는 먼저 춤을 청할 정도로 용기 있지 않았다. 왕비가 됐을 때는 더 그랬다.

왕의 앞에서 감히 다른 남자에게 춤을 청할 수 있을 정도로 그녀는 용감하지도, 목숨이 아깝지도 않았다.

딱 한 번, 누군가 권해 줬을 때를 빼고.

"내가 권했어도 받아들였을까?"

애쉬가 물었다. 음악은 끝을 향해 달려가고 있었다. 세이레나는 그의 어깨에 얹은 자신의 왼손과 그의 손을 잡은 자신의 오른손을 본 다음 천천히 고개를 들었다.

깔끔하게 뒤로 넘긴 검은색의 머리카락과 반듯한 이마 아래로 검은색 눈동자가 그녀를 바라보고 있었다. 드레스 너머로 그녀가 다리를 움직일 때마다 단단한 애쉬의 허벅지가 스쳤다.

그때의 남자는 애쉬였을까. 세이레나의 머릿속에 여러 가지 생각이 스쳤다. 두 사람이 아무 관계가 아니었다면 그는 왜 그녀에게 춤을 권했던 걸까. 그것도 왕비에게.

"애쉬, 내게 춤을 청하고 싶었어요?"

세이레나의 질문에 애쉬가 멈칫했다. 그 때문에 그녀의 다리와 그의 다리가 부딪쳤다.

"앗!"

세이레나의 몸이 비틀거리는 순간 애쉬는 재빨리 그녀의 몸을 끌어안고 원래 스텝을 밟았다. 세이레나의 발이 바닥에 닿았다.

생각해 보니 지난번에도, 이번에도 두 번 다 세이레나가 먼저 춤을 추자고 했다. 멍청했다. 다음번에는 자신이 권해야겠다고 생각하며 애쉬가 말했다.

"언젠가는."

세이레나에게 춤을 청해야겠다고 생각한 적은 없지만 그녀와 춤을 추면 어떨지 궁금했던 적은 있다. 어느 후작의 생일 파티에서 다른 남자와 춤을 추는 세이레나의 몸이 가볍고 재빨라 보였다.

저런 사람을 끌어안고 춤을 추면 어떨지 궁금했다. 하지만 이런 생각은 신사로서 할 생각이 아니라 애쉬는 억지로 밀어 놓고 집으로 돌아갔었다.

"왜요?"

세이레나는 애쉬를 올려다보며 물었다. 미래의 애쉬는 왜 왕비인 그녀에게 춤을 권했던 걸까. 두 사람이 아무 관계가 아니었다면 대체 그 춤은 뭐였을까.

천천히 음악이 잦아들었다. 사람들의 춤이 멈추고 세이레나와 애쉬의 움직임도 멈췄다.

애쉬는 세이레나를 끌어안은 채 그녀를 내려다보고 있었다.

왜냐고? 그는 세이레나의 질문에 당황하고 있었다. 그냥 춤을 청하는 건데 왜라는 것까지 필요한가?

하지만 그는 곧 자신이 누구와도 춤을 추지 않는 이유를 떠올렸다. 마음에도 없는 여자와 한 곡이 지나가는 시간 동안 붙어서 쓸데없는 이야기를 하고 싶지 않았다.

그는 여자에게 별로 관심이 없었다. 어떤 여자가 뭘 좋아하는지, 어떤 책을 읽는지 같은 건 그의 관심 밖이었다.

하지만 세이레나는 궁금했다. 뭘 좋아하고, 무슨 고민을 하는지 알고 싶었다. 그가 누군가에게 춤을 청했다면 고작 호기심 때문만은 아닐 것이다.

애쉬의 미래와 세이레나의 과거가 맞닿았다. 그는 나직하게 말했다.

"언젠가 너를 사랑하게 됐을 테니까."

애쉬의 말에 세이레나의 얼굴이 확 하고 붉어졌다. 사람들의 눈에도 세이레나가 애쉬의 말에 얼굴을 붉히는 거로 보였다.

다정한 말이라도 한 모양이라고 생각하며 사람들이 속삭였다.

"좋을 때죠."

"공작이 저 아가씨를 정말 좋아하는 모양이군요."

부끄럽다. 세이레나는 부랴부랴 사람들 사이에서 빠져나왔다. 그 뒤를 애쉬가 재빨리 따랐다.

"왜 그래?"

세이레나가 왜 부끄러워하는지 모르는 애쉬는 어리둥절해서 물었다.

왜 그러냐니. 세이레나는 몰라서 묻냐는 투로 말했다.

"당신은 그런 말을 참 잘하는 거 같아요."

"무슨 말?"

애쉬는 정말로 모르는 표정이었다.

세상에. 세이레나는 다시 얼굴을 붉혔다. 이런 남자긴 했다. 귀걸이를 사 줄까, 목걸이를 사 줄까 고민이 되면 둘 다 사 주라는 교육을 받고 자란 사람이다. 부유할 뿐 아니라 다정한 사람이다. 그녀는 손을 뻗어 애쉬의 손을 잡았다.

그녀는 왕비일 때도 부유한 남자와 살았다. 이 나라에서 왕보다 부유한 사람은 없다. 하지만 남자가 부유한 것과 다정한 것은 다른 문제다. 세이레나는 자신이 얼마나 운이 좋은지 깨달았다.

왕비였을 때 그녀의 주변에 있는 남자는 잔인한 왕과 이기적인 게일뿐이었다. 친구는 없었다. 고독했다. 늘 주변이 서늘하게 느껴졌었다.

하지만 애쉬와 함께 있으면 늘 훈훈하게 느껴졌다. 그건 그의 몸에서 나오는 열기 때문도 있겠지만 이런 마음 씀씀이 때문이기도 할 것이다.

"고마워요."

세이레나의 변화를 따라가지 못해 당황한 얼굴로 물었다.

"뭐?"

부끄러워한다 싶더니 화내는 것 같다가 갑자기 고맙단다. 그는 대체 세이레나의 머릿속에 무슨 생각이 흘러가는지 궁금했다.

세이레나는 빙그레 웃으며 다시 말했다.

"당신, 참 좋은 사람이라고요."

왜 여기서 좋은 사람이 나오지? 애쉬가 어리둥절해 하는 사이 세이레나는 그의 손을 잡고 좀 더 사람들에게서 멀어졌다. 애쉬 와 춤을 추는 건 좋았지만 이제 서재를 찾아야 한다.

"레나, 난 좋은 사람 같은 건 되고 싶지 않아."

뒤늦게 애쉬가 말했다. 세이레나는 애쉬의 손을 잡은 채 그를 힐끔 처다보며 물었다.

"그럼 나쁜 사람이 되고 싶어요?"

아니, 그건 아닌데. 애쉬가 뭐라고 말해야 할지 몰라 망설이는 사이 세이레나는 서재로 보이는 문을 발견했다. 그녀는 애쉬를 잡아당기며 물었다.

"저기 있을까요?"

"글쎄."

이런 파티가 있는 날은 서재의 비싸거나 중요한 물건은 미리 빼놓기 마련이다. 수많은 사람이 오고 가기 때문에 도둑이 들기 도 쉬우니까.

하지만 어쩌면.

세이레나는 슬쩍 뒤를 돌아보았다. 그녀가 애쉬와 함께 파티 에 참석했으니 바이트 백작의 사람들이 지켜보고 있을 수도 있 다.

파티가 열리고 있는 홀은 소란스러웠다. 이야기하는 사람들과 홀 가운데 춤을 추는 사람들로 정신이 없어 보인다. 하지만 그 사이에서도 세이레나와 애쉬는 사람들의 주목을 받을 수밖에 없는 사람들이다. 두 사람은 행동을 조심하느라 멈췄다.

두 사람이 어떻게 해야 할지 망설일 때 마침 데니스가 두 사람을 발견했다. 눈치 빠르게도 그는 세이레나와 애쉬가 서재를 들어가려는 것을 알았다. 그는 손을 들어 사용인을 불렀다.

"잠깐 누가 여기 좀 와 주게!"

그 순간 백작가의 사용인과 백작의 수하들이 데니스를 쳐다봤다.

지금이다.

세이레나는 재빨리 서재 안으로 들어갔다. 애쉬 역시 그녀의 뒤를 따랐다.

"서랍은 잠겼어요."

애쉬가 서재에 들어와 사위를 살펴보는 사이 책상을 뒤진 세이레나가 속삭였다. 권리서를 빼놨을 거라고는 생각했지만 아예 서랍이 잠겼을 줄은 몰랐다. 실망하는 그녀에게 애쉬가 다가가며 말했다.

"가늘고 긴 거 있어?"

"머리핀이라면요."

머리카락이 짧아서 끈보다는 핀을 더 자주 사용한다. 세이레나는 핀을 빼서 그에게 내밀었다.

애쉬는 핀을 받아 들며 물었다.

"망가져도 괜찮겠어?"

세이레나는 고개를 끄덕였다. 그래도 좀 미안하다. 애쉬는 핀을 양손으로 잡으며 속삭였다.

"하나 새로 사 줄게."

"괜찮다니까요."

애쉬는 자신의 생각을 더 이상 억지로 밀어붙이지 않고 책상 뒤로 돌아 몸을 숙였다. 그의 손안에서 길게 편 핀이 똑 하고 두 개로 부러졌다. 세상에. 세이레나는 깜짝 놀라서 눈을 크게 떴다.

저거 부러지는 거였어?

열쇠 구멍 안으로 핀 두 가닥이 들어갔다. 세이레나는 애쉬의 옆에 쪼그리고 앉아서 물었다.

"해 봤어요?"

"음."

"언제요?"

"어릴 때."

달칵달칵하고 열쇠 구멍에서 작은 소리가 났다. 애쉬는 핀을 위아래로 움직이며 말을 이었다.

"아버지가 훈련장 문을 잠가 두셨거든."

"훈련장이요?"

"무기가 많으니까. 내가 들어갔다가 다칠까 봐 걱정되기도 하고 또……."

거기까지 말한 애쉬의 말이 멈췄다. 그의 손끝에서 달카하는 소리가 났다.

애쉬는 세이레나를 돌아보며 말했다.

"어머니 때문에."

아. 세이레나는 그레이윈드 공작 부인의 공포증을 떠올렸다. 훈련장을 잠가 둬야 할 정도였던 거다. 그녀의 선단 공포증은.

이윽고 애쉬가 서랍을 열었다. 그 안에 든 것을 살펴본 세이레나는 실망한 얼굴로 고개를 저었다. 말 권리증은 없다. 전부 그녀에게는 쓸모없는 서류였다.

"그럼 침실로 가야 한다는 말이네."

애쉬는 그렇게 말하며 일어섰다. 두 사람은 누가 오기 전에 재빨리 서재 밖으로 빠져나왔다.

다행히 두 사람이 서재에 드나드는 것을 본 사람은 없었다. 세이레나와 애쉬는 사람들의 의심을 피하기 위해 다시 홀로 돌아와서 몇몇 사람들과 인사를 나눴다.

"이거 그레이윈드 공작 아니십니까?"

누군가가 빈정대는 듯한 말투로 말을 걸었다. 세이레나는 애쉬의 곁에서 젊은 백작 부인과 대화를 하고 있었다. 그녀가 힐끔 쳐다보자 낯익은 얼굴이 보였다.

"러셀 경."

애쉬는 가볍게 고개를 끄덕했다. 기사단에 있다가 얼마 전에 그만두고 나간 자다. 정확히 말하면 하위 분단에서 오래 머무르기에 그가 그만두는 게 어떻냐고 권해서 나갔다.

"역시 공작님쯤 되니 자신이 재판에 넘긴 집안의 파티에도 참석하시는군요."

분위기가 가라앉았다. 평화롭게 대화하던 사람들이 힐끔힐끔 애쉬와 러셀 경의 눈치를 살피기 시작했다.

"초대받아서 온 것뿐이네."

애쉬는 덤덤하게 말했다. 남자들은 그와 친해지려 하거나 그를 시기했고 애쉬는 그 둘 다에게 익숙했다.

"그러니까 말입니다."

러셀 경은 잔에 든 것을 홀짝이고 다시 빈정거렸다.

"보통은 자신이 재판에 넘긴 집안의 파티는 참석하지 않잖습니까. 역시 최연소 소드 마스터는 달라요."

세이레나와 대화하던 젊은 백작 부인도 러셀 경의 존재를 알아차렸다. 그녀가 말을 멈췄기 때문에 세이레나도 대화를 멈추고 러셀 경을 향해 돌아설 수 있었다.

애쉬는 뭐라고 해야 할지 고민하고 있었다. 초대받아서 참석했을 뿐이라고 좋게 넘길지 네가 무슨 상관이냐고 창피를 줄지. 하지만 그때 세이레나가 입을 열었다.

"제가 같이 와 달라고 했는데요."

러셀 경은 그제야 애쉬의 곁에 있는 세이레나를 발견했다. 그녀가 등을 돌리고 백작 부인과 대화하고 있었던 탓이다. 그는 세이레나를 보고 움찔하고 물러났다.

아는 사람이다. 기사단에서 몇 번이나 말을 걸고 싶었지만 걸지 못했던 여기사였다. 러셀 경은 저도 모르게 말했다.

"허, 헌터 경?"

"바이트 백작께서 사람을 시켜 초대장을 보내셨기에 공작님께 같이 와 달라고 부탁했는데요. 무슨 문제라도 있나요?"

"하지만 바이트 백작님의 아들들을 재판에 넘긴 건⋯⋯."

"공작님이죠. 그리고 바이트 경들이 재판을 받게 된 건 왕궁 경비를 서던 절 공격했기 때문이고요."

러셀 경의 얼굴이 하얗게 변했다. 그 역시 에밀과 그 동생이 어느 기사에게 시비를 걸었다는 말은 들었다. 하지만 그게 왕궁을 경비 중이었던 헌터 경인 줄은 몰랐다.

세이레나는 러셀 경의 얼굴이 하얗게 변하는 것을 지켜보다가 그가 아무 말도 하지 못하자 다시 물었다.

"이유도 모르면서 비난부터 하셨던 건가요?"

"아, 아니, 전⋯⋯."

러셀의 입이 다시 닫혔다. 뭐라고 말해야 할지 모르겠다.

당황하는 그에게 세이레나가 다시 말했다.

"일의 앞뒤 상황도 모르고 비난부터 하신 건가요? 설마 바이트 백작가의 입장을 대변하시는 건가요?"

러셀 경은 그대로 얼어붙었다. 지금 그의 행동이 바이트 백작가의 입장을 대변한 게 되면 큰일이다. 피해자를 초대해 놓고 시비를 건 것이나 다름없다.

그는 허둥지둥 입을 열었다.

"아닙니다. 절대, 절대 아닙니다. 저는 그저 친구들이 재판을 받는 게 속상해서……."

"진정한 친구라면 친구들의 잘못을 바로잡을 수 있게 도와줘야 하지 않나요? 피해자를 도와준 사람에게 시비를 거는 게 친구의 행동으로 옳다고 생각하세요?"

"아, 아니……."

러셀 경은 세이레나의 정론에 말문이 막혔다. 입이 열 개라고 해도 할 말이 없다. 그런 두 사람의 모습에 애쉬는 눈을 휘둥그레 뜨고 쳐다보고 있었다.

"죄, 죄송합니다."

결국 러셀 경은 고개를 떨구고 중얼거렸다. 하지만 이 정도로 넘어갈 생각은 없다.

세이레나는 차가운 어조로 말했다.

"사과할 대상은 제가 아닐 텐데요?"

러셀 경의 표정이 일그러졌다. 그는 머뭇머뭇 애쉬에게로 고개를 돌렸다.

애쉬는 팔짱을 낀 채 재미있다는 듯 세이레나와 러셀 경을 쳐다보고 있었다. 그런 그에게 러셀 경이 다시 말했다.

"죄송합니다."

"괜……."

애쉬가 괜찮다고 말하려 했을 때였다. 세이레나가 끼어들었다.

"뭘 잘못했는지도 말해야죠."

애쉬의 한쪽 눈썹이 올라갔다. 그는 믿을 수 없다는 표정으로 세이레나를 쳐다봤고 러셀 경은 거의 울 것 같은 표정을 지었다.

"잘 알지도 못하면서 나서서 죄송합니다."

러셀 경의 사과가 끝나자 세이레나는 애쉬를 쳐다봤다. 그 시선을 깨달은 그는 허둥지둥 가슴 앞으로 팔짱을 꼈던 것을 풀며 말했다.

"괜찮네."

애쉬의 말이 끝나자마자 러셀 경은 주춤주춤 물러났다. 세이레나는 냉정한 시선으로 러셀 경이 뒷걸음질로 사라지는 것을 쳐다봤다.

"세상에, 헌터 경."

젊은 백작 부인이 웃음을 터트리며 세이레나를 불렀다. 다른 사람들도 웃음을 터트리며 세이레나의 곁에 다가왔다.

"약혼자가 지켜 줘서 다행이군요, 그레이윈드 공작."

"그러게 말입니다."

사람들의 농담 섞인 칭찬에 애쉬는 씩 웃으며 받아쳤다. 그제야 세이레나는 자신이 무슨 짓을 한 건지 깨달았다.

세이레나의 얼굴이 달아올랐다. 그녀는 새빨개진 얼굴로 손을 저으며 말했다.

"아니, 전, 그게 아니라……."

"잘했어요. 저런 녀석은 혼 좀 나야 해."

"맞아요. 자기가 뭐라고 나서요? 나서길."

그녀는 그냥 애쉬에게 시비를 거는 멍청이에게 화를 낸 것뿐이다. 그걸 이렇게 칭찬받을 줄은 몰랐다.

어쩔 줄 몰라 하는 세이레나의 모습이 오히려 사람들에게 호감을 샀다.

"잘했어요, 잘했어."

사람들의 칭찬을 받으며 세이레나는 간신히 애쉬와 함께 그 사이에서 빠져나왔다. 여전히 새빨간 세이레나의 얼굴을 보고 애쉬가 웃음을 터트렸다.

"그레이윈드 공작이 쫓아다녀서 약혼했다더니 헌터 경도 마음이 있었구만."

"그러게. 천생연분이야."

사람들은 부끄러워서 어쩔 줄 몰라 하는 세이레나와 그녀를 끌어안는 애쉬를 보며 이야기했다.

세이레나가 그의 편을 들어 준 탓에 애쉬는 기분이 아주 좋았다. 그의 얼굴이 환하게 빛났다.

"좋아 죽네, 좋아 죽어."

"얼마나 좋겠어요."

"한창 좋을 때죠."

애쉬는 사람들의 시선을 받으며 세이레나의 허리를 끌어안고 구석으로 향했다. 여전히 세이레나는 두 손에 얼굴을 묻은 채 신음하고 있었다.

"내가 미쳤었나 봐요."

"날 도와준 게?"

"사람들 앞에서 누굴 혼낸 게요."

"잘했다니까."

애쉬는 쿡쿡대며 세이레나를 사용인용 계단으로 데려갔다. 침실을 뒤지려면 이 층으로 올라가야 한다. 하지만 메인 계단은 사람들의 눈에 띄기 때문에 구석에 있는 사용인용 계단으로 온 것이다.

"그런데 침실에 있을까요?"

애쉬의 뒤를 따라 계단을 올라가며 세이레나가 속삭였다.

서재에는 없었다. 서랍이 잠겨 있어서 당연히 거기 있을 거라 생각했는데도.

"글쎄."

애쉬는 계단 위 복도에 누가 있는지 확인하며 말했다. 침실에 없을 수도 있다. 운이 나쁘다면 바이트 백작이 집 안이 아니라 은행에 보관했을 수도 있다. 그와 똑같은 생각을 세이레나도 하고 있었다. 그녀는 애쉬의 등에 손을 내고 속삭였다.

"만약, 여기 없으면요?"

애쉬는 잠시 입을 다물었다. 그러면 게일이 헌터 백작가의 재산을 유용한다는 증거를 찾기 어려워진다. 은행에 침입하는 건 바이트 백작의 저택에 초대받아 가는 것과 전혀 다른 문제다.

"있을 거야."

애쉬는 세이레나를 데리고 복도로 들어서며 속삭였다. 세이레나를 위로하려고 일부러 하는 말이 아니다. 그는 높은 확률로 바이트 백작이 말 권리서를 자기 집에 뒀을 거라고 생각하고 있었다.

"어째서요?"

"출처가 불분명한 재산이잖아. 은행에 뒀다가 의심을 살 수가 있으니까."

도박으로 생긴 재산이다. 애쉬는 그럴 생각이 없지만, 자신이 도박으로 재산을 불린다면 저택에 둘 거라고 생각했다.

"그렇구나."

세이레나의 어두웠던 얼굴이 조금이나마 밝아졌다. 여기 있었으면 좋겠다. 게일과 얽히는 건 이제 지긋지긋했다.

그런 세이레나의 얼굴을 내려다보며 애쉬가 말했다.

"걱정 마. 설령 여기 없더라도 찾아낼 테니까."

아니면 게일을 쫓아낼 다른 방법을 생각해 내든가. 그렇게 생각하는 애쉬를 세이레나가 뒤에서 끌어안았다.

"어?"

"고마워요."

그녀는 뒤돌아보는 애쉬에게 빙그레 웃으며 말했다.

"도와줘서 고마워요. 당신은 좋은 사람이에요."

애쉬의 표정이 가볍게 굳었다. 그는 좋은 사람이고 싶은 게 아니다. 지난번에도 말했지만 그런 하고많은 사람이 될 생각은 추호도 없다.

하지만 그가 그렇게 말하려는 순간 복도 반대편에서 누군가의 그림자가 드리워졌다.

"이쪽으로."

애쉬는 재빨리 가장 가까운 방의 문을 열고 세이레나를 끌어당겼다. 그는 재빨리 방 안으로 들어가 문을 닫았다.

아무리 파티 중이라 해도 이 층은 출입 금지다. 사용인들은 이 층에서 손님을 발견하면 내려보낼 것이다.

애쉬와 세이레나의 시선이 부딪쳤다.

"손님방인 거 같아요."

세이레나는 재빨리 방 안을 훑어보며 말했다. 아깝다. 여기가 바이트 백작의 방이었으면 좋았을 텐데. 하지만 그런 기적이 일어날 리 없다.

애쉬는 문 옆에 서서 복도에 나타난 사용인이 다가오는 소리를 듣고 있었다. 아무래도 두 사람이 방 안으로 들어가는 것을 본 모양이다.

"젠장."

들어와서 나가라고 할 게 분명하다. 그는 세이레나를 내려다보다가 나직하게 물었다.

"나 믿어?"

너무 상투적인 질문이다. 그렇게 말하면 안 됐다. 최소한 그가 무슨 짓을 할지 설명하고 세이레나가 안전하다는 것을 알렸어야 했다.

너무 급한 마음에 멍청한 소리를 해 버렸다. 애쉬가 자신의 혀를 잘라 내고 싶어 할 때 세이레나가 말했다.

"네."

애쉬는 어이가 없어서 그녀를 빤히 쳐다봤다. 마음 같아선 믿긴 뭘 믿냐고 하고 싶은데 그럴 시간이 없었다. 그는 그대로 두 손으로 세이레나의 뺨을 감쌌다. 그녀의 보라색 눈동자가 동그래졌다.

"홋."

입술이 거칠게 부딪쳐 왔다. 마치 잡아먹을 것처럼 애쉬는 세이레나의 입술을 빨았다. 그의 힘을 이기지 못한 그녀의 몸이 비틀거리자 그는 한 손으로 세이레나의 몸을 안아 들었다.

세이레나는 넘어지지 않기 위해 반사적으로 애쉬의 목에 팔을 둘렀다. 그게 그를 더욱 부채질했다.

손님방이라 침대도 있었지만 애쉬는 일부러 소파에 세이레나를 눕혔다. 침대라면 중간에 멈출 자신이 없었다.

그는 세이레나의 가는 목과 뺨을 한 손으로 감싸고 키스를 퍼부었다. 다른 손이 그녀의 가느다란 허리를 쓸고 있었다.

"손님."

하인은 누군가 방에 들어가는 것을 보고 문을 열었다. 파티

중에 눈이 맞은 남녀가 아무 방에나 숨어드는 일은 흔하다. 그런 손님들을 잘 구슬려서 내보내는 건 그의 일이었다.

그는 소파 위에 몸을 숙인 애쉬를 발견하고 움찔했다. 잘 차려입은 커다란 남자가 여자를 덮치는 것처럼 보였다.

"저어, 손님."

하인은 조심스럽게 고개를 빼고 소파 위의 여자를 쳐다봤다. 다행히 덮치는 건 아닌 모양이었다. 깜짝 놀랄 정도로 예쁜 여자가 남자를 꽉 끌어안고 있었다.

어떻게 할까. 그는 다시 한 번 애쉬를 쳐다보고 여기가 손님용 방이라는 것을 떠올렸다.

누가 쓰는 방이면 모르지만 빈방이니까 잠시 그냥 둬도 될 것 같다. 사실 그는 이런 일이 있을 때 방해하면 남자가 매우 화를 낸다는 걸 알았다.

조금 진정된 다음에 다시 부르는 게 낫지 않을까. 하인의 눈이 애쉬의 몸을 향했다. 저렇게 큰 남자가 화를 내면 엄청나게 무서울 것 같다.

결국 하인은 한숨을 내쉬며 방 밖으로 나갔다.

문이 닫히는 순간 애쉬가 고개를 들었다.

"애쉬?"

세이레나는 멍한 얼굴로 그를 쳐다보고 있었다. 보라색의 눈동자가 키스 때문에 흥분했는지 자주색을 띠고 있었다.

애쉬는 흐트러진 세이레나의 금발을 손가락으로 쓸고 키스 때문에 부풀어 오른 그녀의 입술을 문지르며 물었다.

"내가 좋은 사람이라고?"

씩 웃는 얼굴이 깜짝 놀랄 정도로 위험해 보여서 세이레나의 자주색 눈동자가 동그래졌다. 그녀는 멍하니 그를 올려다보다가 빙그레 웃었다.

"좋은 사람이죠."

세이레나의 손가락이 애쉬의 입술을 문질렀다. 그의 입술에 묻어 있던 그녀의 립스틱이 닦여 나갔다.

세이레나는 손가락을 떼며 말을 이었다.

"날 아프게 하지 않았잖아요."

아, 그렇군. 애쉬는 전부터 느꼈던 이상한 기분의 실체를 깨달았다.

세이레나는 남녀 관계에 대해 제대로 알고 있지 않은 모양이었다. 귀족 영식이라면 꽤 흔한 일이다. 부부 관계라는 건 결혼 직전에 딸에게는 어머니가, 아들에게는 아버지가 앉혀 놓고 일러 주는 것이 보통이기 때문이다.

조금 개방적이고 사교적인 사람이라면 언니나 형에게 듣기도 하고 애쉬나 로렌처럼 이미 결혼한 친구를 통해 듣기도 한다.

하지만 세이레나는 이야기해 줄 어머니가 사망했고 결혼한 친구도 없다. 그런 이야기를 들을 길이 없었을 것이다.

특히나 세이레나처럼 남녀 관계에 고지식한 영애라면 먼저 물어보는 일은 더더욱 불가능에 가까울 것이다.

애쉬는 욕망이 천천히 사그라지는 것을 느끼며 입을 열었다.

"이건 아직 아프게 하는 단계가 아닌 거, 알지?"

아무리 약혼녀라고는 하지만 이성에게 말하기는 어려운 주제다. 하지만 세이레나는 아무렇지도 않게 고개를 끄덕이며 말했다.

"알아요. 하지만 우리가 부부가 돼도 나는 아이를 갖지 못하니까요. 당신은 나를 아프게 할 필요가 없어요."

이건 또 무슨 소리야. 애쉬는 입을 벌렸다가 뭐라고 말을 해야 할지 몰라 입을 다시 닫았다.

그때 세이레나가 상체를 일으키며 재빨리 말했다.

"혹시 그것 때문에 당신이 나와 결혼하고 싶지 않다고 해도 이해해요."

"아니."

애쉬는 깜짝 놀라서 세이레나의 팔을 잡았다. 왜 갑자기 이야기가 그렇게 튀지?

그는 최대한 완곡하게 이야기하기 위해 망설이며 말했다.

"나는 너와 결혼하고 싶어."

세이레나의 얼굴이 밝아졌다. 그녀는 빙그레 웃으며 속삭였다.

"나도요."

맙소사. 애쉬의 입에서 한숨이 흘러나왔다. 혹시라도 세이레나가 역시 결혼은 하고 싶지 않다고 할까 봐 심장이 철렁 내려앉았다. 그는 그대로 세이레나의 허리를 끌어안았다.

그녀의 생각보다 애쉬는 훨씬 더 세이레나와 결혼하고 싶었다. 가능하다면 당장에라도. 하지만 그는 에즈라를 위해 참고 있었다.

"그럼 갈까?"

애쉬는 세이레나를 놓고 일어서며 말했다. 다시 바이트 백작의 침실을 찾아야 한다. 그가 복도에 아무도 없는지 확인하는 사이 세이레나는 옷매무시를 다듬었다.

"여기요."

복도로 나와 방을 살피던 세이레나가 애쉬를 불렀다. 반대쪽 방을 열어 보고 있던 그가 고개를 돌리자 그녀는 이미 방 안에 들어가고 있었다.

"레나."

애쉬는 당황해서 세이레나의 뒤를 따라 방으로 들어갔다. 확실히 손님용 방보다 더 크기는 하다. 그가 들어오자 세이레나는 재빨리 문을 닫았다.

"여기 맞아요."

"어떻게 확신해?"

남자의 방처럼 보인다. 하지만 바이트 백작의 저택에 사는 남자는 모두 세 명이다.

바이트 백작과 그의 아들들.

세이레나는 당연하다는 듯 안쪽으로 들어가며 말했다.

"향수요."

"응?"

그제야 애쉬는 이 방에서 바이트 백작이 뿌리던 향수와 똑같은 냄새가 난다는 것을 깨달았다.

그렇군. 그는 씩 웃으며 세이레나를 따라 안으로 들어갔다.

"침대 쪽엔 없어요."

세이레나는 안쪽 침대가 놓인 쪽의 서랍장을 뒤지며 말했다. 편지 같은 걸 두기는 했다. 하지만 전부 별것 아닌 서류였다.

여기 없는 게 아닐까. 그런 걱정이 들 때쯤 애쉬는 금고를 떠올렸다.

세이레나 이미 금고를 찾고 있었다. 따로 금고 방이 없는 한 금고는 서재와 침실에 있기 마련이다. 집문서나 계약 관련한 서류는 서재에, 보석 같은 류는 침실에 두는 게 보통이다.

"금고는 잠겨 있겠죠?"

세이레나는 침실에 딸린 옷 방을 열며 속삭였다. 침대 쪽에 금고가 없었으니 옷 방에 있을 거다. 하지만 옷 방은 옷으로 꽉 차 있었다. 초여름이라 겨울옷은 전부 다른 곳에 옮겨 놨을 거라는 걸 생각하면 바이트 백작은 옷이 꽤 많은 거다.

세이레나는 옷이 가득 든 방 안으로 들어갔다. 애쉬까지 들어가면 꽉 찰 것 같아서 그는 뒤에 남았다.

"어때?"

밖에서 애쉬가 물었다. 세이레나는 넥타이 정글을 헤쳐 살핀 뒤 고개를 들었다.

"이쯤에 있을 것 같은데요."

그녀는 그렇게 말하며 재킷들을 옆으로 치웠다. 뭔가가 잔뜩 쌓여서 잘 보이지 않았던 금고가 그녀의 눈에 들어왔다.

"여기요."

세이레나의 신호에 애쉬가 들어왔다. 옷으로 가득 찬 방에 그까지 들어오니 꽉 찼다.

"좀 볼게."

애쉬는 세이레나가 찾아낸 금고를 살폈다. 최신형인 모양이다. 안타깝게도 그가 딸 수 있는 금고가 아니다.

"이건 어려울 것 같은데."

세이레나는 혹시나 해서 금고문을 잡아당겨 봤다. 하지만 역시 열리지 않는다. 그럼 그렇지. 그녀는 금고 앞에 쪼그리고 앉았다. 일이 그렇게 쉽기 진행될 리가 없다.

그때 그녀의 눈에 금고 위에 무엇인가 가득 쌓인 게 보였다. 단순한 솔 같은 거라고 생각했는데 종이 뭉치였다.

"이건 뭘까요?"

세이레나는 그렇게 말하며 종이 뭉치를 집어 들었다. 혹시 열쇠를 뒀을까 싶어 옷방 이곳저곳을 뒤지던 애쉬가 다가왔다.

"권리서?"

제일 먼저 보인 것은 토지 권리서였다. 쉽게 말해서 땅문서.

"어?"

세이레나의 눈이 커졌다. 애쉬는 가장 앞에 있던 토지 권리서를 받아 들어 살폈다.

"그리 비싼 땅은 아닌데."

수도에서 좀 떨어진 지역이다. 크기도 그리 크지 않았다. 가장 뒤에 추산 금액 역시 애쉬의 예상에서 크게 벗어나지 않았다.

"마차도 있어요."

세이레나는 다음 권리서를 확인하며 말했다. 마차뿐이 아니었다.

혹시.

세이레나의 심장이 빠르게 뛰기 시작했다. 그녀는 재빨리 말 권리서를 찾았다. 종이 뭉치의 뒷부분은 거의 다 말 권리서였다.

"있어?"

토지 권리서를 살핀 애쉬가 고개를 숙이며 물었다. 쪼그리고 앉아 종이 뭉치를 넘기던 세이레나가 고개를 들었다.

"엄청나게요."

"응?"

엄청나게 많았다. 세이레나는 총 스무 마리의 말이 바이트 백작의 손으로 넘어간 것을 확인했다. 마차는 다섯 대나 된다.

"도박에서 얻은 건가?"

애쉬는 세이레나 곁에 쪼그리고 앉으며 누구에게랄 것 없이 말했다. 그가 쪼그리고 앉자 옷 방바닥이 꽉 찼다.

"이걸 왜 금고 밖에 내놨을까요?"

세이레나는 게일이 넘겼을 직한 말을 찾으며 물었다. 말 가격과 태어난 연도를 확인하며 찾자니 게일이 넘겼다고 예상되는 말이 두 마리 나왔다.

"귀찮았을 수도 있고."

애쉬는 세이레나가 살피는 종이를 그녀의 어깨너머로 머리를 숙여 살피며 말했다. 금고 안에 넣기 귀찮아서 대충 금고 위에 올려놨을 수도 있다.

"아니면."

세이레나와 애쉬의 시선이 다시 금고를 향했다. 그리 큰 금고는 아니다. 하지만 보통 사람이라면 이 정도 크기의 금고면 충분할 것이다.

"금고에 더 비싼 거로 가득 찼을 수도 있고."

애쉬의 말에 세이레나의 입이 딱 벌어졌다. 더 비싼 거라고? 그녀는 도박을 해 본 적이 없어서 게일이 말을 넘겼다는 사실에도 놀라고 있었다.

"보통 도박에는 뭘 거는데요?"

세이레나의 질문에 애쉬는 잠시 고개를 갸웃했다. 그도 도박은 해 본 적이 없다. 그가 하는 내기는 대련에서 이기는 사람이 밥을 사거나 술을 사라는 정도였다.

"보석 같은 걸 건다는 말은 들었는데."

"돈이 아니라요?"

"돈도 걸지만, 돈이 떨어지면."

"그럼 이것들도 돈이 떨어져서 건 거겠네요."

애쉬의 시선이 다시 세이레나의 손안에 들린 종이 뭉치로 향했다. 그는 씁쓸한 표정으로 말했다.

"그렇겠지."

"저 안에 더 비싼 것도 있을까요?"

"비싼 보석이 있을 수 있겠지."

세이레나는 애쉬에게 선물 받은 목걸이가 떠올랐다. 핑크 다이아몬드가 박힌 목걸이는 엄청나게 비쌀 것이다. 그녀는 차마 그게 얼마였는지 묻지 못하고 다른 걸 물었다.

"그 보석들은 다 어디로 가는데요?"

"팔겠지."

그렇구나. 세이레나는 그녀가 왕비였을 때 게일이 엄청난 보석과 돈을 빼돌렸던 것을 떠올렸다. 그 보석과 돈을 다 어디로 썼나 했더니 도박에 빠졌던 거다.

"에즈라의 말은 찾았어?"

애쉬가 물었다. 정확히 말하면 에즈라의 말을 사려던 돈으로 산 말이지만 세이레나는 알아들었다. 그녀는 말 권리서 두 개를 들고 말했다.

"이 중에 하나일 것 같아요."

실제로 말을 본 건 아니니 권리서만으로 알아보기는 어렵다. 어떻게 하지? 고민하는 세이레나에게 애쉬가 말했다.

"다 가져가자."

"네? 그래도 돼요?"

"어차피 이 집 밖으로 빼낼 것도 아니잖아."

그건 그렇다. 세이레나는 애쉬를 따라 일어나려다 멈췄다. 얼핏 본 서류 속에서 익숙한 이름을 발견했다. 그녀는 다시 종이 뭉치를 뒤져 서류를 하나 더 빼냈다.

"그건 왜?"

"숙부의 마차예요."

애쉬의 미간에 주름이 생겼다. 그는 믿을 수 없다는 표정으로 세이레나가 내민 마차 권리서를 살펴보고 혀를 찼다.

"왜 에즈라의 말을 손댔나 했더니."

자기 재산은 다 쓴 모양이다. 세이레나는 어이가 없어서 말했다.

"숙부는 왜 바이트 백작과 친하게 지내는 걸까요?"

이해가 안 된다. 자기 재산을 도박으로 모두 가져간 사람이다. 그런 사람과 친해지려는 이유가 뭐지?

애쉬는 세이레나가 나갈 수 있도록 옷 방의 문을 열며 말했다.

"바이트 백작이 도박으로 재산을 모은다면 그에게 빚을 진 사람이 많을 테니까."

"그게 친하게 지내려는 것과 무슨 상관인데요?"

"사람들이 바이트 백작에게 약점이 잡혔다는 말이잖아."

바이트 백작은 약점을 잡은 사람이 많을수록 힘이 강해진다. 게일은 그 점을 높이 사서 친해지고 싶었던 거다.

애쉬라면 절대 친해지지 않았을 것이다. 세이레나도 마찬가지. 두 사람은 바이트 백작 같은 사람과는 친해지고 싶어 할 성격이 아니다. 그게 세이레나와 게일의 차이다.

"찾았어?"

두 사람이 다시 일 층으로 내려오자 둘을 본 데니스가 쫓아와서 물었다. 애쉬는 세이레나 대신 맡아 뒀던 서류를 데니스에게 내밀었다.

"금고에 들어 있었어?"

데니스가 놀랍다는 듯 물었다.

"아니."

애쉬는 고개를 저으며 말했다.

"금고 위에. 금고 안은 더 비싼 거로 가득 찬 모양이야."

"아, 그렇지 않아도 이야기를 좀 해 봤는데 말이야."

데니스는 애쉬에게 서류를 받아 품 안에 챙기며 주변을 둘러봤다. 그는 세이레나를 위해 허리를 숙이며 속삭였다.

"이번 도박판의 규모가 엄청날 모양이야."

"크다는 건 들었는데."

"고위 귀족들도 꽤 참가하는 모양이던데?"

그래서였군. 애쉬는 어이가 없어서 투덜거렸다.

"무슨 배짱으로 규모를 키웠나 했더니."

"뒷배가 든든하다는 거겠지."

세이레나의 얼굴이 핼쑥해졌다. 그녀는 그저 도박판을 잡아서 게일이 그녀의 후견인 자격이 박탈되길 바랐을 뿐이다. 하지만 고위 귀족이 얽혀 있다면 일이 복잡해진다. 세이레나는 저도 모르게 애쉬의 팔을 잡았다.

"레나?"

어떻게 할지 고민하던 애쉬는 세이레나에게 고개를 돌렸다가 깜짝 놀라서 물었다.

세이레나의 얼굴이 새하얗게 질려 있었다.

"너무 위험하지 않겠어요?"

"괜찮아. 검을 들고 오진 못했지만 마차에 뒀으니 언제라도 가져오면……."

"그게 아니라."

세이레나는 안타까운 마음에 애쉬의 팔을 다시 잡아당겼다. 그녀가 말하는 위험은 그런 육체적인 위험을 말하는 게 아니다.

"고위 귀족이 많이 얽혀 있다면서요. 당신한테 좋지 않을 것 같은데요."

애쉬가 공작이고 왕의 조카기는 하지만 어디까지나 조카는 조카일 뿐이다. 다른 귀족들의 미움을 받으면 정치적으로 좋지 않다.

세이레나는 그런 것을 걱정하고 있었다. 그녀는 자신이 왕비였을 때 모함을 받고 재판을 받은 이유가 게일과 이 왕자의 흉계뿐 아니라 정치적으로 고립됐기 때문이라고 생각했다.

이 왕자가 아무리 그녀를 모함하려 했어도 그녀를 도와줄 수 있는 사람이 많았다면 괜찮았을지도 모른다. 그냥 사람들이 아니라 힘 있는 사람들이.

백작이나 후작, 공작은 힘이 있다. 그런 힘 있는 사람들을 적으로 돌리는 건 위험하지 않을까. 세이레나는 그런 걱정에 애쉬의 팔을 끌어안았다.

"레나."

애쉬는 세이레나의 걱정에 빙그레 웃었다. 그녀가 자신을 걱정한다는 게 기분이 좋았다. 그는 자유로운 한 손을 들어 세이레나의 뺨을 감쌌다.

"그 정도로 위험해지지는 않아. 도박은 기껏 해 봐야 벌금이라고."

물론 벌금이 어마어마하긴 하지만 이 정도 도박에 참여하는 사람들이라면 그 정도 벌금은 얼마든지 낼 수 있다.

물론 그 정도 돈을 가지고 있지 않은 사람도 있긴 하다. 도박은 돈이 많다고 빠지는 게 아니니까. 하지만 그런 사람들은 애초에 도박에 건 게 작아서 벌금도 그리 크지 않다.

벌금은 도박판을 벌였는지 아니면 참여만 했는지, 얼마나 비싼 걸 걸었는지에 따라 달라지기 때문이다.

그 외의 벌이라면 왕이 불러서 주의를 시키는 정도겠지. 왕에게 혼나면 혼난 귀족들이 애쉬에게 화를 낼 수는 있을 거다. 체면을 구긴 거니까.

하지만 그런 걸로 공작이자 소드 마스터인 애쉬에게 겁 없이

해를 끼치려 할 사람은 없을 것이다.

애쉬가 최대로 받을 수 있는 피해라면 뒤에서 융통성 없다는 소문이 나는 정도다. 그는 그런 소문은 신경 쓰지 않았다. 어차 피 그는 이미 융통성 없다는 평가를 받고 있다.

그러니 애쉬가 걱정하는 건 그런 소문 같은 게 아니었다. 그는 도박판에서 바이트 백작의 신병을 확보하는 과정에서 누군가가 다치는 것을 걱정하고 있었다.

기사들이 들이닥치면 당황한 나머지 누군가 검을 뽑을 수도 있다. 그러면 필연적으로 검이 부딪친다.

자신이나 대기한 기사들이 다치는 것을 걱정하는 것도 아니 다. 그가 걱정하는 건 귀족들이었다. 귀족들이 다치면 골치 아파 진다.

그는 데니스가 눈치껏 물러나는 것을 확인하고 세이레나를 향해 고개를 숙였다.

"걱정 마. 영리한 사람이라면 저자의 도박판에 빠질 리도 없으 니까."

하지만 그의 말에도 세이레나의 표정에서는 수심이 걷히지 않 았다. 그녀는 애쉬의 팔을 잡은 채 속삭였다.

"도박에 빠질 정도로 멍청한 사람이라면 당신을 적으로 돌리 겠죠. 당신을 공격할 테고요."

애쉬의 얼굴에 미소가 떠올랐다. 세이레나 헌터가 진심으로 그를 걱정하고 있었다. 그는 그게 기뻐서 어쩔 줄 몰랐다.

"싸우면 되지."

"나 때문에 당신이 위험해지는 건 싫어요."

애쉬는 이미 그녀 때문에 인생이 바뀌어 버렸다. 세이레나는 그게 마음에 걸렸다. 그녀에게 그는 은인이고 사랑하는 사람이다. 자신 때문에 다치는 걸 보면 견딜 수 없을 것이다.

"날 걱정하는 거야?"

장난해? 세이레나는 어이가 없어서 자신도 모르게 목소리를 높였다.

"당연하죠!"

깜짝 놀라서 돌아보는 사람들의 시선에도 아랑곳하지 않고 애쉬는 쿡쿡대며 세이레나를 끌어안았다. 그녀가 자신에 대한 걱정으로 어쩔 줄 몰라 하는 게 사랑스러웠다.

"뭐 하는 거예요?"

이 남자가. 세이레나는 웃기만 하는 애쉬가 답답해서 그의 어깨를 내리쳤다. 이쪽은 실컷 걱정하는데 정작 본인은 태평했다.

"괜찮아."

애쉬는 세이레나의 어깨에 턱을 대고 말했다. 그녀가 자신을 걱정하고 있다. 그것만으로도 애쉬는 충분했다.

"고작 벌금 받았다고 공격하기엔 기사단장 자리는 꽤 튼튼하다고."

그렇겠지. 세이레나는 한숨을 내쉬었다. 기사단은 귀족들 사이에 일어난 사건에도 개입하게 되어 있다. 그 과정에서 어느 한

쪽의 편을 들거나 어느 쪽의 편도 들지 않을 수밖에 없다. 그럴 때마다 공격당하면 애쉬의 목은 이미 남아나지 않았겠지.

"나 때문에 당신이 위험해지는 게 싫어요."

"너 때문 아닌데."

애쉬는 세이레나의 말에 그녀를 더욱 꼭 안으며 말했다. 이건 세이레나를 위해서가 아니다. 그는 사람들의 눈을 의식해서 세이레나를 놓아주며 말을 이었다.

"우리가 빨리 결혼하려면 네 숙부의 후견인 자격을 박탈해야 하니까 말이야."

세이레나가 백작이 되어도 애쉬와 결혼하면 에즈라의 후견인은 게일이 될 수 있다.

에즈라를 위해서라면 세이레나는 에즈라가 스물한 살이 될 때까지 결혼을 하지 않거나 게일의 후견인 자격을 박탈시켜야 한다.

결혼까진 생각 못 했다. 단도직입적인 애쉬의 말에 세이레나의 얼굴이 달아올랐다. 그녀는 게일이 그녀의 후견인이랍시고 헌터 백작가의 재산에 손을 대는 게 싫었던 것뿐이다.

애쉬는 그녀보다 터 멀리 생각하고 있었던 거다. 세이레나는 새삼 대단하다는 생각에 그를 쳐다봤다.

"아, 그래서 말인데."

다시 세이레나의 손을 잡은 애쉬가 입을 열었다. 그는 머뭇거리며 조심스럽게 말을 이었다.

"네 숙부의 후견인 자격을 박탈하면 네게서 뭔가를 받고 싶은데."

"받고 싶다고요?"

"받는다기보다는 함께한다고 할까."

애쉬의 말에 세이레나의 눈이 동그래졌다. 뭔가를 받는다고? 함께 한다고? 그녀는 그를 빤히 쳐다보다가 굳은 표정으로 말했다.

"좋아요."

"잠깐, 뭔지 듣지도 않았잖아?"

"당신이라면 날 검으로 찔러도 좋다고 했잖아요. 나는 아이를 가질 수 없지만 당신이 원한다면 괜찮아요."

뭐? 애쉬는 세이레나의 말에 멍하니 눈을 깜빡였다. 그러고 보니 그녀가 예전에도 그런 말을 하긴 했다. 그때는 세이레나다운 고풍스러운 고백이라고 생각했다. 하지만 지금의 그는 세이레나가 남녀 관계에 대해 거의 모른다는 것을 안다.

애쉬는 한쪽 눈썹을 들어 올리며 조심스럽게 말했다.

"레나, 그게 비유라는 거 알지?"

"네?"

"첫날밤에 진짜로 검으로 찌르는 게 아니라 비유라고."

뭐? 세이레나의 눈이 커졌다. 검으로 찌르는 게 아니라고? 그녀는 이해할 수 없어서 애쉬를 빤히 쳐다보다가 말했다.

"하지만 남자가 검으로 여자를 찌른다고……."

"그러니까 음, 그게. 비유거든."

그 이상은 설명하기가 곤란하다. 세이레나의 어머니가 있다면 어머니께 여쭤보라고 하겠는데 그럴 수도 없다.

어쩔 줄 몰라 하는 애쉬를 보며 세이레나는 입을 벌렸다가 다물었다.

'검으로 찌르는 게 아니었나?'

그럴 리가 없다는 생각이 제일 먼저 떠올랐다. 그녀와 결혼한 왕은 검으로 세이레나의 몸을 긋거나 찔러댔다.

어머니도 없고 물어볼 어른 여자도 없었던 그녀는 그게 당연한 건 줄 알았다.

왕이 그렇게 말했으니까.

그녀의 주변에 있던 사람들도 그게 당연하다는 것처럼 행동했다. 왕비의 시중을 드는 여자들은 모두 귀족이다. 세이레나의 시중을 드는 여자들도 그랬다.

단 한 가지 차이가 있다면 게일과 아드리아나가 데려온 여자들이었다는 점이다. 그녀들은 세이레나의 몸에 난 상처에 아무 말도 하지 않았다. 그 이전에 아예 세이레나에게 말을 걸지도 않았다.

"레나, 괜찮아?"

애쉬는 세이레나가 창백한 얼굴로 아무 말이 없자 놀라서 물었다. 무슨 일이지?

그는 그녀가 무슨 생각을 하기에 얼굴이 점점 창백해지는지 걱정됐다.

"괘, 괜찮아요."

머릿속에 떠오른 이상한 생각에 세이레나의 얼굴이 하얗게 질렸다. 그녀는 돌아오기 전 삶에서 게일과 아드리아나에게 철저하게 속아 왔다.

하지만 그런 것도 속일까? 남녀 관계에 대해서도? 그럴 필요가 뭐가 있지?

세이레나의 머릿속이 복잡해졌다. 그녀는 자신이 알고 있었다고 생각했다. 게일에게 속았다는 것을. 하지만 그런 개인적이고 사소한 것까지 속일 이유가 있을까?

"괜찮겠어? 다음으로 미룰까?"

세이레나의 안색을 살핀 애쉬의 말에 세이레나는 가까스로 정신을 차렸다. 지금은 그런 걸 떠올릴 때가 아니다.

세이레나는 고개를 저었다.

"괜찮아요. 잠깐 이상한 생각이 들어서 그랬을 뿐이에요."

"이상한 생각?"

세이레나는 애쉬의 얼굴을 올려다보고 애써 웃었다. 그에게 왕비가 되어서 왕에게 부부 관계라는 명목하에 온몸을 검으로 찔리다가 돌아왔다고는 말할 수 없는 노릇이었다.

게다가 세이레나의 곁에 있는 건 왕이 아니라 애쉬다. 그는 그녀를 아프게 할 사람이 아니라는 것을 그녀는 알았다.

애쉬는 다정한 사람이고, 좋은 사람이다.

세이레나는 다시 고개를 숙이며 애쉬의 손을 잡았다.

"가요."

"하지만……."

"이런 기회가 또 올 리가 없잖아요."

기회는 또 오지 않는다. 왔을 때 잡아야 한다. 세이레나는 그걸 잘 알았다. 그녀는 애쉬의 손을 잡고 데니스에게 다가갔다.

"끝났어?"

애쉬와 세이레나가 알콩달콩하게 사랑을 속삭이고 있었다고 생각한 데니스는 히쭉 웃으며 물었다. 그러다가 굳은 두 사람의 표정을 발견하고 다시 물었다.

"어? 무슨 일 있어?"

"아니에요."

세이레나는 고개를 저으며 부인한 뒤 재빨리 물었다.

"그보다, 어디서 열리는지는 알았어요?"

'싸웠나?'

데니스는 세이레나와 애쉬의 표정을 살피다가 말했다.

"여기서 열린다는데."

여기? 애쉬는 세이레나를 한 번 쳐다보고 데니스에게 물었다.

"여기, 이 홀 말이야?"

"여기나 응접실에서 열린다는 거 같아."

"이렇게 대놓고?"

그건 너무 이상하다. 세이레나가 그렇게 생각했을 때였다. 집사가 지나가며 종을 울렸다.

"가벼운 카드 게임을 하려고 합니다. 참가하실 분들은 응접실로 모여 주시기 바랍니다."

세이레나와 애쉬의 시선이 부딪쳤다. 데니스는 집사를 따라가는 사람들을 살피며 물었다.

"어떻게 할까? 따라갈까?"

"잠깐."

이상하다. 세 사람이 듣기엔 규모가 꽤 큰판이라고 했다. 그걸 이렇게 많은 사람 앞에서 열면 누군가의 신고가 들어갈 것이다. 그렇기 때문에 세 사람은 당연히 비밀리에 사람들을 빼돌려서 게임을 할 거라 생각했다. 하지만 응접실에서 간단한 카드 게임을 한다고?

또 다른 하인이 한 번 더 알리기 위해 종을 울리며 지나갔다.

"응접실에 간단한 카드 게임이 준비돼 있습니다."

처음 집사가 알렸을 때 듣지 못한 사람들이 응접실로 움직였다. 세 사람은 응접실로 가야 할지 고민하고 있었다.

그때 세이레나가 말했다.

"눈속임 같아요."

애쉬와 데니스도 뭔가가 있다고 생각하긴 했다. 하지만 눈속임이라고? 두 사람은 세이레나의 다음 말을 기다렸다. 그녀는 데니스와 애쉬가 자신의 다음 말을 기다린다는 사실에 가볍게 얼굴을 붉히며 말했다.

"응접실에서 카드 게임을 하면 그 뒤에 도박이 가려질 거 아니에요? 설령 말이 나와도 응접실 카드 게임이라고 말하면 될 테고요."

"그럼 진짜 게임을 할 사람들은 어떻게 알죠?"

"장소를 미리 알렸다거나……."

"장소를 아는 사람은 없어. 이건 확실해."

애쉬는 데니스의 말에 입을 다물었다. 데니스가 모른다면 정말 아는 사람이 없다는 말이다. 이게 어떻게 된 거지?

세 사람은 주위를 둘러봤다. 장소를 아는 사람이 바이트 백작뿐이라면 어떻게 카드 게임을 할 사람을 부르는 거지?

홀 안의 사람은 반으로 줄어 있었다. 카드 게임을 하기 위해 사람들이 응접실로 이동했기 때문이다. 그 와중에도 악단은 남은 사람을 위해 계속 음악을 연주하고 있었다.

드문드문 좋아하는 음악이 나오면 춤을 추는 연인들도 있었다. 전체적으로 다들 이야기를 하거나 춤을 추는 분위기였다.

"바이트 백작이요."

세이레나는 애쉬의 팔을 잡아당기며 속삭였다. 그가 고개를 돌리자 바이트 백작이 사람들과 이야기하다가 움직이는 게 보였다.

"다른 분들은 어떠신지 보고 오겠습니다."

저거군.

애쉬는 바이트 백작이 응접실로 향하는 것을 보고 세이레나의 생각이 맞음을 확신했다.

손님을 초대한 주인은 손님들이 불편한 건 없는지, 즐거운 시간을 보내는지 확인하기 위해 계속 움직이게 된다.

그러니 두 개의 방에 손님을 나누면 바이트 백작이 보이지 않아도 의심하는 사람이 없을 것이다. 서로 다른 방에 그가 있을 거라고 생각할 테니까.

"그렇다면 진짜 게임은 어디에서 열리는 거지?"

애쉬가 그렇게 중얼거렸을 때였다.

집사가 다시 종을 들고 사람들 사이를 지나가며 말했다.

"카드 게임을 하실 분들은 응접실로 가 주시기 바랍니다. 게임에 참여할 마지막 기회입니다."

마지막이라는 말에 몇몇 사람들이 움직이기 시작했다.

세이레나는 응접실로 향하는 사람들을 지켜보는 애쉬와 데니스의 팔을 잡아당겼다.

"저기."

마지막으로 사람들에게 알린 집사가 응접실이 아닌 다른 복도로 사라졌다. 몇몇 사람들이 천천히 그쪽으로 움직이는 게 보였다.

"과연."

애쉬는 신음을 내뱉었고 데니스는 픽 웃었다. 이런 방식을 이용해서 진짜 게임에 참가할 사람들에게 방향을 알린 거다.

세 사람은 더 이상 움직이는 사람이 없는 것을 확인한 후에야 사람들이 사라진 복도로 향했다.

"내가 맨 앞에 간다. 데니스, 뒤를 맡아 줘."

자연스럽게 세이레나가 가운데가 되었다. 맨 앞과 뒤가 가장 위험하고 중요한 자리다. 세이레나는 욱해서 말했다.

"날 보호해 줄 필요 없어요."

데니스는 재미있다는 표정을 지었고 애쉬는 세이레나를 물끄러미 쳐다봤다. 그녀를 보호하려는 거긴 하다. 하지만 그는 변명하는 대신 이런 상황을 위해 준비한 카드를 내밀었다.

"나랑 데니스를 이기면 네게 맨 뒤를 맡기지."

윽. 세이레나는 못마땅한 표정을 지었지만, 얌전히 애쉬의 뒤에 섰다. 그녀는 로렌도 못 이긴다. 그런데 어떻게 애쉬를 이긴단 말인가.

세이레나의 뒤로 데니스가 킬킬대며 따라왔다. 얄밉기 그지없지만 그녀는 애써 모른 척했다.

긴 복도를 세 사람이 나란히 걸었다. 세이레나는 그녀만큼이나 소리가 나지 않는 두 남자에게 가볍게 감탄했다. 그녀는 가벼운 구두만 벗으면 소리가 나지 않지만, 그녀의 앞뒤로 가는 남자들은 기사단에서도 가장 큰 남자들이다.

이 덩치로 어떻게 소리가 안 날 수 있지? 그렇게 생각하고 있을 때 애쉬가 멈춰 서더니 뒤로 손을 내밀었다.

"응?"

세이레나는 놀라서 우뚝 멈췄다. 애쉬는 그녀가 멈춘 것을 확인하고 씩 웃더니 손을 가져갔다. 그녀가 부딪치면 충격을 완화해 주려고 내밀었던 거다.

그는 대신 세이레나와 데니스에게 고갯짓만으로 앞을 가리켰다. 세 사람이 멈춘 모퉁이 반대편에 누군가 서 있었다.

"하인?"

데니스가 속삭였다. 하인 복장을 하고 있지는 않다. 하지만 이 집 안에 있으니 하인일 가능성이 크다.

애쉬는 남자를 한 번 더 본 다음 고개를 저었다. 남자의 손은 언제라도 자신의 허리 뒤로 향할 준비를 하고 있었다. 그 말은 허리 뒤에 무기를 감춰 놨다는 뜻이다. 아마 단도 정도겠지.

용병일 것이다. 세 사람은 동시에 그렇게 생각했다. 남자가 서 있는 폼은 검을 배운 자의 자세였다. 기사였다면 애쉬와 데니스가 알아봤을 거다.

"저 녀석 한 명만 처리하면 되나?"

애쉬의 말에 이번에는 데니스가 고개를 저었다. 지키고 있는 게 용병 한 명이라면 데니스가 아니라 세이레나 혼자서도 상대할 수 있다.

하지만 저 용병은 문을 지키는 게 아닐 거다. 단순히 아무나 문을 지나지 못하도록 지키고 있는 거라면 보란 듯이 무기를 들고 있을 거다.

무기를 들고 있는 쪽이 접근하는 사람을 걸러 내기에 편하기 때문이다. 하지만 그렇지 않다는 건 저 용병의 임무가 문을 지키는 것만이 아니라는 뜻이다.

"저놈이 소리치면 뒤에 있는 방에서 듣고 달아나겠지."

데니스의 말에 애쉬는 고개를 끄덕였다. 문 앞에 있는 용병은 문을 지키는 게 아니다. 침입자가 있다면 바이트 백작에게 신호를 보내는 것과 동시에 사람들이 도망칠 시간을 끌어 주는 거다.

"어떻게 할까요?"

세이레나는 애쉬의 등에 매달려 용병을 훔쳐보며 물었다.

"글쎄."

애쉬는 어떻게 해야 할지 잠시 생각했다. 이 모퉁이를 지나면 세 사람의 모습이 저 용병의 눈앞에 드러난다. 용병은 당연히 경계할 테고 바이트 백작에게 알릴 것이다.

"소리를 내서 저 녀석이 이쪽으로 오게 하면 어떨까?"

데니스가 제안했다. 하지만 애쉬는 미간을 찡그리며 속삭였다.

"누군가 관심을 끌려고 하는 걸 알걸?"

경계하고 다가올 거다. 그리고 애쉬와 데니스를 보는 순간 소리치겠지. 두 사람은 누가 봐도 검사로 보이니까.

"저 남자가 이쪽으로 오게 하면 되는 거예요?"

그때 세이레나가 속삭였다. 애쉬와 데니스가 어리둥절한 표정으로 그녀를 쳐다봤다.

"여기서 기다려요."

세이레나는 그렇게 말하고 물러났다.

응? 애쉬는 온 길을 되돌아가는 그녀를 잡으려다가 멈칫했다. 세이레나가 뭘 하려는지 알겠다.

문을 지키고 있던 용병 말콤은 누군가 복도를 걸어오는 소리에 눈을 부릅떴다. 고용인인 바이트 백작이 누군가 침입하려고 하면 소리를 질러 알리라고 했다.

소리를 지르기 위해 입을 열었던 그는 들리는 발소리가 남자의 발소리가 아닌 것을 깨닫고 입을 다물었다.

또각또각하고 여자의 구두 소리가 천천히 이쪽으로 다가오고 있었다.

"뭐지?"

여자 혼자인 것 같다. 그것도 꽤 가벼운 여자. 구두 소리가 멈칫하더니 망설이다가 다시 이쪽으로 다가오기 시작했다.

화장실을 찾는 게 아닐까. 말콤은 그렇게 생각하며 천천히 발걸음을 뗐다. 언제라도 위험해 보이면 문 안쪽으로 신호를 보낼 수 있도록.

그가 모퉁이로 반쯤 왔을 때 모퉁이에서 여자가 모습을 드러냈다. 깜짝 놀랄 정도로 미인이었다. 최신 유행인 단발머리를 한 여자가 주위를 두리번거리며 이쪽으로 다가오고 있었다.

"손님, 이쪽은 출입 금지입니다."

"화, 화장실 아니에요?"

말콤은 씩 웃었다. 귀족 영애라면 화장실이 아니라 휴게실이라고 했을 거다.

그는 눈앞의 미인이 평민이라고 생각했다.

세이레나는 체형이 가늘어서 기사처럼 보이지 않는다. 오늘처럼 드레스 차림이면 더 그렇다. 말콤은 그녀가 기사일 거라고는 꿈에도 생각하지 못하고 말했다.

"이런 미인을 혼자 두다니, 파트너가 생각이 짧군요."

모퉁이 뒤에서 애쉬가 주먹을 꽉 쥐었다. 저 멍청한 놈이 세이레나에게 추파를 던지고 있었다. 하지만 그에게는 다행이게도 세이레나는 그게 추파인 걸 몰랐다.

"파트너 없이 혼자 왔는걸요."

말콤의 표정이 굳었다. 이런 파티에 이런 미인이 혼자 왔다고? 그는 슬쩍 손을 허리춤으로 가져가며 세이레나에게 다가갔다.

"혼자 왔단 말입니까?"

"네. 여기서 친구를 만나기로 했는데 사람이 너무 많아서 못 만났지 뭐예요."

아, 그렇군. 말콤은 세이레나가 혼자 온 게 아니라는 사실에 긴장을 풀었다. 그는 세이레나 쪽으로 좀 더 다가가며 말했다.

"친구분의 성함을 알려 주시면 찾아보라고 시키겠습니다."

"그래 줄 수 있어요?"

긴장한 세이레나의 얼굴이 안도한 것처럼 환해졌다. 세이레나는 말콤이 그녀 쪽으로 다가와서 안도한 거였지만 말콤은 다르게 생각했다. 그는 세이레나도 자신에게 관심이 있다고 생각했다. 말콤은 씩 웃으며 손을 뻗었다.

"아가씨 이름은 뭐죠?"

"세이레나요."

"예쁜 이름이네요."

말콤이 그렇게 말하고 있을 때 모퉁이 뒤에서 데니스가 애쉬의 팔을 꽉 잡고 있었다.

참아, 이 친구야.

데니스의 그런 눈빛에 애쉬는 이를 꽉 물었다. 죽여 버릴 테다.

애쉬의 그런 심정을 모르는 세이레나는 억지로 웃으며 물러났다. 부담스러운 남자다. 그녀는 말콤이 점점 부담스러워지고 있었다.

세이레나는 용병이 그녀에게 추파를 던진다는 걸 몰랐지만 용병의 태도나 표정이 부담스러웠다.

이대로 때려서 기절시키면 안 되나? 그녀가 그렇게 생각하고 있을 때 말콤은 완전히 긴장을 풀고 있었다. 그는 세이레나가 수준급의 실력을 갖춘 기사라고는 꿈에도 생각하지 못했다.

'이렇게 작고 예쁜 아가씨가 위험하겠어?'

그렇게 생각한 말콤은 대기하고 있던 자리에서 벗어나 애쉬가 이를 갈며 기다리는 모퉁이에 도착했다.

그 순간 애쉬가 팔을 뻗었다.

"잠깐."

데니스가 말렸지만, 한발 늦었다. 애쉬는 그대로 말콤의 목을 졸라 기절시킨 뒤였다.

맙소사. 데니스는 한숨을 내쉬며 말했다.

"빠르다, 빨라."

"레나."

애쉬는 데니스를 무시한 채 세이레나를 잡아당겼다. 고개를 내밀었다가 말콤이 그를 발견할까 봐 애쉬는 소리로만 세이레나의 상태를 확인해야 했다. 그는 세이레나를 잡아당겨 물었다.

"어디 다친 곳은?"

없다. 아니, 말콤은 아예 세이레나에게 손을 대지도 않았다. 그녀가 그렇게 말하려 한 순간 데니스가 말콤의 몸을 끌어당기며 말했다.

"아, 손댈 시간도 없었겠다."

끙. 애쉬는 못마땅한 표정으로 데니스를 쳐다봤다가 다시 세이레나에게 시선을 돌렸다. 그녀 역시 애쉬와 똑같은 표정으로 허리에 손을 얹고 서 있었다.

"내가 그렇게 못 미더워요?"

끙. 애쉬는 두 번째로 신음하며 고개를 숙였다. 이건 세이레나의 능력과는 상관없는 반응이다. 그는 한숨을 내쉬고 다시 고개를 들었다.

"여기부터는 나와 데니스만 갈게. 너는 돌아가."

"내가 못 미더워요?"

"못 믿는 게 아니라."

그녀를 못 믿는 게 아니다. 애쉬는 모퉁이 뒤를 한번 쳐다보고 다시 입을 열었다.

"저 뒤부터는 네가 끼지 않는 게 좋다는 거야."

"하지만 이건 내 일이에요."

"그러니까 네가 끼지 않는 게 좋다는 거야."

이건 세이레나의 일이다. 그러니 그녀가 끼지 않는 게 좋다.

세이레나는 곧 애쉬가 무슨 말을 하는지 이해했다. 그럼에도 그녀는 못마땅하다는 표정으로 입을 열었다. 자신의 일이었기에 그녀가 바이트 백작을 잡고 싶다. 하지만 세이레나는 곧 다시 입을 다물었다. 눈앞의 바이트 백작을 잡고 싶다는 이유로 행동했다간 뒷일이 골치 아파진다.

바이트 백작의 도박판 사건이 재판에 올라가면 그의 아들들이 세이레나를 공격했던 사건도 입에 오를 것이다.

만약 세이레나가 바이트 백작의 도박판을 습격한다면 원한 때문에 일부러 그런 게 아니냐는 말이 나올 것이다. 결국 그녀는 한숨을 내쉬며 물러났다.

"알았어요."

이 일에서 세이레나는 물러나 있어야 한다. 그녀는 그게 자신의 마음에 들지 않았지만 애쉬가 옳다는 것을 알았다.

세이레나는 데니스를 쳐다보며 말했다.

"잘 부탁합니다."

데니스는 씩 웃으며 서류를 집어넣은 안주머니를 툭 치며 말했다.

"걱정 마시죠."

이번 일은 애쉬보다 데니스가 낫다. 세이레나는 애쉬에게 물었다.

"제가 또 할 일은요?"

애쉬는 잠시 망설이다가 말했다.

"신호하면 사람들을 보내."

너는 오지 말고. 입 밖으로 내지는 않았지만 세이레나는 그 말을 알아들었다. 그녀는 시무룩한 표정으로 물러났다.

"마음이 안 좋은데."

데니스가 농담처럼 말했다. 안 좋긴. 애쉬는 친구를 힐끔 노려봤다. 데니스의 표정은 전혀 마음이 안 좋다는 표정이 아니다.

"라고 애쉬가 말했습니다."

"죽는다."

두 사람은 가볍게 다투며 문으로 다가갔다. 이 문 뒤에도 용병이 지키고 있을 거다.

애쉬는 기절한 용병에게서 빼 온 단검을 소매에 숨겼다.

똑똑.

누군가 문을 두드렸다. 방 안을 지키고 있던 용병 노만은 손잡이를 잡았다.

"뭐지?"

방 안에서는 손님들이 카드 게임에 빠져 있었다. 테이블 위에 쌓이는 보석과 돈에 정신이 팔렸던 노만의 귀에 남자의 목소리가 들렸다.

　"어, 난데. 손님이 또 왔어."

　두꺼운 문이라 목소리가 잘 들리지 않는다. 노만은 잠시 귀를 기울였다. 남자의 목소리 외에는 들리지 않는다.

　늦게 온 손님이 있는 모양이다. 노만은 한숨을 내쉬며 문을 열었다.

　"하하하, 속았지!"

　그 순간 데니스가 문을 벌컥 열며 들어왔다. 어휴. 애쉬는 한숨을 내쉬며 따라 들어왔다.

　"누구냐!"

　노만이 그렇게 소리치는 것과 동시에 데니스의 주먹이 그의 턱을 때렸다. 노만은 그대로 뒤로 나가떨어졌다.

　"습격이다!"

　카드 게임을 즐기던 사람들이 노만의 외침에 깜짝 놀라 허둥지둥 달아날 길을 찾기 시작했다. 하지만 이미 그들이 들어온 문은 데니스가 닫았다.

　도망칠 두 번째 문이 있기 마련이다. 애쉬는 사람들이 도망칠 문을 눈으로 찾았다. 그때 바이트 백작이 제일 먼저 벽난로 쪽으로 달려가는 게 보였다. 그리고 사람들이 테이블에 쌓아 둔 보석과 돈을 허겁지겁 챙기는 것도.

"멈춰."

애쉬는 그대로 테이블 위에 올라가며 말했다. 움찔하고 테이블 주변에 있던 사람들의 움직임이 멈췄다. 하지만 바이트 백작은 아니었다.

그가 문을 열려는 것을 보고 애쉬는 급한 마음에 소매에 숨겨 뒀던 단검을 집어 던졌다.

탁.

애쉬가 집어 던진 단검이 바이트 백작이 반쯤 연 문에 박혔다.

"힉."

바이트 백작의 눈이 커졌다. 그는 삐걱거리며 애쉬를 돌아봤다. 문 옆에서 데니스가 노만을 기절시키는 게 보였다.

애쉬는 주변을 둘러보며 말했다.

"도망치시면 죄를 인정한 걸로 간주하겠습니다."

"이, 이건 표적 수사야!"

바이트 백작의 외침에 데니스와 애쉬의 표정이 일그러졌다. 데니스는 노만의 품에서 무기를 꺼내며 말했다.

"지가 초대해 놓고."

애쉬와 데니스가 초대해 달라고 한 게 아니다. 바이트 백작이 초대했다. 그는 애쉬와 세이레나가 거절할 거라 생각하고 초대한 거겠지만.

애쉬와 데니스는 핑계도 미리 만들어 놓고 있었다. 카드 게임을 하라는 집사를 따라왔더니 도박판이 벌어지고 있었다. 그걸로 충분했다.

"가만히 계시면 몸수색은 하지 않겠습니다."

애쉬가 테이블 위에 올라선 채 말했다. 몸수색을 받는 건 귀족들에게는 수치스러운 일이다. 당연히 도박에 참여한 참석자들은 순식간에 입을 다물었다.

그 사이에 데니스가 노만을 묶어 놓고 다가왔다. 그는 애쉬가 밟고 있는 보석과 돈을 보고 휘익 하고 휘파람을 불었다. 규모가 크다더니 정말이다. 어마어마한 돈과 보석, 그리고 문서들이 쌓여 있었다.

데니스가 물건을 확인하기 쉽도록 애쉬는 테이블에서 내려오며 말했다.

"이쪽으로 와 주시죠."

애쉬의 손짓에 따라 겁먹은 사람들이 한쪽으로 우르르 몰려들었다. 그는 바이트 백작에게도 말했다.

"거기, 바이트 백작님도요."

바이트 백작은 애쉬를 뚫어 버릴 것처럼 노려보며 다가왔다. 그 틈을 타서 데니스가 슬쩍 품 안에 있던 서류를 다른 서류들 사이에 끼워 넣었다.

"이분들의 이름을 적을 사람을 불러와야겠는데."

애쉬가 마치 생각하는 것처럼 말했다. 서류를 끼워 넣는 데 성공한 데니스가 문 쪽으로 향하며 대답했다.

"불러오지."

그 순간 다시 사람들이 떠들어 대기 시작했다. 기사들을 불러 와서 그들에게 연행되면 그것도 수치다. 그런 창피를 당할 수 없다는 고함과 하소연이 한데 섞였다.

애쉬는 한숨을 내쉬었다. 그게 창피한 사람들이 왜 이런 도박판에 끼어들었단 말인가.

그는 주먹을 쥐고 테이블을 내리쳤다.

"쾅!"

엄청난 소리에 사람들이 다시 움찔하고 입을 다물었다. 애쉬는 무뚝뚝하게 말했다.

"집사를 불러와서 파티를 종료시키겠습니다."

파티를 종료시켜 손님을 집으로 돌려보내면 된다. 그 후에 여기 있는 사람들을 이 방 밖으로 내보내면 된다.

애초에 애쉬는 여기 있는 사람들을 연행할 생각도 없었다. 이 많은 사람을 연행해서 수감할 만한 장소도 없고 이들은 대부분 귀족이다. 어지간한 죄로는 연행되지 않는다. 자기 집에서 조사를 받고 근신당한다.

애쉬의 말에 데니스가 재빨리 나갔다. 그는 복도 끝에서 걱정스러운 마음에 서성이는 세이레나를 발견하고 소리쳤다.

"거기, 너! 기사들 불러와! 집사도!"

데니스는 세이레나가 얽히지 않게 하려고 마치 하인에게 말하듯 소리쳤다. 도박장 안의 사람들은 데니스의 지시를 들은 하인이 기사들과 집사를 데려왔다고 생각할 것이다.

기다리고 있던 세이레나가 부리나케 움직였다. 그녀는 애쉬의 명령에 따라 대기하고 있던 기사들을 불러들였다.

"단장님이 부르세요."

"싸움입니까?"

애쉬는 도박장을 덮치는 걸 최대한 비밀로 해 왔다. 그렇기 때문에 기사들은 애쉬가 부르는 곳이 도박장인 것을 몰랐다. 그들은 싸움이 일어났고 지원이 필요하다고 생각했다.

"어딥니까!"

"단장님!"

스무 명 정도의 기사들이 무기가 될 만한 것을 들고 몰려왔다. 도박장에서 긴장한 채 기다리고 있던 사람들은 혼비백산했고 일은 일사천리로 처리됐다.

"레나."

애쉬는 기사들이 도박장에 있던 사람들 한 명, 한 명 조사하는 사이 세이레나에게 다가갔다. 기사와 집사를 부른 뒤에도 세이레나는 도박장에 접근하지 못하고 초조하게 기다리고 있었다.

"끝났어요?"

애쉬는 씩 웃으며 속삭였다.

"서류는."

데니스가 두 사람이 바이트 백작의 침실에서 발견한 서류를 도박장의 판돈 사이에 끼워 놓았다. 혹시라도 바이트 백작이 금고를 빼돌릴 경우를 대비해서.

애쉬는 도박장 쪽을 한번 쳐다본 뒤 다시 세이레나에게 말했다.

"먼저 돌아가. 오늘은 안 끝날 거야."

같이 있을 거다. 세이레나가 그렇게 말하려는 순간 도박장 쪽에서 소란이 일어났다.

뭐지? 두 사람의 시선이 도박장을 향했다.

"잡아!"

남자가 보석을 끌어안고 뛰어나오고 있었다. 그 뒤로 기사 한 명이 쫓아 나오는 것을 보고 애쉬는 저도 모르게 신음했다.

"허."

그 순간 세이레나가 뛰어나갔다. 애쉬가 잡을 새도 없었다. 그녀는 달리던 그대로 바닥에 주저앉아 다리를 뻗었다. 그리고 그녀의 다리와 도망치던 남자의 발이 부딪쳤다.

"으악!"

공중에 남자가 끌어안고 있던 보석이 흩날렸다. 맙소사. 애쉬는 이마를 짚으며 한숨을 내쉬었다. 나중에 두고 보자. 조사하던 사람을 놓치다니 이건 벌을 받아야 한다.

당황하는 기사와 한숨 쉬는 애쉬 앞에서 세이레나가 벌떡 일어나며 말했다.

"나도 여기 있어야겠죠?"

23

백작이 되는 방법

바이트 백작의 저택에서 벌어진 도박 사건이 사교계에 작은 파란을 일으켰다. 생각보다 많은 수의 사람이 참가하다가 잡혔으니 그럴 수밖에 없다.

어떤 사람들은 애쉬가 독하다고 말했고 어떤 사람들은 도박판의 판돈을 듣고 그럴 만했다고 말했다.

다행히 세이레나 주변에서는 도박장에서 잡힌 사람이 없었다. 애쉬가 며칠 전부터 꾸준하게 과도한 유흥에 빠지지 말라고 충고했기 때문이다.

"덕분에 살았지, 뭐. 우리 아버지 성격에 분명 그 판에 끼셨을 거거든."

모아나는 점심시간에 세이레나와 함께 식사를 하며 말했다.

눈치 빠른 그녀는 기사단장에서 애쉬가 하는 말을 듣고 이상하다고 생각했다.

그레이윈드 공작은 다른 기사에게 기사단 외의 일에 대해서 그다지 이래라저래라 하지 않는다. 그런 남자가 뭔가를 하지 말라고 한다는 건 뭔가가 있다는 뜻이다.

"그래서 안 온 거구나."

세이레나는 큼직한 소시지를 썰며 말했다. 어쩐지 바이트 백작의 파티에 온 사람이 기사단 중 그녀와 애쉬, 데니스밖에 없어서 이상하다고 생각했었다.

"난 원래 안 가려고 했지. 아버지는 가셔도. 바이트 백작, 재수 없잖아."

"어? 왜?"

"왜라니? 그 집 자식들이 널 공격했잖아. 그 멍청이들이!"

열 받아!

모아나가 휘두른 포크에 꽂혀 있던 샐러드가 허공에 흩뿌려졌다.

으아.

세이레나는 깜짝 놀라서 모아나의 팔을 잡았다.

"모아나, 난 괜찮아."

"괜찮긴 뭐가 괜찮아? 아버지한테도 가지 말라고 했는데!"

쿨린 자작은 드럼란리그에서 큰일을 당해 몸 상태가 좋지 않다는 소문이 돌았다. 그렇기 때문에 그는 바이트 백작의 파티에 참석해서 자신의 건재함을 보이려 했었다.

쿨린가의 사업을 위해서라도 쿨린 자작이 건재하다는 것을 사교계에 하루빨리 보여 줘야 한다. 그걸 아는 만큼 모아나도 아버지를 말리기가 어려웠다.

"마차가 망가져서 다행이지."

모아나는 그렇게 말하며 샐러드를 입 안에 넣었다. 그런 그녀의 얼굴을 세이레나가 의심스럽다는 듯 쳐다봤다.

"모아나, 너 설마."

"세이레나, 너 그거 아니?"

모아나가 히쭉 웃으며 말을 이었다.

"마차에 오르는 계단은 세게 걷어차면 금이 간다?"

그야 당연하지. 세이레나는 어이가 없어서 말을 잃었다. 아버지를 파티에 참석하지 못하게 하려고 마차를 망가트리다니. 그녀는 문득 걱정돼서 물었다.

"자작님께 안 혼났어?"

"혼났지. 기사단 가는 거 빼고 방에서 나오지 말라고 하시던걸?"

"세상에, 얼마나?"

"일주일."

일주일? 세이레나는 깜짝 놀라서 날짜를 확인했다. 바이트 백작의 파티 후로 이틀이 지났다. 그런 친구의 생각을 읽은 것처럼 모아나가 말했다.

"파티에서 무슨 일이 벌어졌는지 듣고 바로 취소하셨지만."

그럼 그렇지. 세이레나는 한숨을 내쉬었다. 만약 모아나가 벌을 받았다면 여기 이 자리에 그녀와 같이 식사를 해서는 안 됐다. 세이레나는 자신 때문에 친구가 혼나는 걸 원하지 않았다.

만약 벌이 취소되지 않았다면 그대로 쿨린 자작을 찾아가서 모아나를 용서해 달라고 요청할 생각이었다.

"걱정 마, 세이레나. 내가 누구야?"

모아나는 한숨 쉬는 친구의 모습에 유쾌하게 물었다. 누구긴 누구겠어. 세이레나는 빙그레 웃으며 말했다.

"모아나 쿨린이지."

"그래. 영리한 딸 덕에 아버지도 체면 구길 일을 피했으니 감사하셔야지."

그 말은, 모아나가 아버지에게 뭔가를 받아 냈다는 말이다. 세이레나는 눈을 가늘게 뜨며 물었다.

"뭐 사 주셨어?"

"응."

모아나는 빙글빙글 웃으며 품에서 열쇠를 꺼냈다.

이게 뭔데? 세이레나의 눈이 동그래졌다. 웬 열쇠? 마차나 말은 열쇠가 필요하지 않다.

"건물 열쇠야."

"건물? 건물을 뭐하게? 가게라도 차리려고?"

그럴 리가 없다. 세이레나는 고개를 갸웃했다.

쿨린 자작은 하나뿐인 모아나를 귀족으로 만들기 위해 어릴 때부터 검술을 훈련시켜 기사단에 입단시킨 사람이다. 그런 그가 모아나에게 사업을 가르치면 가르쳤지 고작 가게를 하라고 할 리가 없다.

"전에 내가 말 했잖아."

모아나는 다시 열쇠를 품에 집어넣으며 비밀 이야기하듯 웃었다. 전에? 세이레나가 무슨 소린지 못 알아듣자 그녀는 친절하게 다시 말했다.

"어시스 백작님의 티 파티에서. 여기사들만의 클럽을 만들면 어떻겠냐고 했었잖아."

"아."

기억난다. 세이레나는 고개를 끄덕였다. 그런 말을 했었다.

쿨린 자작은 하급 귀족과 슈발리에를 위한 자작 클럽을 만들었다. 하지만 아무래도 자작 클럽은 나이 든 남자 귀족들이 주축이 된다.

모아나는 아버지처럼 여기사를 위한 클럽을 만들면 어떻겠냐고 했었다.

"멋지다. 내가 뭐 도와줄 거 있어?"

세이레나의 질문에 모아나는 씩 웃었다. 당연히 도와줄 게 있다.

"넌 아주 중요한 일을 해야 해."

"중요한 일? 뭔데?"

건물을 꾸미는 거라면 할 수 있는데. 세이레나는 그렇게 생각하며 모아나의 말을 기다렸다. 투자해 달라고 해도 할 생각이 있다. 얼마 안 되는 돈이지만.

"홍보 대사가 돼 줘야지."

"홍보 대사? 내가?"

뜻밖의 말에 세이레나의 입이 딱 벌어졌다. 하지만 모아나는 자신의 생각이 만족스러운 듯 고개를 끄덕였다.

세이레나는 엄청난 미인이고 떠오르는 샛별이다. 로렌과 더불어 훌륭한 홍보 대사가 될 거다. 그렇지 않아도 최근 여기사들뿐 아니라 사교계에도 세이레나 같은 단발이 유행하고 있다.

그뿐 아니라 헌터 경이 쓰는 검과 헌터 경이 훈련한 방법은 올해 입단한 페이지들의 관심 대상이었다.

"너랑 로렌이랑."

"로렌이랑?"

세이레나의 얼굴이 하얗게 질렸다. 로렌은 슈발리에니까 당연하지만, 그녀는 홍보 대사가 될 만한 사람이 아니다.

심지어 로렌과 함께라니. 그렇지 않아도 그녀는 드럼란리그로 가는 길에 만났던 사람들이 로렌을 얼마나 좋아하는지 봤다.

부담감에 말을 잃은 세이레나를 안심시키기 위해 모아나가 웃으며 말했다.

"걱정 마. 제일 먼저 가입해서 클럽에 자주 와 주면 돼."

많은 일을 해야 하는 게 아니다. 제일 먼저 가입해서 자주 가는 정도라면 얼마든지 할 수 있다.

세이레나는 안도의 한숨을 내쉬며 고개를 끄덕였다.

두 사람은 이어서 재빨리 음식을 먹었다. 모아나는 건물을 보러, 세이레나는 다시 기사단으로 들어가 봐야 한다.

식사를 마친 모아나와 세이레나는 내일 보자는 인사를 나누고 헤어졌다. 같은 분단일 때는 일부러 약속하지 않아도 만날 수 있었지만, 지금은 약속을 해야 한다.

모아나의 말대로 여기사를 위한 클럽이 생기면 좋을 것 같다고 생각하며 세이레나는 기사단으로 돌아왔다.

약속하지 않아도 친구를 만날 수 있는 장소가 있다면 좋을 것 같았다.

"점심 먹고 와?"

애쉬는 점심 식사를 마치고 돌아오는 세이레나를 기다리고 있었다. 그는 그녀를 제일 먼저 만나기 위해 기사단 현관에서 서 있다가 말을 걸었다.

"네. 모아나와요. 왜요?"

애쉬가 자신을 기다렸다는 것을 모르는 세이레나는 무슨 일인가 하고 고개를 기울였다. 애쉬는 벽에 기대고 있던 몸을 떼고 그녀에게 다가갔다.

"방금 검이 도착했거든."

며칠 전에 세이레나가 애쉬가 거래하는 곳에 검을 부탁했었다. 그게 완성됐다는 말이다.

다행이다. 세이레나는 반색했다. 그렇지 않아도 검이 급하던 차다.

"어디 있어요?"

"내 방에."

애쉬는 그렇게 말하며 몸을 돌렸다. 따라오라는 태도에 세이레나는 재빨리 그의 뒤를 따라 단장실로 향했다.

단장실은 늘 그렇듯이 커다란 책상 위에 서류가 가득 쌓여 있었다. 그제야 세이레나는 도박판 사건으로 애쉬가 바쁘다는 것을 떠올렸다.

고작 이틀 전에 일어난 일이다. 그리고 그때 애쉬가 도박꾼들을 현행범으로 잡았다.

그 일에 대한 서류 작업을 하느라 애쉬는 최근 이틀 동안 눈코 뜰 새 없이 바빴다.

"여기."

애쉬는 조금 전 대장간 직원이 전해 주고 간 검을 내밀었다.

괜찮다. 세이레나는 검집을 손에 쥐고 쓰다듬었다. 약간 부담스러운 금액이긴 했다. 하지만 평소에 그녀가 쓰는 검보다 훨씬 좋은 검이었다.

"그리고 하나 더 있는데."

애쉬는 눈을 반짝이는 세이레나의 안색을 살피며 조심스럽게 말했다. 검이 한 자루 더 있다. 이건 그가 주문한 거다.

"하나 더요?"

세이레나는 무슨 소린가 하고 고개를 들었다. 그녀는 검 한 자루만 주문했고 미리 값도 치렀다. 하나 더 있다니 이게 무슨 소리지?

'설마 천 번째 손님께 검 한 자루 더! 이런 건 아니겠지.'

그런 생각을 하는 세이레나에게 애쉬가 천으로 감싼 검을 내밀었다.

"어."

비싸 보인다. 검을 감싼 천부터 아무 헝겊이 아니다. 애쉬는 세이레나는 눈치를 살피며 말했다.

"이건 내가 주문했어."

"당신 검이에요?"

"아니, 네 검인데."

"내 검을 왜요?"

세이레나의 눈동자가 당황스러움에서 곧 분노로 이어졌다. 그는 분노 때문에 자줏빛을 띠는 그녀의 눈동자를 보고 쓰게 웃었다.

"검은 늘 예비가 필요한 법이니까."

"하지만."

세이레나는 입을 열었다가 반박할 말을 찾지 못하고 입을 다물었다. 정론이다. 검은 늘 예비가 필요한 법이다.

기사단은 전투가 일어나면 달려 나간다. 이번 전투에서 검이 망가지면 다음 전투가 일어나기 전에 새 검을 준비해야 한다.

하지만 세이레나는 자신의 검과 아버지의 검, 두 자루뿐이었고 둘 다 망가졌다. 원래대로라면 그녀는 검 두 자루를 구매했어야 했다.

그렇다고 애쉬가 소개해 준 대장간에서는 검을 두 자루나 사는 건 아직 그녀에겐 무리였다. 그래서 세이레나는 예비용 검은 싸구려를 구매할 생각이었다.

"네 첫 검은 내가 주고 싶었어."

애쉬는 그녀가 뭐라고 거절해야 할지 고민하자 재빨리 말했다.

첫 검이라고? 세이레나는 말도 안 된다는 듯 턱을 치켜들었다. 그녀는 이미 다섯 살 때 첫 검을 받았다.

"네가 소드 마스터가 됐을 때 사용할 첫 검 말이야."

이번에도 애쉬는 세이레나가 뭐라고 말할지 아는 것처럼 다시 말했다.

어느 가문이나 소드 마스터가 나오는 것은 큰 영광이다. 소드 마스터가 된 순간 사용했던 검을 장식해 가보로 삼는 집안도 있다.

모든 소드 마스터가 소드 마스터가 되기 전에 사용한 검을 장식할 수 있는 건 아니다.

대부분 세이레나처럼 처음 검기가 나왔을 때 들고 있던 검은 바스러지기 때문이다. 그러니 집에 여유가 있어서 그 전부터 소드 마스터용 검을 사용한 사람만 장식할 수 있다.

세이레나는 자신의 첫 검을 장식한다는 꿈을 완전히 포기하고 있었다. 그녀는 그리 여유 있는 편이 아니다.

소드 마스터가 되어 슈발리에 봉급을 받기 전에 소드 마스터용 검을 사는 건 거의 불가능할 거라 생각했다.

게다가 그녀는 소드 마스터가 되는 걸 생각하기엔 너무 바쁜 나날을 보내고 있었다.

그런 그녀에게 주기엔 딱 맞춤인 선물이라고 생각했다. 애쉬는 굳은 표정으로 세이레나를 쳐다보고 있었다.

"소드 마스터용 검이군요."

세이레나는 그렇게 말하고 한숨을 내쉬었다. 엄청나게 비쌀 거다. 마법사가 마법으로 특수 가공까지 한다고 했으니 말 다 했다.

그녀가 쓰기엔 너무 과분한 검이었다. 하지만 세이레나는 애쉬가 무슨 마음으로 선물했는지 이해했다.

"고마워요."

그녀의 입에서 고맙다는 말이 흘러나오자 애쉬는 반사적으로 입을 열었다가 멈칫했다.

"어? 받겠다는 거야?"

그는 당연히 세이레나가 안 받겠다고 할 줄 알았다. 어떻게 그녀를 설득할지 고민하던 차다. 하지만 세이레나가 순순히 받겠다고 하자 오히려 어리둥절해져 버렸다.

"네. 잘 쓸게요. 고마워요."

드레스는 안 받는다고 하더니. 그렇게 말하려던 애쉬는 재빨리 그 말을 삼켰다. 그러고 보니 처음 계약 약혼을 했을 때도 세이레나는 훈련장은 받았다.

강해지기 위한 도움은 받겠다고 했지. 그는 예전의 대화를 떠올리며 빙그레 웃었다.

"이게 소드 마스터용 검이야?"

그날 저녁, 집으로 돌아온 에즈라는 세이레나의 검 두 자루에 지대한 관심을 보였다.

특히 한 자루는 소드 마스터용으로 특수 가공됐다는 이야기에 만지고 싶어 어쩔 줄 몰라 했다.

"만져도 돼."

세이레나는 빙그레 웃으며 허락했다.

타인머스의 귀족 자제들은 어릴 때부터 검을 다루며 자란다. 당연히 검을 다루는 법은 잘 알고 있다. 그러니 에즈라가 다칠 걱정은 안 해도 된다.

"뭐가 다른지 모르겠어."

세이레나의 검 두 자루를 전부 들어 본 에즈라가 시무룩한 표정으로 말했다. 둘 다 그가 보기엔 훌륭한 검이다. 특별히 다른 점을 모르겠다.

"솔직히 나도 그래."

세이레나는 그렇게 말하며 더 좋은 쪽 검을 받아 들었다. 이런 무기의 가격은 사용한 금속의 질보다 제련한 장인의 실력에 따라 달라진다. 하지만 이렇게까지 차이가 나지 않는 건 어쩌면 애쉬가 세이레나가 주문한 검에 추가로 돈을 지불했을지도 모른다.

그런 생각에 세이레나는 한숨을 내쉬었다. 그러고도 남을 사람이다. 애쉬 그레이윈드라는 남자는.

매번 이렇게 받기만 하니 미안하다. 언젠가 그녀도 그에게 도움이 되고 싶은데.

"도련님, 주무실 시간이에요."

하녀가 서재 문을 노크하며 말했다.

세이레나는 시간을 확인하고 깜짝 놀랐다. 에즈라와 대화하느라 시간 지나는 줄도 몰랐다.

에즈라는 페이지 훈련 때문에 세이레나보다 더 일찍 기사단으로 출근해야 한다.

"잘 자, 누나."

에즈라는 아쉬운 표정으로 취침 인사를 하고 서재를 나갔다.

세이레나는 아직 할 일이 있다. 그녀는 검을 내려놓고 다시 책상 앞에 앉았다. 지난번에 한 투자가 괜찮았다. 십 년을 먼저 살고 온 덕에 세이레나는 어렴풋하게 뭐가 유행했는지를 알았다. 그게 조금이나마 도움이 되었다.

물론 큰 도움이 되는 건 아니다. 세이레나는 왕비로 살았고 고립됐던 탓에 시중의 정보에 어두웠고 느렸다.

게다가 그녀의 인생이 달라지면서 많은 것이 바뀌었다. 원래라면 유행했을 것이 유행하지 않기도 했다.

예를 들면 돌아오기 전의 삶에서는 깊이 파인 옷이 유행했지만 지금은 그런 유행이 오지 않았다. 정확히 말하면 유행하려던 것이 주춤했다.

사실 그건 세이레나 때문이었다. 최근 사교계에서 가장 집중받는 귀족이자 기사인 그녀가 깊이 파인 옷을 좋아하지 않기 때문이다. 하지만 세이레나는 당연하게도 그 사실을 몰랐다.

"이건 어떻게 할까."

세이레나는 두 배로 돌아온 투자금을 확인하며 고민에 잠겼다. 땅을 살까. 건물을 지어서 가겟세나 집세를 받는 것도 괜찮을 것 같다. 거기까지 생각했을 때 그녀의 머릿속에 게일이 떠올랐다.

"헌터 하우스는 어떻게 하지."

억지로 떠올리지 않고 있었다. 아드리아나는 그녀가 살던 지방의 수도원에 들어갔다. 지금 거기 살고 있는 건 게일뿐이다. 그리고 게일 역시 그 집에서 곧 쫓겨날 것이다.

애쉬는 게일이 헌터 백작가의 재산을 유용했다는 증거를 잡아 그의 후견인 자격을 박탈해야 한다는 요청서를 재판소에 보냈다.

재판이 끝날 때까지 도박에 참여했던 사람들은 모두 근신. 그러니 게일도 지금 헌터 하우스에 근신 중일 것이다.

세이레나가 억지로 떠올리지 않았던 건 그런 이유였다. 게일의 후견인 자격을 박탈하기 전까지 그는 헌터 하우스에 머무를 수 있다. 그러니 괜히 생각해서 기분을 망치고 싶지 않았던 것이다.

"빨리 끝났으면 좋겠는데."

세이레나는 장부를 넘기며 중얼거렸다. 빨리 재판이 끝나서 게일이 후견인 자격이 박탈당하고 지방으로 내려갔으면 좋겠다. 하지만 그게 그녀의 바람대로 그렇게 빨리 처리될 리가 없다.

바이트 경들의 사건도 이제야 재판 중이다. 도박판 사건까지 재판하려면 최소한 한 달은 기다려야 할 것이다.

"어?"

그때 세이레나의 귀에 이상한 소리가 들렸다. 누군가 계단을 올라가는 소리였다.

"이 시간에?"

세이레나는 고개를 갸웃하며 자리에서 일어났다. 집사일지도 모른다는 생각이 들었지만 집사라면 일 층에 있을 것이다. 그러니 계단을 오를 이유가 없다.

혹시 에즈라가 잠에서 깬 걸까? 하지만 에즈라가 잠에서 깼다면 올라가는 소리가 아니라 내려가는 소리일 것이다.

곧이어 세이레나는 계단을 올라가는 또 다른 소리를 들었다.

한 명이 아니라는 말이다. 그녀의 표정이 어두워졌다.

"침입자?"

도둑이 들었을 수도 있다. 세이레나는 반사적으로 검을 쥐었다. 감히 헌터 백작의 저택에 도둑질을 하려 하다니. 혼쭐을 내줘야겠다는 생각이 들었다.

하지만 곧 그녀는 또다시 계단을 오르는 소리에 멈칫했다.

한두 명이 아니다. 훨씬 더 다수였다. 도둑이라면 이렇게 많은 수가 침입했을 리가 없다.

대체 뭐지?

세이레나는 재빨리 다시 책상으로 돌아가 램프 불을 껐다. 집사가 이미 문단속과 불단속을 했다. 그러니 복도는 지금 어두울 것이다.

누군가 침입자가 있다면 서재만 밝다는 것을 알아차렸을 테지. 서재에 그녀가 있다는 걸 침입자들에게 들켰다는 말이다.

세이레나는 검을 꽉 쥐고 문 옆에 섰다. 침입자들이 그녀가 나오기만을 기다리고 있는지도 모른다.

어떻게 하지. 머릿속에 수십 가지의 생각이 떠올랐다. 누군가에게 도움을 요청하고 싶었다.

하지만 곧 그녀는 손안의 검을 내려다보고 고개를 저었다. 이 집의 주인은 그녀다. 이 저택에 살고 있는 사용인들과 에즈라는 그녀의 보호를 받아야 한다. 그녀는 누군가의 보호를 기대해서는 안 된다.

마음을 굳히자 그녀는 벽에 바짝 붙은 채 팔을 뻗어 문을 열었다. 문이 열리는 순간 바깥에서 검이 그 틈으로 파고들어 왔다.

그녀는 검을 피해 문을 활짝 열었다. 휘두른 검이 아무것도 닿지 않자 중심을 잡지 못한 누군가가 안으로 들어왔다.

"윽!"

남자의 목소리였다. 비틀거리며 안으로 들어온 남자는 당황해서 자세를 바로 했다. 그의 뒤로 지원하기 위해 또 다른 남자가 들어왔다.

세이레나는 두 번째로 들어온 남자를 덮쳤다. 검을 남자의 목에 갖다 댄 그녀는 처음 들어온 남자가 돌아서자 나직하게 말했다.

"누구냐."

남자들은 느닷없이 등장한 여자의 목소리에 움찔하고 놀랐다. 하지만 그들은 대답보다 검이 더 빨랐다. 처음 들어왔던 남자가 검을 휘둘렀다.

세이레나는 반사적으로 잡고 있던 남자를 놓고 물러났다. 그녀는 피할 수 있었지만, 그녀가 잡고 있던 남자는 아니었다.

"윽!"

동료가 휘두른 검에 피하지 못한 남자가 쓰러졌다. 세상에. 세이레나는 깜짝 놀라서 검을 드는 것도 잊어버렸다. 자기 동료를 죽이는 데 망설임이 없었다. 도둑은 아니다. 강도도 이렇지는 않다.

남자는 세이레나가 망설이는 틈을 타서 그녀를 향해 검을 뻗었다. 아차. 세이레나는 반사적으로 검을 들어 상대의 검을 쳐 냈다.

챙!

검이 가볍게 부딪쳤다. 그러자 그녀의 정신이 번쩍 들었다. 이 자들은 그녀의 목숨을 노리고 있다.

"누가 보냈지?"

세이레나는 검으로 남자의 검을 쳐 내며 다시 물었다. 하지만 남자는 아무 말도 하지 않았다. 어쩌면 얼굴의 반을 가린 두건 때문에 못 들었을 수도 있다.

세이레나는 한 걸음 접근하며 다시 물어보려 할 때였다.

쾅!

위층에서 뭔가가 부서지는 소리가 났다. 세이레나의 고개가 번쩍 들렸다. 그 순간 남자의 검이 그녀의 목을 노리고 찔러 들어왔다.

챙!

세이레나는 반사적으로 남자의 검을 쳐 낸 뒤 그대로 궤도를 옮겨 남자를 찌르고 물러났다. 검을 든 자세 그대로 남자의 몸이 무너져 내렸다.

"젠장."

죽이려고 한 게 아니었다. 하지만 몸이 반사적으로 움직였다. 그녀는 재빨리 남자에게 다가갔다. 숨이 끊어지기 전에 배후에 누가 있는지 물어볼 생각이었다.

하지만 그 순간 다시 위에서 누군가 우당탕 뛰어 내려오는 소리가 들렸다.

"헌터 군!"

가정 교사의 목소리였다. 남자를 향해 있던 세이레나의 몸이 획 하고 반대쪽으로 움직였다.

에즈라!

세이레나는 문을 박차고 나가 복도를 달렸다. 에즈라를 노리는 건 아닐 것이다. 아마도 침입자들이 노리는 건 그녀의 목숨일 것이다. 하지만 그 와중에 에즈라가 다칠 수도 있다.

"아가씨!"

이 층으로 올라가기 전에 만난 하녀가 세이레나의 이름을 불렀다. 도망치려다 주인을 만나 어쩔 줄 몰라 하는 것이다.

세이레나는 계단으로 뛰어 올라가며 소리쳤다.

"연습한 대로 해!"

그와 동시에 계단 위에서 가정 교사가 모습을 드러냈다. 그녀는 잠옷 차림으로 어쩔 줄 몰라 하며 소리쳤다.

"헌터 경, 헌터 군이……."

"가세요!"

하녀와 함께 도망치라는 말에 가정 교사가 망설이는 게 보였다. 세이레나는 계단 위로 뛰어 올라가 가정 교사의 팔을 잡았다 놓으며 말했다.

"가서 애쉬를 불러와요!"

그레이윈드 공작. 세이레나의 약혼자일 뿐 아니라 기사단의 단장이기도 하다. 지금 가정 교사가 할 수 있는 일은 세이레나를 도와줄 사람을 불러오는 것이다. 그녀는 치맛자락을 붙잡고 계단을 굴러떨어지듯 내려갔다.

사용인들은 그녀가 집사를 시켜 훈련한 대로 저택 밖으로 빠져나가고 있었다. 세이레나는 창문으로 사용인들이 빠져나가는 것을 보고 복도로 접어들었다.

"세이레나 헌터는 어디 있지?"

세이레나의 방에서 복면을 쓴 남자가 애나에게 검을 들이대고 있었다. 세이레나는 소리 없이 남자의 뒤에 접근했다. 그녀를 발견한 애나의 눈이 커졌다. 남자가 그 사실을 깨달았지만 이미 늦었다.

세이레나는 남자가 소리를 지르기 전에 검으로 그의 목을 베어 냈다.

"여기 있는데."

싸늘한 세이레나의 말과 함께 남자의 몸이 스르르 무너졌다. 겁에 질린 애나는 그런 그녀를 멍하니 쳐다보며 앉아 있었다.

세이레나가 손을 내밀며 물었다.

"애나, 괜찮아?"

아가씨다. 애나는 저도 모르게 눈물을 주르륵 흘렸다. 무서웠다. 남자가 검을 들이댄 순간 너무 무서워서 기절하는 줄 알았다.

하지만 그보다 더 놀랐던 건 능숙하게 검을 다루는 아가씨의 모습이었다. 그녀는 세이레나가 누군가를 향해 검을 쓰는 걸 처음 봤다.

"아, 아가씨?"

주인이 자신의 앞에서 누군가를 죽이는 장면을 봤다. 당연히 겁을 먹을 것이다.

젠장. 그녀는 쓰게 웃으며 말했다.

"계단으로 도망쳐."

아차. 애나는 벌떡 일어나 세이레나의 손을 잡았다. 아가씨를 거부하려던 게 아니었다. 그녀는 바들바들 떨며 말했다.

"죄, 죄송해요. 달아나라고 하셨는데 두 분이 걱정돼서."

그 말에 세이레나가 빙그레 웃었다. 이렇게 무서워하면서도 애나는 그녀와 에즈라를 위해 이 층으로 달려와 줬다.

"괜찮아. 일 층으로 나가. 에즈라는 내가 맡을 테니까."

"제, 제가 주의를 끌게요."

"어떻게?"

"밖으로 나가서요. 소리를 지르면……."

그거 괜찮을 것 같다. 세이레나는 애나의 손을 꽉 잡으며 말했다.

"좋은 생각이야. 부탁해."

그제야 애나의 얼굴이 환해졌다. 세이레나는 애나와 함께 문으로 다가갔다. 복도에 누군가 두 사람이 나오길 기다리고 있는지도 모른다. 세이레나는 긴장을 한 채 문손잡이를 잡았다.

"죽어랏!"

세이레나가 문을 여는 순간 누군가 그렇게 외치며 검을 휘둘렀다.

"꺄악!"

애나가 비명을 질렀다. 세이레나는 재빨리 그녀를 왼손으로 밀며 오른손으로 든 검을 휘둘렀다.

챙!

검이 부딪치는 소리와 동시에 애나가 넘어지는 소리가 들렸다.

세이레나 덕분에 또다시 목숨을 구했다. 폐만 끼칠 수는 없었다. 애나는 곧바로 벌떡 일어났다.

"아가씨!"

"괜찮아!"

세이레나는 남자의 검을 막으며 소리쳤다. 여기서 요란한 소리가 났으니 이제 곧 다른 일당들이 들이닥칠 것이다. 그녀는 재빨리 남자의 배를 걷어찼다. 윽 하고 남자가 뒤로 넘어지는 것과 동시에 세이레나도 방 밖으로 뛰어나갔다.

"애나! 가!"

남자가 일어나기 전에 그의 목에 검을 꽂으며 세이레나가 소리쳤다. 애나는 비틀비틀거렸지만 곧 정신을 차리고 복도로 뛰어나와 일 층으로 내려갔다.

"이쪽이다!"

또 다른 남자가 그렇게 소리 지르며 세이레나를 향해 달려왔다. 대체 몇 명인 걸까. 세이레나는 초조한 마음에 검을 고쳐 잡았다.

에즈라의 방은 바로 코 앞이다. 동생의 안전이 걱정됐다.

"누가 시킨 거지?"

몰려든 남자들 중에 세이레나의 질문에 대답하는 자는 없었다.

다들 눈 아래로 복면으로 얼굴을 가리고 있다. 게다가 저택 안은 어두워서 설령 아는 사람이라 해도 알아보기 어려울 것이다.

세이레나는 입술을 깨물고 다시 검을 들었다. 이 남자들을 물리쳐야 동생의 안전을 확인할 수 있다. 그녀가 검을 드는 것과 동시에 남자들이 덤벼 왔다.

검 세 자루가 동시에 세이레나를 향해 찔러 들어왔다. 그녀는 검을 쳐 내고 남자들을 돌파하려 했지만, 뒤이어 또 다른 검이 찔러 들어왔다.

"젠장."

할 수 없이 물러난 세이레나는 이를 갈며 남자들을 노려봤다. 어디선가 작게 검이 부딪치는 소리가 들려왔다.

에즈라가 침입자와 싸우고 있는 건지도 모른다. 그렇다면 동생이 아직은 무사하다는 말이다. 그게 언제까지 이어질지 모르지만.

초조한 마음에 세이레나는 다시 남자들의 검을 쳐 내고 그들

을 지나가려 했다. 하지만 두 명이 더 합세하여 좁은 복도에서
다섯 명이나 되는 남자들의 공격을 뚫고 지나가기란 무리였다.

"비켜!"

세이레나의 검이 남자들의 검과 부딪쳤다. 세 개의 검이 달라
붙어 왔다. 그리고 이어서 다른 두 개의 검이 그녀를 향해 찔러
왔다.

챙!

남자들의 검에 힘이 실리기 시작했다. 순수하게 힘으로 싸우
면 그녀가 불리하다. 세이레나는 검을 빼내려 했지만, 남자들의
검이 바로 쫓아왔다.

그 순간 희미하게 비명이 들려왔다.

"앗!"

에즈라의 목소리다. 세이레나의 목덜미에 소름이 돋았다. 에
즈라가 위험했다. 그녀는 있는 힘껏 검을 뿌리며 소리쳤다.

"비켜!"

그 순간 삭 하고 뭔가가 잘려 나가는 소리가 들렸다. 어? 놀란
세이레나의 눈앞에서 다섯 자루의 검이 반 토막이 나서 떨어졌다.

"어?"

"헉?"

남자들은 반 토막 난 검을 들고 멍하니 서 있었다. 바닥에 깨
끗하게 잘린 검이 떨어지면서 요란한 소리를 냈다.

"소, 소드 마스터?"

누군가의 말에 남자들이 움찔거리며 물러나기 시작했다. 세이레나는 자신의 검을 보고 눈을 크게 떴다.

애쉬가 선물한 검이 희미한 빛에 감싸여 있었다.

"잠깐, 소드 마스터라고?"

"말이 다르잖아?"

남자들은 반 토막 난 검을 들고 주춤주춤 물러났다. 그때 세이레나의 검에서 빛이 사라졌다.

"어?"

"자, 잘못 봤나?"

다들 똑같이 생각했다. 세이레나의 검에 검기가 나왔던 건 잘못 본 게 아닐까. 하지만 이미 남자들의 검은 반으로 깨끗하게 잘려져 있다.

세이레나는 다시 검을 들고 아까 전의 감각대로 기를 불어넣었다.

"헉!"

다시 그녀의 검이 노란빛에 감싸였다. 주춤주춤 물러나는 남자들을 보며 세이레나는 씨익 웃었다. 잡힐 듯 잡히지 않던 것이 단단하게 형태를 갖춰 그녀의 손안에 있었다.

"덤벼."

세이레나의 말과 동시에 남자들이 화들짝 놀라더니 검을 집어 던지고 달아났다.

길이 뚫렸다. 세이레나는 재빨리 에즈라의 방으로 뛰어 들어갔다. 마치 그녀가 들어오기를 기다렸다는 듯 남자가 에즈라를 붙잡고 기다리고 있었다.

"에즈라를 놔줘!"

세이레나는 검을 쥔 채 소리쳤다. 남자의 손에 들린 검이 에즈라의 목을 겨누고 있었다. 그때 에즈라가 소리쳤다.

"누나! 숙부야!"

"뭐?"

숙부라니, 뭐가? 어리둥절한 세이레나 앞에서 남자가 복면을 내렸다. 게일의 얼굴이 드러났다.

"멍청한 녀석."

게일은 그렇게 투덜거리며 세이레나를 향해 검을 겨눴다. 하여간 남매가 쌍으로 도움이 되지 않는다. 그는 세이레나를 향해 말했다.

"검을 버려."

"미쳤군."

세이레나는 게일을 노려보며 말했다. 게일은 단단히 미친 게 분명하다. 자기 조카를 죽이려 하다니.

하지만 그는 미친 게 아니었다. 게일은 피식 웃으며 말했다.

"그렇게 과분한 남자를 잡았으면 빨리 결혼을 했어야지."

"내가 작위를 포기해도 당신은 백작이 될 수 없어."

"그건 두고 볼 일이지."

게일은 그렇게 말하며 다시 검을 에즈라의 목에 겨눴다. 그 순간 세이레나의 머릿속에 한 생각이 떠올랐다. 세이레나가 애쉬나 왕과 결혼해도 게일은 백작이 될 수 없었다. 그가 백작이 되려면 세이레나가 더 높은 작위의 남자와 결혼을 하고 에즈라가 죽거나 작위를 박탈당해야 한다.

마치 그녀가 살고 온 인생에서 에즈라가 살인을 저질러 사형당한 것처럼.

"검을 버려."

게일이 다시 말했다.

예전의 인생에서 에즈라가 사형을 당한 건 게일의 짓이었던 건지도 모른다는 생각이 들었다. 애초에 에즈라가 살인을 저지르기나 한 걸까.

이미 늦은 이야기다. 일어나지 않을 이야기고.

하지만 세이레나는 자꾸만 이상한 생각이 들었다. 에즈라의 살인이 어쩌면 게일이 꾸민 짓이 아닌가 하는.

"검을 버리라고 했다."

다시 한 번 게일이 협박했다. 세이레나는 이를 갈며 검을 내려놓았다. 가만두지 않을 테다. 저자는 세이레나는 물론이고 에즈라도 살려 둘 생각이 없는 자다.

"이쪽으로 와."

게일이 그렇게 말했을 때였다.

쾅!

밖에서 뭔가가 무너지는 소리가 들렸다. 엄청난 소리와 함께 창문 밖이 밝아졌다.

"뭐지?"

게일의 주의가 창문으로 향했다. 그 순간 세이레나는 검을 집어 들며 그에게 달려들며 소리쳤다.

"앉아!"

그녀의 말대로 에즈라가 주저앉았다. 게일이 깜짝 놀라 고개를 돌렸지만 이미 늦었다. 세이레나의 검이 그의 복부를 깊게 베었다.

"헉!"

게일의 몸이 무너졌다. 세이레나는 비틀거리며 뒤로 물러났다.

"누나!"

에즈라는 벌떡 일어나 세이레나의 몸을 끌어안았다. 안도감에 몸이 떨렸다. 세이레나가 오기 전까지 게일과 검을 쥐고 싸운 탓에 소년의 몸은 상처투성이였다.

멀리서 누군가 계단을 뛰어 올라오는 소리가 들렸다.

"레나!"

엄청난 속도로 달려온 애쉬는 에즈라의 방에서 세이레나와 에즈라를 발견했다.

〈다음 권에서 계속〉